LE PLUS BEAU DES MENSONGES

DU MÊME AUTEUR
AUX PRESSES DE LA RENAISSANCE

Les Farrel, 1981
La Splendeur des orages, 1984
Les Cèdres de Beau-Jardin, 1984
Tous les fleuves vont à la mer, 1986
La Coupe d'or, 1987
Les Werner, 1988
Pour le meilleur et pour le pire, 1990
Le Collier de Jérusalem, 1991
Les Trésors de la vie, 1992

AUX ÉDITIONS BELFOND

Les Silences du cœur, 1993
À l'aube l'espoir se lève aussi, 1995
Et soudain le silence, 1996
Promesse, 1997
À force d'oubli, 1998
Les Diamants de l'hiver, 1998
Le Secret magnifique, 1999
Les Mirages du destin, 2000
Comme un feu secret, 2001
La Tentation de l'oubli, 2002

BELVA PLAIN

LE PLUS BEAU
DES MENSONGES

*Traduit de l'américain
par Michèle et Jérôme Pernoud*

belfond
12, avenue d'Italie
75013 Paris

Titre original :
HER FATHER'S HOUSE
publié par Delacorte Press, a division
of Random House, Inc., New York.

Si vous souhaitez recevoir notre catalogue
et être tenu au courant de nos publications,
envoyez vos nom et adresse, en citant ce livre,
aux Éditions Belfond,
12, avenue d'Italie, 75013 Paris.
Et, pour le Canada,
à Vivendi Universal Publishing Services,
1050, bd René-Lévesque-Est,
Bureau 100,
Montréal, Québec, H2L 2L6.

ISBN 2-7144-3965-9
© Bar-Nan Creations Inc., 2002. Tous droits réservés.
© Belfond 2003 pour la traduction française.

PROLOGUE

Un jour, à l'école, une fille m'a dit que ma mère n'était pas ma vraie mère. J'avais quatre ans.

« Ta vraie mère, elle est morte. »

Si étrange que ça paraisse, je suis incapable de me rappeler quelle explication mon père m'a donnée, quand je suis rentrée à la maison. Je me souviens juste qu'il pleuvait à verse et que j'étais trempée. Et que, derrière la porte, la chatte miaulait pour qu'on la laisse entrer elle aussi.

PREMIÈRE PARTIE

1

1968

Il s'appelait Donald Wolfe, Donald J. Wolfe. J. pour James. Et il avait vingt-cinq ans, au moment où il rejoignit la vague de jeunes gens enthousiastes affluant chaque année de tous les coins du pays pour se jeter dans cette bouillonnante mer humaine nommée New York. Si prétendre deviner l'origine de quelqu'un d'après son visage a le moindre sens, alors, oui, Donald avait l'air d'un homme issu de quelque saine bourgade campagnarde, ou d'une contrée froide comme le Dakota du Nord – ce qui précisément était le cas.

Il était grand, avec des épaules larges et des cheveux bruns ; ses yeux, bruns eux aussi, étaient calmes et réfléchis. Durant ses premiers mois à New York, il cheminait lentement à travers la foule impatiente, prenant le temps d'estimer la hauteur d'un immeuble ou s'arrêtant pour contempler avec des yeux émerveillés les splendeurs entassées dans les vitrines des magasins. Les posséder ne le tentait pas : l'émerveillement lui suffisait.

Une fois seulement, il fut tenté. Dans la vitrine d'une librairie, il vit les *Œuvres complètes* de Thomas Jefferson, reliées en cuir rouge foncé. Elles étaient chères, mais le prix ne le découragea pas, car il projetait de se constituer une bibliothèque et il sentait qu'il avait bien mérité de s'offrir un plaisir personnel. Aussi les acheta-t-il.

Jamais, depuis son jeune âge, il n'avait disposé d'autant d'argent. À la fin de ses études de droit, dont il était sorti deuxième de sa promotion, il avait été embauché dans le bureau new-yorkais d'un cabinet juridique international. Alors que ses collègues se plaignaient d'être réduits à une quasi-mendicité par les loyers exorbitants de New York, les prix des restaurants et des spectacles, lui se sentait riche, parce qu'il n'allait pas dans des restaurants chers et qu'au théâtre il achetait toujours des places debout, ou alors les fauteuils les meilleur marché. Son deux pièces, modeste mais propre, au cinquième étage d'un immeuble du XIXᵉ siècle, d'où l'on avait une belle vue sur la rue animée, le satisfaisait pleinement.

Parfois, sur le chemin de son travail, il captait son reflet dans une vitrine, vêtu de son strict costume sombre, sa serviette à la main.

C'est bien moi ? Je n'arrive pas à le croire ! s'exclamait-il intérieurement, après quoi il s'amusait de sa propre naïveté. Pour qui est-ce que tu te prends, Donald Wolfe ? Il y a des douzaines et des douzaines de jeunes hommes exactement semblables à toi dans chacun de ces gigantesques immeubles qui bordent l'avenue.

À vrai dire, ils n'étaient pas tous absolument semblables. Les plus anciens associés qui dirigeaient le cabinet étaient réputés avares en compliments ; pourtant, avant la fin de sa première année parmi eux, Donald en avait déjà reçu beaucoup. L'un des associés les plus importants, un homme tatillon d'une cinquantaine d'années, que quelques-uns des jeunes employés cataloguaient comme « typiquement ringard », s'était pris d'amitié pour lui. Mais en fait, même sans cela, Donald n'aurait jamais traité Augustus Pratt de « ringard ». D'abord, il n'était pas sûr de ce que cela signifiait exactement, mais si cela recouvrait bien ce qu'il pensait – des manières un peu surannées, une politesse un brin guindée –, il n'y aurait rien trouvé à redire.

Un soir, à la fin d'une représentation d'*Aïda*, Donald tomba sur M. Pratt au foyer de l'Opéra. Il était accompagné de son épouse ainsi que de leurs trois enfants, dont l'âge s'échelonnait entre dix et quinze ans.

— Oh, bonsoir, Donald ! Je ne savais pas que vous aimiez l'opéra...

— Oui, même si je n'y connais pas encore grand-chose.

— Il n'est jamais trop tard pour apprendre, et rarement trop tôt. Si j'avais su que vous étiez ici, ajouta-t-il alors qu'ils ressortaient ensemble du bâtiment, je vous aurais invité à prendre un verre avec nous. À quelle place étiez-vous assis ?

— Tout en haut. Parmi les derniers sièges.

— Oh, je vois. Mais je suis sûr que ça valait le coup quand même.

— Oui, monsieur, ça valait le coup.

— Bien, alors à demain matin et bonne nuit, Donald.

Plus d'une fois, par la suite, quand il repensa à l'enchaînement des événements qui s'étaient succédé au fil des années, Donald s'était demandé ce qui aurait changé dans sa vie s'il n'avait pas rencontré Augustus Pratt à l'Opéra ce soir-là.

Était-ce le fait que je partage ses goûts ? Était-ce cela qui l'avait impressionné au point de m'offrir deux bons fauteuils pour le reste de la saison ? Était-ce cela qui avait amené ces conversations informelles, qui à leur tour avaient débouché sur des missions puis sur un avancement plus rapide ? Et qui, de proche en proche, l'avait conduit jusqu'à Lillian, jusqu'au mariage et jusqu'au désastre qui s'était ensuivi ?

Pratt avait grandi dans une petite ville du nord de l'État du Maine. Tout comme la regrettée mère de Donald, son père avait été professeur. Augustus aussi était parti pour la faculté de droit, avait emprunté et travaillé pour payer ses études, et n'était jamais retourné dans sa ville natale. Ces mêmes antécédents familiaux faisaient que Donald se sentait particulièrement à l'aise avec lui.

— Oui, lui dit Pratt au cours d'une de leurs conversations, le Dakota ressemble beaucoup au Maine. Des mois de juillet et d'août très chauds, ensuite un long hiver. Mes frères et moi, nous travaillions toute la journée dans les champs de pommes de terre. Parfois si tard que notre mère nous apportait notre dîner dans une gamelle. Vous aussi, je suppose ?

— Sauf les frères et sœurs. Maman avait un job d'été en plus, pendant les vacances scolaires. Quand je revenais de la ferme où je travaillais, je faisais le dîner ; si c'était elle qui rentrait la première, elle s'en chargeait.

— Vous ne me parlez jamais de votre père. Mais peut-être suis-je indiscret ?

— Ce n'est pas ça, non. Mais il est mort en France, en 1944, j'avais juste un an.

— Avoir un fils et ne jamais le voir grandir…, murmura Pratt, puis il jeta sur le jeune homme un regard pénétrant. Il aurait été fier de vous, Donald. Malgré les abus de certains avocats, ce dont notre profession a le plus besoin, c'est de confiance et de sens de l'honneur. Vous vous y ferez un nom qui sera respecté, j'en suis sûr.

Deux ans plus tard se déroula une autre journée aussi mémorable pour Donald.

— Est-ce que vous aimeriez m'accompagner à Singapour, le mois prochain ? Nous avons un problème avec une banque, qui fait de nouveau parler d'elle. Nous pensions que l'affaire était réglée, mais non.

— Si j'aimerais, monsieur Pratt ? Avant de venir à New York, je n'étais jamais allé plus loin que la capitale de l'État ! Bien sûr que j'aimerais.

Pratt avait souri, et Donald n'oublia jamais ce sourire : satisfait, amusé et peut-être un peu paternel, oui.

— Vous verrez bien plus que Singapour au cours de votre vie, Donald.

Il avait tant de choses à voir, à faire, à apprendre ! Le monde était mille fois plus vaste et plus divers qu'il n'aurait jamais pu l'imaginer. Au tribunal, où il se rendait comme assistant d'un des membres associés du cabinet, la tragédie et la comédie humaines s'affichaient comme il ne les avait encore jamais vues. L'infinie diversité des gens ! Le fossé séparant les pauvres des riches, le mal (avec ses expressions parfois terribles, glaçantes) de l'innocence ! Et, au-dessus de tout cela, cette quête grandiose de justice.

Assis à son bureau, il s'attardait parfois à contempler les cachets des lettres venant de l'étranger. Les noms seuls le faisaient rêver. Londres et Paris évoquaient la foule, les spectacles, les grands boulevards ; le Surinam, Bombay ou la Malaisie éveillaient en lui des sensations de chaleur et d'humidité, la vision d'épaisses forêts plantées d'arbres à caoutchouc et de bazars rouge et or. Partout dans le monde, les clients du cabinet rencontraient d'innombrables problèmes, faisaient des profits, subissaient parfois des pertes. Entre les murs de ces bureaux étaient quotidiennement soulevées des questions infiniment complexes, aux enjeux considérables – sans parler des répercussions possibles sur sa propre carrière si jamais Donald commettait une erreur dans un rapport à ses supérieurs...

Les années se suivaient et se ressemblaient, heureuses pour Donald. Cela faisait cinq ans qu'il travaillait dans ce cabinet, approchant de cette période cruciale pour un jeune avocat où la seule alternative est soit de s'associer soit d'y renoncer à jamais.

— Cela demande réflexion, dit Augustus Pratt ce jour-là, mais il me semble que votre idée est excellente, puis il changea de sujet. N'avez-vous jamais pensé à vous marier ?

Donald resta quelques instants sans voix. Ils se trouvaient à quelque huit mille mètres au-dessus de l'Atlantique, sur le chemin du retour, et venaient de s'entretenir longuement de la Banque centrale des États-Unis. En outre, ce genre de question personnelle n'était nullement dans le style de M. Pratt.

— Non, répondit-il, bredouillant quelque peu, je... je ne suis pas pressé.

— Voyons, cela va bientôt faire six ans que vous êtes chez nous, et vous n'avez rencontré personne ? Je pensais que peut-être cette Anglaise que vous retrouvez toujours quand nous sommes à Londres... Vous me l'avez présentée une fois et elle m'a eu l'air tout à fait charmante.

— Vous l'avez appréciée, dit Donald en souriant, parce qu'elle ressemble à Mme Pratt.

— Peut-être un peu, en effet. Nous fêterons nos vingt ans de mariage le mois prochain.

Une expression tendre passa sur le visage de Pratt, comme il était rare d'en voir apparaître sur ces traits en général si fermes et nets qu'ils semblaient avoir été gravés au ciseau.

— Croyez-moi, Donald, poursuivit-il, un solide mariage d'amour est une vraie bénédiction dans la vie d'un homme. Quelque part dans le monde, une femme existe qui vous donnera la plus grande joie de votre vie. Et laissez-moi ajouter qu'elle-même aura bien de la chance.

— Nous verrons, répondit Donald, qui ne souhaitait pas s'appesantir sur le sujet. Mais, jusque-là, je n'en ai jamais rencontré qui m'ait donné l'envie de passer le restant de mes jours avec elle. Et sans ce genre de désir, je ne pourrai jamais me marier.

2

Dispersées parmi les tours de pierre de New York, on trouve nombre de petites oasis vertes, avec des sièges à l'ombre ou au soleil, selon les préférences de chacun. Tout au long de la journée, les gens viennent s'y installer pour lire, manger leur sandwich de midi, ou simplement s'asseoir un petit moment.

Vers les quatre heures et demie, par un chaud après-midi de la fin avril, Donald s'installa dans l'une de ces oasis et ouvrit son journal, plus fatigué qu'à l'ordinaire, étant resté au bureau jusqu'à minuit la veille et ayant passé l'essentiel de la présente journée au tribunal. Tandis qu'il se demandait s'il devait retourner au bureau ou bien si, comme on était vendredi, il pouvait s'autoriser à rentrer directement chez lui, retirer ses chaussures et s'allonger, il posa son journal et ferma les yeux pour les protéger des rayons du soleil déclinant. Son humeur était mitigée ; il était partagé entre la satisfaction d'avoir su présenter une argumentation convaincante à la cour et la compassion qu'il ne pouvait se retenir d'éprouver pour le pauvre diable de coupable qui devait à l'heure actuelle trembler en attendant l'énoncé du verdict, de retour dans sa cellule.

Une voix claire et juvénile l'arracha à ses pensées :

— Eh ! votre serviette va tomber et tous vos papiers vont se renverser !

C'était vrai : il l'avait négligemment posée sur la pointe de ses genoux et elle menaçait de glisser au sol. Il la rattrapa précipitamment et bredouilla des remerciements.

— Vous êtes très aimable. Je… je suis maladroit.

La propriétaire de la voix, juste en face de lui, se trouvait être aussi propriétaire d'une paire d'yeux très grands et très bleus. Il lui adressa un sourire de circonstance puis retourna à son journal et en lut toute une colonne. Quand il releva la tête au moment de tourner la page, elle était toujours là, élégante jeune femme vêtue de noir et blanc ; sa peau elle aussi paraissait très blanche par rapport à ses cheveux noirs qu'elle coiffait en arrière. Environ vingt-cinq ans, estima-t-il, avant de retourner à son journal.

La fois suivante où il risqua un regard, elle mangeait une orange. Elle l'avait posée sur un magazine et la coupait en quartiers avec un petit couteau – à manche de nacre, pour autant qu'il pouvait en juger. Puis elle la mangea très délicatement, après quoi, sans se départir de ce raffinement, elle emballa les épluchures dans une serviette en papier et alla les déposer dans une poubelle au fond du petit jardin.

Élégance : le mot lui traversa l'esprit tandis qu'il la contemplait. Elle était petite, mais sans excès ; une silhouette à la fois droite et gracieuse, comme si elle pratiquait la danse. Quand elle s'asseyait, elle croisait ses chevilles de telle sorte que ses jolies petites chaussures semblaient s'étreindre l'une l'autre.

Il détourna les yeux mais lentement, et seulement après avoir croisé son regard – ce qui l'obligea à lui dire quelque chose.

— Je vous suis très reconnaissant d'avoir remarqué que ma serviette allait tomber. J'aurais été extrêmement ennuyé que ces papiers se perdent dans la nature.

— Des actes juridiques, n'est-ce pas ? Oh oui, j'imagine. Quelqu'un de mon cabinet en a perdu dans le métro la semaine dernière ; ç'a été tout un drame.

— Votre cabinet ? Vous êtes avocate ?

— Mon Dieu, non. Seulement secrétaire, secrétaire juridique de M. Buzley. Buzley de chez Anaheim, Roman et Roman.

— Vous ne devriez pas dire « seulement » secrétaire. Nous serions bien incapables de travailler sans secrétaires.

— Eh bien, ça me paraît assez juste, en effet. À propos, je m'appelle Lillian Morris.

— Donald Wolfe. Je suis chez Orton et Pratt.

Elle sourit.

— C'est très différent de M. Buzley. Chanteurs pop et stars de cinéma contre stratégies internationales. Mais M. Buzley est très gentil pour moi, et je ne devrais pas dire ce genre de choses.

— Non. Mais je ne vous dénoncerai pas.

Elle rit ; un vrai rire, pas le genre de gloussement maniéré qu'il avait si souvent entendu. Quelque chose chez elle ravissait l'esprit de Donald. Il eut soudain l'impression qu'elle allait se lever et s'en aller dans la minute qui suivait, et il éprouva le besoin pressant de dire quelque chose pour la retenir.

— Il me semble que le printemps est précoce, non ? Enfin... il le sera si le temps se maintient.

— Oui, c'est vrai.

La banalité de sa remarque lui faisait honte, mais il avait beau se creuser désespérément la cervelle, il ne trouvait rien de mieux à ajouter. Mais quand elle se leva bel et bien et ouvrit la bouche, sans doute pour prendre congé de lui, il pensa enfin à quelque chose.

— Je vais vers l'est. Est-ce votre chemin à vous aussi ?

Quand elle eut répondu que oui, il se reprocha vivement la sottise de sa question. Et si jamais elle était allée vers l'ouest ? Comment aurait-il fait alors pour l'accompagner ?

Ils traversèrent Park Avenue et elle dit :

— Je me suis toujours demandé à quoi ces appartements là-haut peuvent bien ressembler. Les entrées de tous ces immeubles, avec leurs marquises et leurs portiers, ont l'air si impressionnantes... J'ai entendu dire que certains de ces appartements ont douze ou quinze pièces, ou même plus.

L'appartement d'Augustus Pratt en possédait quatorze. Donald aurait pu lui parler de la bibliothèque en acajou, ou de la longue table de salle à manger qui brillait de mille reflets sous le grand lustre. Mais le sujet n'était pas assez important pour le détourner de l'idée qu'il y avait dans Lexington Avenue, juste à quelques pas de là, un charmant petit endroit avec quelques tables qui servait des pizzas fantastiques, ou encore...

— Est-ce que vous avez faim, par hasard ? lui demanda-t-il.

— À vrai dire, j'ai seulement pris mon petit déjeuner ce matin et cette orange il y a quelques instants.

— Qu'est-ce que vous diriez de me tenir compagnie ? J'ai une faim de loup.

— J'adorerais, répondit-elle simplement.

Comme il avait fait un copieux déjeuner entre deux sessions de tribunal, au milieu d'une tablée d'avocats, il n'avait guère d'appétit ; pourtant, une fois installé à cette terrasse, il réussit à manger une bonne part d'une excellente pizza. Choisir ce qu'ils allaient commander, débattre des options et des variantes possibles, dresser une liste comparative de diverses recettes et de différents restaurants italiens, puis discuter d'un sorbet pour terminer, voilà qui le soulagea de la nécessité de devoir entretenir la conversation. Il ne se souvenait pas d'avoir jamais dû batailler jusque-là pour « entretenir » une conversation ! Les mots lui étaient toujours venus facilement. Un avocat, après tout, n'est-il pas un manipulateur de mots ?

Lillian commentait la scène qui se déroulait sous leurs yeux : une voiture étrangère d'un modèle peu courant, une femme vêtue d'un tailleur à la mode, et un homme tenant en laisse une paire d'élégants caniches royaux. Elle parlait avec animation, mais sans excès ; Donald ne saisissait que la moitié de ce qu'elle disait tant il était occupé à l'observer.

Elle accompagnait ses paroles de mouvements de mains brefs mais expressifs. D'ordinaire, Donald n'aimait pas ces femmes qu'on aurait crues incapables de parler si on leur avait attaché les mains ; mais là, il ne pouvait détacher les yeux de celles de Lillian, avec leurs longs doigts et les ovales parfaits de leurs ongles. En relevant les yeux, il vit un collier de petites perles reposant au creux de deux seins joliment arrondis sous le léger chemisier blanc ; il vit un menton ferme et des lèvres pleines, qui lui firent bizarrement monter un goût de framboise tiède à la bouche. Le nez était un rien trop petit et les pommettes un peu trop hautes, peut-être, mais ne disait-on pas que des pommettes haut placées sont des promesses d'amour ? Donc, elles ne pouvaient être *trop* hautes ! Et les yeux, bleus comme un lac, un lac de montagne, profond... Puis les cheveux, épais, sombres et ramenés en arrière, comme pour couronner fièrement sa tête.

L'homme aux caniches revint sur ses pas ; l'un des chiens, s'approchant trop de la table, se frotta contre la jambe de Donald au passage et flaira son assiette. Le propriétaire s'excusa aussitôt mais Donald, loin d'en être agacé, caressa la tête de l'animal avec chaleur et empressement.

— Il n'y a pas de mal... Il me rappelle les chiens que j'ai eus autrefois. C'étaient des setters et non pas des caniches, mais ils avaient la même taille.

Après que l'homme eut souri et poursuivi son chemin, Lillian sourit elle aussi.

— Est-ce que ce n'est pas intéressant de voir comme les bébés et les chiens aident à briser la glace ?

— À briser la glace ?

— Entre les gens, je veux dire. Si je n'avais pas été là, cet homme se serait sans doute attardé un moment à parler de chiens avec vous. Vous aviez l'air si heureux tout à coup, quand vous caressiez son caniche.

Il pensa qu'elle avait l'esprit vif et qu'elle ne devait pas laisser passer grand-chose. Nul doute qu'elle avait remarqué combien il s'était échauffé depuis tout à l'heure et combien ses joues avaient pris de couleur. Et elle devait aussi savoir que cette chaleur était due à sa présence à elle bien plus qu'à celle des chiens. Mais bon, maintenant qu'il avait enfin un fil auquel se raccrocher pour entretenir la conversation, il n'allait pas le laisser passer.

— J'ai été élevé dans une petite ville de province ; j'avais des chiens et un cheval. Aujourd'hui ça me fait toujours quelque chose d'en rencontrer, même le simple cheval de la police montée.

— Parlez-moi un peu de chez vous.

Elle savait d'instinct – ou peut-être l'avait-elle appris en arrivant à l'âge adulte – que la meilleure façon de plaire aux gens était de les faire parler d'eux. Une ruse inoffensive, après tout, et bien plus agréable pour les autres que d'accaparer la conversation avec ses ambitions personnelles ou ses récriminations.

— C'était dans le Dakota du Nord, commença-t-il. Un paysage à la fois très vaste, très sévère et aussi très majestueux. À beaucoup d'égards, il me manque terriblement. J'aurais tout à fait pu tenir un ranch ou être fermier, comme mon père.

— Alors, pourquoi avez-vous fini avocat dans la Grosse Pomme ?

— Je ne sais pas au juste. Je n'avais que dix ou douze ans quand j'ai pris la décision d'étudier le droit. Peut-être parce que ma mère m'y a encouragé – elle était professeur. Elle et tous les livres qu'il y avait à la maison. Nous n'avions pas d'argent, mais nous nous débrouillions toujours pour acheter des livres.

— Depuis quand êtes-vous à New York ?

— Presque six ans. Tous passés chez Orton et Pratt.

— Vous n'allez pas tarder à devenir membre associé du cabinet, alors.

— Qui peut en être sûr ? Mais je l'espère bien, oui. J'aime mon métier.

— Ça doit être merveilleux d'éprouver ça. Je ne déteste pas le mien, mais je ne peux assurément pas dire non plus que je l'aime.

— Qu'est-ce que vous auriez préféré faire ?

— Peindre. J'ai pris des cours mais, même si je ne crois pas être tout à fait nulle, je me suis vite rendu compte que je n'avais pas de talent particulier.

— Peut-être que vous avez juste besoin de recevoir une meilleure formation ? suggéra Donald, conscient qu'il ne connaissait rien sur le sujet.

— J'ai essayé. Je suis même allée passer six mois en Italie, à Florence. J'ai suivi des cours, je me suis imprégnée de l'atmosphère. La meilleure chose que j'en ai retirée, en fait, à part le

22

plaisir de vivre là-bas, ç'a été de liquider ces illusions une fois pour toutes. Je suis rentrée presque brisée, à tous points de vue. J'avais dépensé pratiquement toute l'assurance-vie que j'avais reçue après la mort de ma mère. C'est à ce moment-là que j'ai commencé à travailler pour M. Buzley.

Il crut voir un reflet humide trembler sous ses paupières douces et blanches, et il dit gentiment :

— Ce n'est pas facile de perdre sa mère. Je connais ça.

— Mais on doit accepter, n'est-ce pas ? Accepter et continuer d'avancer.

Elle baissa les yeux vers sa montre.

— Excusez-moi, j'aimerais bien poursuivre cette conversation mais ma colocataire doit se faire arracher une énorme dent, et j'ai promis de l'accompagner. Merci pour cet agréable moment, parler avec vous m'a fait grand plaisir.

— Est-ce que vous aimeriez dîner avec moi demain soir, Lillian ? J'ai l'impression que nous avons encore des choses à nous dire.

— Ce serait merveilleux, Donald.

— Donnez-moi votre adresse et votre téléphone. Voici ma carte. Comme cela, vous pourrez vérifier mon identité. C'est juste pour votre sécurité que je le dis, ajouta-t-il en la voyant protester.

— C'est idiot, voyons. Votre visage est une garantie tout à fait suffisante pour ma sécurité. Je suis très bon juge en ce qui concerne les gens, vous savez.

Ils repartaient dans des directions opposées. Quand, au premier carrefour, il se retourna pour regarder derrière lui, il vit qu'elle faisait la même chose. Ils échangèrent un signe de la main puis poursuivirent leur chemin.

Peut-être parce que c'était déjà leur deuxième rencontre, ou bien à cause du décor, du calme du lieu, des fauteuils confortables et des lumières tamisées, ils se sentirent tout de suite bien ensemble le lendemain, sans moment de gêne préalable.

— Donc, nous sommes tous les deux orphelins, commença Donald. Et tous les deux enfants uniques. Ça m'arrive d'y penser – rarement, à vrai dire. Mais quand c'est le cas, je suis conscient d'être le seul et dernier maillon d'une longue chaîne. J'ai quelques cousins au troisième degré du côté de mon père, mais ils vivent dans le Wyoming et je ne les ai vus qu'une seule fois, quand ils sont passés près de chez nous. Cependant, ma vie est bien remplie et l'a toujours été. J'ai vécu une enfance merveilleuse. Mon seul regret, c'est qu'aucun de mes parents n'ait vécu assez longtemps pour me voir diplômé de la faculté de droit. Ma mère attendait ce jour-là depuis des années.

Pourquoi était-il en train de lui raconter tout cela, lui d'habitude si réservé et qui n'aimait guère les confidences ? Sans doute parce qu'elle avait paru intéressée, lui avait demandé de parler de lui.

— Mais dites-moi, enchaîna-t-il, et vous ? Vous m'avez dit que vous aviez grandi à Long Island. Je n'y suis allé que deux fois et n'y suis resté qu'une heure chaque fois. Mais j'ai lu beaucoup de choses dessus, quand même.

— Probablement cette littérature qui parle des beaux manoirs et des plages. En fait, il existe aussi là-bas beaucoup de rangées de petites maisons serrées les unes contre les autres, dans des endroits où, dans le temps, on ne trouvait que des champs de patates. C'est là que j'ai grandi, en banlieue. Vous avez dû lire des choses sur la banlieue aussi, j'imagine.

— Oui, toutes sortes d'articles écrits par des soi-disant spécialistes, sociologues et autres. Ils n'en disent pas beaucoup de bien, et moi je suis plutôt méfiant en général envers ce genre d'attitude méprisante.

— Ils n'ont pas vraiment tort, croyez-moi. La banlieue peut être un endroit affreusement ennuyeux. Dès que j'ai pu la quitter, je l'ai fait, et je suis partie aussi loin que j'ai pu.

Ses yeux brillaient, elle était visiblement déterminée. Quand il pensait à ce qu'elle avait été capable de faire ! Cette jeune femme, seule au monde, munie juste de son ambition et de son modeste pécule, avait misé tout son avenir sur un lieu où elle ne connaissait absolument personne ! Et maintenant, assise en face de lui, elle paraissait aussi tranquille et sûre d'elle-même que n'importe quelle jeune femme vivant sur Park Avenue et jouissant de solides appuis. Il connaissait assez la vie new-yorkaise pour savoir que ses vêtements étaient à la mode ; elle portait une belle montre – et pourquoi pas, après tout ? Elle n'avait personne de qui s'inquiéter sauf d'elle-même.

Pourtant ce monde était dangereux. Un accident, une maladie, un simple faux pas pouvaient détruire une personne seule et sans défense. En songeant à cela, il resta quelques instants sans voix.

Lillian dut deviner ses pensées car elle déclara :

— Vous devez avoir le cœur tendre.

Touché, il dit en riant :

— Vous ne m'avez jamais vu en train de batailler au tribunal...

— Ce n'est pas à cela que je pensais. Je veux dire que si quelque chose vous émeut, vous devez le ressentir bien plus que la plupart des gens.

La veille, quand il avait caressé le chien, elle avait nettement perçu que cela faisait remonter en lui souvenirs et émotions.

— Qu'est-ce que c'est, demanda-t-il en riant, vous me psychanalysez ?

— Non, et je ne cherche pas non plus à vous flatter. Vous êtes trop intelligent, vous n'en seriez pas dupe. Non, c'est juste que je vous aime bien, alors, tout naturellement je m'intéresse à vous.

— Assez pour avoir envie de prolonger cette soirée une fois que nous aurons bu notre café ?

— Oui, assez. Malheureusement, nous ne pouvons pas aller chez moi, parce que ce soir c'est au tour de Cindy de recevoir.

— Eh bien, nous irons chez moi – si cela ne vous ennuie pas de grimper cinq étages à pied.

Au tour de Cindy... N'était-ce pas ridicule, alors qu'il ne la connaissait que de la veille, qu'il puisse ressentir un tel élan de jalousie en se demandant qui Lillian pouvait bien amener dans ces pièces quand c'était *à son* tour ?

Une fois arrivés dans son immeuble, ils montèrent l'escalier, puis il ouvrit la porte et alluma. Il avait rarement des visiteurs mais il était soigneux et aimait garder sa maison en ordre. Ils entrèrent donc dans ses deux petites pièces remplies de livres et de modestes souvenirs des voyages qu'il avait faits : un petit tapis de coton tissé à la main provenant de Turquie, un para-vent chinois masquant l'entrée de la cuisine (taille placard) et trois gravures de Paris au XVIIIe siècle, achetées dans une boutique de la Rive gauche.

— Oh, c'est ravissant ! s'exclama Lillian. La peinture bleu cobalt et cette lampe vert prairie, le fauteuil, tout est parfait ! Je suis stupéfaite, la plupart des hommes n'ont aucune notion de l'harmonie des couleurs... La plupart des gens tout court, d'ailleurs.

— Eh bien, je suis comme eux, je vous assure. Je n'ai fait que copier l'idée dans une vitrine de Madison Avenue, j'ai trouvé ça joli.

Elle tira les rideaux et tâcha de regarder au-dehors, dans l'obscurité.

— Je me demandais si vous aviez une belle vue, et si c'était la raison pour laquelle vous vous étiez installé en hauteur.

— Non. Si j'avais voulu avoir une belle vue, j'aurais cherché quelque chose au vingtième étage, dans un des immeubles neufs de l'avenue.

— Pourquoi est-ce que vous ne l'avez pas fait ?

— C'était trop cher pour moi, à l'époque où je me suis installé. Je devais rembourser mes emprunts de l'université et commencer à mettre de l'argent de côté. Ensuite, le temps que je me libère de ma dette, je m'étais habitué à cet endroit, je n'avais plus de raison de déménager. Je me plais là où je travaille, je sors beaucoup, et quand j'ai une soirée à passer à la maison, tout ce dont j'ai besoin, ce sont mes livres et mes CD. Cette vie me convient et me satisfait pleinement.

Pourquoi diable lui disait-il tout cela ?

— Vous devez avoir deux cents coffrets sur ces étagères. Des opéras... Vous aimez l'opéra ?

— Beaucoup, oui. Et vous ?

— J'y suis allée, en Italie, mais jamais ici. Je suppose que ça doit être pareil que là-bas...

— Nous irons de temps en temps... Pourquoi est-ce que vous riez ?

— Parce que vous avez l'air certain que j'accepterai d'y aller avec vous.

— C'est vrai, oui. Je le pense.

— Eh bien, vous avez raison, j'accepterai.

— Bien. Mieux vaut être honnêtes l'un envers l'autre dès le début que de se perdre en conjectures, vous ne croyez pas ?

— Alors, donnez-moi à boire. Nous allons trinquer à cette décision.

— Du vin, ou autre chose ?

— Oui, du vin, volontiers. Ou n'importe quoi d'ailleurs, peu importe.

— Installez-vous, dit-il en désignant l'unique fauteuil de la pièce.

— Non, prenez-le, vous. J'aime bien m'asseoir par terre. Je m'appuierai contre vos genoux. J'insiste.

— Un peu de musique ?

— Pas maintenant, non. Juste le silence et le vin. Nous avons eu froid, dehors.

Elle se laissa aller contre lui, en un geste plein de confiance. Quand il baissa les yeux, il vit les deux diamants scintillant à ses oreilles ; son parfum était léger comme une senteur d'été. Il la connaissait depuis vingt-quatre heures à peine et baignait dans une sensation d'irréalité.

Elle parla doucement, d'un ton hésitant :

— Je pensais... avant-hier nous ne nous connaissions pas, et voilà, nous sommes assis ensemble ici.

— Je pensais la même chose.

Puis le silence revint. Les pensées de Donald tournoyaient dans son esprit ; il aurait dû agir, sans doute, mais il n'était pas habitué à le faire aussi vite, contrairement à beaucoup d'hommes – la plupart, peut-être. Cela lui était arrivé à lui aussi, bien sûr, mais pas avec des femmes comme celle-ci ; Lillian était tour à tour directe et réservée, réfléchie et exubérante. La seule chose qu'il savait – qu'il savait depuis le début –, c'était qu'il ne voulait pas la perdre.

Tout à coup, elle se leva.

— Et si nous visitions le reste de votre maison ?

— De ma maison ? Il n'y a qu'une seule autre pièce.

— Eh bien, montrez-la-moi.

Il n'y avait qu'un lit étroit, fait au carré à la manière militaire, une commode, et une petite table avec au-dessus une lampe et une pile de livres.

Elle promena un regard circulaire, hocha la tête.

— Monastique. Pas de bleu cobalt ni de vert. C'est l'autre face de votre personnalité.

Une série de gravures ornaient un des murs, représentant des sujets historiques : la bataille de Little Bighorn, le Lincoln Memorial, Lee capitulant à Appomattox, Washington prêtant serment à New York. Après les avoir examinées, elle se tourna vers lui.

— Vous êtes un personnage très intéressant, Donald Wolfe.

— Vous aussi.

— Vous n'êtes pas moine, n'est-ce pas ?

— Non, pas du tout.

Ils se regardèrent. Mon Dieu, pensa-t-il, ceci est différent de tout ce que je connais. Jamais je ne...

— J'ai vingt-six ans, reprit-elle. Et je ne suis pas vierge.

— Je ne pensais pas que vous l'étiez.

— C'est vous qui me faites dire ça. Il ne faut pas que vous croyiez que... Je ne suis pas une...

— Je ne crois rien. Rien du tout. Venez par ici...

À minuit passé, il trouva un taxi et la ramena dans le modeste immeuble où elle habitait.

— À la prochaine fois, Lillian ? Quand ?

— Quand tu voudras.

— Demain, alors.

— Demain.

Il renvoya le taxi, préférant rentrer chez lui à pied ; il avait besoin de bouger, de sentir l'air frais de la nuit, pour revenir à la réalité.

Son cœur battait la chamade ! Il les passait toutes en revue, depuis les filles du lycée jusqu'à sa dernière amie en date, sa charmante amie de Paris – qui continuait, depuis deux ans qu'ils se connaissaient, à espérer de sa part un engagement précis –, il les passait toutes en revue, mais non, il n'en avait jamais connu aucune comme elle. Si douce, si calme, et pourtant si ardente en même temps !

« *Lillian* », dit-il à voix haute, et ce nom prit une sorte de consistance visuelle devant lui. Si bien que, tandis qu'il marchait, il pouvait presque la voir, présence blanche et soyeuse scintillant dans l'obscurité : *Lillian*.

3

Si Donald avait eu un jour à remplir un de ces question-
naires où figurent ces questions subtiles du genre :
« Diriez-vous que vous êtes un homme heureux ? », il n'aurait
pas hésité à répondre oui. Sa conception de la vie était somme
toute assez simple : elle présentait de temps en temps des
problèmes, et on était censé les résoudre si on le pouvait.
Depuis un assez long moment, Donald n'avait pas rencontré
de problèmes. Sa santé était bonne, son métier lui apportait
beaucoup de satisfactions, il avait de bons amis et le monde lui
semblait magnifique. En un mot comme en cent : oui, il était
heureux.

Mais, à présent, alors que le printemps glissait impercepti-
blement vers l'été, il devait s'avouer que le monde ne lui avait
jamais paru si beau. Il avait lu, bien sûr, les vieilles maximes
rebattues sur la vie qui sourit aux amoureux et, bien sûr, il
avait pensé que c'étaient des fadaises ; pourtant, aujourd'hui,
il devait admettre qu'elles étaient véridiques. Les inconnus
qu'il croisait dans la rue avaient tous l'air de lui sourire, une
foule de gens lui tenaient la porte et lui disaient bonjour
d'un ton amical ; le temps lui-même était particulièrement
radieux cette année-là ; la ville n'avait jamais été aussi belle,

tout ornée de fleurs, avec un grand ciel d'azur au-dessus des têtes.

La moindre heure de liberté qu'il passait loin de Lillian était une heure perdue. Parfois, ils se retrouvaient pour déjeuner d'un simple sandwich dans le petit jardin public où tout avait commencé. Le samedi, quand il n'avait pas de travail en retard à rattraper, et tous les dimanches, ils se promenaient dans la ville, marchant d'un bon pas autour du Réservoir de Central Park, faisant un tour de Manhattan en bateau ou bien visitant le merveilleux musée médiéval des Cloîtres, dans lequel Lillian entreprit d'initier Donald à l'art. Au Metropolitan Museum, elle lui fit traverser les âges à grands bonds, depuis les Égyptiens jusqu'au XXᵉ siècle. Elle ne voyait pas, ou feignait de ne pas voir, que s'il tâchait sincèrement d'assimiler tout ce qu'elle lui montrait, il était la plupart du temps plus sensible à sa présence à elle qu'à tout ce qui les entourait, charmé par sa voix suave, le sérieux de ses explications, et la petite collerette blanche qui ornait sa jolie robe d'été.

— Regarde, lui dit-elle la première fois qu'il visita son appartement. Tu comprends maintenant pourquoi je ne serai jamais une artiste ?

Au mur étaient accrochées des huiles et des aquarelles que Lillian avait peintes. Il les examina et ne sut pas comment lui répondre en étant à la fois honnête et poli.

— Eh bien…, hésita-t-il d'un ton embarrassé, mais elle ne le laissa pas continuer.

— Je t'en prie, ne me ménage pas. Je sais très bien la vérité. On dirait des cartes de vœux, n'est-ce pas ? Réponds par oui ou par non.

Elle le regarda droit dans les yeux, et il pensa qu'il était inutile de la berner ; elle ne devait jamais se laisser berner par personne.

— Oui, dit-il.

— Merci d'avoir été sincère, soupira-t-elle. C'est bien plus facile de s'entendre avec les gens qui disent la vérité. Pour ne rien vous cacher, si jamais je suis riche un jour, j'achèterai de vrais tableaux. Comme cela, j'aurai de belles choses sous les

31

yeux en me levant le matin, et pas ces horreurs. Crois-moi ou non, c'est Cindy qui refuse que je les enlève. En tout cas, aussitôt que je partirai d'ici, je les lui laisserai, et bon débarras.

Il eut envie d'ajouter (mais bien sûr il ne le fit pas) : « Bon débarras aussi en ce qui concerne Cindy, quand tu déménageras. » En plus de ses manières assez vulgaires – que l'on pouvait lui pardonner parce que personne ne lui en avait inculqué d'autres –, Cindy avait un caractère cynique et dur. Donald trouvait qu'elle et Lillian étaient mal assorties et le dit à celle-ci à mots couverts.

— Non, répondit-elle en secouant la tête, tu ne la connais pas. C'est quelqu'un de très bien. Elle n'a vraiment pas eu de chance dans la vie. Je paie les trois quarts du loyer ici, car elle n'a presque rien. Quant à ses manières, j'y suis habituée. Quand on travaille dans le bureau de M. Buzley, dit-elle en riant, rien ne peut vous étonner.

Cette brève visite qu'il fit chez Lillian donna à Donald l'envie d'apporter quelques modifications dans sa vie. Dans un immeuble flambant neuf, non loin de celui où il résidait, il trouva deux beaux appartements à louer, du genre de ceux qu'occupaient ses amis célibataires – du moins, ceux qui ne vivaient pas dans un loft du centre-ville. L'un, au vingt-neuvième étage, juste au-dessous du toit et du penthouse, avait une vue grandiose balayant toute la largeur de Manhattan, d'est en ouest ; l'autre, au troisième étage, donnait sur l'avenue encombrée de voitures. Tous deux étaient construits sur le même plan. La seule différence – considérable – résidait dans le prix du loyer. Convaincu que la somme gagnerait à être investie dans de solides actions plutôt qu'abandonnée chaque mois au propriétaire en échange d'une valeur aussi futile qu'une jolie vue, Donald choisit l'étage le plus bas et poursuivit tranquillement la réalisation de ses projets.

À ce stade, il cessa d'être économe. Ne sois pas pingre, se disait-il : tu vis à New York, prends un décorateur. Il fallait que ces pièces offrent un cadre de vie convenable à une femme aussi charmante que Lillian. La chambre à coucher devait être féminine, lui donner l'impression de se trouver dans un jardin.

Son bureau personnel devait être adapté à ses besoins à lui : de profonds fauteuils, une vaste table de travail pour les dossiers qu'il rapportait à la maison, des étagères pour sa bibliothèque, qui avait pris beaucoup d'ampleur avec les années.

Le jeune décorateur dut sentir combien Donald était pressé, car les travaux avancèrent à une vitesse surprenante. Le jour arriva très vite où les derniers rideaux furent accrochés et où la surprise put être dévoilée.

Lillian parut enchantée, exactement comme il l'avait prévu. Pour leur premier soir, elle apporta un délicieux dîner, et six gardénias qu'elle disposa dans une assiette creuse au centre de la table. Elle promena un regard circulaire sur la pièce et soupira.

— Je n'arrive pas à croire que je suis vraiment ici. C'est si beau… Pauvre Cindy, je me sens tellement coupable de la laisser seule. Elle va sans doute déménager bientôt, c'est ce qu'elle dit, et j'espère que c'est vrai. Elle a un nouvel ami mais je ne sais pas, je ne le sens pas très bien. En plus, je ne crois pas que tu l'aimerais.

— Comment tu peux savoir ça ?

— Oh, je te connais très bien, chéri, très bien.

Il rit et reprit du dessert. Il se sentait au septième ciel. Quelle paix, quelle sérénité ! Ensuite il y eut le nouveau lit douillet, dans la chambre fraîche et pimpante, sous la couverture bleu et blanc.

Lillian ne passa pas inaperçue auprès des amis de Donald, quand il commença à la leur présenter. Ils la trouvèrent charmante. Beaucoup d'entre eux étaient avocats, mais elle eut la sagesse de ne pas mettre son expérience de secrétaire juridique sur la table, au cours de la conversation. Plusieurs d'entre eux étaient mariés, et elle eut la patience d'écouter leurs (très longues) histoires de bébés. Mais, surtout, c'était son attitude ouverte et amicale qui plaisait comme on le lui fit remarquer avec humour : « C'est la plus jolie fille dans la pièce, et pourtant aucune des autres ne la déteste, c'est rare. »

Un jour, Ed Wills, son meilleur ami de travail – qui avait déjà deux enfants et un troisième en route –, demanda à Donald quelles étaient ses intentions à l'égard de Lillian. Lui avait-il posé la grande question, ou avait-il prévu de le faire ?

Oui, il y avait pensé, bien sûr ; il avait même joué avec l'idée de lui faire sa demande tout de suite. Pourquoi attendre, après tout ? Ils vivaient ensemble, dans un foyer confortable, ils étaient quasiment déjà mariés. Pourtant quelque chose, sans doute le fonds traditionnel et conservateur qui subsistait en lui, le retenait d'agir aussi précipitamment. Ils ne se connaissaient quand même que depuis trois mois. D'un côté, on entendait parler de mariages rapides dont beaucoup marchaient parfaitement bien ; d'un autre côté, la plupart des gens prenaient quand même un minimum de temps, vivaient un bon moment ensemble, avant de franchir le pas. N'était-il pas irresponsable, voire un peu puéril, de se jeter à l'eau après une relation de quatre-vingt-dix jours seulement ? Qu'en pensait Ed ? Ed était d'accord. Trois mois, c'était un peu court, on ne savait jamais ce qui pouvait arriver...

Au fond de lui-même, cependant, Donald n'éprouvait pas le moindre doute. Un jour, il s'était même assis à son bureau et avait tâché de peser de son mieux le pour et le contre en demeurant le plus objectif possible. Possédait-elle des défauts manifestes ? Mais c'est le lot de tout être humain, non ? N'était-elle pas un peu têtue ? Peut-être, mais seulement peut-être. Et un peu exaltée quand il s'agissait d'art ? Peut-être, là aussi, mais tant qu'à s'exalter pour quelque chose, l'art n'était pas un mauvais choix. Il abandonna la partie. En vérité, elle était merveilleuse. Elle avait tout pour elle : beauté, intelligence, humour, raffinement, gentillesse. Il suffisait de voir comment elle s'occupait de cette pauvre Cindy... Oui, elle avait tout pour elle. En riant, il se demanda quels défauts elle lui trouverait, si elle s'avisait de dresser le même genre de liste de son côté.

Au mois d'août, Lillian prit deux semaines de vacances. Ayant prévu d'aller avec Cindy dans une ville d'eaux en Nouvelle-Angleterre, elle disait pour taquiner Donald :

— Si ça peut te soulager, il n'y a que des femmes là-bas, les hommes ne sont pas admis.

Il lui demanda, un peu perplexe, comment elle pouvait financièrement se le permettre.

— Car je suppose que tu l'offres à Cindy aussi ? ajouta-t-il.

— Oui, mais ce n'est pas aussi compliqué que ça en a l'air. En fait, c'est même très simple. M. Buzley m'a payé des heures supplémentaires que j'ai faites pour lui, et il y a aussi ma prime de Noël dernier, que je lui avais demandé de garder jusqu'à l'été pour ne pas la dépenser.

— Économise-la. Mets cet argent de côté. Laisse-moi t'offrir ce séjour, ça me ferait plaisir.

— Non. Tu me donnes déjà tellement en me faisant vivre ici. Mais merci.

Donald n'avait pas revu Cindy depuis l'unique visite qu'elle avait faite au nouvel appartement. Penser qu'il avait sans doute causé la séparation entre les deux amies l'avait gêné ; mais chaque fois qu'il suggérait d'inviter Cindy, Lillian manifestait clairement son refus : « Écoute, Donald, vous n'avez rien en commun, alors pourquoi vous imposer d'être ensemble ? »

Allons, se dit-il, n'insistons pas, le mieux est de les laisser profiter de leurs deux semaines de luxe, massages, balnéothérapie, bons repas, randonnées en montagne et conversations entre filles – même s'il n'arrivait pas à imaginer ce dont ces deux jeunes femmes pouvaient bien discuter ensemble.

Août ne lui avait jamais paru aussi long. Il faisait la connaissance de nouveaux clients, allait déjeuner avec des collègues de bureau, mais, quand il rentrait chez lui, son appartement lui semblait mortellement silencieux et beaucoup trop grand. Jamais de toute sa vie il n'avait eu autant besoin de la présence d'un autre être humain.

Puis deux événements se produisirent, alors qu'elle était encore loin. Le premier fut l'offre qu'on lui fit de devenir membre associé du cabinet ; cela signifiait que son nom figurerait en bas de l'en-tête du papier à lettres, que ses revenus augmenteraient considérablement et, par-dessus tout, qu'il jouirait d'un respect et d'une considération tout à fait nouveaux. Le second événement fut une conférence imprévue à laquelle il dut assister à Londres, ce qui eut pour conséquence de hâter, ainsi qu'il y repensa souvent par la suite, sa décision.

Là-bas, il retrouva la jeune femme dont Augustus Pratt lui avait dit apprécier le charme. À vrai dire, Donald l'appréciait lui aussi ; même, il l'aimait beaucoup – comme il lui était arrivé d'aimer beaucoup une autre jeune femme, à Paris, et beaucoup d'autres encore dans son propre pays. Mais il n'avait jamais dit à aucune d'entre elles rien qui pût la laisser croire à un éventuel mariage. Aussi n'était-il pas préparé au reproche qui lui fut fait, devant un cocktail, à la fin d'une journée de travail, dans le bureau londonien du cabinet.

— Je me marie le mois prochain et je déménage pour Édimbourg, lui confia son amie. Il est donc fort peu probable que nous nous revoyions un jour, Donald. Et je vais saisir l'occasion de vous dire le fond de ma pensée. Je vous aimais, vous savez, je vous aimais vraiment. Si vous me l'aviez demandé, je vous aurais épousé. Chaque fois que nous étions ensemble, j'espérais que vous alliez le faire avant de repartir chez vous ; et chaque fois, comme vous ne l'aviez pas fait, je me jurais que je prendrais l'initiative de vous parler, à votre visite suivante. Je suppose que mon amour-propre et ma fierté ont été les plus forts. Au bout d'un moment, j'en ai eu assez d'attendre et j'ai trouvé un autre homme. Nous nous aimons et aujourd'hui je suis très, très heureuse.

Pendant une minute ou deux, Donald fut incapable de répondre. Elle le regardait droit dans les yeux et ne pouvait ignorer la chaleur brûlante de ses joues. Dans son attitude digne et réservée, elle était pleine de charme ; en outre, elle avait toujours été ravissante. Mais tout ce qu'il ressentait à ce moment-là, c'était un profond regret et une grande culpabilité pour l'avoir aussi maladroitement blessée.

— Je suis désolé, soupira-t-il, je ne savais pas. Je n'y avais… jamais pensé. S'il vous plaît, pardonnez-moi, si vous le pouvez.

De retour à l'hôtel, il fut saisi d'angoisse. Et Lillian, se comportait-il de la même façon avec elle ? Prenait-il son temps,

36

nonchalamment, sous prétexte qu'ils se connaissaient seulement depuis peu ? D'autres hommes la regardaient avec intérêt, même parmi ses propres amis. Combien de temps allait-elle l'attendre ? Il tourna les yeux vers la pendule, puis vers le téléphone : c'était le début de l'après-midi à New York, elle était rentrée de vacances, elle serait donc sans doute à son bureau.

— Tu m'as fait peur ! s'exclama-t-elle. Tu vas bien ?

En entendant le son de sa voix, un sentiment l'envahit qui tenait à la fois du soulagement et d'une envie de rire, vite réprimée.

— Écoute-moi, lui dit-il, c'est important. Toi, tu es partie, maintenant, c'est moi qui suis parti, et tout ça n'a pas de sens.

— Qu'est-ce qui n'a pas de sens ? De quoi est-ce que tu parles ?

— Que nous ne soyons pas ensemble, tu ne crois pas ? Nous avons *besoin* d'être ensemble, nous sommes faits pour être ensemble. Oh ! zut, je ne trouve pas les bons mots. Lillian, tu me manques ! Imagine que je suis à genoux devant toi, là, maintenant, que je te tends une boîte avec une bague dedans et que je te demande de fixer la date. Fais-le vite, et que ce soit pour bientôt. Je veux dire, pour dans trente jours au maximum. Tu veux bien ?

— Oh, mon chéri, je pleure… Je suis assise ici à mon bureau et je pleure… Mais je n'ai pas besoin de trente jours.

Il prit l'avion du retour avec dans sa poche une bague de chez un des joailliers les plus réputés de Londres. De temps à autre, en touchant le petit écrin de velours, il se sentait inondé de fierté, et même plus que cela, de gratitude : il se revoyait partant de sa ville natale, montant dans l'avion pour New York, achetant le volume relié des œuvres de Jefferson sur la Cinquième Avenue. Aujourd'hui, il parcourait le monde, voyageait partout, et bientôt il reviendrait chaque soir vers la plus merveilleuse des épouses, dans le plus joli petit foyer qu'on pouvait imaginer. Humblement, il se demanda s'il méritait tout cela et il espéra que oui.

Les plans de Lillian étaient simples. Elle suggéra qu'ils se marient dans l'intimité, en la seule présence d'un pasteur, puis qu'ils partent aussitôt vers n'importe quel endroit que Donald choisirait.

S'il était d'accord pour la cérémonie, Donald suggéra qu'ils donnent un peu plus de relief à l'événement en organisant un grand dîner pour leurs amis et en louant une salle pour l'occasion.

— Sauf que je ne connais aucun de tes amis, à part Cindy et deux ou trois personnes de ton bureau, ajouta-t-il.

— C'est parce que je n'en ai pas beaucoup. Je mène une vie calme, tu le sais, je suis encore une étrangère dans cette ville. Comme toi tu l'étais au début, quand tu es arrivé.

— Mais tu as de la famille à Long Island, tu m'as même dit que tu en avais beaucoup !

— J'ai dit ça ? Je devais me vanter. En tout cas, je ne les vois jamais.

— Tu ne m'as jamais dit pourquoi tu ne les voyais pas, lui fit-il remarquer, intrigué.

— Disons qu'ils ne sont pas mon genre, répondit Lillian en haussant les épaules. Nous sommes complètement différents, nous n'avons rien en commun.

— Mais vous avez bien une chose en commun, quand même, certains ancêtres, les liens du sang !

Ils étaient tous les deux en train de lire, dans la pièce que Donald aimait appeler « la bibliothèque ». De là où il était assis, il saisit à la lueur de la lampe une petite moue ironique sur les lèvres de Lillian, ce qui augmenta sa volonté de savoir.

— Tu veux dire la voix du sang, qui parlerait toujours ? rétorqua-t-elle. Ce n'est qu'un cliché.

— Un cliché devient un cliché parce qu'il contient quelque chose de vrai. Après la mort de ma mère, je me sentais tellement seul au monde que j'aurais donné n'importe quoi pour avoir un proche, un parent quelque part. Je crois que j'aurais accueilli n'importe qui à bras ouverts – sauf peut-être un assassin.

— Mais est-ce que tu n'as pas ces cousins, là-bas ? Où est-ce, déjà, dans le Nebraska ?

— Le Wyoming. Et je ne les ai vus qu'une fois dans ma vie. Tandis que toi, ta famille vit à Long Island et tu as grandi tout près d'eux, tu me disais…

— N'importe, je ne veux pas les voir.

Son ton, sec et cassant, contraria Donald.

— Mais qui sont ces gens ? À quoi cela rime-t-il ? Pourquoi ce mystère ?

— Ce sont juste des gens comme les autres, bon sang, qu'est-ce que tu insinues ? Qu'ils sont coupables de quelque chose ou quoi ? Ce sont des gens simples, ordinaires, c'est tout…

— J'en suis sûr, oui, mais quand même, tu ne peux rien me dire à leur sujet ? Ce qu'ils font, par exemple ?

— Je ne sais pas ce qu'ils font. Je vais chercher leur adresse et leur téléphone, puisque tu insistes tellement, et tu pourras tout savoir sur eux. Mais s'il te plaît, arrête de me rebattre les oreilles avec ça !

— Je ne te rebats pas les oreilles, Lillian, mais je dois te dire une chose, tu es un peu susceptible aujourd'hui.

— Je ne suis pas susceptible, c'est toi qui me harcèles ! Pourtant, ça ne te ressemble pas…

Il se sentait déconcerté. Alors quoi, nous nous aimons sincèrement, totalement, et nous sommes capables de nous disputer pour ce genre de broutille ? Peut-être faisait-il des histoires pour rien, après tout. Ne sois pas stupide, Donald. Si pour une raison quelconque elle ne veut plus entendre parler de sa famille, qu'est-ce que ça change pour toi ? Est-ce que ça te regarde ?

Pourtant, il ne put résister à lui faire une autre remarque.

— Même tes parents, tu ne m'en parles jamais.

— Ils sont morts.

— C'est une raison pour ne jamais me parler d'eux ? lui demanda-t-il, du ton le plus doux et le plus gentil qu'il put.

39

— Qu'est-ce que tu veux que je te dise ? Elle était femme au foyer, il était représentant, et ils vivaient comme des millions d'autres gens, c'est tout.

Subitement, il eut un flash-back : lui-même, à l'âge de dix ou douze ans, fouillant à un endroit où sans doute il n'était pas censé fouiller et tombant sur le télégramme du ministère de la Guerre : « *Nous avons le regret de vous informer que...* » Il était resté là à contempler le morceau de papier, le monde était soudain devenu étrangement immobile et gris autour de lui. Bien sûr qu'elle n'avait pas envie d'en parler. À quoi bon rouvrir une blessure, sinon pour la faire saigner de nouveau ?

Il s'approcha d'elle et lui passa les bras autour du cou.

— Oublie tout cela, chérie, cette dispute idiote. Nous sommes tous les deux nerveux, trop excités par toutes ces perspectives, c'est tout. Nous n'avons qu'à faire notre petite fête ici. J'inviterai mes amis, ils t'adorent, et toi tu inviteras qui tu voudras. Ou personne si tu préfères.

— J'inviterai juste quelques collègues du bureau, et aussi Cindy avec son ami. À moins que ça ne t'ennuie de les avoir ?

— Bien sûr que non.

— Je veux dire, tu n'aimes pas beaucoup Cindy, donc je pensais que peut-être...

— C'est vrai que je ne suis pas fou d'elle, mais je n'ai rien non plus de particulier *contre* elle. Et puis, elle est ton amie, c'est ça qui compte. Tu sais à quoi je pense ? Il faut que je te présente à M. Pratt. Un jour, quitte ton travail quelques minutes plus tôt – demain si tu peux – et passe un instant au bureau. Je suis fier de toi et je veux te montrer un peu.

— Ça y est, je l'ai trouvée, annonça Donald à Pratt le lendemain matin. Vous m'aviez poussé à le faire, et voilà, c'est fait. Nous nous marions à la fin du mois.

Sur l'étagère, comme pour prolonger le sourire et la poignée de main de l'homme à qui Donald faisait face, trônait la photo de sa famille. Cette image semblait le définir tout entier, mieux encore que les exploits qu'il accomplissait dans ce bureau ;

c'était comme si elle proclamait : *Voilà, tout est là. Amour, famille, loyauté.* Et bientôt ce sera vrai aussi pour moi, pensa Donald. Lillian et moi, une famille.

— Elle vient me chercher cet après-midi. Si vous n'y voyez pas d'inconvénient, j'aimerais bien vous la présenter.

— Si je n'y vois pas d'inconvénient ? Mais, Donald, je serais vraiment blessé si vous ne me la présentiez pas.

Elle vint, et les présentations furent faites. Dans sa robe bleu foncé toute simple, ses deux boucles d'oreilles en perle et ses mains gantées – comme elle l'expliqua plus tard à Donald, elle s'était dit qu'un homme aussi convenable qu'Augustus Pratt, d'après la description qu'il lui avait faite, apprécierait ce détail –, elle était parfaite. Tout en elle était parfait, depuis sa voix bien modulée jusqu'à ses mots qu'elle choisissait avec soin.

Cela tracassa un peu Donald le lendemain matin qu'Augustus Pratt, si éloquent d'habitude, ait si peu de commentaires à faire.

— Une bien belle jeune femme. Depuis combien de temps la connaissez-vous ?

— Nous nous sommes rencontrés en avril. Une sorte de coup de foudre.

Pratt hocha la tête.

— Je vous souhaite tout ce que je pourrais souhaiter à mon propre fils, Donald.

Il aurait pu dire plus, non ? Il aurait pu se montrer un peu plus chaleureux… Donald en fut légèrement contrarié. Mais Pratt avait une façon bien à lui de doucher les enthousiasmes, quand quelque chose le préoccupait.

Le grand jour approchait rapidement. Enfin, par une magnifique journée d'arrière-saison, ils se marièrent dans une pièce tapissée d'acajou, tout près de la Cinquième Avenue. Ils avaient chacun pour témoin un ami de bureau et passèrent le doux après-midi qui suivit à flâner main dans la main le long de l'avenue, en direction du parc, puis bifurquèrent vers l'est et arrivèrent chez eux, où leurs amis les attendaient.

L'appartement croulait sous de magnifiques bouquets de fleurs d'automne. C'était le traiteur (recommandé par M. Buzley) qui les avait apportés, en même temps qu'un somptueux buffet et son meilleur champagne.

— Je ne comprends pas que tu ne l'aies pas invité, glissa Donald à l'oreille de la mariée.

— Il n'aurait pas apprécié la compagnie. Il a deux fois notre âge. En plus, sa femme est gravement malade et reste clouée chez elle.

M. Buzley avait néanmoins envoyé un cadeau de mariage, une ménagère en argent pour douze personnes que Lillian décrivit comme « de l'argenterie danoise, à peu près ce qu'on fait de mieux en la matière ».

— Je ne l'aurais pas su si tu ne me l'avais pas dit, avoua Donald.

— Ça coûte une fortune, je peux te l'affirmer, mais c'est le genre de détail auquel il ne pense même pas. Il est comme ça avec tout le monde, tout le temps.

La fête fut très réussie. D'abord, toutes les femmes voulurent regarder les cadeaux que, par discrétion, Lillian avait mis de côté. Puis quelqu'un trouva le tourne-disque, et de la musique vint s'ajouter au brouhaha des conversations, aux exclamations des toasts qu'on portait, au cliquetis des cuillers dans les tasses de porcelaine et aux explosions des bouchons qui sautaient. Les gens nageaient dans une douce euphorie.

Vers la fin de la soirée, Cindy était ivre et dut aller s'allonger dans la chambre ; là, elle réussit à étaler une large couche de son maquillage criard sur les taies d'oreiller en soie. Son ami du moment, en jean et T-shirt, avec une barbe en broussaille et des cheveux ondulés qui lui tombaient sur les épaules, tranchait parmi cette assemblée de gens portant cravate et jaquette. Pourtant, tout le monde l'apprécia, et Donald remarqua qu'il ajoutait une « note exotique » à l'ambiance.

— D'un certain point de vue, il est peut-être plus chic que tous les couples réunis ici. Mais d'un certain point de vue seulement. En tout cas, je ne lui veux que du bien.

C'est ainsi que, ayant fait le plein de champagne et de bonne humeur, il referma la porte après le départ de ses invités ; puis il régla le réveil afin qu'ils puissent partir de bonne heure pour le Vermont, après quoi il souleva sa femme dans ses bras et la déposa sur le lit.

4

Le semestre ayant déjà commencé, il fut convenu que Lillian attendrait jusqu'à l'automne suivant pour entamer une maîtrise d'histoire de l'art.

— C'est pour ça que tu es vraiment faite, lui disait Donald. Si tu ne peux pas être Renoir ou Picasso, quelle importance ? Tu réussirais merveilleusement dans une salle des ventes ou dans un musée. Avec tout ce que tu connais déjà, tu as fait la moitié du chemin. Tout ce qu'il te manque, c'est le diplôme. Entre-temps, ça me paraît une très bonne chose que ton patron te permette de travailler trois jours par semaine, pour que tu ne restes pas sans rien faire.

— Howard Buzley est formidable.

— Il faudrait vraiment que je fasse sa connaissance un de ces jours, tu ne crois pas ?

— Tu ne l'aimerais pas.

— Pourquoi dis-tu toujours ça ?

— Je ne le dis pas toujours.

— Eh bien, de temps en temps. De toute façon, pourquoi ne l'aimerais-je pas s'il est aussi gentil avec ma femme ?

— Il n'est pas ton genre, c'est tout.

— Je me demande quelle idée tu te fais de ma vie professionnelle. Crois-tu vraiment que je peux toujours sélectionner

44

des clients qui soient « mon genre » – en admettant d'ailleurs que j'en aie un ?

Lillian rit.

— Très bien, j'arrangerai ça très bientôt. Mais sérieusement, qu'est-ce que je vais faire les jours où je ne travaillerai pas ? Je commence déjà à me sentir trop dorlotée, et donc trop paresseuse.

— Ça ne te fera pas de mal de te reposer un peu, enfin. De lire, de prendre de l'avance pour tes cours. De sortir avec des amies, de déjeuner dehors, de rencontrer de nouvelles têtes.

— Tu sais quoi, Donald ? Tu es un amour. Tu es trop bon avec moi.

Bon avec elle ? Quelle raison aurait-il eue de ne pas l'être ? Tous les soirs, quand il ouvrait la porte et qu'il pénétrait dans l'entrée, il apercevait la table. Elle ressemblait toujours à une de ces photos d'un magazine de luxe, impeccablement mise, avec un petit vase de fleurs, de la jolie vaisselle et l'argenterie danoise de Buzley. Bien souvent, les plats sortaient de l'ordinaire ; Lillian trouvait des recettes nouvelles dans la petite bibliothèque de livres de cuisine qu'elle avait commencé à se constituer.

— Je n'ai jamais appris sérieusement à faire la cuisine, lui disait-elle, mais maintenant que je m'y suis mise, je veux la faire bien.

— Tu fais tout bien.

Un jour il la trouva tout excitée en rentrant à la maison.

— Tu ne devineras jamais où j'ai été aujourd'hui ! Là-haut, dans le penthouse ! Oh, il faut que tu voies ça, Donald ! Jamais je n'aurais imaginé une chose pareille ! C'est une véritable maison, spacieuse, avec un jardin tellement grand que tu te croirais en banlieue... Je savais ce que c'était un penthouse, bien sûr, mais d'en voir vraiment un, c'est autre chose...

Si Donald n'éprouvait aucun intérêt pour les penthouses, il n'en était pas de même pour l'enthousiasme de Lillian, qu'il avait toujours trouvé délicieux.

— Je suis tout ouïe.

45

— Tu sais, ce petit chien, le yorkshire-terrier que nous voyons parfois dans le hall ? Eh bien, il appartient en fait aux gens du penthouse. Ils s'appellent Sanders, et ce matin le garçon qui promène le chien l'a perdu dans la rue. Je ne me souviens plus comment ça s'est passé… Oh ! oui, le crochet qui attache la laisse au collier n'était pas bien mis, il s'est détaché et le chien s'est sauvé. Il se trouve que j'étais justement dans le hall à ce moment-là, je sortais, quand le garçon est revenu complètement affolé. D'ailleurs, c'était stupide, au lieu de courir après Spike, il est revenu directement à la maison. Moi, je me suis précipitée dans la rue, j'ai couru jusqu'au carrefour, et là il y avait des types qui partaient avec Spike. Des types plutôt du genre baraqué, mais je me suis mise à hurler : « Hé ! c'est mon chien ! » et tout le monde s'est retourné, alors ils ont laissé tomber Spike et ils ont filé. J'ai ramassé le chien et je suis revenue jusqu'à l'immeuble en courant. Et ensuite, tu sais quoi ? Mme Sanders – Chloe, c'est son prénom – ne voulait plus me laisser repartir ! J'ai dû monter avec elle, prendre un second petit déjeuner, faire le tour de la maison. Et elle est tellement belle ! Y compris le coin de Spike, où il a un panier assorti à la décoration de la pièce !

Donald sourit : elle était si charmante ainsi, rose, haletante, et toute à son histoire…

— Tu te souviens du jour où j'ai dit que les chiens et les bébés aidaient à briser la glace ? S'il n'y avait pas eu Spike, nous ne nous serions jamais fait plus qu'un signe de tête dans l'ascenseur, et encore. Maintenant, elle veut que nous passions là-haut un soir, très bientôt. Lui travaille à Wall Street, Frank Sanders.

— Oui, je connais. C'est un des noms qui montent dans la ville en ce moment. Il possédait déjà plusieurs centaines de millions de dollars avant d'avoir trente ans. Trop riche pour nous, Lil.

— Oh, tu crois vraiment ? Moi, j'espère bien que non. En tout cas, si jamais nous devons les inviter, j'ai dit que nous venions juste de nous marier et que nous chercherions bientôt quelque chose de plus grand.

— Pas bientôt, non. Il se passera un bon moment avant que nous le fassions. Tu n'aurais pas dû dire une chose pareille.

— Je ne voulais pas dire que je n'aimais pas cet appartement, s'empressa-t-elle de répondre, d'ailleurs tu sais bien que je l'aime. Tu n'es pas en colère, n'est-ce pas ?

Non, il n'était pas en colère, et il le lui dit. Il était même plutôt surpris qu'elle puisse lui poser la question et paraître ainsi décontenancée – quelqu'un d'aussi raffiné qu'elle. Puis il songea qu'il aurait sans doute encore d'autres surprises. Commencer une vie de couple, ce devait être un peu comme ouvrir un nouveau livre ; à mesure qu'on tourne les pages, inévitablement, des scènes et des situations inattendues se révèlent.

— Alors, s'ils nous invitent, tu accepteras ?

— Bien sûr que j'accepterai.

Si beaucoup de jeunes couples avaient fait fortune ces dernières années, les Sanders faisaient exception. Leur ascension avait été fulgurante dans sa rapidité comme dans ses proportions. Ils se montrèrent fort amicaux avec eux, répétant à Lillian qu'ils ne pourraient jamais assez la remercier pour avoir sauvé Spike. Elle les impressionnait, visiblement, ce qui n'échappa pas à Donald : mais c'était vrai pour la plupart des gens. Et qu'y avait-il d'étrange à cela : rencontrait-on souvent un être aussi plein de vivacité et d'énergie joyeuse que Lillian ?

Quoi qu'il en soit, de ce jour, les (rares) fois où ils passaient la soirée chez eux, les Sanders – qui étaient vite devenus Chloe et Frank – invitaient Lillian et Donald à prendre le dessert et le café sur la table basse en marbre, dans leur salon de douze mètres de long. Parfois aussi, ils descendaient chez les Wolfe. Rien d'étonnant, donc, que des invitations à des vernissages, des thés, des spectacles et des dîners de bienfaisance commencent à arriver au courrier. Chloe Sanders avait décidé, semblait-il, de parrainer ces nouveaux venus qui l'intéressaient.

La plupart de ces événements, en fait, concernaient surtout Lillian, puisque Donald (contrairement à beaucoup d'hommes dans le milieu où évoluaient les Sanders) avait des journées de travail très chargées, qui ne lui laissaient guère le loisir d'assister à des bals ou à des repas de gala. Mais Lillian, cette inconnue, faisait ainsi son chemin depuis ses faubourgs d'origine vers le centre-ville. Ce dont Donald, voyant le plaisir qu'elle paraissait en retirer, se félicitait.

Souvent par la suite, quand il essaya de retracer le schéma général des événements qui s'étaient enchaînés et de remonter à l'origine de ces événements, il se demanda si leur amitié avec ce couple – ou était-ce juste une relation ? – n'avait pas été la cause de tout. Mais non : en général, les événements ne sont que le fruit de la rencontre entre un certain caractère ou un certain tempérament et une conjoncture extérieure, qui sert de déclencheur. En d'autres termes, ça serait arrivé de toute manière.

Peut-être Donald avait-il eu tort de ne jamais aborder avec sa femme, de façon complète et approfondie, ce sujet omniprésent que constitue l'argent. Mais, parce qu'il lui semblait avoir une bonne situation, cela ne lui avait pas paru important.

Un jour, en rentrant à la maison, il trouva un nouveau tableau, exposé bien en vue entre deux fenêtres.

— Qu'est-ce que c'est ?

Lillian arborait un air aussi fier qu'une jeune mère exhibant son nouveau-né.

— Je l'ai acheté cet après-midi. Tu aimes ?

— Oui ! oui, beaucoup.

C'était une huile de petite taille, avec un joli cadre de bois qui avait l'air ancien ; elle représentait une scène d'hiver, des arbres aux branches sombres et décharnées et de frêles petites pousses neuves, à moitié brûlées par la neige aux reflets blancs et bleus ; l'ensemble était drapé dans un air immobile, gris argent.

— L'attente du printemps, dit-il en se reculant pour avoir une meilleure vue d'ensemble. Ça donne une impression de fin d'hiver, de dégel. Ça pourrait être en février. Où l'as-tu trouvé ?

— Dans l'exposition que j'ai vue cet après-midi. Je ne pouvais pas le quitter des yeux, et le prix était très intéressant.

— Vraiment ? Combien l'as-tu payé ?

— Sept mille cinq. Mais il en vaut beaucoup plus. Il est de 1910, tu sais.

— Sept mille cinq cents dollars ? Lillian !

— Mon Dieu, tu sais ce que c'est que le marché de l'art en ce moment ? Tu ne sors pas souvent avec moi, mais assez quand même pour reconnaître une affaire, non ?

— Une affaire ; tout dépend du point de vue où on se place et de l'argent qu'on a !

— Je ne comprends pas… Je n'ai pas fait des folies, si ?

Elle le regardait comme si elle pouvait à peine le croire.

— Non, mais… Viens, allons jusqu'à mon bureau. Il faut que je te montre des chiffres, que j'aurais peut-être dû te montrer plus tôt. Regarde un peu.

Il prit un bloc et fit un tableau tout simple dessus : tant pour le revenu, tant pour les impôts, le reste se subdivisant en loyer, assurances, vie quotidienne, et épargne.

— Il faut que nous commencions à mettre vraiment de l'argent de côté. Nous pouvons vivre bien, ce n'est pas ce que je veux dire, d'ailleurs nous vivons bien, mais nous devons quand même faire attention. Nous allons avoir des enfants, qui auront besoin d'argent pour leur éducation. Alors, à l'avenir, c'est indispensable que nous discutions un peu ensemble avant de faire de gros achats, tu comprends. Comme ce tableau, par exemple.

Lillian ne répondit pas tout de suite. Les sourcils un peu froncés, elle se tenait debout devant le bureau en se caressant doucement les mains, comme pour examiner ses bagues. Ce tic récent inquiétait Donald, sans qu'il sache pourquoi.

— Je croyais que tu gagnais beaucoup plus, finit-elle par dire simplement.

— Je ne sais pas ce qui a pu te le faire penser. En tout cas, je trouve que c'est un très bon revenu.

— Je ne voulais pas dire que ce n'était pas beaucoup d'argent, bien sûr que non… Je voulais juste dire que si je l'avais su, je ne me serais pas précipitée pour acheter ce tableau. Mais Chloe n'arrêtait pas de me dire : « Pour l'amour du ciel, offrez-le-vous, vous en mourez d'envie », et ça me gênait de partir sans.

— Mais comment est-ce que tu as payé ?

— Chloe a payé. Elle leur a donné un chèque, alors maintenant nous lui devons cet argent.

Il sentit la colère monter en lui mais réussit à se maîtriser, pour ne pas lui adresser une remarque impulsive qu'il regretterait par la suite.

— Je peux en payer une partie, Donald, dit-elle. Ça ne sera pas beaucoup, mais j'ai toujours mon salaire hebdomadaire chez M. Buzley, non ? Alors je peux participer...

Tout à son désir de se faire pardonner, elle en butait sur les mots. Quand il vit dans quel état elle était, la colère de Donald s'apaisa pour de bon.

— Non, répondit-il, je m'en occupe. Seulement, la prochaine fois, parlons-en d'abord. D'accord ?

— Tu n'as qu'à le considérer comme un cadeau d'anniversaire *et* de Noël que tu me fais pour les prochaines années, dit-elle, presque en larmes.

Elle avait l'air si contrite que pour un peu, il aurait eu de la peine pour elle.

— Oublie cela, fit-il. En attendant, nous profiterons tous les deux de ce tableau. Ce sera notre trésor, ajouta-t-il, et il commença à véritablement voir toute l'affaire sous un jour différent.

Plus tard dans la soirée, Lillian aborda un autre sujet délicat :

— Tu te rappelles le gala de l'Opéra, Donald ? Les Sanders et leurs amis ont pris des loges comme d'habitude, et Chloe peut nous avoir deux sièges dans celle de sa tante. En fait, c'est la tante de Frank, Gloria Sanders. Tu as dû lire des choses sur elle.

— Non, rien. Qu'est-ce qu'elle a fait ?

— Pas exactement *fait* mais elle va partout, à toutes les

50

premières, elle est tous les jours dans le journal ou presque. Elle a un certain âge, mais ça ne se voit pas.

— Quel opéra est-ce qu'ils donnent ce soir-là ?

— Je ne sais pas, je n'ai pas demandé.

— J'aimerais quand même bien savoir ce que je vais voir avant d'acheter des billets.

— Oh, je suis sûre que ce sera merveilleux, de toute façon. Ce qui compte, c'est d'y être.

— Pas pour moi, non. Et à combien sont les places ?

— Chères, mais beaucoup moins que ce que coûterait toute la loge.

— J'espère bien, oui. Combien, alors ?

— En fait, répondit-elle en le regardant d'un air hésitant, jusqu'à ce soir, je n'avais aucune idée de ce que nous pouvions dépenser, alors j'ai dit oui. Elles coûtent... mille dollars chacune.

Les objets qui garnissaient la pièce, la lampe, le nouveau tableau à côté, et aussi le dossier sur lequel il avait travaillé dur toute la journée et qu'il venait de poser sur son bureau, tout se mit à tournoyer devant les yeux de Donald.

— Je suis désolé, mais tu vas devoir te désister, lui dit-il. Nous irons si tu en as envie, mais nous prendrons nos places habituelles. Ce sont déjà des B plus ; nous n'avons nul besoin de catégorie A, dans les loges, ni du don pour le gala de charité.

— Tu es en colère, Donald, et moi je suis désolée...

— J'essaie de ne pas être en colère, j'essaie. Mettons que tu ne savais pas. Mais maintenant que tu sais, ça n'arrivera plus, d'accord ?

— Ce n'est pas grave, alors ?

— Rien ne sera jamais grave entre toi et moi.

L'opéra en question était *Tosca*. L'un des préférés de Donald, pas seulement depuis ces dernières années où il allait à l'Opéra mais aussi à cause d'un souvenir d'enfance : quand sa mère allumait la radio, pour l'émission du samedi après-midi.

La maison était très petite et, de sa chambre, il pouvait entendre ce qui n'était encore pour lui qu'un mélange de voix, de violons et de percussions. De temps en temps pourtant, sa mère l'appelait pour qu'il écoute quelque chose qu'« il ne fallait pas rater », disait-elle. Dans la plupart des cas, s'il n'avait tenu qu'à lui, il aurait préféré le rater, mais parfois quelque chose retenait son attention, une marche entraînante, ou bien une voix de femme aussi pure et cristalline que le son d'une flûte. Aussi, quand il entendit pour la première fois « Vissi d'arte » sur une scène d'opéra, il se souvint qu'il l'avait déjà entendu auparavant.

Et maintenant, à l'occasion de cette soirée de gala, il allait l'entendre de nouveau, ici, dans cette magnifique salle, au côté de sa ravissante femme, rayonnante dans sa robe de soie cramoisie, ce drame musical d'une beauté tragique incomparable. Un frisson lui parcourut la nuque ; il se sentait comme quelqu'un à qui la vie s'apprête à donner le meilleur de ce qu'elle peut donner.

Il était toujours dans cette humeur jubilatoire quand il descendit dans le foyer pendant l'entracte.

— C'est la meilleure *Tosca* que j'aie entendue, dit-il à sa femme. Il est vrai que je n'en ai pas entendu des dizaines d'autres, ajouta-t-il en riant. Qu'est-ce que tu regardes ?

Lillian s'était retournée et s'efforçait d'apercevoir un groupe de gens installés près du bar.

— Là-bas, lui glissa-t-elle, regarde ! C'est elle, la tante des Sanders dont je t'ai parlé ! Cette émeraude en pendentif, tu as déjà vu quelque chose comme ça ? Au moins huit carats, peut-être dix... Tu as une idée de ce qu'elle peut valoir ?

— Aucune, non.

Il ne pouvait dire si son ton avait ou non laissé transparaître son changement d'humeur, ni si elle s'en était aperçue, parce qu'elle poursuivait son idée sans paraître l'avoir entendu.

— Ce doit être génial d'être assise dans sa loge comme une reine et de laisser ses bijoux étinceler. Quand on en arrive là, il n'y a rien de tel que l'Opéra, question dignité. Ça a quelque chose de majestueux, tu ne trouves pas ?

— Sans doute que si.

Le lendemain matin était un dimanche ; il avait le temps de rester au lit et de réfléchir, tout en regardant Lillian dormir. Il connaissait son visage dans tous les détails, et pourtant, que savait-il vraiment d'elle ? Et que savait-on de qui que ce soit, d'ailleurs ? *Un mystère caché à l'intérieur d'une devinette, cachée à l'intérieur d'une énigme.* Il avait été stupide de se sentir blessé par l'indifférence qu'elle avait eu l'air de montrer envers *Tosca* ; un détail aussi futile… Était-elle censée être sa copie conforme, tout faire exactement comme lui ? Et d'ailleurs lui, que croyait-il être ?

Pourtant, quelque chose continuait à le tracasser. Le temps qu'elle se réveille, il avait décidé de lui en parler.

— J'ai fait un mauvais rêve, lui dit-il. J'ai eu l'impression que quelque chose t'emportait loin de moi, et que je n'arrivais pas à te retenir.

— C'est idiot, lui répondit-elle, la tête sur son épaule, complètement idiot.

— Peut-être. Mais j'aimerais que tu te fasses d'autres amis, en plus de ceux que tu as rencontrés par Chloe. Je n'insinue pas que tu ne doives plus les voir, juste que ce serait bien si tu sortais de temps en temps avec des gens différents. De la variété, de la diversité… tu vois ce que je veux dire ?

— C'est difficile de se faire des amis dans cette ville. Tout le monde est si occupé avec ses affaires. J'ai déjà de la chance que Chloe prenne autant soin de moi.

— Et dans mon petit groupe d'amis à moi ? La femme d'Ed, ou bien Susan, ou Polly… Tu apprécies beaucoup Polly, tu me l'as dit.

— Je les vois de temps en temps. Mais elles ont toutes un enfant ou deux, ou alors elles sont enceintes et elles ne parlent que de ça.

Il ne put retenir un discret sourire.

— Peut-être que ça te donne des idées, non ? Ou bien est-ce trop tôt ?

— Donald ! Nous ne sommes mariés que depuis septembre. Pourquoi se dépêcher ? De toute façon, je vais commencer à travailler à ma maîtrise. Une chose à la fois.

Il n'avait pas l'intention de poursuivre sur le sujet des relations de Lillian, mais quelque chose l'y poussa quand même, il ne savait pas quoi. Il se surprit d'ailleurs lui-même avec sa remarque suivante, qui sortit spontanément de sa bouche.

— Tu vois souvent Cindy, n'est-ce pas ?

— Souvent, non, mais je reste en contact avec elle. Pourquoi ? Cela t'ennuie ?

— Je n'aurais aucun droit d'être ennuyé par les gens que tu vois, mais, en l'occurrence, cela ne m'ennuie pas du tout, non. Au contraire, j'apprécie que tu puisses te sentir à l'aise avec deux personnes aussi différentes que Chloe Sanders et Cindy. À propos, comment va-t-elle ?

— Toujours pareil. Elle trouve un travail minable, elle le garde une semaine ou deux, puis elle le perd. Si elle pouvait arrêter de boire… Mais elle n'y arrive pas.

— Et tu continues à l'aider.

— C'est une brave fille. Je ne peux pas la laisser se noyer sans rien faire.

Il aurait fallu avoir le cœur bien sec pour ne pas être touché par une telle générosité.

— Tu es merveilleuse, lui dit-il. Si Cindy était née dans le même foyer que Chloe Sanders, est-ce qu'elle aurait été différente ? C'est le genre de question que tout le monde se pose, et il n'existe pas de réponse. Mais, en tout cas, si je peux faire quoi que ce soit pour aider ton amie, dis-le-moi, et je le ferai.

— Tu es un homme bon, Donald. Si bon que ça me rend presque triste.

— Triste ? Mon Dieu, je veux juste que tu sois heureuse… Je veux que tu sois la femme la plus heureuse de New York !

Le printemps tarda à arriver, cette année-là ; des rafales de pluie glaciale, poussées par des vents violents, balayaient les rues grises de la ville.

— Tout est gris, soupirait Lillian, debout devant la fenêtre. C'est déprimant...

Elle avait fait ce genre de réflexions toute la semaine, et Donald était fatigué de les entendre.

— C'est juste l'hiver, observa-t-il fermement, personne n'y peut rien.

— Facile à dire pour toi ! Tu vas bientôt prendre un avion et t'en aller loin, revenir à la maison et ensuite repartir !

— Ça ne m'enchante pas toujours, fit Donald, non, pas toujours. Mais je n'ai pas le choix.

— Moi, il me semble qu'une fois de temps en temps tu pourrais dire non.

— Ta remarque est tellement absurde qu'elle ne mérite même pas de réponse. Et tu le sais très bien.

— D'accord, je le sais très bien. Mais tu n'imagines pas ce que c'est que de rester ici toute seule. Quelle horreur ! Regarder dehors par la fenêtre et ne voir que des murs. Si nous étions dans un étage plus élevé, au moins, on pourrait...

Elle n'avait jamais aimé cet appartement, songea-t-il, elle avait juste fait semblant...

— Nous ratons tellement de choses – moi, en tout cas, pour-suivait-elle. Personne ne propose à une femme seule de sortir le soir. Ces billets pour le dîner du Plaza ont été perdus, parce qu'ils t'ont averti seulement deux jours avant que tu devais partir pour Genève.

C'est vrai qu'il s'était absenté souvent, au cours de ce premier hiver de leur mariage, plus souvent que d'habitude. Parmi les clients d'Orton et Pratt figurait une société qui avait été escroquée de plusieurs centaines de millions par un homme qui à ce jour était toujours en fuite. L'individu avait été aperçu – ou, du moins, des témoins prétendaient l'avoir aperçu – dans des endroits aussi divers et variés que la Suisse, le Brésil ou le Béloutchistan. Les filiales de la société en question avaient des intérêts un peu partout, formant une toile compliquée qui donnait du travail à une douzaine de confrères de Donald à travers le monde.

— Je travaille pour un cabinet juridique international, tu t'en souviens ? Je ne peux rien changer à ça, Lillian. Et, pour tout te dire, je n'ai pas envie d'y changer quoi que ce soit.

Il n'avait pas voulu la brusquer ; il désirait juste la paix, et jouir d'une tranquillité d'esprit que, jugeait-il, il méritait bien. Pour l'instant, il avait envie d'oublier tout cela, aussi ferma-t-il les yeux et posa-t-il la tête sur le dossier capitonné de son fauteuil, tandis qu'un lourd silence tombait sur la pièce comme un épais brouillard.

Quand il les rouvrit elle était toujours là, mince et svelte dans sa jupe légère, jouant avec son long collier d'une main gracieuse ; elle lui rappelait, ainsi, l'un de ses tableaux préférés, qu'elle lui montrait souvent – et comme d'habitude il n'arrivait pas à se rappeler le nom du peintre, un Français, très célèbre...

Il faut que ça cesse, songea-t-il. Je suis trop susceptible, et ce n'est sûrement pas la première fois que ça arrive. Pourquoi est-ce que je laisse toutes ces petites chamailleries me troubler autant ? Il faut absolument que je me reprenne ! J'attendais quoi du mariage, au juste ? Un petit amour confortable et tranquille, sans jamais un mot plus haut que l'autre ? Mais les gens ne sont pas comme ça. *Je* ne suis pas comme ça. *Elle* n'est pas comme ça. C'est ça, la vie de couple, c'est ça, la vie tout court.

— Je vais voir ce que je peux faire, dit-il. Tu ne crois pas que je préférerais être ici avec toi plutôt que n'importe où d'autre au monde ? Tu le sais, n'est-ce pas ?

Elle vint à lui, les bras grands ouverts.

— Quand tu parles comme cela, je me sens désolée, Donald, j'ai tellement honte. Tu es trop bon pour moi.

Il fit ce qu'il pouvait. En juin, le propriétaire d'un domaine qu'on disait fabuleux, à Westchester, donnait une fête à laquelle Donald et Lillian furent invités – sûrement par l'intermédiaire des Sanders.

Dès le début du mois, Donald en communiqua la date à M. Pratt.

— Nous allons sans doute avoir une nouvelle réunion à

Genève bientôt, et je me demandais s'il serait possible de s'arranger pour la date... Ma femme, vous savez ce que c'est, aimerait beaucoup aller à cette fête. Personnellement, j'avoue que je ne connais même pas ces gens, je ne sais rien sur eux.

— Vous n'avez jamais entendu parler de Tommy Fox ni des milliards qu'il a gagnés au Mexique ? Non ? C'était il y a quelques années et vous avez dû oublier. Ou alors, poursuivit Pratt d'un air malicieux, c'est que vous n'ouvrez jamais les pages people des journaux. En tout cas, dites à votre femme de ne pas s'inquiéter.

Ainsi donc, par une belle et douce soirée, bien avant que le crépuscule ne commence à tomber, Donald et Lillian quittèrent la ville dans une somptueuse voiture de sport de marque étrangère, du genre qui attirait tous les regards. Il lui avait demandé d'en louer une pour l'occasion, et son choix s'était porté sur celle-ci. Elle était à la hauteur de l'occasion, affirmait-elle. À l'achat, la voiture valait cent soixante-quinze mille dollars.

— Cent soixante-quinze ? Pourtant, elle n'est pas beaucoup plus grande que deux poubelles attachées ensemble.

— Eh bien, c'est une deux places, tu t'attendais à quoi ? répondit-elle en riant. Et elle peut monter à... au moins deux cents à l'heure, si tu veux tout savoir. Peut-être même un peu plus.

— Génial. J'essaierai dès qu'on ne sera plus sur Riverside Drive.

Elle avait l'air au comble de l'excitation. Il la félicita : sa robe était assortie à ses yeux, et elle lui répondit que non, pas exactement : sa robe avait du violet mélangé avec le bleu, et pour être précis, ses yeux à elle se définissaient comme « pervenche ». Le mince collier de diamants qui entourait le cou de Lillian aurait pu donner lieu à une assez vive discussion, si Donald n'avait pas décidé que rien ne viendrait gâcher cet événement, non plus que n'importe quel autre dans l'avenir.

— Chloe a insisté pour me le prêter, lui avait-elle expliqué. En fait, Frank vient de lui en donner un autre pour son anniversaire. Il est très différent de celui-ci, bien sûr, mais elle dit qu'elle n'en avait pas vraiment besoin. Alors maintenant ils font un peu double emploi, et elle dit que ce serait dommage que celui-ci ne serve à rien, donc elle avait envie de me le prêter pour la soirée.

La mère de Donald aurait jugé vulgaire de prêter des bijoux. Et il était étrange que ce genre de souvenir lui revienne tout à coup à l'esprit, lui qui pensait si rarement à sa vie d'avant.

En tout cas, on ne pouvait nier que ce collier mettait merveilleusement en valeur la beauté de Lillian, soulignant la courbe si pure de son menton, ses lèvres pleines et vermeilles, le bleu de ses yeux. Sûrement, les hommes la regarderaient ce soir, d'ailleurs ils le faisaient toujours. Eh bien, qu'ils la regardent. Donald se rapprocha d'elle et lui saisit la main, la tint quelques instants entre les siennes.

La maison où ils arrivèrent était immense et flambant neuve. Des colonnes corinthiennes blanches lui donnaient l'allure d'une demeure de planteur du Sud ; l'énorme porte d'entrée à double battant, en bois brun massif, était sans aucun doute victorienne. De part et d'autre du bâtiment principal partaient des ailes à toit plat, qu'on aurait pu prendre pour des entrepôts si elles n'avaient comporté de grandes baies vitrées en guise de fenêtres.

Très impressionnant, songea-t-il. Son travail l'avait déjà amené dans de grands manoirs, aux États-Unis ou à l'étranger, mais aucun d'eux n'avait jamais ressemblé à cela.

À l'arrière de la demeure, une immense clairière (manifestement ouverte dans la forêt environnante au moment où l'on construisait la maison) accueillait une foule animée, aux vêtements colorés qui contrastaient avec les vestes blanches des serveurs qui allaient et venaient chargés de leurs plateaux.

— Quelle vision ! s'exclama Lillian. J'ai entendu dire qu'il y avait deux cent cinquante invités. Oh, Donald, regarde un peu ça !

À leur droite, en contrebas de la clairière en pente douce, un assez grand étang s'étalait jusqu'à la lisière de la forêt. Une jolie gloriette de bois ajouré et sculpté s'élevait en son milieu, un peu désuète, comme on en voyait dans des jardins publics à l'ancienne.

— Tu crois qu'on peut nager jusque là-bas ? demanda Lillian à Donald.

Un homme qui passait dans les parages et qui l'entendit répondit :

— Non, c'est juste pour les nénuphars et pour faire joli. Pour les algues aussi, ajouta-t-il en riant, ce n'est pas ça qui manque, mais tout le monde veut un étang de nos jours. Ils ont déjà leurs piscines depuis longtemps, aujourd'hui il leur faut des étangs. Au fait, est-ce qu'on est censés se connaître ? Je suis Roy Fox, le frère de Tommy.

Les présentations furent faites, on se serra la main, puis ils se dirigèrent ensemble vers une immense tente qui se dressait au loin.

— Nous sommes de vieux amis de Chloe et Frank, des amis très proches, dit Lillian.

— Vraiment ? Alors nous avons déjà dû nous rencontrer. Je connais tout le monde mais j'ai une mémoire exécrable.

— Oh, vous voilà ! cria Chloe Sanders. Je disais à Frank que c'étaient les Wolfe, dans ce sublime petit bolide italien ! Quand est-ce que vous l'avez eu ?

— Il n'est pas à nous, nous l'avons loué, expliqua Donald.

— Pour l'essayer, rectifia Lillian. Pour voir si nous l'aimons assez pour l'acheter.

Quelque chose coula dans le cou de Donald, si tiède que ç'aurait fort bien pu être de l'eau ; mais ce n'en était pas, c'était de la honte. Pourquoi disait-elle des choses pareilles, comme si les gens n'allaient pas y voir clair dans sa remarque ? À moins qu'il ne se trompe et qu'ils ne voient rien, après tout.

C'était au tour de Frank Sanders de s'approcher.

— Quelle ambiance ! Je ne pensais pas que je connaissais autant de gens, vraiment. On fait deux pas et on tombe sur le vieux Ray, ou Charlie, ou quelqu'un d'autre. Quelle foule ! Ils ont fait venir deux orchestres super – j'ai oublié leurs noms –, et plus tard il y aura un spectacle des Dig Down Wheezers. Ça doit coûter un max de les faire venir !

— J'ai une faim de loup, dit Chloe.

La foule affluait lentement vers la tente, vaste édifice aux parois de soie blanche. Rapidement, les Sanders furent entourés par une nuée d'amis. Donald et Lillian, perdant contact avec le seul couple qu'ils connaissaient, se retrouvèrent assis à une table en compagnie de parfaits étrangers.

Pas le haut du panier, songea Donald avec un certain amusement. Des relations périphériques, comme nous. Des supplétifs.

Naïvement, Lillian s'étonnait qu'ils ne soient pas assis à côté de certaines des femmes avec qui elle avait lié connaissance lors des repas de charité, et elle en était blessée, il le vit. Elle ne comprenait pas qu'ici le rang et la place qu'on occupait étaient déterminés par certains critères ; mais ce n'était ni le lieu ni le moment pour le lui expliquer, aussi lui affirma-t-il plutôt que c'était agréable de rencontrer des têtes nouvelles. Une jolie jeune femme, assise en face d'eux, proclamait à qui voulait l'entendre qu'elle et son mari n'avaient jamais assisté à une fête pareille.

— C'est si gentil à eux de nous avoir invités, Rick et moi... Nos enfants et les leurs vont dans le même centre de loisirs, c'est comme ça que nous nous connaissons. Nous sommes voisins aussi, si l'on peut dire. Notre maison était autrefois la maison du jardinier, dans le domaine qui fait face à celui-ci.

Donald apprécia sa franchise, et aussi la simplicité de Rick, son mari, qui était avocat. L'unique avocat de la ville.

— Oh, oui, Orton et Pratt, dit-il quand Donald fut obligé de donner le nom de son cabinet, en réponse à sa question. Il doit y avoir une sacrée pression quand on bosse dans une boîte pareille, j'imagine.

— Donald est un des membres associés du cabinet, se crut obligée de préciser Lillian, sans aucune nécessité.

Pourquoi avait-elle dit cela, elle, autrefois si pleine de tact ? Donald brûlait de lui glisser à l'oreille combien sa remarque était inutile et avait dû paraître vaniteuse ; mais il se retint à temps et préféra l'entraîner vers la piste de danse, parmi les flots de musique.

— C'est très intelligent de leur part d'avoir fait venir deux orchestres, dit-elle. Le groupe de rock alternera avec celui-ci toutes les demi-heures à peu près, et comme cela tout le monde sera content.

Son visage, tourné vers Donald, lui évoqua une éblouissante fleur tropicale qu'il se souvenait d'avoir vue quelque part, peut-être dans un jardin botanique. Il se laissa gagner par le rythme de la musique, et bientôt il baignait dans une sensation d'harmonie totale. Comment était-il possible qu'une telle sensation puisse se briser sous l'effet d'une remarque insignifiante comme celle qu'elle avait faite quelques minutes plus tôt ?

— Nous sommes bien ensemble, non ? lui dit doucement Lillian.

— Oui.

— Tu es content, je le sens. Pourtant tu ne pensais pas que cette fête te plairait beaucoup.

— Tu lis dans mes pensées ou quoi ? lui demanda-t-il avec un sourire.

— Oui. Il ne faut pas que tu prennes tout aussi au sérieux, Donald. C'est vraiment un problème chez toi.

— Non. Je ne crois pas.

Juste à ce moment-là, quelqu'un lui tapa sur l'épaule.

— Hé, je vous interromps. C'est permis, vous ne saviez pas ?

Le nouveau venu avait l'air légèrement ivre, ou plutôt un peu euphorique.

— Pourquoi monopoliseriez-vous la plus belle femme de la fête ?

Comme Lillian avait l'air d'accord, Donald la laissa aller. Il retourna jusqu'à la table, la regarda, là-bas et, la jugeant en sécurité, se mêla de nouveau à la conversation.

À l'autre bout de la table, un gros homme, qui devait être plus jeune qu'il ne le paraissait, pérorait haut et fort.

— Vous avez une idée de ce que ça coûte, ce genre de pince-fesses ? D'abord, ils ont fait appel à une agence spécialisée pour l'organiser. Mettez déjà vingt mille, rien que pour l'agence. Ensuite, c'est sans limites. Tenez, jetez un coup d'œil sur les fleurs à cette table, juste les fleurs : elles viennent d'Hawaii, cinq cents pour vingt-cinq tables, au bas mot. Et encore, c'est des clopinettes si on compare au caviar à tous les buffets. Steaks de première qualité, homard, tout ce dont on peut avoir envie. Et l'autre piste de danse, vous l'avez vue ? Celle qu'ils ont construite au-dessus de la piscine ?

Le gros homme, dont l'enthousiasme se teintait maintenant d'une sorte de crainte respectueuse, n'attendait pas de réponse. Il poursuivit :

— Allez-y, faites le tour, regardez. Et vous savez quoi ? Tout à l'heure, quand ils seront sûrs que tous les enfants sont au lit, ils feront venir deux ou trois strip-teaseuses pour nous rincer l'œil. Alors surtout, ne partez pas trop tôt.

C'était le moment où les groupes changeaient de piste de danse. Celui qui s'installait ici était du genre à marteler la musique, son chanteur à hurler dans le micro. Les danseurs devenaient frénétiques, tournoyant sauvagement sur la piste et se bousculant ; leurs coudes et leurs genoux s'agitaient comme des pistons et ils étaient en nage.

Donald se mit à chercher Lillian des yeux ; au bout d'un moment, comme il ne l'apercevait pas dans la cohue, il se leva pour mieux la guetter. Mais il ne la trouva pas davantage ainsi et finit par se rasseoir. La foule des danseurs sur la piste avait doublé depuis tout à l'heure ; après tout, songea-t-il, qu'elle s'amuse un peu si elle en avait envie. Dès qu'il la reverrait, il se lèverait pour aller la rejoindre – mais la vérité, c'est qu'il se passait aisément de ce genre de gymnastique. Il avait été plutôt bon danseur à dix-huit ans, mais vers l'âge de vingt-cinq ans il avait laissé tomber. Non sans rire un peu de lui-même, il resta donc assis et l'attendit.

À mesure que de nouveaux arrivants y pénétraient, l'atmosphère s'alourdissait à l'intérieur de la tente, l'air s'y raréfiait. Rick, le jeune avocat, regarda sa montre, et sa femme se couvrit la bouche de la main pour étouffer un bâillement. Une demi-heure s'était maintenant écoulée, depuis la dernière fois que Donald avait aperçu Lillian.

Intrigué, vaguement inquiet, vaguement en colère aussi, il finit par se lever et sortir de la tente. L'air de la nuit lui fit du bien, ainsi que le calme retrouvé dès que la musique s'atténuait. Quelques étoiles brillaient là-haut, loin au-dessus des lanternes qu'on avait suspendues aux branches des arbres. De petits groupes de gens étaient dispersés çà et là sur la pelouse, flânant pour certains, immobiles pour d'autres. Si Donald avait eu d'autre préoccupation en tête, il aurait sûrement été sensible au charme de la scène.

Elle ne peut pas être très loin, songea-t-il, commençant à marcher lentement. Quelqu'un l'avait sûrement vue.

Bientôt, deux hommes le dépassèrent, et il les entendit mentionner un nom qui lui était familier – bien trop familier.

— Sacré bonhomme, disait le premier, ils ne l'auront jamais. Il est plus malin que dix Interpol, ou que les dix meilleurs cabinets juridiques réunis, ou même que le fisc.

— Je suis pour lui, répondit l'autre en gloussant. Dans la vie il faut faire son beurre, voilà comment je vois les choses.

Ça le fait rire ! Une boule de dégoût se forma dans la gorge de Donald et il en eut assez de cette ambiance. Où est-elle, bon Dieu ? Je la trouve et on rentre, vite...

— C'est votre femme que vous cherchez ? Je crois bien l'avoir aperçue vers l'étang.

Donald se retourna pour voir Rick et sa femme, qui se dirigeaient vers la route d'un pas rapide. Sa femme ajouta :

— Nous devons déjà partir, à cause de la baby-sitter. Mais c'était une charmante fête.

Elle est gentille, pensa-t-il en les suivant des yeux ; elle veut dire quelque chose de poli, mais en réalité ils n'ont visiblement apprécié la soirée ni l'un ni l'autre. Puis il fit volte-face et prit le chemin de l'étang.

Là-bas, il rencontra Frank Sanders, en compagnie d'une femme que Donald ne connaissait pas.

— Vous cherchez Lillian ?

— Oui. On dirait qu'elle a disparu, je ne comprends pas...

— Vous avez regardé dans les lits ?

— Les lits ?

— Il y en a trois ou quatre, de l'autre côté de la tente, dit Frank en riant. Vous n'en aviez pas entendu parler ?

L'espace d'une seconde, Donald devint blême ; puis il recouvra ses esprits, mais sa tension avait monté d'un cran.

— Si, bredouilla-t-il, j'ai déjà lu ou entendu quelque chose sur ce genre de fêtes, mais je ne m'y attendais pas ici.

— Pourquoi pas ? En tout cas, ils sont par là-bas. Si vous voulez jeter un coup d'œil...

Le sang de Donald battait dans ses tempes ; il sentait même ses vaisseaux gonfler sous son alliance. Rebroussant rapidement chemin en direction de la tente, il la dépassa en courant, ou presque, contourna un bosquet d'arbustes élevés et tomba sur Lillian, qui marchait devant lui en compagnie d'un homme. Quand elle entendit des pas derrière elle, elle se retourna puis s'écria en voyant Donald :

— Tu étais où ? Je t'ai cherché partout ! Hugh... C'est bien Hugh, n'est-ce pas ? Voici mon mari, Donald Wolfe.

Les deux hommes se saluèrent de la tête puis l'autre dit :

— Bien, maintenant que vous vous êtes retrouvés, je vais partir de mon côté chercher mon groupe.

— Lillian, qu'est-ce que c'est que cette histoire ? demanda Donald dès qu'ils furent assez loin pour que l'autre ne puisse plus les entendre.

— Quoi, cette histoire ? Je te cherchais, j'ai rencontré cet homme et il m'a aidée à te chercher, c'est tout.

Un rai de lumière tomba sur son visage et ses joues, qui semblèrent empourprées à Donald. Juste à ce moment-là, derrière un laurier entouré de jeunes épicéas, il aperçut un lit posé au sol – un vrai lit, avec un couple allongé dessus.

— Ne te moque pas de moi, Lillian, murmura-t-il.

— Qu'est-ce que tu racontes ? Je ne savais même pas pour ça, et toi ?

— Pas jusqu'à il y a quelques minutes, non.

— Alors, de quoi m'accuses-tu ? Pourquoi me harcèles-tu sans arrêt ?

— Ce n'est pas vrai, tu sais très bien que ce n'est pas vrai.

Puis ils passèrent sous une lanterne et, en la regardant,

Donald vit qu'elle avait le visage en feu. Elle trébucha, se rattrapa à son bras, et il remarqua une grande tache mouillée sur sa robe.

— Qu'est-ce que tu as bu ? lui demanda-t-il.

— Écoute, il faut vraiment que je me justifie chaque fois que je respire ? lui demanda-t-elle d'une voix plaintive.

Tout à coup il comprit, ou du moins il pensa comprendre. Non, elle ne serait pas allée d'elle-même vers un de ces lits, mais cet homme était sur le point de profiter de son état. Toujours la même très vieille histoire.

— Viens, Lillian, rentrons à la maison. Il y en a assez de cet endroit.

— Toi peut-être, mais pas moi ! La fête commence à peine, et je passe un bon moment…

— Mais qu'est-ce que tu as bu, bon sang ? En tout cas, c'est beaucoup trop.

— Je ne sais pas ce que c'était, et quelle différence est-ce que ça peut bien faire ? Quelqu'un m'a offert quelques verres, je ne sais pas de quoi, mais c'était bon, et je les ai bus.

— Ces gens sont abjects. Abjects.

Quand elle trébucha de nouveau, il la souleva et la porta (elle était toute molle dans ses bras) vers la voiture de sport si tape-à-l'œil, puis ils partirent et gagnèrent la nationale. De temps en temps il se tournait vers elle pour la contempler : elle s'était assoupie. La vision d'un être humain ainsi endormi et vulnérable avait quelque chose d'un peu triste – c'était du moins ainsi que Donald avait toujours ressenti cela. Quelques heures plus tôt seulement, ils se dirigeaient vers la fête dans un tout autre état d'esprit. Elle était si brillante, si gaie dans sa robe… pervenche, c'était cela ? Et maintenant, blottie sur le siège, avec cette grosse tache sous son collier de diamants auquel il ne parvenait pas à s'habituer, sa vue l'emplissait de colère.

Ce n'était pas juste parce qu'elle avait trop bu – ça pouvait arriver à tout le monde. Ni même à cause de ce qu'elle aurait pu faire avec cet homme si Donald n'était pas tombé sur eux juste à temps. Non, c'était toute la mauvaise atmosphère que cet endroit dégageait. Cet autre type, Rick, l'avait sentie lui aussi ; ce n'était pas leur genre à eux non plus, c'est pour cela qu'ils étaient partis aussi vite. Et ce n'était pas davantage le genre de Lillian.

Ils étaient presque chez eux quand elle se réveilla. Elle commença par arranger ses cheveux, vérifier son rouge à lèvres dans le miroir de courtoisie. Avant de pénétrer dans l'immeuble, elle s'enveloppa dans son châle d'un geste souple et gracieux, de manière à cacher la robe souillée.

— Je suis bien comme ça ? Je suis présentable ?

Elle parlait joyeusement, comme si rien n'était arrivé.

Elle était *très* bien comme ça, en fait. Deux hommes qui montaient en même temps qu'eux dans l'ascenseur lancèrent des regards éloquents dans sa direction, avant de les échanger entre eux – des regards qu'elle ne vit peut-être pas, mais que Donald remarqua.

— Je fais du café ? lui demanda-t-il en ouvrant la porte.

— Non, sauf si tu en veux. Moi je n'en ai pas besoin, merci. Je ne t'ai pas fait trop honte ?

— Non. Ni à moi ni à toi. Je t'ai arrêtée à temps.

Quand il entra dans la chambre quelques instants plus tard, elle avait déjà retiré tous ses vêtements, sauf le collier.

— Dégrafe-le pour moi, s'il te plaît. Je déteste l'idée de l'enlever. Il doit valoir un an de loyer de cet endroit, ou même plus, à ce que j'en sais.

Il retira le collier et le posa sur la table de nuit. Comme elle tendait la main pour le toucher encore, il saisit le doigt auquel était glissée sa bague.

— Je suis l'homme qui t'a donné ce diamant, lui dit-il d'un ton brusque. Essaie de ne pas l'oublier.

— Tu es jaloux, fit-elle en souriant.

— De qui ? De qui est-ce que je devrais être jaloux ?

— De tout le monde. Des hommes qui étaient à la fête, de ceux qui se trouvaient dans l'ascenseur il y a cinq minutes.

Elle était là, la tête haute, se moquant de lui avec ce sourire. La garce ! Elle était exaspérante, elle était irrésistible ; elle le mettait en fureur et en même temps il avait tant envie d'elle.

Tous ses membres, toutes les gouttes de son sang hurlaient son envie d'elle.

— Monte dans ce lit, lui dit-il, tout de suite.

C'est étonnant, songea-t-il le lendemain, comme une nuit d'amour, pourvu qu'elle soit intense, peut vous calmer les nerfs, dissiper vos incertitudes, et faire que le monde semble un lieu presque vivable. Il pensait également que moins elle passerait de temps avec Chloe Sanders et des agitées dans son genre, mieux ce serait.

— Je réfléchissais, commença-t-il, qu'avec toute l'énergie que tu as à dépenser, ça pourrait être une bonne chose pour toi d'être à temps complet jusqu'au début de tes cours. Pourquoi ne pas demander à M. Buzley ? Tu travailles si bien, il serait sans doute content.

Et en effet : il fut content. Chaque jour, Lillian rentrait à la maison avec une nouvelle anecdote à raconter, ou quelqu'un qu'elle imitait, pour amuser Donald pendant le dîner. Les gens les plus bizarres défilaient dans le cabinet de Buzley, certainement pas le genre de ceux qui venaient chez Orton et Pratt. En l'espace d'une semaine, il entendit parler d'un célèbre chanteur de rap accusé de voies de fait ainsi que d'une femme sortie de l'Assistance publique et qui avait gagné à la loterie.

— C'est fascinant, je te jure. Et le vieux Buzley est un homme formidable. Sa femme a depuis six ans une sclérose latérale amyotrophique, il sait qu'elle va mourir, et pourtant on ne le devinerait jamais quand on est avec lui. On ne devinerait jamais non plus quel sens de l'humour il peut avoir, quand on ne l'a pas entendu sortir les blagues qu'il est capable de sortir. Pauvre vieux. Je suis vraiment folle de lui, je t'assure.

Oui, il avait eu raison de l'éloigner de la bande des Sanders. Le mois de juin fut radieux, et ils le célébrèrent en renouant avec leurs occupations des premiers temps : promenades à travers la ville, canotage dans le parc, pique-niques avec des amis sous les frondaisons.

Puis, au début juillet, arriva l'invitation. Roy Fox donnait une fête.

— Je suis vraiment étonnée qu'ils se souviennent de nous, dit Lillian. Les Fox ne nous avaient invités qu'à cause des Sanders...

— Il a recopié les listes de son frère, c'est tout. Je suis sûr que personne là-bas ne se souvient véritablement de toi ni de moi.

— Il paraît que le domaine de Roy est encore plus fabuleux que celui de Tommy. Je suis vraiment curieuse de voir à quoi il peut ressembler.

Mais Donald secoua la tête.

— Lil chérie, nous n'irons pas.

— Nous n'irons pas ! Mais enfin, pourquoi pas ?

— Ce que quelqu'un trouve « fabuleux », quelqu'un d'autre peut le trouver tout simplement écœurant.

— Quoi, encore cette histoire de lits ? Si certaines personnes vont là-bas pour ce genre de choses, ça ne veut pas dire que tout le monde y va pour ça !

Sa voix et son attitude montrèrent à Donald que tout cela n'allait pas se régler en cinq minutes. Au même moment, quelque chose fit tilt dans sa mémoire. Bien sûr ! Cet homme dont il avait surpris la conversation, là-bas, et qui approuvait les faits et gestes du fameux escroc, celui qui avait fui le pays avec ses millions volés, il l'avait déjà vu en photo, c'était le père de Roy et de Tommy !

— Abjects, dit-il à nouveau, ces gens sont abjects.

— Pourquoi ? Oh, encore à cause de ces lits, c'est ça ?

— Non, c'est plus grave et cela va plus loin...

Il n'allait pas entamer un débat sur les questions de moralité, sexuelle, financière ou autre, aussi se contenta-t-il de répondre :

— Tout ce qui s'est passé là-bas était vulgaire. Il y avait trop de... trop de tout. Quelquefois, le moins est préférable au trop. Je n'ai pas aimé cette atmosphère et je ne veux pas la retrouver.

— Tu devrais trouver une chaire pour y monter, Donald, on dirait un vrai prédicateur. En fait, tu es un puritain.

— On a dû me traiter de beaucoup de choses derrière mon dos, mais de puritain, encore jamais. Je ne crois pas.

— Alors, disons que tu es une espèce de socialiste qui déteste tous les riches, du moins les plus riches que lui.

— Tu sais que là, tu dis vraiment n'importe quoi ? Est-ce que je déteste M. Pratt, par exemple ? Non, parce que c'est un homme digne et respectable, à tout point de vue. Il sait apprécier ce qu'il gagne à sa juste valeur, il ne le gaspille pas, il n'en fait pas étalage et, par-dessus tout, il a le sens de l'honneur.

— Tout ce discours à propos d'une simple invitation ! Je n'arrive pas à le croire.

Lillian le regarda dans les yeux.

— Tu peux être tellement ennuyeux quand tu t'y mets, Donald. Est-ce que tu as la moindre idée de combien tu peux être ennuyeux ? Tu m'as fait une impression si différente le jour où nous nous sommes rencontrés, tu avais l'air plein de vie, amusant, l'esprit ouvert…

C'est drôle, songea-t-il tandis qu'il soutenait son regard, parce que ce sont exactement les qualités pour lesquelles on me fait parfois des compliments. Il continua à contempler ses yeux bleus comme on pourrait fixer des poignards avec lesquels on vient d'être frappé.

— Il y a une chose que j'aimerais savoir, Donald, reprit-elle. Qu'est-ce que tu as pensé de moi quand on s'est rencontrés ?

— Je n'ai rien pensé, seulement ressenti.

Ils étaient allongés dans le vaste lit, sans se toucher. Des lumières et des ombres évoluaient à travers le plafond et Donald se demandait : Est-ce que nous aurions fait une erreur ? Une vague de crainte et de douleur le traversa, glaciale. Quoi, toute cette colère, tous ces mots échangés à cause d'une simple invitation sans valeur, qui leur avait été adressée par de complets étrangers ! Peut-être fallait-il céder, accepter d'y aller ? Quelque chose en lui disait, oui, cède, ça ne vaut pas la peine de faire toutes ces histoires, et quelque chose d'autre disait, non, ça va plus loin que seulement quelques heures de passées avec ces gens-là – et ç'aurait été pareil avec d'autres.

Mais plus loin comment, et pourquoi, et jusqu'où cela les entraînerait-il ?

Le lendemain matin, après quelques mots froids et polis, chacun se dépêcha de partir vers son travail. La journée de Donald fut, comme d'habitude, remplie de rendez-vous, de dossiers, d'appels téléphoniques, sans un moment pour penser à des histoires personnelles. Mais, au début de la soirée, quand cette longue journée eut pris fin, la perspective de retrouver sa femme dans ce contexte ne lui disait pas grand-chose. Bien que choqué par cette constatation, il téléphona à Lillian, inventa une excuse et alla prendre un hamburger avec l'un des jeunes avocats du cabinet.

Le jeune homme en question était seul parce que sa femme avait quitté la ville pour rendre visite à l'un de ses parents malades. Elle était enceinte et lui manquait beaucoup. Mais elle reviendrait dès le mardi et il comptait les heures, avoua-t-il à Donald ; il ne semblait nullement gêné d'avouer tout haut son bonheur conjugal, ni de le montrer sur son visage quand il parlait de sa femme.

Il avait l'air si jeune, si innocent, pensa Donald sur le chemin du retour, même si leur différence d'âge n'était pas si grande. Pourquoi est-ce que je me sens si triste, pourquoi la vie me paraît-elle si pesante ? Est-ce que je me fais une montagne de tout ça, alors que ce n'est qu'une colline ?

Elle avait une nouvelle à lui annoncer, il le lut sur son visage dès qu'il entra. Il ne pouvait pas deviner si c'était une bonne ou une mauvaise nouvelle, juste qu'elle était importante.

— Je suis enceinte, lui dit-elle.

C'était cette nuit-là, pensa-t-il aussitôt, la nuit qui a suivi cette fête, quand nous sommes rentrés à la maison. À vrai dire, il y avait songé après, parce qu'il n'avait pas pris de précautions ; il avait été trop bouleversé pour y penser.

— Tu ne trouves vraiment rien à dire, Donald ?

Pour une fois dans sa vie, il était incapable de parler. Il put seulement l'entourer de ses bras et refouler quelques larmes, de tendresse.

5

Tout à coup, comme un courant d'air frais balaie un endroit surchauffé, il y eut un changement dans l'atmosphère. Une transformation dans le ton, comme si aucune voix n'avait jamais été dure, aucune parole méchante jamais prononcée. Donald avait décidé qu'il devait en être ainsi ; un mariage, comme le début d'une nouvelle carrière ou un déménagement sur un autre continent – même si c'est un changement de vie bien plus radical –, ne demande-t-il pas du temps pour qu'on y prenne ses marques, qu'on s'habitue à sa nouveauté ?

Il grimaçait encore intérieurement du mépris qu'elle lui avait témoigné, même s'il sentait bien que c'était là une réaction immature sans but précis. De son côté, elle cherchait visiblement à se faire pardonner.

— Tu es si fort, si puissant physiquement, Donald, qu'en te regardant personne ne devinerait que tu es si tendre et vulnérable à l'intérieur. Il faudrait que j'essaie de m'en souvenir, n'est-ce pas ?

— Tu es parfaite comme tu es. Réjouissons-nous de ce qui nous arrive et c'est tout. Tu es heureuse, n'est-ce pas ?

— Eh bien, c'est un peu tôt, et je ne le prévoyais certes pas aussi vite, mais oui, je suis heureuse. Bien sûr que je le suis.

Au bureau, il ne put s'empêcher d'étaler naïvement sa

satisfaction – aussi naïvement, il s'en rendit compte, que ses collègues quand la même aventure leur était arrivée. Non sans amusement, il se vit sortant bientôt ses propres photos de son portefeuille, racontant ses propres anecdotes à propos du bébé.

— Vous et Lillian, vous devriez partir un peu, lui conseilla un ami. Vous allez être immobilisés pendant une assez longue période. On ne traverse pas l'Europe ni la Californie avec un jeune bébé sur les bras, vous savez.

C'est ainsi que l'idée était née. Malgré tous les voyages de Donald, d'Helsinki à Bangkok et un peu partout entre les deux, il s'était toujours débrouillé pour manquer l'Italie ; quant à Lillian, elle lui avait souvent dit qu'elle adorerait y retourner. Donc, ils iraient en Italie.

Il fut heureux de la laisser faire tous les préparatifs : les vêtements, les hôtels, l'itinéraire, les valises neuves. Elle semblait au comble du bonheur, rayonnant d'excitation comme s'il y avait eu des bougies allumées derrière son visage, songeait-il ; cela lui remit en mémoire cette journée dans le jardin public, ses yeux bleus, sa voix et ses doigts délicats qui pelaient une orange.

Le temps était merveilleux, frais et ensoleillé à la fois. À Rome, ils arpentèrent les pavés des rues étroites, au pied de vastes palais chargés d'histoire ; ils virent des cathédrales, des fontaines, de majestueuses statues, et quelques-unes des plus belles œuvres d'art qu'on puisse admirer au monde. Ils louèrent une voiture pour flâner sur les petites routes du Latium, à l'ombre des rangées de pins parasols ; ils flânèrent toute une journée dans la villa Adriana, rentrèrent en ville pour dîner dans un restaurant au jardin entouré d'une haie de cyprès.

— Nous n'avons même pas besoin d'un guide touristique, lui dit-il. Tu as dû naître ici dans une vie antérieure, tu connais tout si bien.

— Attends un peu qu'on soit à Venise.

— Tu es sûre que tu n'as pas trop marché ? lui demanda-t-il, inquiet. Toutes ces collines, tous ces escaliers. Partout où nous allons, on dirait qu'il y a des millions de marches à gravir.

— Je vais bien, elles ne me gênent pas. On n'est pas fragile parce qu'on est enceinte, tu sais.

En fait il ne savait rien de son état. Bien sûr, il avait entendu comme tout le monde ces vieilles histoires de femmes qui se réveillent en pleine nuit avec une envie irrésistible de fraises ou d'autre chose ; mais il n'avait rien remarqué de tel chez Lillian. Comme elle le disait elle-même, elle ne se sentait nullement différente d'avant.

Pourtant, si, il y avait bien une différence : le soir, elle n'avait plus aucune énergie. À peine allongée, elle s'endormait. D'abord il s'en étonna ; il essaya plusieurs fois de la réveiller ; mais comme il avait l'impression de ne réussir qu'à la déranger, il en conclut que cela devait être dû à son état et qu'il ne fallait pas l'ennuyer. Quand ils seraient rentrés à New York, il lui demanderait d'en parler à son médecin. Il n'avait jamais entendu dire que le fait d'être enceinte empêchait d'avoir des relations avec son mari, mais il est vrai qu'il ne s'était jamais penché très avant sur le sujet.

Venise était la case suivante de la chasse au trésor. En sortant de la gare, ils firent quelques pas en direction du Grand Canal, où ils embarquèrent sur un vaporetto. Quelques minutes plus tard ils passaient sous le pont du Rialto, qui fit remonter aussitôt à la mémoire de Donald des souvenirs de sa classe de neuvième et de son exemplaire du *Marchand de Venise* couvert d'une jaquette vert foncé.

— Regarde, regarde ! criait Lillian en pointant le doigt à droite ou à gauche. Il y a un merveilleux Tintoret dans cette église, il faudra absolument que nous le voyions ! Et là-bas, le palais Rezzonico, on trouve tout ce dont on peut rêver à l'intérieur, des Tiepolo, des fresques, des tapisseries... Regarde, là, et encore là... Des gens immensément riches vivent ici depuis des siècles, dans toutes ces magnifiques demeures ! (Elle en perdait presque haleine.) Il faudrait que nous passions un mois à Venise, et même, ça ne suffirait sans doute pas... Maintenant c'est l'Académie, regarde, il y a tant de tableaux, tant de choses si précieuses à l'intérieur, Donald !

Nous sommes presque arrivés à l'hôtel, nous allons dîner et demain matin nous sortirons à la première heure…

— On dirait vraiment que tu as visité toute l'Italie, lui fit-il remarquer ce soir-là, pendant qu'ils dînaient. Toute seule ou avec ton amie Betty ?

— Oh, je me suis fait beaucoup d'amis, des étudiants américains et aussi des Italiens.

— Tu as appris la langue très vite, non ?

— Oui. C'est une très belle langue, tu ne trouves pas ? À propos, quand on rencontrera Betty, à Florence, il faudra que tu l'appelles « Bettina ». C'est devenu une vraie Italienne.

Donald la contempla. Elle se sentait manifestement dans son élément ici – l'élégante table dressée au bord de l'eau, l'église qu'on voyait de l'autre côté du canal (elle s'était empressée de lui apprendre son nom, Santa Maria della Salute). Elle appréciait d'être capable de faire l'interprète pour lui, et elle aimait sûrement la femme en robe de soie à fleurs qu'elle avait aperçue là-haut, dans le miroir.

— Ça commence à se voir, non ? avait-elle dit.

— Pas encore mais bientôt, je suppose.

Après quoi, peut-être parce qu'il avait cru voir une ombre passer sur son visage, il lui avait demandé :

— Ça t'ennuie ?

— Non, puisque c'est juste temporaire. Je détesterais que ma silhouette s'alourdisse, même simplement avoir des vergetures.

— Si jamais tu as des vergetures, personne d'autre que moi ne les verra, et moi ça ne me fait rien, lui répondit-il gentiment.

— N'en parlons plus, en tout cas. Demain nous allons commencer à explorer la ville. Je connais tous les petits *campi* où les gens se retrouvent ici. Je te montrerai la vraie vie, pas seulement les grands monuments.

Elle aurait pu être professeur, songea-t-il à maintes reprises pendant leur séjour, alors qu'il marchait dans les rues à côté d'elle et qu'il l'écoutait. Puis il se reprit : non, pas une professeur, mais une de ces égéries à la fois intellectuelles et séduisantes qu'on trouve dans les biographies des empereurs et des rois.

— J'ai gardé le meilleur pour la fin, lui dit Lillian le dernier matin qu'ils passèrent à Venise. Pour moi en tout cas, Florence est ce qu'il y a de mieux. Et il y a aussi beaucoup de choses à voir en cours de route, c'est pourquoi j'ai pensé que nous devrions louer une voiture pour y aller.

Elle lui expliqua aussi qu'elle voulait la conduire elle-même.

— Je connais bien les routes. C'est même fou à quel point je m'en souviens. Toi, tu te contenteras de regarder et d'enregistrer.

Tout enregistrer, Donald en avait bien l'intention. Il avait d'ailleurs l'habitude, quand il avait vu des choses remarquables, de tester sa mémoire pour voir ce qu'il avait retenu des formes, des couleurs, des histoires qu'il avait entendu raconter. Ce jour-là, en fin d'après-midi, quand ils arrivèrent à Florence, il savait déjà qu'une scène demeurerait à jamais vivante, imprimée dans son esprit.

Ils avaient dépassé un cimetière où reposaient des soldats de la Seconde Guerre mondiale, au milieu des drapeaux et des cyprès, quand son esprit avait sauté vers un autre cimetière, sur la côte française, où il s'était tenu un jour debout devant la tombe de son père, sous les drapeaux américains qui claquaient au vent de la mer. Par quel curieux rapprochement son esprit fit-il encore un autre saut, il n'aurait pu le dire ; il savait seulement qu'une vive sensation le saisit à la gorge, et que les mots en jaillirent tout seuls, ou presque.

— J'espère que c'est un garçon. J'ai vraiment envie d'un fils.

— Mais tu penses à ça tout le temps, Donald ? Bon sang, tu ne vas quand même pas continuer à en parler comme ça pendant les six prochains mois ?

— Je ne sais pas… Pourquoi ? Est-ce que tu es en train de me dire que tu ne penses pas au bébé ?

— Pas si je peux l'éviter, non. Je vis le jour présent.

Il la dévisagea ; même si le chaud soleil de l'après-midi tombait en plein sur lui, il sentit une vague de fraîcheur l'envahir. Nous ne nous connaissons pas, songea-t-il. Je ne la connais pas. Et ce fut comme si les délicieuses semaines qu'ils venaient de passer n'avaient jamais existé.

— Nous y sommes presque, dit-elle. Il nous reste juste assez de temps cet après-midi pour voir le Dôme. C'est la plus grande cathédrale d'Italie, tu sais, après le Vatican. Demain, nous ferons le tour du centre-ville, ça ne fait guère plus qu'un kilomètre et demi de diamètre. Après quoi, nous commencerons les musées. Et après, encore, nous retrouverons Bettina pour le dîner. Je suis si impatiente !

Comme un enfant accompagnant docilement un adulte, Donald visita l'intérieur et l'extérieur de la cathédrale ; il vit, il écouta, et pourtant ses propres mots lui revenaient sans cesse à l'esprit, lancinants : « *Nous ne nous connaissons pas. Je ne la connais pas.* »

Ensuite, une sorte de peur s'infiltra en lui, peur de lui-même et de ses propres réactions. Est-ce qu'il allait continuer en permanence ainsi, tout voir en noir parce qu'elle lui avait parlé de l'enfant à venir sur un ton qui lui avait paru indifférent ou désinvolte ?

C'était vrai qu'elle disait souvent certaines choses que lui, comme beaucoup d'autres gens sans doute, n'aurait pas dites. Le mot « ennuyeux » qu'elle lui avait lancé – « Tu peux être si ennuyeux, Donald » – l'avait cruellement blessé, et il n'avait jamais pu l'oublier. Mais bien d'autres hommes se seraient contentés de lui répliquer quelque chose sur le même ton puis auraient oublié toute l'affaire.

Oui, il était susceptible et vulnérable. Rude et coriace quand il évoluait dans un monde où la rudesse était de mise, mais susceptible à la maison avec Lillian. Il fallait si peu de chose pour qu'elle le blesse ! Peut-être était-ce normal dans une relation aussi proche, il n'en savait rien. Après tout, il n'avait jamais rien vécu de comparable jusque-là.

Ils revinrent à leur hôtel en marchant le long de l'Arno. Autour d'eux s'écoulait un va-et-vient incessant, un véritable flot de marcheurs. Depuis six cents ans, ils traversaient le fleuve sur le même vieux pont ; les pestes et les guerres, jusqu'à la dernière, avec son cortège de malheurs et de drames, avaient étendu leur aile de terreur sur ces lieux, et cependant les nouvelles générations continuaient à venir y vivre, aimer, marcher. Une impression de mesquinerie et d'absurdité le submergea, et il estima démesurée l'angoisse qu'il éprouvait à propos de sujets pourtant dérisoires. Arrête un peu, Donald Wolfe, arrête un peu, se dit-il.

— Regarde, en face, c'est le palais Pitti, lui expliquait Lillian. Je pense que c'est par là que nous commencerons demain. Il y a les plus merveilleux jardins du monde, sur la colline, derrière. Tu l'aimeras, j'en suis sûre.

C'est ce qui arriva, en effet. Le lendemain, il ne restait plus rien de cette chape de plomb, remplacée par une humeur légère et radieuse. Le beau temps au-dehors, la paix au-dedans, et la perspective d'un bon dîner à la fin de la journée – que demander de plus ?

L'amie de Lillian, Bettina, était très vive de caractère, exubérante ; elle ressemblait beaucoup à Lillian, sans toutefois posséder sa beauté. Le jeune homme qui l'accompagnait, Giorgio, serra cordialement la main à Donald et lui adressa un sourire sympathique ; mais il ne parlait que quelques mots d'un anglais hésitant, aussi Donald ne put-il se faire une opinion sur lui, sinon qu'il avait l'air plutôt prospère et qu'il portait une alliance à la main gauche.

Deux conversations, toutes deux triangulaires, s'instaurèrent autour de la table, l'une en italien et l'autre en anglais. L'italienne était souvent traversée par des crises de fou rire, et Donald finissait par se demander ce qu'ils étaient en train de dire : se rappeler des souvenirs communs, ou bien se raconter des histoires drôles ? Mais ce devait être plutôt la première solution, car Lillian (qui racontait rarement des histoires drôles) prenait visiblement une large part dans cette conversation. En fait, elle en était même le centre.

Quand ils parlaient en italien, Donald n'avait rien d'autre à faire que les contempler – faute de dévisager les convives des tables alentour, ce qui n'aurait guère été poli. Il médita sur le contraste inhabituel entre la Lillian calme et paisible des soirées entre collègues du cabinet juridique et celle qu'il avait devant lui, si animée, les yeux brillants, le diamant à son doigt jetant mille éclats aux grands gestes qu'elle faisait, rejetant la tête en arrière pour partir d'un éclat de rire.

Elle était chez elle avec ces gens. Il ne l'avait jamais vue comme cela, pas à ce point, et il commençait à se demander combien de temps elle resterait ainsi, quel réservoir d'énergie inconnu de lui cela avait ouvert chez elle, quand Bettina y mit subitement un coup d'arrêt.

— Nous sommes très grossiers avec ton mari, dit-elle, de le laisser ainsi à l'écart de la conversation. Il faut que je vous dise une chose, Donald : nous tous, les amis de Lillian ici, étions très impatients de vous rencontrer. La dernière chose à quoi nous nous serions attendus, c'était qu'elle se range, qu'elle se case. Lillian en femme rangée, vous imaginez ça ? Et enceinte en plus !

Donald avait l'impression que la remarque, la question, et l'expression du visage qui allait avec, étaient toutes délibérées, comme un défi qui lui était lancé. Comme il n'avait nulle intention de le relever, il répondit calmement par une autre question.

— Pourquoi ? Est-ce que c'est si extraordinaire ?

— Oh, oui, pour Lillian ça l'est. Mais nous continuerons à l'aimer pareil. Tout le monde aime Lillian.

— Tout le monde a bien raison.

— Mais pourquoi est-ce qu'elle vous a choisi, vous en particulier ? À part le fait que vous êtes beau et intelligent, bien sûr...

La question, qu'elle lui avait posée le menton dans la main et les yeux bien en face, sans ciller, se voulait à la fois innocente et directe, et lui fut fort désagréable. Quel genre de réponse ridicule cette femme attendait-elle donc ?

— Il faudrait le lui demander à elle directement, répliqua-t-il.

— Eh bien, je le ferai demain. J'ai une voiture et je vous emmènerai faire un tour. Je vous montrerai les faubourgs de la ville, les endroits trop éloignés pour y aller à pied, nous passerons une journée magnifique.

— Oh ! il ne faut pas vous donner cette peine, objecta Donald, qui n'avait aucune envie de passer une journée entière en sa compagnie. Nous louerons une voiture si nous en avons besoin.

— Oh ! non... Lily et moi avons déjà tout arrangé.

Rusé, pensa-t-il. Ça peut paraître bizarre, mais d'une certaine manière elle me rappelle Cindy. Une fois de retour à l'hôtel, quand Lillian lui demanda ce qu'il pensait de Bettina, il fut franc.

— Hein ? Tu es capable de dire des choses si absurdes, Donald ! Et tu es tellement prompt à juger les gens, aussi. On croirait un juge assis au tribunal et qui prononce une sentence.

— C'est plutôt toi qui es absurde... Cette expression, « prompt à juger », c'est une expression à la mode et rien d'autre. Est-ce que nous ne portons pas de jugements tous les jours, qu'est-ce qui sera le mieux pour dîner, ceci ou cela, dans quelles chaussures est-ce que je serai mieux... Je ne me mêle pas de votre amitié, nous sommes bien d'accord ? Tu me demandes mon avis et je te le donne, c'est tout. À propos, qui est Giorgio ?

— Ne me dis pas qu'il ne te plaît pas !

— Moi ? Mais je ne sais absolument rien sur lui ! Comment est-ce que je le pourrais, alors que j'étais incapable de comprendre un seul mot de ce qu'il disait ? La seule chose que j'ai remarquée, ç'a été son alliance. Lui et Bettina ne sont pas mariés, n'est-ce pas ?

— Non. Giorgio a une femme et trois enfants. Mais il n'a pas l'intention de partir de chez lui. En Italie, le divorce n'est pas ce qu'il est chez nous. De toute façon, il n'en veut pas. Je crois qu'il s'arrange de la situation telle qu'elle est.

— Donc, pour lui Bettina est une sorte d'épouse de rechange, si je comprends bien.

Lillian se mit à rire.

— Tu devrais voir la figure que tu fais ! Tu n'as vraiment

pas besoin de prendre cet air dédaigneux, je t'assure. Parfois tu me rappelles…

— Quoi ?

— Oh, je ne sais pas. C'est juste que nous nous agaçons un peu l'un l'autre de temps en temps, non ?

Telle qu'elle était, debout devant la fenêtre et sa silhouette se découpant à contre-jour, il prit pour la première fois conscience d'un petit renflement qui était apparu à la hauteur de sa taille. De la voir ainsi, tout à coup, cette preuve d'une nouvelle vie à naître, fut pour lui très troublant et très émouvant. Aussi lui répliqua-t-il gentiment :

— Oui, nous nous agaçons parfois. Mais c'est normal, et c'est tout. Écoute, louons une voiture demain et gardons cette journée rien que pour nous deux, tu veux bien ? Appelle ton amie.

— Comment est-ce que je pourrais faire une chose pareille ? Elle a tout prévu… S'il te plaît, sois gentil avec elle, Donald…

Il garda le silence. Quand lui arrivait-il de ne pas être gentil avec quelqu'un ? Et oui, ils s'agaçaient l'un l'autre, c'était vrai. Son esprit, son humeur et même son cœur n'arrêtaient pas de faire le va-et-vient entre bonne humeur et noire déception. Mais il *devait* essayer de faire en sorte que le final soit joyeux ! Il devait rendre ces quelques derniers jours, la fin de leurs vacances, aussi agréables que l'avaient été les premiers…

Le lendemain matin, les deux femmes bavardaient entre elles à l'avant de la voiture. Donald comprenait, certes, qu'elles puissent avoir plusieurs années de bavardages et de confidences à rattraper, mais en même temps il ressentait profondément l'indifférence de Lillian à son égard. Cela sautait aux yeux. C'est à peine si elle s'apercevait de sa présence, et du coup il la regardait comme il ne l'avait encore jamais regardée.

Sous les voûtes des églises, dans les rues des petits villages environnants, il marchait à côté des deux amies, et pourtant il n'était pas véritablement avec elles. Il savait que les hommes, en Italie, étaient plus directs dans leur attitude envers les femmes que dans son pays à lui ; ça faisait partie des mœurs nationales. Il avait aussi eu le temps de voir que la plupart des femmes ne semblaient guère y prêter d'attention. Mais elles deux, Lillian et Bettina, répondaient à chaque regard direct qui leur était adressé par un sourire engageant. Elles se prenaient au jeu, comme deux oiselles lissant leur plumage, deux jolies chattes faisant leur toilette pour paraître plus à leur avantage. Et lui, au fur et à mesure, leur laissait prendre de plus en plus d'avance, roulant de sombres pensées qu'il essayait, en vain, de chasser loin de lui.

À midi ils revinrent à Florence, s'arrêtèrent pour déjeuner sur une vaste place au sommet d'une colline dominant la ville. Là, Lillian renoua avec son rôle de guide de Donald.

— D'ici, on peut voir tout Florence. Il y a l'Arno, qui descend en serpentant des collines avoisinantes. Ce vert aux tons si doux, ces taches que tu vois là-bas, ce sont des oliviers. J'ai toujours adoré ces nuances de vert. On ne peut rien trouver de comparable. Et regarde plus loin, on aperçoit les remparts de la vieille ville, ou ce qu'il en reste. Est-ce que ce n'est pas superbe ?

— Si, ça l'est.

Mais, à vrai dire, Donald n'était qu'à moitié conscient de tout cela. Ce qu'il ressentait, c'était surtout de la peur, comme si une menace approchait ; une sorte de chose énorme, encore inconnue de lui, à quoi il ne pouvait pas se préparer. Il percevait une chose véritablement vivante, avec des doigts qui commençaient à parcourir son corps. Jamais, de toute sa vie, il n'avait rien éprouvé de semblable. Pendant qu'il feignait d'admirer la magnifique vue, il tentait de maîtriser et de raisonner cette peur : était-elle liée aux sentiments qu'il éprouvait pour sa femme et à ceux qu'elle éprouvait pour lui ? À l'enfant à venir ? Au calme hypocrite et simulé qui régnait entre eux ?

— Oh, j'adore !

C'était la voix de Lillian, comme un carillon clair et musical.

— Ce que je veux, c'est une villa ici, pour vivre parmi tout ça pendant six mois chaque année.

Elle disait des bêtises. Elle en disait si souvent – comment ne l'avait-il jamais remarqué jusque-là ? Et aussi qu'elle rêvait en permanence (alors que sa situation actuelle était plutôt enviable, que même, toute personne sensée se serait félicitée de la vivre) d'un avenir grandiose et totalement irréaliste ?

Il tâchait de manger, sans le moindre appétit, quand elle sursauta tout à coup et s'écria :

— Oh, mon Dieu, Betty, regarde qui est dans cette voiture là-bas ! Est-ce qu'il vient par ici ? Vite, je vais me cacher dans les toilettes des dames, viens me chercher quand ce sera sûr ! Oh, mon Dieu, j'en tremble...

Donald se leva de sa chaise, pour regarder dans la direction qu'elle désignait.

— Quel est le problème ? Qui est-ce ?

— Juste un homme qu'elle a connu. Ne vous inquiétez pas, lui dit Bettina. Asseyez-vous, tout ira bien. Ce n'est rien.

— Mais qu'est-ce qui lui fait peur ? Qui est cet homme ?

— S'il vous plaît, Donald, asseyez-vous. N'attirez pas l'attention sur nous, il me connaît moi aussi.

— Écoutez-moi, Bettina. C'est au mari de Lillian que vous parlez, et je veux savoir à quoi tout cela rime.

— Beaucoup de bruit pour rien. Ils sont restés ensemble un bon moment, puis ils ont rompu et il était furieux. Mais il s'agit d'une vieille histoire.

— Il y a quelque chose que vous ne me dites pas, j'en suis sûr.

— J'oubliais que vous étiez avocat ! Vous allez creuser jusqu'à ce que vous trouviez quelque chose, n'est-ce pas ? Mais je vous garantis qu'ensuite vous regretterez de l'avoir fait. Pauvre Lillian, elle va passer une mauvaise nuit, à mon avis.

Donald aperçut un léger pétillement au fond du regard de Bettina et pensa qu'elles n'étaient pas de véritables amies. Sans doute ne l'avaient-elles jamais été. Il est rare qu'une femme aussi belle que Lillian ait de vraies amies.

— Vous brûlez d'envie de tout me raconter, lui dit-il, mais vous attendez que je vous en supplie. Peu importe, Lillian le fera.

— Peut-être qu'elle ne vous racontera pas *toute* l'histoire. Il faut dire qu'elle est plutôt inhabituelle. Vous voyez, il y avait une autre femme qui étudiait dans notre groupe, une femme très riche qui venait du Texas, et Lillian lui a volé son passeport. Et puis il y a eu aussi d'autres choses, un petit problème médical notamment...

Donald l'interrompit.

— L'homme en question s'éloigne. S'il vous plaît, allez chercher Lillian. Voilà pour le repas, je paie la note.

Un rat, pensa-t-il ; il méprisait la déloyauté de cette soidisant amie, et le plaisir qu'elle prenait à ce qui n'était visiblement pour elle qu'un amusant petit drame se nouant entre les deux époux. Il se leva pour aller attendre Lillian sur les marches, à l'extérieur du restaurant.

— Donald, où vas-tu ? Nous n'avons pas fini de déjeuner !

— Nous ne finirons pas, pas ici en tout cas. Nous avons besoin de parler un peu, avant de penser à manger.

— Écoute, je suis sûre qu'elle te l'a dit, mais je vais le répéter... C'est un homme que j'ai connu pendant un certain temps ; plutôt désagréable, et je ne voulais pas le revoir. Toute l'histoire est là.

— Non, pas toute. Et ce passeport que tu as volé ?

— Volé ? C'est ce qu'elle a dit ? Ça alors, elle sait bien que je ne l'ai pas volé, pourtant... Je ne me serais pas abaissée à ça, bon Dieu ! Je l'ai juste *emprunté* un après-midi pour le montrer à quelqu'un... oui, d'accord, pour le montrer à cet homme. C'était pour m'amuser, un jeu, une farce ! Faire semblant d'être quelqu'un d'autre...

— Mais tout à l'heure tu avais peur de lui, tu étais même terrifiée !

— Il avait un caractère épouvantable, et je ne voulais pas d'une scène ici.

— Et le petit problème médical ?

— Elle a dit ça ?

— Elle l'a dit, oui. C'était quoi ?

— Oh, Donald, est-ce que je dois vraiment déterrer tous les mauvais souvenirs de ma vie passée ? Je remarque que toi, tu n'as pas déterré les tiens.

— Je t'ai tout dit sur moi, alors à ton tour.

— Soit tu ne me dis pas la vérité, soit tu n'as pas de mauvais souvenirs, mais ça, j'ai du mal à le croire.

— Non. Je te les aurais racontés si j'en avais eu. J'ai connu la tristesse, mais rien de mauvais comme cela, rien dont j'aie honte de parler.

— Tu as bien de la chance.

— Trop de mystères se dressent entre nous, et je commence à penser qu'il en a été ainsi depuis le début. En tout cas, j'insisterai jusqu'à ce que tu m'expliques, pour le problème médical. J'ai le droit de savoir.

Elle voulut partir en courant, mais il la rattrapa.

— Fais attention, sur ces marches. Prends donc mon bras avant de tomber. Dans ton état…

Elle se retourna pour lui faire face.

— Très bien, tu ne seras pas satisfait avant d'avoir tout appris, je le sens. Je me suis fait avorter. Et alors ?

Elle se tut et attendit.

Ils suivaient maintenant la berge du fleuve ; devant eux, une femme poussait une voiture d'enfant, deux amoureux s'étaient arrêtés pour s'embrasser, et les touristes mitraillaient le panorama avec leurs appareils photo. Fleuve éternel, songea t il encore.

— Pourquoi ? lui demanda-t-il.

— C'est une longue histoire, et je suis terriblement fatiguée. Je voudrais retourner à l'hôtel et m'asseoir.

Ils marchèrent en silence et regagnèrent leur chambre, puis elle parla.

— Quand j'ai rencontré cet homme, nous faisions partie d'un même groupe d'étudiants. Il était italien, très beau, et il m'aimait bien. L'un de nos amis nous a dit qu'il venait d'une grande famille. Dans le groupe se trouvait également une fille du Texas qui faisait ses études ici, elle aussi d'une famille riche, avec un nom très connu. Je crois qu'ils étaient dans le pétrole. J'ai pensé que ce serait amusant de prétendre que moi aussi j'étais de leur milieu, et j'ai montré au garçon son passeport à elle, c'est tout. J'ai aussi pris son nom, Jean. Elle s'en moquait, elle retournait au Texas cette semaine-là pour se marier.

La chambre était calme et silencieuse. Le sol était recouvert d'un tapis à motifs carrés, chacun renfermant un cercle de fleurs. En baissant les yeux, Donald vit que ses pieds reposaient pile au centre d'un carré. Quand il releva la tête, Lillian lui tournait le dos et regardait dehors l'après-midi doré. Il inclina la tête et contempla de nouveau ses pieds.

— L'homme, cet homme... ça l'avait beaucoup impressionné. Nous faisions l'amour, nous étions très heureux ensemble. Il m'a emmenée voir sa famille, faire la connaissance de ses parents. Ils vivaient dans une maison, un petit palais, plutôt, dans la famille depuis cinq générations. Il m'a offert des bijoux en or massif, des pièces magnifiques, la montre que je porte encore aujourd'hui. Il conduisait une Lamborghini.

— Mais lui personnellement, *lui* ? Tu crois que ça m'intéresse, ce qu'il conduisait ou ce qu'il possédait ?

— Il n'y a rien d'autre à en dire. Quelqu'un lui a raconté la vérité à mon sujet, je ne sais pas qui, et ça l'a rendu furieux. Si furieux que j'ai vraiment cru qu'il allait me tuer. Alors j'ai repris l'avion pour la maison, et je suis allée travailler pour Howard Buzley. Voilà toute l'histoire.

À présent, ils se faisaient face. Elle s'était assise et attendait qu'il dise quelque chose, tout en se frottant les mains l'une contre l'autre. Donald n'avait jamais aimé ce geste, mais aujourd'hui ce tic soulevait en lui une colère irraisonnée, qu'il contrôlait à grand-peine.

— Voilà toute l'histoire, à part le petit épisode de la grossesse et de l'avortement ?

— Je n'avais pas d'argent – du moins pas assez. Qu'est-ce que je devais faire ? Réponds un peu à ça.

— Je ne sais pas... Pour commencer, tu n'avais pas le droit de...

— C'était une plaisanterie, une inoffensive plaisanterie.

— Inoffensive ? Tu bernes les gens, tu mens... Tu ne crois donc en rien ?

— Oh si, je crois à la beauté, à la liberté, au plaisir... La vie est courte, si courte...

— Tu mens, lui répéta-t-il. Tu dissimules. Dieu seul sait ce que j'apprendrai encore sur toi demain, ou la semaine prochaine, ou l'année prochaine. Dieu seul le sait.

— Peut-être n'y aura-t-il pas d'année prochaine.

— Ne dis pas n'importe quoi, tu veux bien ? Et je t'en prie, arrête de te caresser les mains, je déteste ça.

— Je ne peux pas m'en empêcher. Je suis nerveuse quand je suis avec toi.

— Nerveuse quand tu es avec moi ? Qu'est-ce que je t'ai jamais fait, à part t'aimer ?

— Tu as été très, très gentil avec moi, Donald. C'est ça qui rend la chose si triste, tu ne le vois pas ? Parce que tout se dégrade déjà, seulement au bout de quelques mois. Nous n'y pouvons rien.

Se dégrader ? pensa-t-il. Et nos journées d'été en barque à Central Park, et Venise la semaine dernière ?

Tu oublies des épisodes, Donald, parce que tu veux les oublier. Et le soir où tu étais trop abattu pour rentrer à la maison ? Et cette horrible fête ? Tu ne sauras jamais si elle était vraiment en route pour aller coucher avec cet homme ou non. Mais c'était très probable. Tu oublies aussi qu'elle ne t'a plus laissé la toucher depuis que vous avez quitté la maison pour faire ce voyage. Pourquoi, Donald ? Elle est pleine de secrets, elle l'a été depuis le début.

Pendant ce temps, Lillian continuait :

— L'enthousiasme, le piquant ont disparu entre nous. Oh, ne prends pas cet air ! Je ne mets pas en cause ta virilité, ça n'a rien à voir. Il y a des amours-passions qui durent plus longtemps que d'autres, ça n'a pas été le cas du nôtre, c'est tout.

— Tu as quelqu'un d'autre, dit-il.

— Je pourrais très facilement, oui, mais il se trouve que non. Non, c'est toi, c'est nous ! Je ne voulais pas te déballer tout cela pendant que nous étions ici, je redoutais d'avoir à le faire, mais puisque nous en sommes là, c'est peut-être mieux, après tout. Que les choses soient claires une bonne fois pour toutes.

— Tu m'as dit un jour que c'était facile de s'entendre avec quelqu'un à condition qu'il soit franc. Alors je voudrais que tu me dises, franchement, ce qui ne va pas chez moi.

— Il n'y a rien qui n'aille pas chez toi, Donald. Tu es gentil, honnête, brillant. Mais la vie est pesante avec toi, mortellement sérieuse, alors que je voudrais…

Il l'interrompit.

— Tu es en train de me dire que je ne ris jamais, c'est ça ?

— Oh si, tu ris mais… Eh bien, c'est juste que toi et moi rions de choses différentes. Je te le répète, nous sommes trop différents l'un de l'autre. L'atmosphère, les amis, les gens avec qui nous aimons nous retrouver – tout nous oppose. Tu es visiblement dégoûté par tout ce qui d'après toi n'a été qu'une histoire sordide, la ruse que j'ai employée, mon avortement.

— Je ne le nierai pas.

— De toute façon, tu ne m'*aimes* pas vraiment, Donald. Tu aimes seulement me faire l'amour, ce qui n'est pas la même chose.

— Je n'arrive pas à croire ce que je suis en train d'entendre. Tu pourrais aussi bien être en train de me parler esquimau ou bulgare, ça reviendrait au même.

Pourtant, songea-t-il, la situation avait bien deux faces. Trois, même – la sienne propre, celle de Lillian, et la vérité. Elle le trouvait rigide, et il l'était. Il la trouvait légère, et elle l'était. Alors, peut-être qu'au bout du compte, après toutes ces tempêtes et toute cette fièvre, la vérité était quelque part entre eux deux, à un endroit où ils ne pouvaient se rencontrer ?

Il regarda encore une fois le gonflement à la hauteur de sa taille. Il y avait maintenant une autre vie à prendre en compte en plus des leurs. L'ordre, la paix, le sens commun semblaient s'éloigner insensiblement de lui, l'avenir, lui glisser des mains, mais il devait les retrouver, ne serait-ce que pour le bien de cette autre vie.

— Viens, lui dit-il. L'après-midi est déjà à moitié passé, et nous ne sommes pas encore allés au musée.

Lillian secoua la tête.

— Non, c'est trop tard. Ça va être bientôt l'heure de se retrouver pour le dîner de Giorgio. Il a invité beaucoup de nos vieux amis, des gens que j'ai envie de revoir.

— Tu devrais plutôt penser à nous deux, à ce que nous

allons faire pour nous deux. Nous avons beaucoup de choses à résoudre avant la venue du bébé, il faut commencer à y penser. Allons dîner ensemble dans le meilleur endroit de Florence. Tu n'as qu'à choisir.

— Mais je *veux* voir mes vieux amis. Ç'a été une mauvaise journée, Donald, et j'ai besoin de me changer les idées.

— Je ne crois pas, non. Je crois plutôt que toi et moi avons besoin d'être ensemble.

— Nous pouvons être ensemble à cette fête et discuter après. Viens, tu es invité.

— J'espère bien que je le suis, puisque je suis ton **mari** ! rétorqua-t-il, raide de colère.

— Donald, je veux y aller.

Elle se leva et mit sa veste.

— Tu viens ?

Il était allé le plus loin possible, il ne pouvait faire plus.

— Très bien, lui dit-il. Fais comme tu voudras.

Quand la porte se referma derrière elle, l'écho en résonna longtemps dans la pièce. De quelque façon que cela se termine, songea-t-il, il se rappellerait le son de cette porte qui se refermait. Mais où serait-il alors ?

Pour l'instant, en tout cas, il devait lui aussi quitter cette pièce. Après avoir consulté la carte de la ville, il trouva le chemin du musée des Offices, et là il passa une heure fatigante à contempler des chefs-d'œuvre qui, dans son état d'esprit du moment, n'étaient guère plus que des taches de couleur. Après quoi il revint lentement à l'hôtel et alla dîner, non qu'il eût spécialement faim, mais parce que c'était son habitude de manger à la fin de la journée. De retour dans la chambre, il passa un bon moment à feuilleter des magazines puis, à minuit, il se mit au lit et resta allongé sur le dos à contempler l'obscurité.

À un certain moment, il dut quand même sombrer dans le sommeil, car il en fut brusquement tiré pour sentir que l'autre moitié du lit était vide. D'après le réveil, il était plus de six heures. Il se leva et alla regarder dehors par la fenêtre : l'aurore était gris pâle et la pluie tombait dru.

Où était-elle ? La peur le traversa, comme une flèche qu'on lui aurait lancée dans la poitrine. Il pensa appeler la police, mais n'avait aucune idée de quoi leur dire ni même de comment leur décrire Lillian. La ville était remplie de touristes et il n'avait pas remarqué ce qu'elle portait en partant. Il ne connaissait pas non plus le nom de famille de Giorgio. Le mieux qu'il pouvait faire, c'était d'attendre encore une heure ou deux, puis de descendre à la réception demander de l'aide. Il fit les cent pas dans la pièce en regardant par la fenêtre et en guettant la levée complète du jour puis il s'habilla pour être prêt le moment venu. Ensuite, comme il n'avait rien de mieux à faire, il s'allongea de nouveau sur le lit ; il sentit le sommeil le gagner, mais il était trop épuisé pour pouvoir lutter.

Quand il s'éveilla, il tourna les yeux vers le réveil et fut horrifié de voir qu'il avait dormi jusqu'à huit heures et demie. Il se leva d'un bond et courut vers l'ascenseur, traversant sur son passage le petit salon de la suite qu'ils occupaient. Elle était là, jetée plutôt qu'étendue sur l'élégant canapé, sa veste (toute trempée) lancée au sol, de même que la délicate paire d'escarpins qu'ils avaient achetée ensemble à Rome. Tout comme son sac béant, qui dégorgeait une masse de billets, de pièces de monnaie et de tubes de maquillage.

Donald resta un long moment cloué, comme paralysé, contemplant le désordre, la bouche ouverte de Lillian et ses cheveux trempés.

Puis il dut faire du bruit parce qu'elle se redressa, jusqu'à se retrouver en position assise, et sourit. Il avait déjà vu une fois ce même sourire. Il était affreux : une rangée de dents, sans aucune chaleur dans les yeux, un simple mouvement mécanique des lèvres ; celles-ci s'ouvrirent un instant, puis se refermèrent tout aussi rapidement. Un réflexe musculaire plus qu'un sourire.

— Eh bien, j'imagine que je vais y avoir droit, dit-elle.

— Où étais-tu ?

— Tu le sais. À une fête. Tu aurais pu y assister aussi, mais c'est mieux que tu ne sois pas venu, tu n'aurais pas aimé.

— Mais toi, tu as aimé.

— Beaucoup.

— Tu es restée toute la nuit chez Bettina ou chez Giorgio ?

— Oh non, nous étions trop nombreux pour ça. Nous nous sommes séparés.

Du calme, se dit Donald. Du calme et de la prudence.

— Qui était l'homme avec qui tu as couché, Lillian ?

— Quelle différence ça fait ? Si jamais je le revoyais, je ne le reconnaîtrais sans doute même pas.

— C'est toi qui me dis ça. C'est ma femme qui me dit ça. Pourquoi est-ce que tu ne me plantes pas directement un couteau dans le cœur?

— C'était une fête, Donald, soupira-t-elle. Les gens font ce genre de choses dans les fêtes. Les gens ont besoin de s'amuser un peu. Les maris font ce genre de choses, sauf que toi, tu n'es pas ce genre de mari. Tout le problème est là, et c'est ce que j'ai déjà essayé de t'expliquer. Maintenant, écoute-moi. Finissons tout cela calmement, sans colère, en êtres civilisés, comme tu le dis toujours. Je ne veux pas d'argent de toi, franchement, pas un sou. Je vais avorter et...

— Tais-toi ! cria-t-il en frémissant. On croirait que les seuls mots que tu connais sont des mots affreux !

Il la saisit par les épaules et la secoua.

— Moi vivant, tu ne toucheras jamais à cet enfant, tu entends ? Il m'appartient à moi aussi, ne l'oublie jamais.

— Sois raisonnable, Donald. Ça te sera très difficile de m'en empêcher, voyons.

— Tu crois ? Un avortement à ce stade ne serait même pas légal ! Je te ferai suivre chaque fois que tu passeras la porte. Je menacerai n'importe quel médecin qui serait prêt à s'en charger, je le menacerai de le traîner devant les tribunaux ! À la seconde même où tu pousserais la porte d'un médecin, tu serais suivie, et aucun n'acceptera de t'opérer !

— Ça t'importe vraiment tant que ça ? Oui, je suppose que oui. À cause de ta famille, de tes parents, n'est-ce pas ? Tu veux continuer la lignée. Oui, reprit-elle d'une voix plutôt douce, tu veux un fils, je m'en souviens.

Sa main pendait mollement par-dessus l'accoudoir du canapé, à son doigt brillait la bague qu'il lui avait achetée ce jour radieux, à Londres. Où était l'illusion, où était la réalité ?

— Je suis désolée. Je voudrais que tout se passe différemment, Donald. Je n'ai jamais voulu te blesser, je t'assure.

Il la croyait. Il n'y avait pas de méchanceté en elle.

— C'est mieux maintenant que l'année prochaine ou celle d'après. Il était inévitable que ça arrive un jour ou l'autre. Tu t'en rends bien compte, n'est-ce pas ?

Il traversa la pièce jusqu'à la fenêtre et regarda la pluie au-dehors. Les minutes passèrent. Il savait qu'elle était toujours assise là, regardant son dos, et que ses yeux devaient se remplir de larmes. Il savait aussi que dans sa propre tête tout n'était plus que folie, aveuglement et déchirures. Elle voulait en finir, tout arrêter ! Cela faisait à peine plus d'un an qu'ils étaient ensemble, et elle voulait en finir !

Quand, à quel instant arrive cet éclair de certitude, cette dure et cruelle lumière qui transperce vos ténèbres et vous dit : « Stop ! Halte ! » Vous pouvez être en train de faire les cent pas dans une pièce, ou de regarder tomber, au-dehors, la pluie de votre désespoir, au moment où cela vous poignarde.

Donc, l'instant arriva où il accepta la fin. Si, comme le disait Lillian, il était inévitable que cela arrive, le plus tôt serait en effet le mieux.

— Je vais marcher, lui dit-il en se retournant pour lui faire face.

— Sous la pluie ?

— Peu importe.

Il avait un imperméable et pas de chapeau, mais cela non plus n'importait pas. Des bourrasques de pluie froide s'engouffrèrent dans les pans de son vêtement dès qu'il sortit, cinglèrent sa tête nue tandis qu'il marchait le long du fleuve vers le Ponte Vecchio. À ses oreilles résonnait une clameur de cloches d'église venant de toutes les directions – les sons européens d'un dimanche fait de tradition, d'habitudes ; les sons des vies ordinaires.

Mais maintenant, il comprenait. Bien sûr, il avait toujours su que les gens et les choses sont souvent différents de ce qu'ils paraissent ; un enfant le sait. Pourtant, il n'avait encore jamais eu à faire l'expérience de cette vérité. Et il pensa de nouveau, comme il l'avait déjà fait la première fois qu'un désaccord sérieux avec sa femme s'était produit, au livre qu'on ouvre et dans lequel on trouve ce qu'on n'aurait jamais cru y trouver.

Mais tant de questions demeuraient sans réponse dans son esprit ! Son cœur, déchiré entre la colère et le chagrin, gardait toutefois de la place pour la pitié. Lillian avait tant à offrir, tant d'intelligence, tant de charme, oh ! oui, de charme ; pourquoi alors cet autre aspect de sa personnalité s'était-il fait jour, et d'où venait-il ? Quelle en était la cause ? Il n'en savait rien. Il savait seulement qu'il voulait, qu'il avait besoin, de rentrer chez lui.

Ils descendirent dans le hall, commandèrent un taxi pour l'aéroport. Lillian, dans ses vêtements de voyage bleu foncé, avec les perles qu'on apercevait à son cou et les élégantes valises posées à ses pieds, était bien la jeune femme raffinée dont Donald avait fait la connaissance ce jour d'avril, voilà si longtemps. Les hommes la regardaient quand ils passaient près d'elle. D'autres la regardèrent encore à l'aéroport.

En dernière minute, il n'avait pu obtenir que deux billets séparés, l'un en première, qu'il avait donné à Lillian, l'autre en classe touriste. Ils étaient loin l'un de l'autre, plus qu'ils ne s'étaient jamais attendus à l'être. Chacun portait seul sa peine et son regret, en silence, pendant qu'au-dehors rugissaient les moteurs qui les ramenaient vers l'ouest, chez eux.

6

— Vous ne m'avez pas répondu… Qu'avez-vous vu qui ne vous a pas plu, quand je l'ai amenée ici ?

C'était la seconde fois que Donald posait cette question en l'espace de quinze minutes. Un quart d'heure fort difficile, non qu'il fût pénible de parler à Augustus Pratt, qui était à coup sûr, parmi ses relations, l'homme capable de donner à Donald le conseil le plus sage (d'ailleurs, depuis deux semaines qu'il était rentré, il n'avait pas trouvé le courage de parler de ses problèmes à ses amis les plus proches) ; mais parce que, quand il regardait au-delà du visage de Pratt, ses yeux rencontraient la vieille photographie de la famille heureuse – la femme, les enfants et le bon gros chien assis ensemble sur le canapé.

— Pourquoi ? répondit Pratt. J'ai dit quelque chose qui vous a fait penser que je…

— C'est plutôt ce que vous n'avez *pas* dit.

L'homme fit un geste évasif des mains, les paumes vers le haut.

— Je ne peux pas vous donner de raison objective, c'était juste un je-ne-sais-quoi, une impression. Je suis terriblement désolé pour vous, Donald. Vous ne le méritez pas.

— Est-ce que quelqu'un mérite jamais ça ?

— Oh, vous savez bien que oui. Bien sûr que certains le

94

méritent. Dites-moi, est-ce qu'il va y avoir des problèmes pour le divorce ?

— Elle m'affirme que non. Il peut se faire en un rien de temps puisqu'il n'y a de dispute sur rien, et en tout cas pas sur l'argent. C'est la personne la plus étrange qui soit. Je ne comprends pas pourquoi, mais elle se contente de mes promesses verbales de prendre soin d'elle et du bébé, ça lui suffit. Elle n'a pas d'avocat et ne veut pas en prendre.

— Étrange, vraiment. Mais j'insisterais pour que vous fassiez cela de la manière habituelle. Prenez un avocat, et qu'il insiste pour qu'elle en ait un aussi. Vous pourriez vous retrouver ruiné, Donald. À vous, je n'ai guère besoin d'expliquer comment ni pourquoi. Dites-moi, où habitez-vous en ce moment ?

— Dans l'appartement. Elle n'en veut pas.

— Encore plus étrange.

Oui, c'était très bizarre. Ils étaient allés directement en taxi de l'aéroport à l'appartement, où il avait commencé à prendre quelques vêtements pour les emporter à l'hôtel ; mais Lillian l'avait arrêté en lui disant que c'était elle, et pas lui, qui allait partir.

— Elle va vivre avec Cindy, une amie à elle – pour un moment du moins.

Pratt fronça les sourcils.

— Vous dites qu'elle n'a pas d'argent, pas de famille ? Soyez prudent, Donald. Je sais que vous êtes quelqu'un de très réservé, et je vous comprends d'autant mieux que je le suis moi aussi. Mais je tiens à vous dire que je serai là chaque fois que vous aurez besoin d'oreilles pour vous écouter.

— Vous savez ce que je n'arrête pas de me demander ? Où est passée la magie qu'il y avait entre nous au début ? Et où est passée ma force, aussi ? Je me sens aussi fatigué que si j'avais couru pendant des semaines, sans jamais avoir le temps de me reposer ni de dormir.

Pratt se leva et vint lui poser une main sur l'épaule.

— Vous irez mieux quand vous serez complètement repris par le travail. Vous aurez d'autres choses en tête, et moins de temps pour penser à ce choc. Un cas s'est présenté pendant que vous étiez loin, qui demande quelques voyages en Floride. Qu'est-ce que vous en pensez ?

La main posée sur son épaule comme les mots prononcés étaient paternels, aussi Donald sentit-il monter une poussée d'émotion, qu'il eut de la peine à maîtriser. Puis il se leva et quitta la pièce.

Un soir, une semaine plus tard, il trouva en rentrant un message de Lillian sur son répondeur téléphonique. Est-ce qu'elle pourrait passer à huit heures pour lui parler ? Sauf contrordre de sa part, à tout à l'heure, concluait-elle.

Non seulement il n'avait aucune idée de ce qu'elle voulait lui dire, mais il n'en avait pas plus de la version de la Lillian qu'il allait voir apparaître : la femme douce et gentille ou bien l'effrontée, celle qui aimait tout détruire, avec son sourire sardonique aux lèvres.

Quand il ouvrit la porte, il vit immédiatement qu'elle n'était pas venue pour la confrontation, ou du moins pas tout de suite. Il vit aussi qu'elle portait un lourd manteau d'hiver, de ce bleu qu'elle aimait parce qu'il était assorti à ses yeux. Mais celui-ci avait un col et des poignets de vison ; il devait avoir coûté fort cher, et cela amena aussitôt à l'esprit de Donald le sujet de l'argent, notamment de son propre argent. Lillian retira le manteau et le posa sur le dossier d'un siège, en déclarant qu'il était inutile d'aller le pendre dans un placard, pour le bref laps de temps qu'elle allait passer là.

— Tu es en train de penser qu'il a dû coûter trop cher, lui dit-elle d'un ton amusé. Hein, est-ce que je ne lis pas dans tes pensées ? C'est vrai, il a coûté les yeux de la tête, mais ne t'inquiète pas, je ne compte pas te le faire payer.

— Je ne m'inquiétais pas, répliqua-t-il, non sans froideur.

— Je pense que tu as dû le faire, si, malgré ce que nous nous sommes dit la dernière fois que nous en avons parlé. Tu as dû te demander comment je pouvais compter prendre entièrement soin de moi et du bébé.

L'ironie de la vie…, songea-t-il en regardant sa taille. Quand on pensait à tous ces couples qui essayaient pendant des années d'avoir un enfant, sans succès, à ces gens qui parcouraient le monde dans l'espoir d'en adopter un, aux bébés-éprouvette, et maintenant à ce qu'il avait sous les yeux… Pauvre petit être. Après l'avoir tant désiré, il en arrivait maintenant à le craindre. Oh, oui, le pauvre bout de chou !

Il reprit pied dans la conversation.

— Non, je ne m'inquiétais pas. Nous laisserons nos avocats mettre tout cela au point, de la façon la plus juste et la plus correcte.

— Tu sais, Donald, quand je t'ai dit que je ne voulais rien de toi, pas d'argent, rien de la revanche habituelle que certaines femmes veulent prendre, je le pensais vraiment. Cet échec n'est pas ta faute, ni vraiment la mienne non plus. Nous avons tous les deux fait une erreur par manque de réflexion, c'est tout.

— Et, si je peux me permettre de te poser la question, sans argent comment as-tu l'intention de vivre ?

— Justement, c'est cela que j'ai l'intention de te raconter. Donne-moi d'abord une tasse de thé et je te dirai tout. Il y a du vent dehors, j'ai marché et j'ai froid.

N'avait-elle donc pas de nerfs, pas d'émotions ? Elle était assise là, dans la pièce même où avait eu lieu leur réception de mariage, où avait commencé le voyage qui se terminait en ce moment ; derrière la porte ouverte, parfaitement visible, se trouvait le lit. Et de quoi parlait-elle d'un ton joyeux ? De ses cheveux ébouriffés par le vent. Alors que lui était vide à l'intérieur – quand il ne se sentait pas écrasé par un poids qu'il ne parvenait pas à supporter.

Il se leva, alla préparer du thé et lui en rapporta une tasse. C'est alors, quand elle tendit la main pour la prendre, qu'il constata que cette main était dépourvue de bague.

— Je te l'ai rapportée, dit-elle.

— Rapporté quoi ?

— La bague. C'est elle qui te manquait, n'est-ce pas ? Tu étais en train de regarder mon doigt.

— Qui me manquait ?

C'était elle qui lui disait ça, elle qui ne voulait jamais manquer de rien, bagues ou autres ? En d'autres circonstances, cela l'aurait peut-être amusé.

Reposant la tasse avec soin, elle ouvrit son sac et en sortit l'écrin de velours.

— Je n'en veux pas, Lillian, lui dit-il en repoussant sa main.

— Ne sois pas stupide, voyons. Si tu ne veux pas la garder pour quelqu'un d'autre, tu peux en tirer un bon prix.

Comment pouvait-on proférer une chose pareille ? Si jamais il y avait un jour quelqu'un d'autre dans la vie de Donald – et pour le moment, il ne pouvait même pas l'imaginer –, ce quelqu'un d'autre ne voudrait sûrement pas de cette bague-là, de cette bague-là en particulier.

— Je t'ai dit que je n'en voulais pas.

— Eh bien, je la laisserai simplement sur la table en repartant.

— Pourquoi est-ce que nous nous disputons à propos d'une chose aussi stupide qu'une bague ?

— Je n'ai pas l'intention de me disputer avec toi. Je suis venue te dire quelque chose. Dès que le divorce sera prononcé – et j'espère que ça viendra vite –, j'épouserai Howard Buzley.

Howard Buzley ! *Gros, vieux et laid !* Un fou rire monta aux lèvres de Donald, qu'il réussit à transformer in extremis en une exclamation d'étonnement.

— Hein ? Tu plaisantes ou quoi ?

— Non, pas du tout. Depuis que j'ai commencé à travailler pour lui, il m'a toujours dit qu'il aimerait m'épouser.

— Mais sa femme ?

— Elle est morte pendant que nous étions en Italie. Tu veux que je te dise combien il est honnête et correct ? Elle était malade depuis des années, beaucoup d'autres hommes seraient partis, à sa place, tu sais cela, mais pas lui. C'est un homme très bon, très gentil. Il a été très bon avec moi, je peux te le dire. Et il est fou amoureux.

Voilà donc d'où lui venait sa rente, pour elle et Cindy, les vacances dans la ville d'eaux, les beaux vêtements ! Pour tout cela, bien sûr, Buzley était payé de retour ! Il avait dû être bien payé, sûrement... Chose curieuse, l'image de Buzley et de Lillian au lit ensemble ne provoqua pas de jalousie chez Donald, juste du dégoût.

— Tu n'imaginerais pas combien il est généreux, combien il donne toujours aux gens, et pas seulement à moi. Je pourrais te raconter des dizaines d'histoires – un jour, nous passions devant une boutique, il est entré et il m'a acheté cette montre. Je ne l'avais même pas remarquée dans la vitrine.

— Attends une seconde. Tu m'avais dit que c'était cet aristocrate italien qui te l'avait donnée...

— Ce devait être une autre, pas celle-ci. Tu ne te rappelles pas en avoir vu une autre ?

Elle avait dit tant de mensonges, songea-t-il, qu'ils étaient devenus comme une seconde nature chez elle.

— Non, mais ça n'a pas d'importance. Dis-moi, pourquoi est-ce qu'il devrait t'épouser ? J'aimerais savoir. Est-ce que vous ne pouvez pas tout simplement vivre ensemble ?

— Nous pourrions, si, mais je ne suis pas sûre que je le ferais. Avec lui, je veux quelque chose de solide, d'officiel. Il n'est pas comme toi, lui dit-elle en souriant. Il n'est pas ce qu'on pourrait appeler un honorable gentleman de la vieille école.

Malgré lui, Donald était fasciné.

— Et tu penses que tu seras heureuse ?

— Oui. Je le connais tellement mieux que je ne te connaissais, toi. Howard et moi, nous nous amusons beaucoup ensemble. Alors que je ne savais rien de toi, ce n'est pas vrai ? Entre nous c'était juste un engouement, un coup de tête. Et de l'admiration aussi, en tout cas de ma part. J'admirais ton intelligence. Et est-ce que je peux dire aussi que nous avions un bon nombre d'intérêts intellectuels en commun, ou est-ce que ce serait prétentieux ?

— Pas du tout, non. Mais avoir de l'intelligence ne suffit pas, Lillian, il faut aussi savoir s'en servir.

Lillian haussa les épaules.

— Nous aimons exactement les mêmes choses, Howard et moi. Il connaît tout le monde, toutes les personnalités à New

York, les artistes de Hollywood, les gens de théâtre, tout le monde. Je me sens beaucoup plus libre quand je suis avec lui que je l'étais avec toi. Je ne cherche pas à te blesser, Donald, d'ailleurs je ne chercherai jamais à te blesser parce que je suis toujours attachée à toi, que je t'aime toujours beaucoup. C'est la vérité.

Cette fois elle la disait certainement, pensa-t-il.

— Je voudrais que les choses se finissent amicalement entre nous. Je voudrais que tu trouves quelqu'un qui te rende heureux, qui ait les mêmes goûts que toi, la même conception de la morale et de la vie.

Il y eut un moment de silence ; Lillian promena un dernier regard sur ce qui avait été sa maison, et il se demandait ce qu'elle pouvait bien ressentir, si du moins elle ressentait quelque chose.

— Howard a commandé pour moi une somptueuse bague de fiançailles, alors il faut vraiment que tu reprennes celle-ci.

— Une bague de fiançailles ? Il sait que tu es enceinte, bien sûr ?

— Qu'est-ce que tu crois ? lui répliqua-t-elle d'un ton indigné. Bien sûr qu'il le sait ! Même s'il ne l'avait pas vu, tu ne penses pas que je le lui aurais dit ?

— Et ça n'a pas d'importance pour lui ?

— Grand Dieu, il a des petits-enfants depuis ici jusqu'en Californie ! Il est habitué aux enfants, alors un de plus, un de moins... De toute façon, nous prendrons une nourrice. Et l'appartement est immense, douze pièces, avec vue sur toute la ville, depuis l'East River jusqu'à l'Hudson. Ça me rappelle l'appartement des Sanders.

Ah oui, bien sûr, la vue. C'était ce qu'elle voulait. Et oui aussi, les Sanders. Au début il leur avait reproché de la corrompre, mais ç'avait été stupide de sa part. Lillian était ce qu'elle était bien avant d'avoir fait la connaissance des Sanders.

— À propos, Howard connaît Chloe et Frank, en tout cas il les a déjà rencontrés. Il va partout et tout le monde le connaît.

De nouveau, elle s'interrompit pour refaire des yeux le tour de la pièce.

— Ce tableau…, dit-elle. Tu as été très bien à cette occasion. Beaucoup d'hommes auraient fait un boucan de tous les diables parce que j'avais dépensé autant d'argent sans t'en parler d'abord.

— Tu l'aimais, j'ai bien vu que tu l'aimais. Tu n'as qu'à l'emporter.

— Merci, mais je ne ferai jamais ça, non. En plus, maintenant je vais pouvoir en acheter d'autres si j'en ai envie. Une chose me manquera, quand même, aller dans les galeries et les expositions avec toi. Howard ne connaît rien à l'art et ne veut pas essayer d'apprendre. Mais on ne peut pas tout avoir, n'est-ce pas ?

Une fois, pensa-t-il, pendant une courte période, j'ai cru qu'on pouvait, si. J'ai cru que nous, nous avions tout. Il le pensa mais n'en parla pas, alors que Lillian se levait et remettait son manteau.

— Je suppose que nous allons nous rencontrer bientôt avec nos avocats, Donald, puisque tu tiens à ce que nous en ayons. Je suis sûre que ça ne posera pas de problème, puisque nous ne nous battons pas l'un contre l'autre.

— En ce qui me concerne, je n'ai qu'une seule demande : un droit de visite, le plus large possible, quand le bébé sera né.

Combien de fois l'utiliserait-il, ou en aurait-il tout simplement envie, il n'en savait rien. Peut-être, si c'était un garçon… De toute manière, c'était sa chair et son sang, il subviendrait à ses besoins.

— Oh, une chose que je voulais te rappeler, au sujet de l'argenterie. Elle vaut une petite fortune, alors n'oublie pas de payer l'assurance.

— L'argenterie ?

— L'argenterie danoise que Howard nous a offerte.

— Emporte-la. Emporte-la tout de suite avec toi, je n'en veux pas.

— Pour l'amour du ciel, Donald, ne sois pas stupide. Tu peux avoir envie de t'en servir un jour, on ne sait jamais. Et je n'en ai pas besoin, Howard en a suffisamment pour équiper un hôtel entier.

Alors qu'elle avait déjà une main sur la poignée de la porte, Lillian s'interrompit une dernière fois.

— Ne sois pas fâché contre moi, Donald, tu veux bien ?

Il la regarda : elle était la beauté même. Ces yeux, ces lourds cheveux brillants, ce visage à l'ovale classique – oui, la beauté même.

— Pendant un moment au moins, nous nous sommes aimés, dit-il.

— Aimés ? Je vais te citer une phrase que j'ai lue. Je crois que c'est un Français qui l'a écrite. « Il y a des gens qui ne seraient jamais tombés amoureux s'ils n'avaient pas entendu parler de l'amour. » Bonne nuit, Donald.

7

Il avait commencé à bruiner ; l'air du mois d'avril était comme une douce caresse sur le visage de Donald, tandis qu'il marchait vers l'hôpital. Au coin de la rue, il s'arrêta pour se demander une fois de plus s'il devait poursuivre son chemin ou non.

L'appel téléphonique qu'il avait reçu à la maison, tôt ce matin-là, l'avait surpris ; il n'aurait pas dû, pourtant, car Donald ne pouvait s'attendre que Lillian lui envoie un faire-part de naissance officiel et mondain. Elle avait l'air d'excellente humeur et l'avait pressé de venir à la nursery voir la plus jolie petite fille de trois kilos deux cent cinquante qu'on puisse imaginer.

— Tu n'auras qu'à juste demander le bébé Wolfe, ils te l'amèneront.

Wolfe. Oui, bien sûr. Que pouvait-elle être d'autre ? Il était bien le père, le père divorcé dans trois ou quatre mois, mais le père quand même.

Il se sentit soudain si ému, si troublé ! Durant tout l'automne et tout l'hiver, il avait repris ses marques. M. Pratt avait eu raison en lui parlant du travail comme meilleur moyen de recouvrer la santé mentale ; il lui avait fourni tant d'occupations – deux voyages à l'étranger et de lourds dossiers à rapporter chez lui –, que Donald n'avait eu ni le temps ni même l'énergie pour son chagrin personnel. Mais maintenant, debout dans la rue et en proie à l'hésitation, il sentait son angoisse d'autrefois le submerger.

À quoi cela servait-il d'entrer voir ce bébé ? D'abord, c'était une fille et (même s'il s'en voulait d'éprouver un tel sentiment) il estimait qu'il aurait eu des liens différents, une autre familiarité, envers un garçon qu'envers une fille. Mais, surtout, cette fille serait celle de Lillian ; lui serait réduit à ce rôle de père pathétique qui déjeune le samedi ou le dimanche avec un enfant qui le connaît à peine.

Il était toujours debout, et indécis, quand il aperçut Cindy, l'amie de Lillian, qui sortait de l'hôpital. Il ne l'avait plus revue depuis le jour du mariage, mais elle était facilement reconnaissable, avec ses vêtements débraillés et ses longs cheveux en bataille. Ce fut de la voir là qui le décida : si elle considère de son devoir de venir voir le bébé de son amie, alors ça l'est encore bien plus en ce qui me concerne.

En vérité, il redoutait aussi ce qu'il allait ressentir devant cette enfant de parents séparés, cette enfant qui allait être élevée dans la maison d'un autre homme.

Il entra, monta dans l'ascenseur et, suivant les panneaux fléchés indiquant la nursery, se trouva bientôt nez à nez avec Lillian dans un couloir.

— Tu ne pensais pas me trouver debout, je parie ! lui dit-elle. Ça fait plus de vingt-quatre heures que je suis là, et ils veulent qu'on marche. C'est mon second voyage à la nursery.

L'espace d'un instant, il se demanda si elle se sentait aussi embarrassée que lui ; mais très vite, il sut que non. Elle n'était pas du tout gênée, malgré leur intimité d'autrefois. Ce corps en face de lui, sous la robe de chambre de soie matelassée, Donald en connaissait chaque centimètre carré. Et pourtant, s'il avait su à l'époque ce qu'il avait appris par la suite, il n'y aurait pas eu d'enfant aujourd'hui, il ne l'aurait jamais touchée.

« Si jamais je le revoyais, je ne le reconnaîtrais sans doute même pas » : n'était-ce pas ce qu'elle lui avait dit à Florence ?

— Je suis si contente de ne pas avoir fait… *ça*, Donald. Elle est absolument adorable, c'est la plus ravissante petite chose qui soit. Tu la vois, là-bas, dans le second berceau ? Elle dort.

Une petite boule rose avec une tignasse de cheveux foncés sur la tête. Il se rendit compte alors qu'il avait vécu toutes ces années sans jamais voir de nouveau-né.

— La plupart sont chauves. Est-ce que ce n'est pas mignon, tous ces cheveux ? Mais elle va sûrement les perdre, c'est ce qu'ils m'ont dit, et elle sera chauve jusqu'à ce que ses vrais cheveux arrivent.

Il y avait une étiquette sur le berceau ; *Wolfe*, disait-elle. Il ne savait pas ce qu'il éprouvait. Peut-être qu'il se sentait juste un peu bizarre. Wolfe. Son propre nom. Cette *personne* endormie là portait son nom. Cette *personne* était rattachée à lui et le serait toute sa vie, même s'ils ne se revoyaient plus jamais. Et il se tenait là, regardant la petite boule avec la tignasse de cheveux.

— Nous avons préparé pour elle la plus magnifique des chambres. Le décorateur a trouvé quelqu'un pour peindre les murs avec des personnages de comptines.

Lillian était excitée, bavarde.

— Et la chambre de la nourrice est juste à côté. C'est vraiment charmant, toute cette histoire est vraiment charmante. Je veux absolument que tu voies ça, Donald. Sens-toi vraiment libre de venir, je t'en prie. Passe juste un coup de fil d'abord, c'est tout ce que je te demande. Je veux que tout se passe le plus amicalement du monde, et Howard est d'accord.

Ses yeux revinrent au nom sur l'étiquette : Wolfe. Et un étranger, dans sa grande générosité, veillait sur toute cette « charmante histoire » ! La colère enfla dans sa gorge, même s'il la savait déraisonnable, jusqu'à ce qu'il parvienne à la maîtriser.

— C'est moi qui m'occuperai de son avenir, dit-il doucement. Demain matin, j'ouvrirai un compte pour son éducation. À quoi as-tu pensé comme prénom ?

— Oh, j'ai passé les pires moments à essayer de décider ! J'ai pensé un moment à Bettina, comme mon amie de Florence.

Ça donnerait Tina comme diminutif. Puis j'ai pensé à Antonia, avec Toni pour diminutif. Qu'est-ce que tu en penses ?

— Pour dire la vérité, je n'aime aucun des deux.

— Alors, donne-moi une idée.

— Je n'ai jamais beaucoup réfléchi à des prénoms de filles. Mais peut-être quelque chose de plus ordinaire, de moins différent.

— Quoi, comme Cathy ou Jennifer ? Toutes les filles américaines ont un nom dans ce genre.

— Eh bien, c'est une fille américaine, non ?

Soudain, il pensa à quelque chose.

— Nous pourrions peut-être l'appeler comme ma mère. J'aimerais bien, si ça ne t'ennuie pas. Elle s'appelait Jane.

— Jane ! Oh, pour l'amour du ciel, *Jane* !

— Eh bien alors, comme ta mère. C'est une jolie coutume, je trouve.

— C'est bien la dernière chose que je ferai. Je n'ai jamais aimé ma mère.

Quelque chose dans la façon dont elle le dit, au-delà même du sens des mots, son attitude provocatrice et l'affreux défi qu'il y avait dans sa voix, affecta Donald, et il ne put s'empêcher de répliquer :

— J'ai souvent pensé que tu serais plus heureuse si tu apprenais un peu à pardonner, quelle que soit la...

— Pardonne-nous nos péchés, railla-t-elle, d'une voix soudain si haut perchée qu'une infirmière qui passait dans le couloir se retourna pour les regarder. Toujours pesant, si pesant. Si sombre, si sérieux, si collet monté. C'est pour cela que nous ne pouvons pas nous entendre, Donald. Détends-toi un peu, tu ne veux pas ? Non, tu ne peux pas. Tu es fabriqué comme ça.

Il n'aurait pas dû lui faire cette remarque. Résultat, ils étaient là à se disputer en public, à côté de l'innocent bébé qu'ils avaient conçu ensemble. C'était sans espoir.

— Appelle-la comme tu voudras, dit-il. Ça ne vaut pas une dispute.

— Très bien, alors ce sera Bettina. Tina.

106

Il regarda de nouveau le bébé, qui dormait toujours. Petite chose inconsciente de l'avenir, quel qu'il doive être. Bettina Wolfe. Dieu te bénisse, Bettina Wolfe.

— Je suis désolée, Donald, dit Lillian en riant, je n'avais vraiment pas prévu d'élever le ton contre toi aujourd'hui. Mais tu me connais, maintenant, alors ne fais pas attention. Je commence à être fatiguée, je crois que je vais retourner dans ma chambre.

— Je vais partir moi aussi. Prends soin de toi.

Il la suivit quelques instants des yeux, tandis qu'elle s'éloignait dans le couloir. Il n'était pas tout à fait sûr de ce qu'il ressentait, de la pitié, de la colère ou un peu des deux ; mais il savait en tout cas une chose – que même si par hasard il avait la possibilité de la ramener à lui, il ne le ferait jamais.

La grande affaire, qui avait expédié une armée d'avocats aux quatre coins du monde, arrivait à son terme, avec l'arrestation du brillant escroc qui en tirait les ficelles. Combien de milliers de kilomètres Donald avait-il franchi dans les airs pour cette affaire, combien de documents avait-il patiemment analysés, creusés, recoupés – il n'en avait pas fait le compte exact. Rien que se souvenir des noms de toutes les pseudo-sociétés et autres coquilles vides montées par le fugitif avait été un travail à part entière.

Curieusement, un détail en particulier restait gravé dans un coin de sa mémoire : la conversation qu'il avait surprise un jour et dans laquelle deux hommes plaisantaient, avec des accents admiratifs, sur cet escroc qui échappait si intelligemment à la loi. Mais c'était lié à cette pénible soirée, avec toutes ses conséquences.

Au bar de leur hôtel en Suisse, quelques jours avant qu'ils ne rentrent tous chez eux, ses confrères se réjouissaient.

— J'ai l'impression d'avoir assez voyagé pour le restant de mes jours, disait l'un d'eux. Si je dois ne plus jamais quitter mon petit perchoir de chez Orton et Pratt sur Madison Avenue, je ne m'en plaindrai pas.

107

— Je te comprends, répondait un autre. J'espère que ma femme et mes enfants vont me reconnaître quand je rentrerai.

Ils auraient sûrement du mal à me croire, songeait Donald, si je leur disais que moi, je n'ai pas envie de rentrer. Et il pensait à cette pièce dans laquelle quelqu'un est assis sur un banc et attend quelqu'un d'autre, qui ne vient jamais. Sauf que lui, Donald Wolfe, ne savait même pas qui il attendait, ou ce qu'il attendait.

Il faisait du bon travail. Augustus Pratt l'avait appelé la veille, dans sa chambre d'hôtel, et lui avait prodigué des éloges appuyés pour son habileté à débrouiller ce cas difficile et complexe. Il avait de bons amis ; quand il avait fini par leur annoncer son divorce, ils l'avaient soutenu de toutes les manières possibles.

Mais ce n'était pas assez. Comme un hôte importun, un quémandeur, la culpabilité le pressait de toutes parts. Il s'entendait presque lui crier : Va-t'en, éloigne-toi de moi ! Je n'ai rien à te donner !

C'est vrai que cela fait maintenant plus de trois mois qu'elle est née et que je ne l'ai pas revue. Arrête de dire « elle ». Elle s'appelle Bettina, Bettina Wolfe. *Mais qu'est-ce que je suis censé faire ? Sonner à la porte – après m'être fait inviter, bien sûr – chez mon ex-femme, devenue à présent l'épouse légitime de M. Howard Buzley ? (Ils n'avaient pas perdu de temps, n'est-ce pas ?) Sonner à la porte, entrer et rester là à regarder cette petite étrangère toute rose qui porte mon nom et qui a mes gènes ?*

De retour chez lui, il posa son livre, sur lequel il était incapable de fixer son attention, et jeta un regard sur les pièces qu'il avait arrangées avec tant de soin. Certes, ils auraient dû déménager pour un endroit plus grand, avec une chambre de plus pour le bébé, mais ils auraient emporté toutes ces jolies choses et les auraient redisposées là-bas. Fabriquer une nouvelle bibliothèque n'était pas un problème ; un menuisier faisait ça en deux jours, plus quelques heures pour mettre des étagères dans la chambre du bébé ; un enfant devait grandir avec des livres autour de lui… Ainsi allait son imagination.

Il alla à la fenêtre et contempla la rue, en bas, mais il n'y avait rien à voir à part le ballet des phares des voitures, rien à ressentir sauf la solitude si particulière de la grande ville. Il se doucha, sortit les vêtements qu'il mettrait pour aller au tribunal le lendemain matin et se coucha.

Vers trois heures du matin, un rêve l'éveilla. On dit que les rêves durent seulement quelques secondes, pourtant celui-ci lui parut se poursuivre pendant des heures. Il était perdu dans un endroit froid et lointain. Le Kyrgystan, ou un nom comme cela ? Existe-t-il un pays qui s'appelle ainsi ? En tout cas, il était debout dans un vent brutal, et des gens le dépassaient rapidement, indifférents. Personne ne s'arrêtait pour écouter ses appels, même si ça n'aurait de toute façon été d'aucune utilité qu'ils le fassent, puisqu'il ne parlait pas leur langue. L'obscurité tombait et il était paniqué.

— Idiot, se dit-il à voix haute. Quelque chose que j'ai mangé, sans aucun doute. Peut-être le poisson.

Après quoi, il resta éveillé et réfléchit. Il n'avait rien fait pour l'enfant, directement ou indirectement, à part prendre quelques renseignements sur Howard Buzley ; d'où il était ressorti que Buzley était très riche, intelligent, connu aussi pour son obligeance et sa générosité. Ces qualités pouvaient se traduire par cent pour cent de sécurité, surtout maintenant qu'il était marié à Lillian et qu'il ne pouvait l'abandonner sans pourvoir à ses besoins.

C'était cependant bien Donald Wolfe, et pas Howard Buzley, qui était responsable du bébé. C'était Donald Wolfe qui devait prendre dès maintenant une assurance-vie, avec le bébé comme bénéficiaire et une banque comme fidéicommis. C'était lui qui devait ouvrir un compte et commencer à mettre de l'argent de côté en vue de son éducation. C'était lui qui devait faire sa connaissance, entrer en contact avec elle, sans attendre. Il prenait toutes ces décisions avec sa tête mais qu'y avait-il dans son cœur ? Il ne le savait pas. Il n'aurait pu le dire.

Voilà pourquoi, quelques jours plus tard, Donald sonna à la porte du « fabuleux appartement avec une vue depuis l'East

River jusqu'à l'Hudson ». Secrètement, il était plein de ressentiment, parce qu'il aurait voulu ne pas venir là ; mais s'il voulait voir le bébé, c'était le seul endroit où il pouvait le faire.

— J'allais partir, dit Lillian en lui ouvrant la porte. Tu es en retard.

— Désolé, mais il fallait que j'aie ces papiers pour toi. Tout ce dont je t'ai parlé au téléphone est ici, mis par écrit – une liste avec la banque, le fidéicommis, l'assurance, tout. Les originaux sont chez Orton et Pratt.

— Voilà une petite fille qui a de la chance.

Et elle lui fit le faux sourire, qui apparaissait et repartait en même temps.

De la chance ? Cette enfant avait de la chance ?

— Oh, Tina est absolument adorable, tu verras. Elle a tellement grandi depuis que tu l'as vue, tu seras stupéfait. Je ne peux pas encore déterminer à qui elle ressemble, mais en tout cas elle sera jolie, j'en suis sûre. Howard le dit lui aussi. Il est merveilleux avec les enfants. C'est vrai qu'il a une certaine expérience, après tout. Viens, suis-moi jusqu'à la nursery.

Lillian était d'humeur loquace ; elle jouait les maîtresses de maison sûres d'elles, en tenue d'été de lin noir toute simple, avec des boucles d'oreilles en or et un large bracelet en or aussi. C'était la même femme qu'il avait vue la première fois, cet après-midi-là, mille ans plus tôt. Mais non, pensa-t-il en la suivant dans le salon à l'arrangement sophistiqué, en contrebas de quelques marches, puis dans la bibliothèque dont les étagères étaient garnies de bibelots anciens et seulement d'une poignée de livres, non, il y a eu un changement. Elle est montée tout en haut de l'échelle, elle a décroché la lune, et elle veut me montrer comment elle vit maintenant.

La nursery était vaste et lumineuse ; les murs étaient peints de couleurs vives, avec dessus des personnages de comptines comme annoncé, mais le lit d'enfant à baldaquin était vide.

Lillian, qui avait suivi le regard de Donald, lui expliqua que Tina était dans le parc pour prendre l'air.

— Dans le parc ? Où est-ce que je la trouverai ?

— Attends, je vais te faire un plan. Maria porte un chapeau

vert, et elles seront assises près du musée. C'est facile à trouver. Mais tu sais te repérer dans le parc, bien sûr.

Oh, oui, il savait. Quand il repensait à tous ces samedis et dimanches, où ils marchaient ensemble sur le toit du monde... Maintenant, je vais sortir d'ici, songea-t-il, et je ne reviendrai jamais. Quand je voudrai voir le bébé – et il faudra bien que je le voie de temps en temps – pour que Tina sache qu'elle a un père, je le verrai dans le parc.

— Avant que tu partes, laisse-moi te montrer quelque chose, lui dit Lillian. Regarde ce que Howard vient d'acheter pour Tina. C'est un grand adepte du lèche-vitrines, il est passé devant un magasin pour enfants et il n'a pas pu résister à ça.

Elle lui mit sous les yeux un manteau de velours blanc, à la taille d'un enfant à peine en âge de marcher. L'étiquette avec le prix était encore dessus : trois cent cinquante dollars. Donald ne fit pas de commentaire, pour la simple raison qu'il n'en trouva pas à faire, du moins, pas de poli. Maintenant je vais sortir d'ici, songea-t-il de nouveau. Il prit le plan que lui avait fait Lillian et s'en alla.

Une fois sur l'avenue, il marcha du côté de l'ombre, sous les arbres ; ou plutôt, ses jambes le propulsaient en avant, mais son esprit était resté en arrière, dans l'appartement. Ç'avait été une chose de l'imaginer dans sa nouvelle demeure, mais une autre, tout à fait différente, de la voir là-bas.

Cet étrange phénomène, que faute d'un nom meilleur on appelait l'alchimie personnelle entre deux êtres, qu'était-ce donc ? Cela vous saisissait, vous ensorcelait, vous emprisonnait ; puis disparaissait, laissant dans son sillage colère, honte et pensées mauvaises. Là-bas, dans la nursery, il avait senti la proximité de la chambre dans laquelle Lillian devait désormais passer ses nuits. Est-ce qu'elle ne trouvait pas étrange d'être à la fois près de cette chambre et près de l'homme dont elle avait partagé le lit si peu de temps auparavant ? Il semblait à Donald que la plupart des femmes, dans la même situation, auraient pris ses papiers quand il avait sonné à la porte puis se seraient poliment débarrassées de lui ; mais alors il se souvint que, bien sûr, elle n'était pas comme la plupart des femmes.

111

Tandis qu'il approchait de l'endroit où il était censé trouver la nurse et le landau, il sentit un grand découragement l'envahir. La situation touchait à l'absurde : il allait devoir décliner son identité à la nurse, regarder dans le landau où la petite boule endormie serait sans doute emmaillotée dans quelque tissu rose, dire deux ou trois mots aimables à la femme, puis repartir. Est-ce qu'il ne s'était pas déjà acquitté de ses obligations légales et morales de père ? Il ne se sentait guère dans la peau d'un père, à vrai dire. Mais, en tout cas, il avait fait ce que le monde considérait comme son devoir, et il continuerait à le faire. N'était-ce pas assez ?

Pourtant il continuait à avancer, guettant un chapeau vert ; il le trouva sur la tête d'une petite femme d'allure soignée et se présenta.

— Bonjour, je suis le père du bébé.

— *Sí, sí*, je sais. Vous M. Wolfe. Elle a dit à moi. Je suis Maria.

Appuyée contre la poitrine de Maria, une petite *personne* était assise et tétait le lait d'un biberon. Ce n'était plus une petite boule quelconque, mais une vraie *personne*, qui prit acte de la présence de Donald en tournant vers lui ses grands yeux bleus. Jamais il n'aurait cru qu'un être humain pût changer autant en si peu de mois.

— Jolie, vous trouvez, non ? demanda Maria.

De dessous le chapeau à ruchés sortaient de petites mèches de cheveux sombres, qui avaient l'air ondulés. Elle avait déjà un vrai visage de petite fille, songea-t-il, même s'il se trompait peut-être à cet égard. En tout cas, c'était un visage attendrissant comme ceux de tous les jeunes êtres, les petits chiots ou les petits veaux, si vulnérables et donc si émouvants.

— Oui, très jolie.

Quelle impression d'innocence elle dégageait ! Un jour cette enfant voudrait savoir, pour son père et sa mère, elle demanderait le pourquoi et le comment. Peut-être que ce serait plus facile pour elle, à ce moment-là, si elle n'avait pas d'attachement étroit pour son père, simplement celui qu'on ressent pour un bon ami ou un brave oncle qui vous envoie des cadeaux et vous emmène à une sortie deux ou trois fois par an. Toutes ces idées se bousculaient dans l'esprit de Donald tandis qu'il la regardait.

— Vous pouvez prendre elle ? Je remets capote landau.

Il se recula avec un geste de refus.

— Elle ne va pas aimer, elle va crier...

— Non, non, sourit Maria. Vous avez peur ? Prenez, prenez elle.

Quand il l'eut contre son épaule, elle lui parut plus lourde qu'il ne s'y attendait. En tournant la tête, elle le regardait directement dans les yeux et il s'interrogea : est-ce qu'elle se demandait qui il était, ou savait-elle que c'était un étranger ?

— Comment est-ce qu'ils l'appellent, Maria ? Tina ? Bettina ?

Mais Maria secoua la tête, ne comprenant pas.

— *Appellent ? Appellent ?*

Donald, qui avait fait trois ans d'espagnol au lycée, tenta de poursuivre dans cette langue, et ce fut une réussite ; Maria se montra soudain très volubile.

— En général, ils l'appellent Cookie, monsieur Wolfe. Tout le monde l'aime. Il y a quelque chose de spécial avec ce bébé. Ils ne sont pas tous pareils, vous savez. Il y en a qui ne sont pas très intéressants. Je me suis occupée de tellement de bébés, alors je le sais. Parfois, quand je suis dans la rue avec Cookie, les gens s'arrêtent pour la regarder et pour me dire combien elle est belle. Et aussi, elle a si bon caractère. Elle ne crie pas beaucoup, vraiment pas beaucoup. Laissez-moi la reprendre maintenant, pour la coucher et qu'elle dorme. Maintenant que son estomac est plein, elle va dormir. C'est ça la vie d'un bébé, vous savez, manger et dormir.

— Je vais m'en aller. Je suis content d'avoir fait votre connaissance, Maria. (En espagnol, la formule avait un charme particulier, un peu solennel.) À bientôt.

— Vous allez venir à la maison, monsieur Wolfe ?

Il la regarda et, voyant la gentillesse qui brillait dans ses yeux, lui répondit franchement :

— Non, je ne peux pas – je ne *veux* pas aller là-bas. Vous comprenez ?

Elle hocha la tête.

— Après septembre, quand nous reviendrons de la maison de la plage, nous serons ici tous les jours. Il y aura beaucoup de voitures d'enfants, vous verrez.

— De toute façon, ça ne sera pas avant un bon moment, parce que je vais m'absenter pour mes affaires. Je m'absente souvent pour mes affaires.

— Vous aussi ? M. Buzley a du travail tout le temps, et ils prennent aussi des vacances tout le temps. Quand ils ne sont pas en vacances, Mme Buzley n'est jamais à la maison. C'est une dame occupée, oh, très occupée.

Et Maria secoua la tête.

Elle n'aime pas Lillian, pensa Donald en s'éloignant, sinon elle ne m'aurait pas traité avec autant de chaleur. Mais, pour être juste, il pouvait y avoir mille raisons pour lesquelles elle n'aimait pas Lillian. Ça pouvait être simplement le ressentiment, compréhensible, qu'une employée pouvait éprouver envers une patronne plus jeune qu'elle et qui disposait de tout ce qu'elle voulait dans la vie.

Comme il revenait sur ses pas (et aussi, mentalement, sur les événements de la matinée), il repassa devant l'immeuble en pierre de taille de Lillian, de l'autre côté de l'avenue. Il l'aperçut, debout sous le dais vert de l'entrée, au côté d'un homme qui était sûrement Howard Buzley. Âgé, gris de peau, un dos voûté qui le faisait paraître de la même taille que Lillian, il tenait par le bras sa femme, en robe d'été, comme on tient un trophée précieux.

Donald continua son chemin le long de l'avenue et prit la direction de chez lui. Ç'avaient été des heures pour le moins perturbantes. La rencontre du bébé l'avait troublé, mais il n'aurait pas su décrire ses sentiments avec précision s'il avait dû le faire. C'était sa fille, mais elle ne grandirait pas avec lui, donc ce n'était pas vraiment sa fille. Elle serait toujours un poids sur sa conscience, guère plus que cela. Et s'il devait supporter un tel poids, pourquoi ne pouvait-elle au moins être un garçon ?

De retour chez lui, il trouva des messages sur son répondeur. Ed Wills avait une occasion pour lui, un billet, ce soir, pour une pièce à succès de Broadway. Un autre ami avait une fille pour lui, qu'il aimerait sûrement. Il était trop déboussolé pour avoir envie de quoi que ce soit ; mais, à la réflexion, il pensa qu'il devrait appeler Ed et accepter son invitation. Ce n'était pas bon, dans son état d'esprit, de s'enfermer chez lui pour y vivre comme un ermite. Ce n'était pas sain.

Avec discrétion et diplomatie, Augustus Pratt se renseignait de temps en temps sur la vie de Donald, de quoi elle était faite. Il n'était pas du genre à lancer de ces joyeuses prédictions qui, sous prétexte de réconforter le destinataire, ne réussissaient qu'à le mettre encore plus mal à l'aise. Pourtant, ce matin-là, quand il appela Donald dans son bureau, c'était pour lui apprendre deux nouvelles plutôt agréables.

— Cela fait maintenant trois mois que vous êtes chez vous, Donald. Est-ce que par hasard vous auriez envie de sauter de nouveau dans un avion ?

— C'est exactement ce dont j'ai besoin en ce moment, monsieur Pratt.

— Bien. J'aimerais que vous vous occupiez d'une affaire avec le bureau de San Francisco. Hugh McQueen vous attend là-bas. Je ne pensais pas que vous vous déroberiez, d'ailleurs vous ne l'avez jamais fait.

Un clin d'œil malicieux suivit.

— Il est fort probable que vous prendrez tous les deux l'avion pour Anchorage, parce qu'un de nos clients est à l'hôpital là-bas. Vous n'avez jamais vu l'Alaska, n'est-ce pas ? Eh bien, attendez-vous à un choc. Prenez quelques jours pour sortir d'Anchorage et visiter le pays.

— Je ne peux vous dire à quel point j'apprécie tout cela.

Le bureau de San Francisco n'avait aucun besoin de Donald, et il le savait. Ce voyage n'était qu'un cadeau, dû à la bienveillance d'Augustus Pratt.

— L'autre chose dont je veux vous parler, c'est votre prime. La compagnie a fait une année remarquable et ça se traduit dans la prime. Mais je ménage le suspense, jusqu'à ce que vous le constatiez noir sur blanc la semaine prochaine.

— Tout ce que je peux vous dire, en plus de merci, c'est que j'ai beaucoup de chance.

— Disons qu'à certains égards vous en avez peut-être, oui.

Il réfléchissait déjà à la façon dont il investirait cette prime pour le bébé. Il avait plus qu'assez d'argent pour suffire à ses propres besoins. Ses principales dépenses consistaient en livres, et en belles valises qui l'accompagnaient dans ses déplacements, au bureau de Moscou ou maintenant en Alaska.

— Oh, une chose encore avant que vous partiez, lui dit Pratt. Il faudra très certainement que vous passiez quelques jours en Italie, à la fin de l'automne. Après quoi, vous pourrez rester tranquillement à la maison pour une bonne année. Il faut laisser un peu les jeunes générations parcourir le monde.

— C'est toujours pour cette banque à Rome ?

— Non. Il s'agit d'une société de Florence qui veut acheter des biens ici, à New York. Nos négociateurs veulent que nous allions les voir là-bas. C'est une histoire de trois, quatre jours seulement.

— Entendu, dit machinalement Donald.

Florence. Il aurait préféré ne jamais revoir cette ville, si magnifique fût-elle.

8

Dans une vieille maison proche des remparts médiévaux, une famille était rassemblée pour un repas dominical typiquement italien, le père était à un bout de la longue table et la mère au bout opposé, avec entre eux les (nombreux) autres membres de la famille, plus Donald en tant qu'invité. La grand-mère, juste en face de lui, tenait dans ses bras une petite fille de six mois.

Il aurait pu écouter avec davantage d'attention son hôte, le comptable, qui, l'avant-dernier jour précédant le retour de Donald à New York, l'avait obligeamment sauvé d'un dîner solitaire à l'hôtel. Il aurait pu regarder au-dehors, par la fenêtre, le jardin qui avait déjà pris son allure hivernale, ou bien les candélabres d'argent, ou encore les beaux lambris sur le mur. Mais il ne voyait que le bébé.

— Vous avez enfants ? lui demanda son hôtesse dans un anglais hésitant.

— Non.

C'était mieux ainsi, moins compliqué, moins douloureux. Cette soudaine douleur l'avait surpris lui-même. Le bébé dans sa robe de dentelle, sa robe du dimanche, sans nul doute, lui avait fait mal comme il n'aurait jamais pensé avoir mal. Elle était assise là comme une petite reine gazouillant au-dessus de son biberon de lait, agitant ses mains potelées et souriant à tous ces gens qui s'étaient sûrement rassemblés autour de la table pour l'honorer sur son trône.

— Six mois, murmura Donald. Je n'aurais pas cru qu'ils en faisaient déjà autant à six mois.

— Oui, répondit le père en hochant la tête avec bienveillance. Vous verrez quand vous aurez votre premier enfant. Encore six mois, peut-être même avant, et elle fera ses premiers pas. Ensuite, en un rien de temps elle parlera, elle ira à l'école et elle se disputera avec nous.

Bettina Wolfe avait déjà sept mois...

Il se tourna vers son hôte avec un sourire poli.

— Vous me parliez de ce fonds, pour empêcher Venise de sombrer... Comment est-ce qu'ils espèrent éviter cela, au juste ? Je n'y connais pas grand-chose en technique.

L'amour pousse comme une mauvaise herbe. On dit souvent qu'une mauvaise herbe est une plante qui grandit là où on n'en voulait pas ; certaines des plus jolies fleurs, la marguerite, le chèvrefeuille et le liseron, sont des mauvaises herbes. Ainsi vagabondaient les pensées de Donald. Il ne voulait pas que cet amour grandisse ; une fois pour toutes, il s'était mis en tête que son rôle de père n'irait pas plus loin qu'assumer ses responsabilités financières. Mais il connaissait son défaut, vouloir tout ou rien. S'il n'avait pas obtenu une mention très bien en première année de droit, il aurait fort bien pu arrêter ses études. S'il ne pouvait pas ressembler à celui de Florence, à quoi lui servait-il d'être père ?

Mais essayez de vous débarrasser du chèvrefeuille quand il a déjà noué ses tiges grimpantes, ou des marguerites quand elles ont disséminé leurs graines...

Je suppose, songea Donald, que tout a réellement commencé le jour où je l'ai vue sourire pour la première fois. Si nous ne nous étions pas mutuellement reconnus, Maria et moi, je serais passé devant cette rangée de bancs et de voitures d'enfants sans rien remarquer. Il n'y avait plus aucune ressemblance entre le bébé dont je me souvenais quatre mois plus tôt et la petite personne qui était debout, vraiment debout, devant les genoux de Maria, lui agrippant les mains.

Maria a crié mon nom ; ça a dû être ce cri inhabituel qui a poussé le bébé à tourner la tête vers moi. Elle avait probablement déjà un sourire aux lèvres, parce que cette nouvelle sensation d'être debout l'amusait : ce sourire ne m'était sûrement pas destiné. Même moi qui n'y connais rien aux enfants, j'ai compris que j'en bénéficiais seulement par hasard.

Pourtant, cette expression qu'il avait saisie sur le visage de l'enfant, Donald allait la remporter chez lui et la garder profondément inscrite dans son cœur.

— Elle a changé, n'est-ce pas ? lui dit Maria en espagnol. Vous l'auriez à peine reconnue, je parie. Oui, elle veut marcher. Vous voyez comment elle essaie de monter sur mes genoux ? Et vous la verriez ramper… Je pourrais la mettre sur l'herbe pour vous montrer, mais c'est sale. Ça fait longtemps que nous ne vous avons pas vu, monsieur Wolfe.

« Ils marchent, ils vont à l'école, puis très vite ils se disputent avec nous. »

— J'ai été très occupé et j'étais à l'étranger, sinon je serais venu.

— Ah oui, le travail, c'est vrai. Viens, Cookie. On va retourner dans la poussette et prendre notre déjeuner. Asseyez-vous, monsieur Wolfe, et regardez votre fille manger.

« Votre fille, Bettina Wolfe. »

— Vous l'avez appelée Cookie ?

— C'est comme ça qu'ils l'appellent. Sa mère la prend dans ses bras et l'appelle Cookie, alors moi aussi.

Comme elle l'y avait convié, Donald s'assit. Si on lui avait demandé de décrire ses sentiments, il aurait sans doute hésité sur les mots. Il était comme extérieur à lui-même, s'observant en train d'observer son enfant.

— Elle sait boire avec une tasse, mais parfois elle préfère le biberon, lui expliqua Maria. Je lui donne une tasse le soir quand elle est en pyjama. Sa mère n'aime pas qu'elle ait des taches de lait sur ses beaux vêtements. Pourtant ils se lavent facilement mais...

Maria ne finit pas ; quelque chose l'ennuie, se dit Donald. Il lui demanda si elle devait toujours travailler le dimanche.

— Oui, parce que j'ai besoin d'argent. J'ai une famille au Mexique. Mais ça ne me gêne pas. De toute façon, qu'est-ce que je ferais d'autre ? M. Buzley me paie si bien. C'est un homme gentil, très gentil, et je ne dis pas ça seulement à cause de tous les extra qu'il me paie, non. C'est vraiment dommage que vous ne puissiez pas voir comment il joue avec Cookie. Il s'assied par terre avec elle et il joue. C'est un très gentil vieux monsieur. Vous voulez voir une photo ? Je l'ai découpée dans le journal pour la montrer ici, dans le parc. Toutes les nurses aiment vous demander qui est votre patron, alors je la leur montre.

Au milieu d'une page de photographies prises lors de divers événements mondains, on voyait M. et Mme Howard Buzley à un dîner de bienfaisance. Il était exactement tel que Donald l'avait vu dans la rue, et elle, superbe, avec des boucles d'oreilles sophistiquées et les épaules nues. Il baissa les yeux vers la flatteuse légende, « M. Howard Buzley et sa ravissante épouse Lillian », puis les détourna aussitôt.

N'était-ce pas un grand pas de fait vers les cimes de la vie mondaine, d'apparaître ainsi dans le journal du dimanche ? Elle devait être aux anges...

La voix de Maria continuait à ronronner à ses oreilles avec un certain pathos. Visiblement, cette situation l'excitait, elle devait se demander ce que lui, l'ancien mari, en pensait. C'était compréhensible. Demain, elle expliquerait aux autres nurses qui était ce père qui rencontrait son bébé dans le parc.

Cookie le regardait ; elle avait dans la bouche quelque chose qui ressemblait à un biscuit salé, mais qui était un biscuit de dentition, comme le lui expliqua Maria. Se posait-elle des questions à son sujet ? Est-ce qu'on se pose des questions, quand on n'a même pas un an ?

Il était en train de penser qu'après tout il se ferait au surnom de « Cookie », quand deux femmes passèrent et qu'il entendit l'une des deux dire à l'autre :

— Est-ce qu'elle n'est pas adorable ? C'est le bébé Buzley.

Puis elles continuèrent leur chemin et le bruit de leurs voix se perdit.

Maria les avait entendues, elle aussi ; il en fut convaincu quand elle lui dit, à brûle-pourpoint :

— Si je suis toujours là quand elle commencera à parler, je lui apprendrai tout de suite à dire « papa ».

Il croisa son regard et il eut l'impression qu'elle voulait ajouter quelque chose, mais qu'elle hésitait à le faire.

— Qu'est-ce que vous entendez par : « Si je suis encore là » ? lui demanda-t-il. Je croyais que vous aimiez ce travail...

Elle haussa les épaules.

— Je l'aime, oui, mais on ne sait jamais. Oh, maintenant elle a sommeil. Vous voulez bien la bercer ? Poussez donc un peu la poussette d'avant en arrière.

Le léger mouvement de balancement apaisa bientôt Donald lui-même. Une troupe d'enfants en vêtements clairs passa devant lui, avec à leur tête une petite fille rousse sur un tricycle, puis une troupe de garçons qui donnaient des coups de pied dans les feuilles mortes. Un paisible silence d'automne semblait descendre du ciel ; il ferma les yeux pour mieux le sentir, tandis que le soleil de l'après-midi lui chauffait les épaules.

Tout à coup, la voix de Maria rompit le silence.

— Je ne comprends pas. Avoir un bébé et partir tout le temps, tout le temps. Dormir et partir.

— Vous me parliez ? lui demanda-t-il, pas tout à fait sûr d'avoir bien entendu les mots qu'elle avait murmurés, en espagnol.

— Je suis désolée, je me parlais à moi-même. Je me mets parfois en colère toute seule. Excusez-moi.

— Vous excuser de quoi, Maria ?

— Je ne disais pas ça pour que vous l'entendiez, monsieur Wolfe, je suis désolée.

Mais si, elle l'avait bien dit pour qu'il l'entende, c'était évident. Il lui répondit, d'un ton ferme :

121

— Regardez-moi bien, Maria. Si quelque chose ne va pas, il *faut* me le dire.

Il y eut un silence ; peut-être n'avait-elle parlé que par dépit, ou pour une raison triviale, comme le ressentiment d'avoir reçu une réprimande de Lillian, et maintenant elle regrettait de s'être ainsi dévoilée.

D'une voix calme, Donald lui déclara :

— Vous commenciez à me dire quelque chose à propos de la mère du bébé. Vous ne devez pas avoir peur que je le répète, nous ne sommes pas amis, Mme Buzley et moi. Mais j'ai besoin de savoir, Maria. J'ai besoin de savoir, et vous devez m'expliquer.

— Elle n'est jamais à la maison ! Elle achète des choses pour Cookie et elle l'embrasse, mais ce n'est pas ça, être une mère !

Elle avait certes raison, mais ce n'était pas non plus ce qu'on aurait pu qualifier de mauvais traitements infligés à un enfant. En soupirant, il pensa qu'il valait mieux ne pas insister pour le moment, et pour changer de sujet il fit un compliment à Maria.

— Je suis content que le bébé vous ait comme nurse.

— J'en suis contente aussi.

— Je vais vous donner mon numéro de téléphone, lui dit-il en sortant une carte. Là, vous pouvez me joindre dans la journée. De l'autre côté, je vais vous noter mon numéro chez moi.

— Est-ce que vous reviendrez dimanche prochain, monsieur Wolfe ?

— Oui. Je viendrai tous les dimanches, sauf si je ne suis pas en ville. Téléphonez-moi le dimanche matin et si je ne réponds pas, vous saurez que je suis loin.

Maria acquiesça.

— Je vous appellerai, monsieur Wolfe. Maintenant, je pense que nous allons rentrer, le soleil commence à baisser.

Donald les accompagna jusqu'à la sortie du parc. Au moment de les quitter, il jeta un dernier regard sur le bébé qui dormait, s'assura que la poussette traversait l'avenue sans encombre, puis reprit son chemin.

Il détestait tout particulièrement les incertitudes ; il se serait lancé avec plaisir dans une montagne d'épreuves, s'il avait pu voir l'avenir au-delà. Mais l'avenir était maintenant caché par de lourds nuages, il avait la sensation désagréable que rien n'allait comme il l'aurait fallu. La seule certitude qui lui restait était cet amour nouveau-né pour son enfant. C'est ainsi, tout plein de ces idées fragiles et déroutantes, qu'il regagna rapidement son domicile.

S'il n'y avait pas eu Bettina, ou Cookie – combien il détestait ces deux prénoms ! –, Donald aurait facilement pu ranger Lillian au fond de sa mémoire, avec les autres souvenirs que tout le monde a envie d'oublier. Mais, à mesure que les mois passaient, elle s'arrangeait toujours pour réapparaître d'une manière ou d'une autre. Il semblait même fort étonnant à Donald que ces portraits dans les pages mondaines des journaux, pourvu qu'on les répète assez souvent, finissent par bâtir un *personnage* à partir d'une *personne*. Une fois que vous êtes lancé – et souvent il suffit pour cela de louer les services d'un journaliste –, vous restez sur le devant de la scène simplement parce que vous avez désormais un *nom*. Il jugeait Lillian tout à fait capable d'avoir procédé ainsi.

C'était Maria qui lui montrait ces coupures de journaux, que Lillian devait lui avoir exhibées avec fierté. Elle lui rapportait aussi des commérages, aussi innocents que ceux de ses premières déclarations sur l'absence permanente de Lillian. Ce genre de commérages l'embarrassait, et il était humiliant pour lui de les écouter. Mais, de temps à autre, il y avait aussi des récits qui l'inquiétaient – comme celui d'une furieuse querelle entre les Buzley, qui avait réveillé Maria au milieu de la nuit.

Il en était arrivé à très bien la connaître. Pour la comprendre tout entière, on avait juste besoin de recourir au sens commun, plus à un minimum d'intuition. C'était une petite femme honnête et prudente, plus toute jeune, à qui les rudesses de la vie en avaient jadis énormément appris sur l'humanité. Elle avait lutté pour survivre et elle avait connu la faim, dans le village misérable où elle avait grandi ; il ne devait pas être facile de la duper.

Si étrange que cela eût pu paraître à quelqu'un d'extérieur, ce qu'il était le plus avide d'entendre, c'était que la maison des Buzley était une bonne et paisible demeure. Puisque la maison de Lillian devait être le foyer principal de l'enfant, qu'au moins il soit sain et solide. Ainsi Donald fut-il très troublé en découvrant qu'un des griefs principaux ayant alimenté la fameuse dispute avait été la sortie de Lillian, seule, à une fête qui s'était prolongée tard, un soir où Buzley était retenu à une réunion de travail. Je n'aime pas du tout ça, pensa-t-il, pas du tout.

— Cookie a de la chance de vous avoir comme père, lui confia Maria un jour.

— Mais vous ne savez rien de moi, sauf que je suis le mari divorcé ! Je pourrais être un homme affreux, tout pourrait être ma faute !

— Non, non, pas votre faute. J'ai l'œil, je vois bien. La petite a besoin d'avoir quelqu'un qui lui parle. Oh, regarde, Cookie, qu'est-ce que c'est ? s'exclama-t-elle à brûle-pourpoint.

— Ouah-ouah.

— Bien. Et qui est là ?

— Papa.

— Il faut que je parle anglais à Cookie, expliqua Maria. C'est sa langue. On joue à des jeux, elle est très intelligente. On dit « coucou » et « où est Cookie ? ». Ça la fait beaucoup rire quand je dis « où est Cookie ? ». Tenez, monsieur Wolfe, regardez, elle a deux autres dents qui sortent. Ça en fait déjà six. Montrez-lui votre montre. Qu'est-ce que c'est, Cookie ?

— Tic-tac.

Visiblement, quelque chose perturbait Maria. Il avait envie de lui dire de le sortir une bonne fois, d'arrêter de laisser un mystère en suspens entre eux, mais il ne s'y décidait pas. Au lieu d'insister, Donald prit la petite dans sa poussette et partit se promener avec elle en la tenant par la main.

Quelque chose, songea-t-il, faisait que les gens se

retournaient et souriaient en voyant cet homme grand tenant par la main une fillette haute comme une poupée. Un autre homme qui passait à proximité, avec un petit garçon d'environ deux ans, plein d'énergie, adressa ce genre de sourire à Donald, avec dedans comme un clin d'œil supplémentaire – deux pères du dimanche qui se reconnaissaient. Donald se demanda quelle pouvait être son histoire à lui : sûrement différente de la sienne propre, puisque deux histoires ne se ressemblaient jamais, mais ne devait-on pas toujours un peu passer par les mêmes étapes ?

Puis, quand la (très courte) promenade fut terminée et que le bébé fut de retour dans sa poussette, il parla franchement à Maria.

— Expliquez-moi à quoi vous pensez, quand vous dites qu'elle a besoin qu'on lui parle. Qu'est-ce qu'il se passe dans la famille ? Si vous avez confiance en moi, vous me répondrez, Maria.

— C'est comme je vous ai déjà dit, monsieur Wolfe. On est toujours seules, le bébé et moi. M. et Mme Buzley sortent, la cuisinière rentre chez elle tous les soirs et on est seules.

— Vous me l'avez déjà raconté plusieurs fois, répondit patiemment Donald. Mais il y a autre chose que vous m'avez tu, je le sens bien. Qu'est-ce que c'est ?

Il y eut un long silence, puis Maria dit :

— Je déteste dire ça, mais... je crois qu'elle a un autre homme, monsieur Wolfe.

— Un autre homme ? Mme Buzley a un autre homme ?

— Je crois bien, oui. Il téléphone le matin quand M. Buzley est parti, je l'ai entendu plusieurs fois. Et aussi je l'ai vu, une fois, quand elle est revenue à la maison en taxi. Oui, je crois bien qu'elle a un autre homme.

Donald avait l'impression d'être mis en face d'une catastrophe imminente, une voiture qui roulait trop vite sur la mauvaise file ; il soupira :

— Un homme jeune, Maria ?

— Plus jeune que M. Buzley, en tout cas.

— Mais vous pourriez commettre une terrible erreur...

125

— Oui, mais je ne crois pas.

Alors il abandonna le sujet et s'en alla. Que pouvait-il faire, après tout ?

Parfois, il souhaitait presque que son bébé reste toujours ainsi. Le temps passait si vite, elle aurait bientôt deux ans. La vie allait devenir plus compliquée avec les années, quand elle commencerait à lui poser des questions auxquelles il serait si difficile de répondre. Elles le tourmentaient déjà, et elles l'auraient tourmenté davantage encore s'il n'avait pu ériger une sorte de rempart contre elles. Qui était l'homme que Maria soupçonnait d'être l'amant de Lillian ? Existait-il seulement ? Et pourquoi ces disputes entre les deux époux le soir ? Est-ce que Lillian et Buzley allaient continuer à vivre ensemble ?

Un matin d'hiver, alors que Donald se préparait à partir pour son bureau, Maria téléphona pour dire que Cookie était malade. Elle avait à peine dormi cette nuit, elle avait de la fièvre. Au cabinet du médecin, la femme qui répondait au téléphone ne comprenait pas ce que Maria lui disait, elle ne savait plus quoi faire.

— Où est sa mère ? lui demanda Donald.

— Ils sont partis à un endroit pour faire du ski, très loin.

— Vous ne pouvez pas les joindre ?

— Ils m'ont laissé leur numéro de téléphone, mais peut-être j'en ai écrit un mauvais ? Je ne crois pas, pourtant, mais en tout cas personne ne peut les trouver là-bas.

Donald regarda l'heure. Il avait sur son bureau une pile de documents à vérifier avant une conférence qui se tenait à midi. Il songea qu'il aurait bien des choses à dire sur les foyers composés de deux adultes qui accordaient si peu d'attention à leurs enfants. Il demanda à Maria d'envelopper chaudement la petite, lui dit qu'il serait là dans un quart d'heure, puis il enfila un pardessus car il s'était mis à neiger, se précipita dehors et héla un taxi.

Le visage de Cookie était trempé de larmes, et si affreusement rouge que Donald en fut terrifié. De même que par le silence que gardait Maria – pour ne pas parler du chauffeur de taxi, à qui il avait demandé de se dépêcher pour les emmener chez le médecin et qui dérapait maintenant à chaque tournant sur la chaussée glissante.

Je ne connais rien aux enfants, pensait-il dans son angoisse. Si je vivais avec sa mère, j'en connaîtrais plus, je saurais quoi faire. Est-ce qu'elle est en train de mourir ? Et ce fichu chauffeur, il va lui falloir toute la journée ? Vite ! avait envie de crier Donald alors que l'homme tâtonnait pour lui rendre la monnaie, que l'ascenseur prenait son temps pour arriver là-haut, que la réceptionniste s'attardait au téléphone avant de daigner s'apercevoir de leur présence.

— Vous avez l'air terrorisé, lui dit le médecin quand il les reçut. Calmez-vous, monsieur Buzley. À première vue, je pense que voilà une belle gorge avec des streptocoques. Ça court les rues en cette saison. Nous allons faire une culture et d'ici demain nous saurons si c'est bien ça ou non. En attendant, nous allons mettre tout de suite cette jeune personne sous antibiotiques. Est-ce qu'elle est allergique à la pénicilline ?

À son grand embarras, Donald dut répondre qu'il n'en savait rien ; Maria non plus.

— Tant pis, dit le médecin. Nous lui donnerons autre chose, pour plus de sûreté. Voilà, Maria – c'est bien votre nom, n'est-ce pas ? Je vous mets toutes les instructions par écrit. Maria s'occupe merveilleusement bien de Bettina, poursuivit-il en se tournant vers Donald. Nous sommes de vieux amis maintenant. Comment va Mme Buzley ? Il y a si longtemps que je ne l'ai plus vue, je me disais que peut-être elle avait été malade.

Il parle trop, mais visiblement il ne pense pas à mal, songea Donald avant de répondre :

— Non, elle va bien.

— Tant mieux. Voilà, ramenez cette jeune personne à la maison, je téléphonerai demain matin.

De retour chez lui, Donald tenta d'apaiser sa colère, sans grand succès. Parfaite, pensa-t-il, une mère parfaite ! Elle achète une ridicule couverture de vison pour la poussette – assortie à son nouveau manteau, avait dit Maria – et ensuite elle part à mille cinq cents kilomètres d'ici, en laissant la petite aux soins d'une pauvre femme qui sait à peine retrouver son chemin dans la ville !

Une semaine plus tard, la colère ne s'était pas apaisée. Il prit son téléphone et appela Lillian.

— Qui cela ? dit-elle. Oh, Donald, c'est toi ? Je ne reconnaissais pas ta voix, je suis à moitié endormie.

— Eh bien, réveille-toi, il est grand temps ! lui lança-t-il d'un ton brusque. Réveille-toi et fais un peu plus attention à ta fille !

— Tu t'es levé du mauvais pied ce matin ou quoi ?

— Est-ce que par hasard tu sais, est-ce que Maria t'a dit, ce qui est arrivé pendant que tu étais là-bas en train de faire du ski ?

— Cookie a eu un mauvais rhume, oui. À quoi riment toutes ces histoires ?

— Pour ton information, elle n'a pas eu un rhume, elle a eu une angine à streptocoques. Maria a fait de son mieux, mais elle était très inquiète et déstabilisée. Qui sait ce qui se serait passé, si je n'avais pas été en ville pour m'en occuper ?

— Tu penses toujours que tu es là pour faire des sermons et t'occuper de tout ? Écoute, Donald, tu es visiblement dans tous tes états, mais je ne veux pas me disputer avec toi parce que je ne te déteste pas, et parce que je suis gentille, essaie de t'en souvenir.

— Je ne suis pas dans tous mes états, dit-il, baissant néanmoins la voix d'un ton. Je suis simplement inquiet parce que tu ne fais pas assez attention à Bettina, et j'ai des raisons de l'être. Tu es partie en donnant un mauvais numéro de téléphone, et tu as laissé cette femme toute seule ici, sans aucune aide.

— Ce n'était pas un mauvais numéro ! Ce qui s'est passé, c'est que des amis à nous pendaient la crémaillère de leur nouvelle maison à la montagne. Et nous sommes restés une journée de plus pour parler avec leur entrepreneur, parce que nous pensons faire peut-être construire quelque chose nous-mêmes.

— Ne commence pas à ergoter, Lillian. Tu manipules facilement les gens et les mots, mais ça ne marchera pas avec moi.

— Je croyais que nous avions décidé d'en finir une fois pour toutes, que maintenant les choses se passeraient entre nous d'une façon amicale et civilisée, Donald.

— Malheureusement, il n'y aura jamais de fin « une fois pour toutes » entre nous. À cause de notre fille. Tu la négliges, sur ce sujet-là, je ne me tairai pas.

— Je la néglige ? Tu dis n'importe quoi. Tu as vu la maison dans laquelle elle vit ? Oui, tu l'as vue, et tu peux encore employer le mot « négliger » ? Tu es stupide. Raccroche et laisse-moi tranquille.

— Je n'ai pas fini, je veux que tu m'écoutes !

— Non, désolée. Ne me harcèle pas.

Le récepteur claqua à l'oreille de Donald.

Oui, il pouvait employer le mot « négliger » ! Mais il serait difficile de le prouver, c'était vrai, au vu de tout le luxe qui entourait Bettina – l'appartement sur la Cinquième Avenue, la nurse, les étés dans la maison de la plage, et même la couverture de vison doré pour la poussette ! En plus, tout le monde savait qu'elle serrait Cookie dans ses bras et qu'elle l'embrassait, oui ou non ? Alors, qui pourrait véritablement croire qu'elle négligeait la fillette ?

Il y avait ce jour-là une conférence matinale avec M. Pratt, et s'il était une chose qu'Augustus Pratt détestait, c'était bien le retard ; en plus, la neige qui était tombée toute la nuit ne semblait absolument pas vouloir s'arrêter, donc, son vol de midi pour la réunion à Washington (laquelle était le sujet de sa conférence du matin) risquait d'être retardé ou annulé. Donald Wolfe était donc de fort mauvaise humeur.

Encore tendu et fatigué, il monta dans le train. Des passagers aux visages rougis, aux manteaux mouillés et aux cheveux ébouriffés par le vent pénétraient dans le wagon en tapant des pieds et en frottant leurs mains froides l'une contre l'autre, comme il l'avait fait lui-même. Sa mauvaise humeur du matin ne s'était pas dissipée, le coup de téléphone à Lillian lui restait en travers de la gorge, et le long voyage qui se profilait devant lui ne faisait rien pour arranger les choses. Il se sentait même trop nerveux pour ouvrir le livre qu'il avait acheté pour le voyage ; aussi, perdu dans une multitude de pensées aussi confuses qu'inutiles, il garda les yeux fixés sur la neige qui virevoltait derrière la vitre en tourbillons incessants.

— C'est un livre merveilleux, dit une voix.

Il avait à peine remarqué sa voisine, juste assez pour voir qu'il s'agissait d'une jeune femme et qu'elle était hors d'haleine en arrivant ; de fait, elle avait dû courir pour attraper le train, car il était parti aussitôt après.

— Oh oui, *La Maison d'Âpre-Vent*. Je ne l'ai pas relu depuis le lycée.

— Regardez, dit-elle, et elle ouvrit un fourre-tout plein à craquer, d'où elle sortit un exemplaire de *La Maison d'Âpre-Vent*. Je donne parfois des cours particuliers à des lycéens, alors je le lis pour la deuxième fois, moi aussi.

Cette fois, Donald se tourna pour la regarder. Elle avait des cheveux roux, des taches de rousseur, un visage aux traits nets et soignés. Ç'aurait pu être la fille d'Augustus Pratt.

— Vous êtes professeur à temps plein ? lui demanda-t-il poliment.

— Non, je suis fermière – femme de fermier. Mais j'aime les livres, et puisque là où nous vivons il n'y a pas tant de familles qui les aiment, je suis contente d'aider les enfants qui ne peuvent pas l'être chez eux.

— Où est-ce ? Où habitez-vous ?

— Eh bien, si vous regardez sur une carte, vous verrez qu'il y a un coin de la Géorgie où trois États se rencontrent. C'est là que se terminent les Great Smoky Mountains, ou qu'elles commencent, ça dépend de quel point de vue on se place. Mais je vous empêche de lire...

Il ne se sentait guère d'humeur sociable, aussi prit-il prétexte de la remarque pour se tourner vers la fenêtre et vers les plaines du New Jersey, partagé entre son mauvais souvenir du matin et l'idée des négociations à venir à Washington.

Au bout d'un moment, il perçut du mouvement sur le siège voisin. La jeune femme fouillait dans son fourre-tout. Elle en retira ce qui ressemblait à une boîte de biscuits.

— Vous en voulez ? lui demanda-t-elle. Ils sont délicieux, ils viennent du mariage d'une amie. Elle m'a obligée à les remporter à la maison, heureusement, parce que je suis morte de faim. Je n'ai pas eu le temps de manger, sinon j'aurais manqué le train à Boston. Oh, allez-y, continua-t-elle en le voyant hésiter. Je serais capable de les manger tous, et il ne faut pas.

Les cookies, comme c'était à prévoir, relancèrent la conversation. Donald dit qu'il espérait que tout le buffet, à ce mariage, était aussi bon.

— Oh, oui ! C'était un vrai mariage comme à la campagne. La mariée et sa mère ont fait elles-mêmes toute la pâtisserie. Tenez, prenez-en un autre...

Il aurait bien voulu, mais il jugea cela impoli, aussi déclina-t-il son offre mais il fit remarquer que les mariages étaient toujours des moments joyeux   ce qui n'était pas nécessairement vrai.

— Oui, n'est-ce pas ? Celui-ci avait lieu dans une jolie petite ville du New Hampshire, un peu comme une ville de chez nous, sauf pour le climat. Je n'avais jamais vu autant de neige de ma vie. Amy et moi nous sommes rencontrées à l'université, en Géorgie, et nous sommes restées amies depuis, mais je ne lui avais jamais rendu visite chez elle. Nous ne nous étions pas revues depuis des années, et je ne pouvais pas rater son mariage.

Donald songea qu'il était presque impossible d'arrêter ce genre de conversation.

— Alors c'était un véritable événement pour vous, commenta-t-il. Un grand moment de retrouvailles.

— Oui, sauf que j'ai dû y aller sans mon mari. Nous avons trois cents hectares, des vaches laitières et un régisseur qui s'épuise à la tâche, alors Clarence ne se sent pas tranquille à l'idée de partir. Les gens n'ont pas idée du travail qu'il y a à faire dans une ferme.

Il aurait pu répondre qu'il en avait, lui, une notion précise, ayant lui-même travaillé dans une ferme de nombreux étés pendant ses vacances scolaires ; mais il ne souhaitait pas prolonger la conversation et s'abstint donc.

— Vous êtes un homme de la ville, ça se voit à votre attaché-case. Vous aimeriez voir une photo de chez nous, ou bien cela vous ennuie ?

Comment diable quelqu'un pourrait-il répondre : « Oui, cela m'ennuie » ?

— Pas du tout, j'aimerais beaucoup voir.

Aussitôt, elle sortit un petit album de photos de son fourre-tout ; elle l'avait sans aucun doute, apporté pour le montrer aux invités du mariage. Les photos sur la couverture offraient l'image d'une jolie maison de bois, avec une véranda sur le devant. Deux beaux colleys étaient assis sur les marches.

— Voici Clebs et Jeff. En fait, c'est presque une insulte de l'avoir appelé Clebs, parce que c'est un border colley avec un pedigree royal. Une véritable folie, reconnaît Clarence. Mais il l'a vu dans une foire et il n'a pas pu résister. Ici, c'est Clarence.

Un grand homme en chemise et jean impeccables se tenait adossé à une barrière de planches ; on apercevait par-derrière le coin du toit d'une étable et la moitié d'une vache.

— Et là, c'est Ricky. Il a presque sept ans aujourd'hui, mais cette photo date de deux ans.

Assis entre ses parents, sur les mêmes marches que les chiens de la première photo, il voyait maintenant un petit garçon avec des cheveux bouclés et un visage sérieux. Sous la photo une légende était écrite à la main : *Clarence, Ricky et Kate*, avec la date, 4 juillet, et l'année.

Il devait y avoir une fanfare dans les rues, quand les vétérans descendaient la rue principale. Il devait y avoir des petits drapeaux dans les cimetières et des grands qui retombaient dans l'air chaud, immobiles au-dessus de la porte d'entrée, ou encore sur un poteau dans le jardin devant la maison. Il devait y avoir

des pique-niques, peut-être du poulet froid, et aussi de la glace et
de la tarte aux myrtilles.

Tout à coup, quelque chose toucha Donald au cœur ; il se tourna discrètement vers sa voisine, cette femme si naïvement persuadée que ses photos l'intéressaient, et l'enveloppa d'un regard rapide, mais cela suffit pour que son image s'imprime dans sa tête : silhouette mince, cheveux bouclés comme ceux de son fils, traits du visage assez ordinaires – sauf son sourire tendre – et de fortes mains avec des ongles sans vernis, qui serraient l'album.

— C'est un beau petit garçon, dit Donald.

— Oui, il nous est si cher, soupira-t-elle. Nous aurions voulu en avoir d'autres, mais ça ne veut pas arriver. Vous avez des enfants ?

— Juste un. Une fille. Elle a deux ans.

— Vous en aurez d'autres, comme la plupart des gens. Clarence et moi avons décidé presque dès le début, quand nous nous sommes rencontrés, que nous aurions une grande famille.

Elle rit, et Donald garda le même ton enjoué pour lui répondre :

— Vous étiez déjà si pressés ?

— En tout cas, nous avons été heureux ensemble depuis le premier jour.

Sans savoir pourquoi, il ne put résister à l'envie de demander à sa volubile voisine comment ils s'étaient rencontrés.

— C'était à l'université, à Atlanta. Il était en agronomie et moi en histoire, et nous ne nous étions même pas remarqués, jusqu'à un jour où il tombait des cordes et où il m'a proposé de marcher avec lui sous son parapluie.

Ainsi donc, voilà comment cela arrivait toujours. Une femme empêche des papiers de tomber des genoux d'un homme, ou bien un homme offre un coin de son parapluie à une femme.

— Je n'aurais jamais cru jusque-là que je vivrais dans une ferme. Ce n'est pas une ferme banale, bien sûr, c'est une véritable institution. Elle est dans leur famille depuis six générations, peut-être plus. Depuis juste après la guerre d'Indépendance, en tout cas, il y a plus de deux cents ans. Je crois qu'il aime chaque arbre qui y pousse. Et vous savez quoi ? Ça m'a pris un certain temps, mais aujourd'hui je les aime tous, moi aussi.

Heureux Clarence, pensa Donald. Si vous êtes un homme sage, vous prendrez bien soin de Kate. Elle est bonne, elle est honnête et elle irradie la joie de vivre. Dans un genre très différent, elle me rappelle Maria, sauf que Maria connaît instinctivement la vie et les dangers des villes, même si elle est née dans un village. Celle-ci a l'air trop confiante pour qu'on puisse la lâcher dans le monde sans quelqu'un pour s'occuper d'elle. Bien sûr, je peux me tromper complètement, j'ai déjà été berné une fois, après tout, mais je ne le crois pas.

— Bien, je pense que je vais retourner à mon livre, dit-elle.

Donald ouvrit également le sien, mais son esprit était trop encombré pour qu'il puisse assimiler ce qu'il lisait, et sa lecture n'avançait guère. Le tourbillon incessant de la neige de l'autre côté des vitres, qui rendait les champs tout blancs, puis les maisons qui commençaient à s'agglutiner, les usines, les faubourgs de Philadelphie, et ainsi de suite. Si Cookie pouvait avoir une mère comme elle, pensa-t-il ; et, en fermant les yeux, il vit sa petite fille debout en face de lui, le visage rayonnant de joie au-dessus de la tête du gros ours en peluche qu'elle tenait dans les bras. Si seulement elle avait une mère... Puis, tout à coup, on annonça Washington.

Il se leva pour prendre sa valise dans le filet, dit au revoir à sa voisine.

— Ça m'a fait plaisir de bavarder avec vous.

— À moi aussi. Laissez-moi vous écrire mon adresse. Je fais toujours ça quand je rencontre quelqu'un de sympathique. Si un jour vous et votre femme voyagez dans le Sud, venez nous voir.

Deux jours plus tard, Donald quittait Washington par le train. Ça prendrait un peu plus longtemps que la navette aérienne, mais au moins il arriverait au cœur de la ville, assez près de chez lui pour rentrer à pied. Marcher lui ferait du bien, après les deux jours qu'il venait de passer assis du matin au soir.

En fait de siège, celui qu'il occupait pour le voyage de retour se trouvait au milieu de la voiture, sans doute le même qu'il avait occupé à l'aller. C'était cela, probablement, qui lui avait remis en tête le souvenir de la jeune femme si loquace à côté de laquelle il avait voyagé. Mon Dieu, pensa-t-il, elle m'a donné son adresse, à moi, un parfait étranger ! Et elle m'a invité – avec ma femme... – à leur rendre visite à elle et son mari, si jamais nous descendions dans le Sud... Chère ingénue. Non, elle n'avait pas de malice, pas la moindre. Si l'on pense que Donald ne lui avait même pas donné son nom, encore moins le moindre moyen d'identification...

Ils avaient l'air si gentils, tous les trois, assis sur les marches de la véranda ; on aurait dit une illustration de Norman Rockwell. Alors, comme Donald réfléchissait sur l'incroyable variété des caractères humains, son esprit se reporta tout naturellement sur les pénibles événements qui avaient émaillé les derniers jours.

Il devait absolument en apprendre un peu plus sur les soins à donner aux enfants, pour être mieux préparé la prochaine fois, si jamais Cookie avait des problèmes (fasse le ciel que ça n'arrive pas), alors que Lillian se serait absentée pour un safari ou autre. Un simple guide médical à destination des parents plus deux ou trois livres sur la psychologie de l'enfant et son développement en général étaient le minimum. Une fois qu'il s'en fut convaincu, il se sentit déjà un peu moins désarmé.

Quelques heures plus tard, il ressortait d'une librairie avec quatre ouvrages dans un sac en plastique, et il prit le chemin de chez lui, s'enfonçant dans la neige grisâtre et fondue. À un carrefour, il tomba nez à nez avec un homme qu'il reconnut aussitôt : le petit ami de Cindy. Il n'avait pas eu de mal à l'identifier : il n'avait pas d'amis ni même de connaissances avec une barbe aussi longue ni aussi broussailleuse.

— Salut, Donald, dit l'homme. Ça fait une paye qu'on s'est pas vus.

En effet, pas depuis le mariage.

— C'est vrai, oui, répondit-il. Comment allez-vous ? Et comment va Cindy ?

— Cindy ? Vous avez pas appris ? Lillian vous a rien dit ?

— Je ne vois plus Lillian.

— Ouais, c'est vrai, Cindy m'avait dit quelque chose dans le genre. Mais en tout cas, aujourd'hui elle est morte.

— Oh, je suis désolé. Qu'est-ce qui est arrivé ?

— Elle est tombée malade. Beaucoup trop d'alcool, ou d'autres trucs, je sais pas exactement. Elle est morte à l'hôpital.

Le souvenir d'une jeune femme à la voix rauque et au maquillage criard passa brièvement dans l'esprit de Donald ; puis, même s'il ne l'avait guère appréciée, il eut un accès de pitié, parce que ça n'avait aucun sens de mourir aussi jeune. Elle ne devait pas avoir beaucoup plus de vingt-cinq ans.

— Je suis désolé, répéta-t-il, et il le pensait. Je me posais des questions à son sujet, même si ça ne me regardait pas. Franchement, je me posais des questions sur l'amitié entre Lillian et Cindy. Elles étaient si différentes. Mais, en tout cas, Lillian était vraiment gentille pour elle. Elle l'entretenait, si j'ai bien compris ?

— Amies ?

Le ton de l'homme était presque moqueur.

— Elles étaient sœurs, mon vieux. Cindy était sa sœur.

Donald fut choqué, comme s'il avait reçu une pierre en pleine poitrine.

— Quoi, placée dans une famille d'accueil ? Adoptée ?

— Non, non. Même père, même mère.

— Je n'arrive pas à le croire. Qui étaient les parents, comment étaient-ils ? Je veux dire... à quoi est-ce qu'ils ressemblaient ?

— À quoi ? À rien. Juste des gens.

Donald secoua la tête.

— J'ai essayé... Je n'ai jamais réussi à la faire parler de quoi que ce soit.

— Parler, c'est quoi ? Du vent. Ça mène à rien.

— Mais est-ce que vous savez quelque chose ? Vous connaissiez bien la famille ?

— Bien sûr. Ils habitaient de l'autre côté de la rue. Je suis une espèce de cousin au troisième degré, ou quelque chose comme ça. C'est pour ça que je suis resté pas loin d'elles.

— Je ne comprends pas, répéta Donald, et il contempla l'homme, comme s'il pouvait y avoir une réponse cachée derrière son visage farouche.

— Qu'est-ce qu'il y a à comprendre ? Je vous l'ai dit, c'est juste des gens. Des gens comme vous et moi. De toute façon, faut que j'y aille. Prenez bien soin de vous. Et gardez la foi.

Donald demeura quelques instants, à regarder le petit ami de Cindy s'éloigner d'un pas nonchalant ; il se demandait quel était le secret, mais ne trouva pas la réponse. Puis il monta dans son appartement et, en fouillant dans le réfrigérateur, se prépara une assiette avec un sandwich et une poire. Après quoi il s'assit, avec un de ses livres tout neufs sur les enfants.

Il tentait de se concentrer, mais les faits étonnants qu'il venait d'apprendre tourbillonnaient dans son esprit. Tant de suppositions lui étaient venues en tête, durant le court laps de temps de son mariage : qu'il y avait quelque chose de déshonorant dans le passé de la famille de Lillian, qu'elle avait honte de révéler, ou bien qu'ils avaient été cruels avec elle et qu'elle était incapable de leur pardonner. Tout cela pouvait être vrai ou totalement faux. Peut-être n'y avait-il d'autre secret qu'un immense désir de s'échapper dans une autre personnalité, un autre environnement, un autre monde. Cela n'avait rien d'exceptionnel.

Plus d'une fois, quand il vivait encore avec Lillian, il avait pensé mener une enquête discrète, afin de l'aider à mieux comprendre et accepter ce qu'elle cachait, quoi que ce fût. Mais il avait hésité, puis avait fini par se rendre compte de l'inutilité d'une telle démarche. Car, quel que soit le dommage, réel ou imaginaire, qu'elle avait peut-être subi, il était trop tard pour y rien changer. Il avait vécu avec elle assez longtemps, il l'avait suffisamment pratiquée pour en être certain : il était trop tard.

9

Donald commençait à éprouver l'étrange sensation d'un emballement du temps, comme si tout bougeait soudain trop vite pour lui. Les choses paraissaient s'accumuler : conférences, séances au tribunal, appels téléphoniques à retourner aussitôt, lettres qui exigeaient une réponse immédiate, invitations mi-personnelles, mi-professionnelles, l'un des associés principaux du cabinet qui enterrait son frère – et jamais, jamais assez de temps. À la fin de chaque journée, il se sentait las comme cela ne lui était jamais arrivé. Pourtant il était jeune et vigoureux, il n'aurait donc pas dû se fatiguer aussi facilement : il le savait très bien, ce genre de fatigue ne venait pas seulement du corps, mais surtout de l'esprit.

Maria lui avait dit :

— Ils ont eu une dispute terrible hier soir après le dîner. Cookie était là et ça l'a effrayée, alors je l'ai fait sortir de la pièce.

Une autre fois, elle lui raconta :

— Mme Buzley est partie pour le week-end sur le bateau de quelqu'un, un grand bateau. Monsieur n'est pas parti avec elle.

Il y avait de la bassesse et de la mesquinerie à écouter ce qui n'étaient après tout que des commérages ; mais Donald n'avait pas d'autres moyens d'obtenir des informations sur cette maison, qui à ses yeux représentait le foyer de sa fille. C'était étrange qu'il puisse prendre le parti de Howard Buzley, l'homme dont Lillian avait été la maîtresse pendant qu'ils étaient mariés. Mais Buzley semblait incarner le calme et la solidité dans ce foyer, et aussi celui qui, dans le couple, prêtait le plus d'attention à la fillette.

Un jour qu'ils déjeunaient ensemble sur le pouce en bas du bureau, Ed Wills reposa sa tasse de café et dit à Donald :

— Tu m'en voudrais beaucoup si je te disais un mot sur Lillian ? Réponds-moi honnêtement. J'hésitais à le faire, mais June dit que je devrais. On sait tous les deux combien tu t'inquiètes pour ta petite fille, alors…

— Je t'en prie, dis-moi, tout et n'importe quoi. J'ai besoin de savoir.

— Eh bien, ça ne va pas très loin, mais… Nous avons aperçu Lillian à la plage, près de cette petite maison que nous louons pour l'été. C'est dans un coin plutôt reculé, pas du tout à la mode, donc pas du tout son style. Mais nous l'avons vue deux ou trois fois traverser la plage pour aller vers ce coin, tout au bout, où il n'y a personne, et pas avec Buzley. En tout cas, à notre avis ce n'était pas lui.

— Plus de soixante ans ? Petit et grisonnant ?

— Non, pas du tout. Très loin de ça, même.

Donald soupira.

— Je suis inquiet, Ed. Si ce mariage se casse, où ira-t-elle avec le bébé ? Je pourrais trouver un appartement plus grand, aller au tribunal et obtenir la garde une semaine sur deux ou ce genre de choses. Mais est-ce vraiment une façon d'élever une petite fille, la faire aller et venir entre des parents qui ne s'aiment pas ?

Il repensa à ce qu'il avait lu dans son livre sur la psychologie de l'enfant, puis reprit :

— Où allons-nous ? Où va Lillian ?

— D'après ma femme, elle papillonne à droite, à gauche. June aime bien les rubriques mondaines – pure curiosité, je suppose, parce qu'elle n'est pas du tout comme ça, tu la connais. Mais en tout cas elle est assez fascinée par la carrière de Lillian, si on peut appeler ça une carrière. Tu as vu la photo de la semaine dernière ?

— Je n'en ai vu que deux que la nurse m'a montrées, mais c'était il y a plus d'un an.

— Il y en a eu beaucoup d'autres depuis. Les dernières datent d'un de ces événements mondains, un groupe de femmes dans une vente de charité, dans le jardin de je ne sais plus qui. June dit que Lillian est un vrai météore. Un peu trop vieille pour une carrière de modèle, sinon elle ferait toutes les couvertures des magazines.

Juste des gens. Des gens comme vous et moi.

Mais c'était beaucoup trop simple. Elle se cherche, elle a besoin de savoir qui elle est, Dieu seul sait pourquoi. Non, pas Dieu seul. *Elle* doit très bien savoir pourquoi elle a ainsi besoin de se réinventer, de prouver qu'elle peut atteindre le sommet, ou du moins ce qu'elle croit être le sommet. Où l'on peut obtenir tout ce qu'on veut, faire tout ce qu'on veut.

— Nous l'aimions vraiment bien au début, dit Ed. June a essayé d'être amie avec elle après votre mariage, mais tout d'un coup on aurait dit qu'elle n'avait plus envie de voir June.

Donald s'en souvenait, oui ; c'était après qu'elle eut rencontré Chloe Sanders.

— J'espère qu'elle ne va pas rompre avec Buzley, conclut-il au moment où il se levait, puis il paya l'addition et retourna travailler.

Désormais, poussé par l'inquiétude (et aussi par un petit aiguillon de curiosité), il entreprit la lecture des pages mondaines des journaux du dimanche. Même, chaque fois que June Wills lui signalait, via Ed, un article paru dans un magazine et qui parlait de Lillian, il le lisait aussi. Il enregistrait chaque détail dans un coin de son esprit : elle portait toujours des tenues somptueuses ; elle était souvent sur les photos en compagnie de Buzley, mais pas toujours ; on commençait à la voir non plus seulement au côté d'artistes de music-hall, du genre qui gravitaient autour de Buzley, mais avec des célébrités venues d'Europe à l'occasion de grands événements artistiques et culturels ; récemment, elle était apparue sur une photo près d'un comte et d'une comtesse.

Elle s'émancipait de Buzley. Des comtes et des comtesses, pas moins ! Oh, se dit-il, elle ne va s'accrocher à lui que jusqu'à ce qu'elle ait trouvé mieux. Donald voyait cela se profiler clairement, peut-être plus clairement que Buzley lui-même. Mais lui aussi le verrait, le pauvre homme, et sans doute plus tôt qu'il ne l'aurait voulu.

Un dimanche matin, le téléphone sonna.

— J'espère que je ne te réveille pas, dit Ed Wills, mais je voulais te joindre avant que tu aies acheté le journal.

— Pourquoi ? Qu'est-ce qui s'est passé ?

— Un accident. Je vais te dire la fin d'abord : ta fille va bien. Pas une égratignure. Apparemment, c'est un miracle. Je te dis tout tel que ça s'est passé, alors garde ton calme. Je ne te cache rien, je t'assure.

Donald connaissait la méthode, pour rester calme dans les cas d'urgence : inspirer et expirer. Maîtriser ses nerfs.

— Vas-y, dit-il à Ed.

— C'est arrivé hier soir, vers dix heures, une collision sur une nationale. Une voiture qui roulait trop vite, ou peut-être que les deux roulaient trop vite. En tout cas elles changeaient de file, elles ont fait une embardée et se sont télescopées ; résultat, l'une des deux est partie dans un arbre. Lillian était assise à l'avant avec le conducteur. D'après l'article, lui est à l'hôpital dans un état critique. Il n'avait pas mis sa ceinture, alors il a été éjecté. Lillian a une épaule fracturée et ta petite fille n'a rien, grâce à Dieu. C'est incroyable. Tu liras tout ça dans le journal.

La main droite de Donald tremblait, il plaça la gauche par-dessus pour la calmer.

— Où est-elle ? Où est-ce arrivé ?

— Près de Long Island. Des amis ont pris soin de Lillian et de ta fille, ils les ont emmenées chez eux une fois que les médecins ont laissé partir Lillian. Ce sont des gens qui vivent là toute l'année. Je ne les connais pas, mais je trouverai. June et moi les aurions prises chez nous, si nous avions su à temps. Nous sommes au milieu des paquets, c'est la fin de l'été et l'école va bientôt recommencer.

Donald le sentait, Ed continuait à parler pour donner le change, retrouver un ton familier. Pour ne pas terminer sur une note trop pesante et tragique.

— Je passe un ou deux coups de téléphone au village et je te rappelle, dit-il à Donald. Je n'en ai pas pour longtemps.

Le journal du dimanche était exaspérant : page après page on n'y parlait que politique, affaires internationales, nouvelles de l'économie et le reste, alors que lui cherchait juste un petit article. Il tourna fébrilement les pages, puis il le trouva enfin et le lut, tout aussi fébrilement.

> Un homme tué dans un accident de la route. Leo Simmons, 37 ans, de Jefferson Township, s'est tué dans une collision entre deux voitures au croisement de Jefferson Avenue. Phillip Ferrier, 32 ans, de New York, se trouve dans un état critique au Jefferson Memorial Hospital. Sa passagère, Lillian Buzley, 29 ans, de New York, souffre d'une fracture au bras et à l'épaule, alors que sa fille, Bettina Wolfe, âgée de deux ans, est sortie indemne de l'accident.

Jetant le journal à terre, Donald jura tout haut.

— Elle rentrait à New York ! Où pouvait-elle être, bon Dieu, et pourquoi être partie là-bas avec la petite ? Je savais, je *savais* que quelque chose allait arriver. Depuis des semaines je le sentais rôder dans ma tête... Oh ! qu'elle aille se faire voir ! Qu'elle aille se faire voir dans l'enfer éternel !

Il s'assit, la tête dans les mains, essayant de réfléchir. Que faire ? Au bout d'un moment il se leva, lava le peu de vaisselle qu'il avait dans l'évier, puis alla à la fenêtre regarder la rue calme du dimanche matin. Pourquoi ? Pourquoi, alors que la vie aurait pu être si belle, avec un bon métier, une femme, un ou des enfants, et bien assez d'argent pour subvenir à leurs besoins ?

Quand le téléphone sonna de nouveau, il se rua dessus.

— Ed ? Où sont-elles ? Je vais emprunter une voiture et aller les chercher !

— Tu n'as pas besoin de le faire. Les gens qui donnaient cette fête d'où elle revenait vont les ramener. Ils partent en ce moment. Ils s'appellent Carter. Lillian est bandée de partout, mais d'après eux ta fille va bien. Je leur ai particulièrement demandé pour elle.

— Merci, Ed, merci beaucoup.

— De rien, Don. Tu dois être lessivé, j'imagine.

— Plutôt, oui. Merci encore, et à demain matin.

— Même heure, même endroit...

Trop nerveux pour rester immobile, il arpentait l'appartement à la recherche de quelque chose à faire. Il replaça des livres dans la bibliothèque, arrosa la fougère que Lillian avait achetée et qu'elle aimait tant, disait-elle. Mais la fougère était une cascade de verdure saine et pure, tandis que Lillian...

Le téléphone sonna de nouveau ; cette fois, il entendit la voix agitée de Maria au bout du fil :

— Monsieur Wolfe, monsieur Wolfe, qu'est-ce qu'il s'est passé ? J'arrive juste de chez ma cousine, Mme Buzley m'a appelée et elle a dit qu'il y avait eu un accident, que Cookie allait bien et qu'elle avait une épaule fracturée, et qu'elles seraient à la maison à une heure... Où est-ce qu'elles sont ?

— Je ne sais rien de plus que ce que vous venez de me dire. Mais vous, où étiez-vous, Maria ?

— J'avais dit jeudi à Mme Buzley que ma cousine venait à New York cette semaine, que je voulais avoir deux jours pour la voir. Elle était en colère contre moi, pas vraiment quand elle me parlait, mais j'ai bien vu qu'elle l'était. Elle voulait aller à une fête samedi, mais je pensais que c'était un peu à mon tour de sortir. En plus, il fallait vraiment que je voie ma cousine. Mme Buzley va tout le temps à des fêtes. Je lui ai dit que je reviendrais dimanche matin et voilà, je suis revenue, mais pourquoi Cookie n'est pas là ? Où est-ce qu'elles sont allées ?

— Quelque part à Long Island. C'est tout ce que je sais. Vous lui demanderez quand elle reviendra. S'il vous plaît, appelez-moi dès qu'elle vous le dira, j'ai besoin de savoir. Et M. Buzley, où est-il ?

— En Californie, pour son travail. Il est en train de revenir. Il y avait un message sur le répondeur, daté de dimanche matin tôt. Je croyais qu'elle avait dit qu'il ne rentrait pas avant mardi. Oui, elle avait dit mardi. Je ne sais pas ce que... Enfin... Je vous rappellerai plus tard, monsieur Wolfe.

Il se remit à faire les cent pas dans ses trois pièces en réfléchissant ; une sale histoire se préparait là-bas, ça ne faisait aucun doute. Elle ne concernait pas Donald Wolfe – sauf que sa fille s'y trouvait impliquée.

Au bout d'un moment, il descendit et sortit. La journée était douce et les gens profitaient de l'après-midi ; ils promenaient fièrement leurs bébés dans des poussettes et leurs chiens en laisse. Toute l'atmosphère semblait empreinte de bienveillance et de paix, et Donald pensa avec colère à Lillian, qui semblait s'ingénier à détruire cette paix. Puis il fit demi-tour et revint chez lui, où il recommença à faire les cent pas comme un lion en cage, se creusant la cervelle pour trouver quelque chose de sensé à faire.

Le téléphone sonna. C'était Maria, qui parlait précipitamment.

— Je suis dans la cuisine, ils ne peuvent pas m'entendre mais il faut que je me dépêche. M. Buzley est revenu ici. En ce moment ils sont dans leur chambre et Mme Buzley a des pansements partout, mais il crie après elle, oh, c'est affreux, monsieur Wolfe. Cookie va bien, elle est dans sa chambre, et maintenant il faut que j'y retourne.

— Samedi après-midi, venez chez moi au lieu d'aller au parc. Si jamais il pleuvait et que vous ne puissiez pas sortir, alors c'est moi qui viendrai là-bas, que ça leur plaise ou non.

— Oh non, ne venez pas ici, monsieur Wolfe, ne faites pas ça.

— Alors, il faut me promettre de m'appeler tous les jours, pour que je sache ce qui se passe.

Heureusement que Maria était là, avec sa loyauté et son bon sens ; on n'en trouvait pas des comme elle à tous les coins de

Donald avait préparé leur visite en enlevant tout ce qui était à portée de main et qui se cassait. Il avait aussi acheté un chat en peluche qui miaulait quand on appuyait dessus, un jeu en bois avec des billes qui passaient bruyamment à travers un labyrinthe quand on le secouait, un gros ballon en peluche fait pour qu'on le roule au sol, et de la glace à la vanille pour le goûter.

— Et pour vous et moi, Maria, une tasse de café et un gâteau qui vient de la pâtisserie française. Attendez de l'avoir goûté, vous m'en direz des nouvelles.

Le ciel était nuageux, si bien qu'on appréciait la clarté de la lampe posée sur la petite table devant la fenêtre. Elle répandait de jolies couleurs dans la pièce et sur le tapis, où Bettina était assise et se concentrait sur les billes en bois.

— C'est si agréable ici, si calme, murmura Maria. J'aimerais rester.

— Ce n'est pas calme chez vous ?

— Oh, si, de temps en temps. Souvent, même. Mais on ne sait jamais comment ça va se passer ensuite. M. Buzley était si furieux l'autre jour, monsieur Wolfe ! À cause de l'accident, vous savez, avec Cookie dans la voiture, et elle qui était allée à cette fête ! Elle y était allée en douce, mais il l'a su !

Du récit de Maria, il ressortait que Buzley avait décidé de rentrer deux jours plus tôt que prévu, et qu'en l'apprenant Lillian s'était précipitée pour être à la maison avant lui. Le couple qui les avait amenées là-bas n'était pas pressé d'en repartir, apparemment, alors elle avait accepté de faire la route avec ce jeune homme qu'elle n'avait jamais rencontré jusque-là.

Maria paraissait très émue.

— C'était terrible, si triste. J'avais envie de pleurer. Mme Buzley pleurait, je pense que son bras lui faisait mal. D'abord il a crié, ensuite il s'est senti désolé, et hier il a été très gentil avec elle. Il lui a acheté un cadeau, je pense que c'était un bijou, j'ai vu la boîte. Et elle était gentille avec lui aussi.

Il ne sait pas encore pour Arthur Storm, pensa Donald.

— Vous savez, monsieur Wolfe, elle est drôle. Avec moi elle est toujours gentille, elle rit tout le temps, j'aime beaucoup.

rue. Donald pensa qu'il avait faim, aussi se fit-il un sandwich, mais il n'eut pas d'appétit pour le manger. Il s'approcha de la fenêtre ; une ambulance passait dans la rue, sirènes hurlantes, et il imagina ce qu'avait dû être l'accident. Par quel miracle sa petite fille avait-elle été épargnée ?

Quand vint le soir et qu'il se coucha, il avait l'impression de veiller depuis plusieurs jours et d'être épuisé de fatigue. Pourtant, le sommeil qui vint fut agité, rempli de cauchemars. Il se voyait poursuivi par une menace terrible et confuse ; il tâchait de courir, tous ses muscles tendus à l'extrême, mais il était incapable d'avancer d'un centimètre. La menace s'approchait plus près de lui, alors il se réveillait, mais ensuite il se rendormait et elle était de nouveau là. La nuit se passa ainsi, jusqu'au matin.

Au bureau, tout le monde savait, pour l'accident et pour la fille de Donald ; c'était même surprenant que tant de gens aient lu ce petit article dans une page intérieure. Quant à ceux qui ne l'avaient pas lu, on avait dû les informer à leur arrivée. Ses collègues lui disaient un mot au passage, ou même, à la seule expression de leur visage, il savait qu'ils prenaient part à son angoisse et leur en était reconnaissant.

M. Pratt n'eut que peu de mots, mais il les accompagna d'une amicale pression de la main sur l'épaule de Donald.

— Votre fille n'est pas blessée, c'est ça qui compte. Souvenez-vous-en.

Donald trouva une petite pile de courrier important sur son bureau, et il s'en réjouit, parce que cela fit passer la matinée plus vite. Puis, à une heure, quand Ed Wills vint lui proposer de descendre déjeuner ensemble, tous les ennuis de la veille resurgirent.

— J'ai eu quelqu'un qui a vu le rapport de police à Jefferson, commença Ed. Apparemment, le conducteur de la voiture où se trouvait Lillian n'était pas au mieux de sa forme. Il roulait en plein sur la ligne jaune quand l'accident a eu lieu. Apparemment, ce serait une espèce de flambeur mondain avec la réputation de trop boire, peut-être aussi d'être accro à la cocaïne, mais ils n'ont pas encore vérifié. De toute façon, ça n'a pas beaucoup d'importance, sauf pour ses héritiers s'il en a. S'il en a, mieux vaut pour eux qu'il ait une bonne assurance. D'après ce qu'a dit l'hôpital il y a une heure, il n'a pas beaucoup de chances de s'en sortir. Il a été éjecté de la voiture et a atterri sur la tête.

Donald écoutait en frémissant.

— Je ne sais pas si j'ai très envie de parler de tout ça, reprit Ed en triturant sa fourchette. Ça me met plutôt mal à l'aise.

Pourtant, il reposa délibérément sa fourchette et continua.

— Je déteste ce genre de conversation et j'ai l'impression d'être un véritable concierge, expliqua-t-il, mais j'ai aussi l'impression que pour ton bien je dois le faire, alors...

— Qu'est-ce qu'il y a, encore, Ed ? Continue. Ce type, c'était celui dont tu m'as parlé, celui sur la plage, près de chez vous ?

— Non, c'est une autre histoire.

— Excuse-moi si je confonds tout, dit Donald, sans parvenir à dissimuler son trouble, mais alors, qui est le mystérieux étranger sur la plage ? Même si personnellement je m'en fiche.

En réalité, quand il pensait à Howard Buzley, à son caractère solide et responsable, il ne s'en fichait pas tant que cela.

— En général, June ne donne pas trop dans les commérages, mais elle a beaucoup d'amies qui le font. Alors elle a passé quelques coups de téléphone la nuit dernière, quand je le lui ai demandé, et elle a trouvé. Le type en question s'appelle Storm, Arthur Storm. C'est une espèce d'homme d'affaires, du genre magnat, qui possède une propriété impressionnante à environ quinze kilomètres à l'est de notre plage. Je l'ai vue – du moins ce qu'on peut en voir de la route. De grands arbres, des hectares de pelouses, une longue maison basse et blanche, tu imagines.

— Oui... Et quoi d'autre ?

— C'est vraiment important ? demanda doucement Ed.

Ça ne servait à rien de cacher ses craintes plus longtemps ;

surtout à un ami, et l'un de ses plus proches. Au[ssi] ouvrit-il son cœur.

— Oui. J'ai peur que Buzley ne la quitte si elle n[e va] pas bien. En l'espace de quelques mois, j'en suis arr[ivé à beau]coup compter sur lui, sur sa stabilité. C'est étrange, [il a] donné un foyer à Bettina, il l'aime beaucoup, je pré[fère cent] fois cela que voir la mère de la petite partir à la déri[ve. C'est] pour ça que je m'inquiète, c'est pour ça que tu dois [me dire] tout ce que tu peux me dire.

— D'accord. Arthur Storm est un bel homme, d'en[viron] quarante ans, peut-être moins. Il a une femme et quatre je[unes] fils, treize ou quatorze ans pour les aînés. Quand il a renco[ntré] Lillian, il est devenu fou d'elle.

— Je comprends ça.

Il y eut un moment de silence, puis Donald lui demanda [si] la femme de Storm était au courant.

— Oui. Elle l'a quitté.

— C'était à une fête de Storm que Lillian allait samedi dernier ?

— Non. Il n'est pas là, il a fait un saut en France, dans une maison qu'il possède là-bas.

— Je vois.

C'était une remarque de pure forme, puisqu'il ne voyait rien d'autre qu'une affreuse pagaille.

— Si seulement je pouvais obtenir la garde exclusive...

— Très, très difficile, répliqua Ed en secouant la tête. Comme tu le sais.

Oui, il le savait.

Le samedi après-midi suivant, Maria arriva à l'appartement avec Bettina drapée dans un vêtement jaune dont l'étiquette portait la marque d'une griffe prestigieuse de Paris. Lillian avait du goût, il fallait lui reconnaître cela.

Elle a dit qu'à la fête les gens jouaient avec la petite, et elle était très contente parce que Cookie est si belle.

Parce que Cookie est si belle.

Il était scandalisé. Si belle, disait-elle ; oui, et aussi proche de la mort, littéralement à quelques centimètres, dans une voiture conduite par un irresponsable, alors qu'elle aurait dû être au lit, chez elle. Soudain, Donald se leva et prit son enfant dans les bras, en même temps qu'un jouet qu'il posa sur la table devant elle.

— Papa !

En poussant un cri de joie, elle se baissa vers l'assiette de Donald.

— Gâteau ! Gâteau ! s'exclama-t-elle.

Tout en s'excusant par un petit rire envers Maria, il lui en donna.

— Je sais qu'elle n'est pas censée en manger. Mais un peu de crème fouettée au chocolat, une fois de temps en temps, ne peut pas faire de mal.

— Vous ne pourrez jamais lui faire de mal, monsieur Wolfe, pas vous. Mais Mme Buzley, oui. C'est une drôle de femme. Elle est très gentille, mais quand même, elle n'est pas *bonne* pour un enfant. Vous comprenez ? (Maria secoua tristement la tête.) Elle est très intelligente, et pourtant elle n'est pas prudente. Pas *bonne* pour un enfant.

C'était un peu simpliste, songea Donald. Dire qu'elle était désorientée aurait été plus exact. Comme ces choses qui sont déformées, dénaturées, soit depuis le départ, soit à cause d'un accident. Quelle différence cela faisait-il ? Elle était ce qu'elle était, peu importait pourquoi. Il baissa les yeux vers les petites mains de sa fille, maintenant tachées de chocolat : ces mains, leur avenir, voilà tout ce qui comptait.

— Elle a besoin de faire une sieste, dit Maria. Je vais la coucher sur votre lit là-bas, d'accord ?

— Est-ce qu'elle va dormir, dans une chambre qu'elle ne connaît pas ?

— Oh, oui. Cookie est une enfant facile. Elle va dormir un peu, ensuite nous rentrerons.

Dans le salon, il s'assit à un endroit d'où il pouvait voir le lit. Maria avait pris un magazine et elle lisait, avec des efforts manifestes, obligée d'épeler chaque mot et de le former avec les lèvres. Cette femme, pensait Donald en l'observant, cette étrangère gentille et prévenante, était son seul lien avec l'enfant endormie sur le lit. S'il voulait connaître la vérité, elle était la seule qui pouvait la lui apprendre. Voilà où il en était.

Il brûlait d'envie de décrocher son téléphone et de dire à Lillian tout ce qu'il avait sur le cœur, mais sa raison s'y opposait. Chaque fois qu'il l'avait fait jusque-là, cela ne lui avait rien apporté d'autre que se faire raccrocher au nez.

— Maria, lui lança-t-il à brûle-pourpoint, est-ce que vous resterez toujours avec Cookie ?

— Toujours, monsieur Wolfe ?

— Oui, parce que...

Ce n'aurait pas été digne, ni même décent, de lui exposer ses griefs envers une femme qui avait été son épouse, et qui serait toujours la mère de son enfant ; tout en lui s'insurgeait contre ce genre de déballage, aussi se contenta-t-il de déclarer :

— ... il n'y en a pas deux comme vous, Maria. Cookie a besoin de vous. Vous comprenez ?

— J'aime Cookie, monsieur Wolfe. Je l'ai ramenée de l'hôpital, quand elle avait deux jours. Et Cookie m'aime aussi, plus que sa mère, même. C'est vrai, vous savez.

— Je vous donnerai plus d'argent, Maria. Quoi que vous donne M. Buzley, je vous en donnerai plus.

— Non, non. Je crois que vous n'êtes pas aussi riche que M. Buzley. Je ne veux pas, monsieur Wolfe.

— Vous n'allez pas partir bientôt, n'est-ce pas, Maria ? Pas sans me le dire ?

— Non, non. Peut-être un jour mais pas bientôt. Croyez-moi, monsieur Wolfe, je vous dis tout.

Plus tard, quand Donald referma la porte sur Maria et Cookie dans son manteau jaune, avec le chat en peluche blanc dans ses bras, il demeura un long moment immobile. *Peut-être un jour...* Une sorte de tristesse glissa à travers les pièces calmes, lourde et grise comme du brouillard une nuit d'hiver.

Au bureau, les amis de Donald lui dirent ce que lui, qui plaidait en justice, savait déjà : il n'obtiendrait jamais la garde exclusive de sa fille. Le divorce était conclu et signé. Et si elle devait emmener la petite à l'étranger ? Rien que d'y penser, cela lui était insupportable.

« *Si jamais je le revoyais, je ne le reconnaîtrais sans doute même pas...* » Est-ce qu'au moins ça, ce serait un motif suffisant pour obtenir le transfert de la petite chez lui ? Qui sait ?

Ses amis, surtout Ed Wills, lui apprirent aussi des choses qu'il ignorait : la femme d'Arthur Storm avait demandé le divorce la semaine précédente, Arthur Storm était connu pour sa collection d'art moderne, qu'il conservait pour l'essentiel dans sa maison en France.

« *Si jamais je suis riche un jour, j'achèterai de vrais tableaux.* » Oui, tout se tenait...

Un soir, Maria revint chez lui. Son habituel chapeau vert était de travers et elle suffoquait, hors d'haleine.

— M. Buzley est parti ! Il a pris ses vêtements, les placards sont vides, toutes ses affaires sont parties ! Il était si en colère, je n'avais jamais vu ça, monsieur Wolfe... C'était terrible, terrible ! Il m'a dit : « Occupez-vous bien de la petite », il l'a embrassée et il est parti !

— Où est-elle ? s'écria Donald.

— À la maison, elle dort. La cuisinière est là-bas ce soir, je ne l'aurais pas laissée sinon. Mme Buzley est sortie, des amis sont venus la chercher, je ne sais pas très bien. C'est terrible, monsieur Wolfe.

Des visions de cet appartement (qu'il n'avait aperçu qu'une seule fois, brièvement, mais qu'il n'avait jamais oublié) passèrent devant les yeux de Donald : de grandes pièces, des affaires qui s'y trouvaient maintenant amassées en désordre, les visages de spectateurs étonnés, curieux, et aussi celui de Lillian tel qu'il devait être à l'heure présente – pâle, mais les joues enflammées par les larmes et la colère.

Il regarda la femme tremblante qui lui faisait face, innocente spectatrice, puis il lui retira gentiment son manteau et la fit asseoir.

— Avez-vous dîné, Maria ? Est-ce que je peux vous donner quelque chose à boire ou à manger ?

— Je n'ai pas faim. Non, rien, merci.

Donc, Buzley était parti ! Maintenant il fallait passer en revue les différentes possibilités, comme la question de l'appartement : Buzley l'avait-il acheté ou loué, et, s'il l'avait loué, quel était le terme du bail ? Si un divorce devait suivre ce chambardement, où Lillian (donc, la petite, bien sûr) irait-elle ? Puis il y avait aussi cet autre homme, la cause probable de toute cette pagaille.

— Il a pris aussi des meubles, expliqua Maria. Son bureau, un beau bureau qu'il aimait. Des gros fauteuils et des portraits de sa famille, de ses enfants. Mais c'est tout.

Donc, ce chambardement allait être définitif. Un homme en colère peut prendre ses vêtements, il n'emporte pas ses meubles préférés s'il n'est pas sûr de ne jamais revenir.

Maria réfléchit pendant quelques minutes, comme pour se fortifier dans ses conclusions, puis elle reprit :

— Vous savez, monsieur Wolfe, je crois qu'elle a un autre homme. Pas un jeune, un vrai homme cette fois. Oui, elle en a un. Elle m'a demandé d'aller avec elle en France, parce que Cookie m'aime. Dans une belle maison en France, elle m'a montré une belle photo. Moi ! Mais je viens juste d'arriver à New York ! Je lui ai dit non. Désolée madame Buzley, mais c'est non.

Donald dut faire un énorme effort sur lui-même pour maîtriser les bonds que son cœur faisait dans sa poitrine, pour réussir à lui demander d'un ton normal :

— Elle a dit quand ?

— Bientôt. Deux, trois mois. Il a des affaires à régler ici, ensuite ils partent.

Il avait en effet des affaires à régler, Arthur Storm : le divorce et ses quatre jeunes fils, qu'il s'apprêtait à échanger contre Lillian Buzley, autrefois Lillian Wolfe, autrefois..

Donald tapa du poing sur la table, si fort que Maria en sursauta.

— Monsieur Wolfe, ne vous inquiétez pas ! le rassura-t-elle. Je resterai avec Cookie jusqu'à ce qu'elle parte ! Et peut-être qu'elles ne partiront pas, peut-être que ce ne sont que des mots… Mme Buzley, elle aime parler, vous savez.

Mais Donald n'allait pas se contenter d'espérer que ce n'étaient « que des mots ». D'abord, il connaissait Lillian, son énergie, son impatience, les succès qu'elle avait remportés, il savait de quoi elle était capable. Ensuite, il avait ses contacts, le principal étant Ed Wills qui, grâce à June, s'efforçait de le tenir au courant de la situation d'Arthur Storm. Maria, bien sûr, constituait l'autre contact : par elle, il savait toujours où en étaient les projets de départ en France.

D'une semaine sur l'autre, il devenait d'ailleurs clair que Lillian n'essayait même pas de dissimuler ses plans à Donald. Elle devait bien se douter que Maria ne restait pas muette, les dimanches après-midi, au parc… En fait, elle savait que Donald n'avait aucun réel moyen de l'empêcher d'emmener la petite où bon lui semblerait.

Il se reprochait amèrement de ne pas avoir été assez prévoyant. Il est vrai que, le jour où il avait signé les papiers du divorce, sans méfiance particulière, il n'avait vu l'enfant que deux fois. Il avait du mal, aujourd'hui, à décrire ses sentiments d'alors : un mélange de tristesse, de colère contre Lillian, de confusion, d'un certain détachement bizarre vis-à-vis de la notion d'obligation morale – un peu de tout cela, et rien encore d'un véritable amour.

Oui, c'était vrai. Mais quand même, il n'avait aucune excuse pour s'être montré aussi imprudent, lui, un avocat de sa réputation. Parce que l'amour était venu, quand son enfant lui avait souri à l'âge de quatre mois, et il aurait dû prévoir que cela se passerait ainsi. Or, aujourd'hui, hormis la somme d'argent qu'il avait placée à son nom, que pouvait-il lui offrir de plus que cet amour ? Pouvait-il lui donner un foyer, une vie différente de celle que lui offrait Lillian ?

Peu importait ce qui avait fait de Lillian ce qu'elle était. Cette enfant avait des droits, se répétait-il inlassablement, le droit d'être correctement éduquée, préservée de toute atteinte morale, le droit de devenir quelqu'un de bien.

Parfois, assis à son bureau, il se surprenait à marmonner comme si Lillian était en face de lui : « Tu ne peux pas servir de mère à un enfant ! Tu détruis tout ce que tu touches ! » Pourtant non, ce n'était pas tout à fait vrai et il le savait. Elle avait été gentille pour Cindy. Peut-être Cindy faisait-elle ressortir la part de Docteur Jekyll qu'il y avait en Lillian. Mais je ne suis pas psychologue, songeait Donald, je ne peux pas le comprendre. Et, de toute façon, maintenant ça n'a plus d'importance.

Un jour, il se rappela ce que Maria lui avait dit du départ de Buzley, qu'il avait embrassé Bettina avant de quitter l'appartement. Et soudain, Donald se sentit de la compassion envers lui, vieil homme à la fois aveugle et généreux. Malgré toute sa ruse et sa subtilité, frottés au double contact de New York et de Hollywood, il s'était fait rouler dans la farine. Y avait-il une quelconque morale là-dedans ? Avec une ironie amère, il songea : Oui, il y en a une. Dans la vie, il faut avoir de la chance.

Depuis quelques mois, depuis que Lillian avait fait son apparition dans les rubriques mondaines des journaux, il s'était mis à lire ces dernières. Ainsi tomba-t-il un jour, au détour d'un article sur une exposition d'art, sur une confidence concernant Arthur Storm, et sa décision de s'installer définitivement en France. « Afin, disait l'article, de pouvoir mieux s'occuper de ses affaires là-bas. » Six semaines s'étaient déjà écoulées depuis les révélations de Maria, six semaines durant lesquelles Donald aurait dû prendre une initiative. Mais laquelle ? Il avait consulté ses amis, il avait consulté Augustus Pratt, mais il n'avait reçu d'eux aucun conseil utile, pour la simple raison qu'ils n'en avaient aucun à lui donner.

Le *désespoir*, se disait-il, quel mot terrible. Ses journées (combien lui en restait-il encore avant l'échéance ?) étaient hantées par une image, celle d'un avion emmenant Bettina-Cookie de l'autre côté de l'Atlantique. Vers qui ? Vers quoi ? criait la voix dans sa tête ; il en perdait l'appétit, le sommeil.

Dans son esprit se croisaient de bizarres souvenirs, ceux des crises qu'il avait connues dans le passé : le jour où il avait lu le télégramme du ministère de la Guerre envoyé à sa mère en 1944 ; le matin où son chien avait été écrasé ; et aussi le jour de ce cyclone, quand les chevaux étaient tous devenus fous furieux dans la ferme où il travaillait.

Vite, vite ! Il n'y a pas de temps à perdre, il est peut-être déjà trop tard ! Le dimanche après-midi, il prit la main de sa fille et ils marchèrent ainsi, sa petite main si douce en sécurité dans la sienne. En sécurité, oui, elle l'était aujourd'hui, mais demain ?

D'autres jours passèrent. La tension se lisait sur son visage, il s'en rendait compte à la façon dont les gens le regardaient. Il faisait des rêves affreux : une nuit, il arrivait au tribunal en ayant parfaitement préparé sa plaidoirie ; pourtant, quand il se levait pour prendre la parole, tous les arguments semblaient s'enfuir loin de lui et il restait muet, sous les regards stupéfaits de l'assistance et de la cour. Il se réveilla en sueur. D'autres semaines passèrent.

Puis, un autre jour, sans vraie raison, quelque chose lui vint en tête en allant travailler. Quand on le veut, on peut prendre un nouveau départ, on peut inverser le cours de sa vie. Est-ce qu'il ne l'avait pas déjà fait une fois quand il était venu ici, à New York ? Et il y avait tant d'autres endroits que New York... Il était libre ! Il ne dépendait de personne, il n'avait fait de tort à personne. Oui, il était libre. Je peux aller n'importe où, songeait-il, il se répétait ces mots, se surprenant lui-même.

Cette nuit-là, il se coucha sans éprouver de crainte. Comme si une transformation miraculeuse avait eu lieu, sous l'effet d'une potion magique. Comme si une porte s'était ouverte, laissant entrer de la lumière dans les ténèbres. Il n'en avait pas encore franchi le seuil, mais elle était bien là, et de la voir était rassurant. Pour la première fois depuis très longtemps, il tomba sans peine dans un sommeil réparateur.

Le lendemain matin, il se leva plein d'entrain et se prépara pour aller travailler. Il n'aurait pu expliquer pourquoi ni comment cela se fit, mais tout à coup, comme il arrivait au milieu de la chambre, quelque chose le frappa avec intensité, quelque chose qui vint résonner à ses oreilles et lui ordonna :

Fais-le ! Oui ! Fais-le !

10

Tout d'abord, il lui fallait accepter de n'avoir personne à qui se confier.

À part ces lointains cousins du Wyoming – qui ne l'auraient pas reconnu s'ils s'étaient croisés dans la rue –, il n'avait personne de son sang à qui demander asile, ni même un simple conseil. Il ne pouvait pas non plus se confier à un bon ami comme Ed Wills, l'impliquant ainsi dans une action illégale.

Comment s'en aller ? Où se cacher ? Il fallait trouver un endroit reculé, peu fréquenté par les touristes, et où il serait sûr de ne jamais rencontrer personne de sa connaissance. Le monde, si vaste qu'il parût, était assez petit pour qu'il ait rencontré un jour, dans un quartier venteux d'Édimbourg, un client de Chicago qu'il n'avait plus revu depuis quatre ans.

Dans un coin de son bureau était posée une mappemonde, sur laquelle il se plaisait à reconstituer ses voyages ; ç'avait également été fascinant de suivre à la trace ce fameux escroc que la société avait si longtemps pourchassé. Un homme tel que lui possédait sûrement de nombreux contacts avec des criminels, plusieurs faux passeports, et une mémoire phénoménale pour coordonner le tout. Donald n'avait rien de tout cela –, et, à vrai dire, ne le souhaitait pas. Si bien que la contrée

157

lointaine et déserte du Canada à laquelle il avait d'abord pensé n'était guère un choix judicieux.

Il poursuivit en dépliant sur la table une carte des États-Unis et en s'y plongeant. Le plus loin qu'il pouvait se rendre, c'était l'Alaska. Mis à part Hawaii, bien sûr ; mais aller à Hawaii voulait dire prendre l'avion, donc risquer de laisser des traces dans un fichier. Quant à l'Alaska, c'était trop peu peuplé, même dans ses rares villes, pour qu'il puisse espérer s'y fondre dans la foule avec Bettina. Où trouver un endroit à la fois ni trop peuplé ni trop vide et qu'on pouvait atteindre sans faire trois ou quatre mille kilomètres ? À la campagne, peut-être une petite bourgade de montagne, loin de la civilisation et de la vie moderne. Ou quelque part dans le Sud, mais où exactement, il n'en avait aucune idée.

De toute façon, où qu'il aille, qu'y ferait-il et comment vivrait-il ? Il ne savait gagner sa vie que de deux manières : jadis en travaillant dans une ferme, aujourd'hui en étant avocat. Il repoussa la carte d'un geste nerveux et gagna le miroir accroché dans la penderie, pour contempler son reflet et se demander à voix haute :

— Est-ce que par hasard tu es tombé sur la tête ? Tu es au beau milieu d'une affaire qu'Augustus Pratt t'a personnellement confiée – à toi, Donald Wolfe, plutôt qu'à d'autres associés qui sont dans la maison depuis deux fois plus longtemps que toi !

Puis il se détourna du miroir, et la première chose qu'il vit fut une photo de sa fille : assise dans sa poussette, avec un biscuit à moitié mangé dans la main et un joyeux sourire aux lèvres. Toute sa résolution lui revint, intacte.

Fais-le ! Fais-le !

Le dimanche, dans le parc, Maria lui rapporta les dernières nouvelles :

— L'homme est revenu de France, elle le voit tous les jours. Il vient tous les jours, monsieur Wolfe. Un homme grand, beau. Mme Buzley est très heureuse avec lui.

Elle l'était sûrement, heureuse, au moins pour un temps. Des images défilèrent dans la mémoire de Donald, saccadées comme celles d'un vieux film qu'on se repasse. Les lits à cette fête, il y avait si longtemps de cela – oh, elle était bien en route pour y aller, aucun doute là-dessus. Ces gens à Florence, Lillian étendue sur le canapé, toute décoiffée, en ce terrible matin ; tous ces souvenirs et bien d'autres encore lui revinrent à l'esprit, vacillants et fantomatiques.

— Papa, marcher… Cookie veut marcher.

Elle ne marchait pas, elle gambadait, et il devait lui tenir fermement la main pour éviter qu'elle ne file. Le « duo infernal », on trouvait cette expression dans un des livres qu'avait achetés Donald.

L'une des premières choses qu'il ferait serait de changer son prénom : aussi bien « Cookie » que « Bettina » lui écorchaient les oreilles. Ils ne lui allaient pas, non – même si c'était lié au monde qu'ils représentaient, ce monde auquel il s'apprêtait à l'enlever.

Dans un coin reculé de sa mémoire, Donald se souvenait d'avoir lu dans un magazine de discrètes annonces pour des ouvrages destinés à qui voulait changer d'identité. La première chose à faire était donc de retrouver ledit magazine. Il flâna là où il pensait avoir le plus de chances de mettre la main sur ce genre de littérature et, quand il l'eut retrouvé, il commanda l'un des livres en question, dans lequel il apprit ce que son bon sens aurait dû suffire à lui apprendre : pour changer d'identité, il fallait se procurer un certificat de naissance. Avec cela, il se transformerait à volonté. Une petite fille entrant pour la première fois à l'école aurait besoin de la même pièce.

Mais il n'était pas toujours facile d'obtenir ce genre de choses, il le savait. C'était même très rare, sans doute – d'ailleurs, cela valait mieux ; n'était-ce pas rassurant de savoir que le droit dominait, même si, parfois, certaines circonstances désespérées rendent excusable de le transgresser.

Avant tout, Donald avait besoin de liquide, ce liquide qui permet de faire ce qu'on veut sans laisser de traces, du moins en principe. Il entreprit d'en retirer de ses différents comptes, expliquant lorsqu'il en était besoin qu'il allait faire un long voyage en Indonésie. Il ne possédait pas d'objets de valeur, hormis la ménagère en argent que Lillian avait insisté pour lui laisser, au prétexte que Buzley en possédait déjà deux. Il fut surpris d'en tirer pas moins de dix mille dollars, qu'il demanda en espèces. Dix mille dollars ! Lillian avait bel et bien ensorcelé le malheureux Buzley. Il vendit, pour une somme fort correcte, la bague de fiançailles dont elle ne voulait plus, puisque ce pauvre fou de Buzley lui en avait donné une plus belle. Pauvre fou de Donald aussi, pensa-t-il, en se rappelant ce jour, à Londres, où il avait été pris d'une telle panique à l'idée de perdre Lillian !

Puis il acheta une ceinture-portefeuille, qu'il ne quitta plus. Cela suffit à le mettre dans la peau d'un fugitif, d'un homme traqué, alors même que Donald Wolfe, citoyen fort respecté du cœur de Manhattan, arpentait les couloirs familiers des luxueux bureaux où on le connaissait. De temps à autre, il éprouvait l'inquiétant sentiment de vivre une hallucination, d'où il devait aussitôt s'extraire pour affronter la réalité en face ; bientôt il ne serait plus qu'un inconnu, au chômage – au moins pendant quelque temps –, vivant dans une contrée qui, elle aussi, lui était pour l'instant inconnue.

Quel serait son nouveau nom ? Où faudrait-il qu'il soit né ? En tout cas, dans une ville suffisamment importante pour qu'il ait pu s'y perdre au sein de la foule. Suffisamment proche aussi pour qu'il puisse dès maintenant aller y passer quelques jours, en prévision d'un interrogatoire toujours possible, du genre : À quelle école alliez-vous ? À quelle église ? Et les cinémas de quartier, lesquels est-ce que vous fréquentiez ? Etc.

Après mûre réflexion, il fixa son choix sur Philadelphie. L'étape suivante consistait à faire une recherche dans tous les cimetières des alentours : avec de la patience, il trouverait bien mention de deux personnes portant le même nom, mortes toutes les deux très jeunes – un homme qui aurait aujourd'hui son âge s'il avait vécu, et une fille qui aurait l'âge de sa propre enfant. Avec ces informations, il n'aurait plus qu'à aller à l'état civil demander des duplicatas des certificats de naissance de ces deux soi-disant proches parents, pour remplacer ceux qu'il prétendrait avoir perdus.

Trois samedis de suite, il loua une voiture, arpenta les cimetières de cinq villes différentes et revint finalement avec deux noms : James Fuller et Laura Fuller, désormais sa fille bien-aimée.

Il demeura quelques minutes à contempler la tombe de l'enfant : morte à l'âge de deux ans, pauvre petit être. Quelle aurait été sa vie si elle avait vécu ? En tout cas, son nom permettrait peut-être à Donald d'offrir une vie meilleure à une autre petite fille, de New York. C'était un bon nom, simple, qui n'attirait pas l'attention ; Laura était un joli prénom pour la fille de James Fuller.

Malgré sa fébrilité morale et pratique pour mener à bien son projet, au milieu de journées de travail surchargées, Donald ne put réprimer une pensée qui l'amusa : par ses contacts, son expérience, son style de vie, Howard Buzley aurait sûrement été plus qualifié que lui pour cette tâche.

— Ils seront bientôt prêts.

On sentait Maria au bord des larmes.

— Mme Buzley m'a dit qu'ils allaient bientôt partir. Son ami va les emmener, elle et Cookie. En France, ils ont une gentille nurse pour Cookie, alors il ne faut pas vous inquiéter, monsieur Wolfe. Mais je suis triste, dit-elle, et elle se mit à pleurer. Si triste.

— Quand, Maria ? Quand ?

— Je pense le mois prochain, peut-être.

— Et vous allez rester jusque-là ?

— Oui, oui, je reste. Cookie me manque déjà, comme si c'était ma fille à moi.

Le mois prochain. Il fallait qu'il achète un petit carnet et qu'il y note des éléments trop importants pour les confier à sa seule mémoire, comme des détails sur les vêtements, l'apprentissage de la propreté, les siestes, et d'autres choses

161

qu'il pensait savoir déjà, mais que peut-être il ne connaissait pas réellement.

Avant tout, il devait acheter une voiture. Pour l'occasion, il se mit en maladie pendant quelques jours, prit le train pour Philadelphie et, une fois là-bas, demanda à un taxi de l'emmener chez un vendeur de voitures d'occasion. Juste après, il le regretta : si un avis de recherche était lancé dans tout le pays et que le chauffeur du taxi se souvenait de lui ? Puis il s'en voulut aussitôt et se fit des reproches : Arrête d'être aussi nerveux, se dit-il. Tu n'es qu'un brave citoyen qui cherche une voiture et c'est tout.

Le vendeur était jeune et très dynamique :

— Dites-moi ce dont vous avez envie, je vous le trouverai. Nous avons de tout ici.

Donald savait surtout une chose : la voiture devait être aussi discrète que le jean et les baskets qu'il portait, elle ne devait pas risquer de s'imprimer dans la mémoire de qui que ce soit. Par conséquent, elle ne devait pas être trop voyante, ni élégante, ni exagérément misérable non plus, ni blanche, ni rouge.

— Je ne cherche pas une marque en particulier, expliqua-t-il au vendeur, mais qu'elle n'ait pas trop de kilomètres et qu'elle soit solide. Je vais dans l'ouest du Canada, une région plutôt rude. (Il devait laisser une fausse piste, au cas où.) Et il me faudra un grand coffre, vraiment grand. J'ai beaucoup d'affaires à emporter.

Ils cheminaient entre les rangées de voitures.

— Celle-là a l'air bien, dit Donald, avisant une berline noire à l'allure plutôt propre. Voyons voir le coffre. Et le kilométrage, qu'est-ce qu'il donne ?

Tout en faisant mine d'écouter les chiffres et les détails techniques que l'autre énumérait, son esprit inventait une histoire. Il fallait qu'elle paraisse si singulière et unique que jamais ce jeune homme ne puisse l'associer à l'enlèvement d'enfant.

Pourtant ça arrivera, c'est obligé que ça arrive. Ou plutôt non, ça n'arrivera pas ! À condition que tu t'accroches ferme à ton imagination, James Fuller !

— Ma femme vient juste de mourir, dit-il, et j'ai beaucoup d'affaires à elle à rapporter à ses parents.

— Je suis désolé pour vous.

— Je n'y vais pas en avion parce qu'ils habitent dans la campagne, à cent kilomètres de l'aéroport le plus proche, alors c'est plus simple en voiture. Je pourrais les leur expédier par un transporteur, mais il faut vraiment que je leur rende visite. C'était leur enfant unique. Elle est morte brutalement.

— Ça doit être dur à vivre.

Il y avait une vraie lueur de sympathie dans le regard du jeune type. Comme c'était facile de mentir, après tout, et que personne ne s'en aperçoive ! Il eut l'impression d'avoir passé avec succès un premier test.

Il lui expliqua qu'il allait payer avec le liquide qu'il avait obtenu de la vente de ses meubles.

— Vous avez vendu vos affaires ? Vous déménagez ?

— Je déménage vers un endroit plus petit, du côté de Spruce Street. Je vous appellerai d'ici deux jours, quand vous aurez fait les papiers, mis les nouvelles plaques et le reste. Mon ancien téléphone a été résilié après la dernière facture, et le nouveau n'est pas encore branché.

— Des moments difficiles que vous traversez, monsieur.

— Oui, mais c'est la vie. Merci, en tout cas, vous m'avez beaucoup aidé.

Il était devenu un imposteur et il en était malade de honte ; mais la cause qu'il poursuivait était plus importante à ses yeux que son amour-propre. Il avait prévu de passer quelques jours à Philadelphie, aussi prit-il une chambre d'hôtel ; puis, muni d'un carnet et d'un crayon, il entreprit une visite détaillée de la ville à pied, pour se familiariser avec elle. Il compléta ses connaissances avec une carte, ainsi que la lecture de deux ou trois plaquettes sur son histoire et ses hauts lieux ; après quoi, il alla chercher sa voiture – la première qu'il possédait depuis la vente de son ancienne guimbarde dans le Dakota du Nord – et roula jusqu'à New York.

Là-bas, il vida soigneusement son appartement de tout objet qui aurait pu permettre de retrouver sa trace, comme une photo encadrée de lui et Cookie – Laura – dans Central Park, ou encore ses albums de photos personnels. Il alla jusqu'à détruire toutes les cartes des États-Unis qu'il possédait, pour ne pas mettre la puce à l'oreille de ses poursuivants éventuels, et n'en garda qu'une seule, qu'il emporterait.

— Mme Buzley a maintenant une énorme malle, lui rapporta un jour Maria. Elle l'a fait mettre dans l'entrée. Je pense qu'ils vont partir très bientôt, monsieur Wolfe.

Donald frémit, mais son cœur lui semblait devenu un moteur chargé de le hisser sans faillir au sommet d'une montagne. Il le fallait bien : il restait encore tant à faire ! Sa liste comportait encore pas mal d'achats, comme une grande valise pour les vêtements de sa fille, et ces vêtements eux-mêmes. Tous les jours, après le travail, Donald montait dans sa voiture et se rendait dans des petits magasins, chaque fois différents, dans divers quartiers de la ville ; il se limitait à quelques articles dans chacun d'eux, pour qu'aucun vendeur ne puisse se souvenir d'un homme ayant acheté une quantité suspecte de vêtements de petite fille. Il acheta aussi un matelas d'enfant à mettre par terre le soir, un bon siège de voiture pour la sécurité de Laura, une glacière pour la nourriture, et toutes sortes de jouets. Une fois tout cela fait, il pria pour que Laura ne tombe pas malade : un médecin pourrait deviner quelque chose de bizarre en les voyant.

Les jours passaient trop vite. Donald se sentait dans la peau d'un fugitif qui a peur de se retourner pour voir quelle distance le sépare de ses poursuivants ; ou encore comme quelqu'un qui craint de consulter le calendrier et de constater le peu de temps qui lui est imparti pour mener à bien tout ce qu'il doit encore accomplir.

Puis il ne resta plus qu'une journée. Demain, dimanche, il emmènerait Laura. Donald avait pris l'habitude de faire les cent pas dans son appartement – il savait qu'il devrait se défaire de ce tic, mais le moment n'était pas encore venu. Pour l'instant, il en était à se repasser constamment les détails importants pour l'avenir. Par exemple les noms : il s'arrêtait régulièrement devant son miroir pour répéter des répliques comme : *Bonjour, je m'appelle James Fuller, et voici ma fille Laura.* Puis il repartait dans sa déambulation sans fin. Vérifier que la nourriture pour demain était bien dans le réfrigérateur : sandwiches au poulet, bananes, les biscuits préférés de sa fille, à la farine complète. Faire ses valises, en prenant les deux plus grandes ; le concierge penserait qu'il partait une fois de plus traverser les océans.

Dans son bureau, il fit le tour des étagères. Tous ses trésors étaient rassemblés là ; chaque livre était pour lui un objet précieux, qu'il avait acheté pour ne plus jamais s'en séparer. Sur l'étagère la plus haute, la reliure de cuir rouge du Jefferson brillait comme celle du joyau qu'il était, le premier livre qu'il avait été en mesure de s'offrir. Sur les étagères du bas reposaient ses dernières acquisitions, notamment les guides sur l'éducation des enfants. Ceux-là devaient aller dans la valise. Et le Jefferson ? Oui, celui-là aussi. Mais à tous les autres il dirait au revoir.

Au mur étaient accrochées les jolies gravures de Paris au XVIIIe siècle ; entre les fenêtres, le paysage que Lillian avait acheté, à un moment où leurs ennuis commençaient à peine. Est-ce qu'elle finirait, malgré tout, par le récupérer ? se demanda-t-il.

Quand sa tête se trouva entièrement vide de tâches à accomplir, il alla se coucher ; il dormit d'un sommeil agité et s'éveilla en un chaud et venteux dimanche. Peu après midi, après avoir tout vérifié dans l'appartement pour la troisième **ou q**uatrième fois, il descendit avec ses deux valises, plus le sac en papier dans lequel il avait caché le panier-repas.

— Vous partez encore en voyage, monsieur Wolfe ? lui demanda le concierge, ainsi que Donald l'avait escompté.

— Oui. J'en ai pour deux semaines. Vous pouvez m'appeler un taxi ? Je passe chez un ami, et ensuite nous allons ensemble à l'aéroport.

Après s'être fait conduire par le taxi jusqu'à un immeuble proche du garage où se trouvait sa voiture, il sortit et demeura debout sur le trottoir avec ses bagages, comme s'il attendait quelqu'un. Une fois le taxi hors de vue, il se rendit à un salon de coiffure, où sa chevelure épaisse et fournie disparut, pour faire place à une coupe en brosse ; dans sa poche reposaient les lunettes par lesquelles il remplacerait bientôt ses verres de contact. Puis Donald prit sa voiture, roula jusqu'à une rue voisine de Central Park et l'y laissa.

Son intention première avait été de proposer, dès qu'un moment opportun se présenterait, d'emmener Cookie voir le lac, pour offrir un moment de liberté à Maria. Mais celle-ci lui facilita les choses, ayant manifestement un rhume de cerveau.

— Ils sont tous sortis pour l'après-midi ? lui demanda-t-il.

— Sortis ? Partis, oui. Mme Buzley est partie avec M. Storm qui rendait visite à son frère quelque part. Ils reviennent tard ce soir, peut-être même ils restent jusqu'à demain.

— Eh bien, pourquoi est-ce que vous ne rentrez pas faire une longue sieste, Maria ? Soignez votre rhume. Je serai à la porte d'entrée à cinq heures avec Cookie. Le concierge n'aura qu'à vous appeler en haut pour que vous descendiez.

— Oh, oui, ça me fera du bien de m'étendre. Merci, monsieur Wolfe, vous êtes vraiment un homme bon.

Tandis qu'il s'éloignait, il pensa que c'était la dernière fois, à moins d'un désastre, que quelqu'un s'adressait à lui en tant que « M. Wolfe ». *C'est maintenant que je saute du haut du pont. Soit je nage, soit je coule.*

Quand il eut plié la poussette de l'enfant et l'eut mise dans la voiture – la laisser sur le trottoir aurait paru très étrange à quiconque aurait regardé par sa fenêtre –, il installa Laura dans le siège arrière avec un ours en peluche rose et mit le moteur en marche. Le voyage avait officiellement commencé.

— Où est Mia ? demanda-t-elle, dangereusement proche des larmes. Où est Mia ?

— Mia fait la sieste. Toi et moi, nous allons nous offrir une belle promenade.

— Non ! Je veux Mia !

— Mia fait la sieste. Sois gentille, la calma Donald. Tu es une si gentille fille.

— Non !

Comment diable allait-il faire si les choses continuaient ainsi pendant mille kilomètres ? Enfreignant tous les conseils qu'il avait lus, il ouvrit la boîte à gants, cassa une barre de chocolat en deux et lui en tendit la moitié par-dessus son épaule. Elle se tut aussitôt, et il put se concentrer sur la sortie de la ville.

Prenant à l'ouest en direction de l'Hudson, il jeta un dernier regard sur ce qu'il quittait. Quand il se retourna à un feu rouge, il vit l'image typique de carte postale, Central Park entouré de gratte-ciel. Dans l'un de ces gratte-ciel se trouvaient les bureaux d'Orton et Pratt, où M. Pratt l'attendrait, tôt lundi matin, pour discuter d'un nouveau client et d'une nouvelle affaire – M. Pratt à qui il devait tant, M. Pratt qu'il était en train de remercier de sa sollicitude en... faisant ce que sa conscience lui dictait de faire. M. Pratt le comprendrait-il ?

La voiture roulait vers le nord le long du fleuve. Puisque sa destination était le sud, n'avait-il pas intérêt à se diriger vers le nord, pour tromper d'éventuels poursuivants ? La sinistre sensation qu'ils étaient suivis le fit frissonner. Mais c'était absurde : Maria devait dormir, il avait encore deux ou même trois heures devant lui avant qu'elle ne donne l'alerte. Il crut voir son visage familier se refléter dans le pare-brise, et l'expression qu'elle aurait, de perplexité puis d'inquiétude, en ne le voyant pas arriver... Il ne devait pas suivre cette pente, il fallait se calmer.

Laura, la figure et les mains toutes barbouillées de chocolat, s'était mise à somnoler. Si un morceau de chocolat suffisait à l'apaiser, cela faciliterait assurément la tâche de Donald ; à cette idée, son moral remonta, et il retrouva sa présence d'esprit. Il allait traverser le fleuve par le Tappan Zee Bridge, faire le plein d'essence, et il demanderait la direction d'Albany. On le dirigerait tout naturellement vers l'autoroute, qu'il connaissait bien ; il ferait mine de la prendre, puis bifurquerait bientôt pour emprunter des petites routes secondaires, sans cabines de péage ni gardiens qui pourraient ensuite se souvenir d'un homme voyageant seul avec une petite fille.

D'étroites routes de campagne serpentaient à travers les monts Catskill. Il s'arrêta à un endroit plat, sortit de la voiture une nappe de pique-nique et l'étala sur l'herbe, en se félicitant d'avoir été assez malin pour penser à en emporter une. Ce à quoi il n'avait pas pensé en revanche, c'était qu'une enfant a besoin d'exercice ; jusqu'ici, les mouvements de la voiture l'avaient bercée, mais dès qu'elle s'éveilla, il fut manifeste qu'elle avait des fourmis dans les jambes. Et aussi, à sa façon de se tortiller, qu'elle avait un besoin naturel à satisfaire de toute urgence. Il l'y aida, puis alla prendre un ballon dans le coffre et joua vingt minutes avec elle, afin qu'elle se dégourdisse les jambes et qu'elle se détende.

Ensuite, il étala sur la nappe le dîner préparé la veille. C'était un plaisir de la voir manger ; au moins, elle n'était pas difficile pour la nourriture. Elle était adorable, à mâcher soigneusement et solennellement comme elle le faisait. Et elle était intelligente aussi, la petite diablesse, car elle avait remarqué où il rangeait les barres de chocolat, et maintenant elle en réclamait un autre morceau, en désignant bruyamment la voiture du doigt.

Une fois qu'ils y furent réinstallés, il lui en donna deux nouveaux carrés – même s'il savait qu'il n'aurait pas dû le faire –, puis il reprit la route, cherchant un endroit où dormir. Il passèrent devant un hôtel de luxe et il fut tenté de s'y arrêter, pour profiter d'une chambre confortable ; mais, prudemment, il choisit à la place un petit motel dans un endroit reculé.

Cette nuit, il ne devait jamais l'oublier. Laura – il *devait* se mettre ce nom en tête – était terrifiée par le lit qu'il lui avait préparé sur le sol et n'arrêtait pas d'appeler Mia. Rien de ce qu'il pouvait dire ne la calmait. À minuit, le propriétaire des lieux vint frapper à la porte, fort en colère ; mais dès que Donald lui eut expliqué que la mère de la petite fille était morte quelques semaines plus tôt, qu'ils étaient en route pour aller chez ses grands-parents et qu'ils avaient roulé toute la journée, l'homme changea de visage, pour arborer une expression de profonde sympathie.

— Je vais chercher mon épouse, lui dit-il, elle vous aidera.

Elle vint et, en effet, elle l'aida. Cette solide femme aux traits chaleureux rappela peut-être Maria à Laura, quand elle la prit dans ses bras et lui donna du lait dans un biberon.

— Mais elle boit dans une tasse…, dit Donald, pour la forme.

— À deux ans, ils aiment encore boire au biberon de temps en temps, quand ils sont perturbés, lui expliqua la femme. Maintenant, monsieur, vous allez la prendre dans vos bras et marcher jusqu'à ce qu'elle s'endorme. Pauvre petit ange, bientôt ça ira mieux.

Peut-être ai-je commis une terrible erreur, pensa-t-il un peu plus tard, alors que, revenu dans son lit, il n'arrivait pas à trouver le sommeil. Comment cela va-t-il se passer, comment allons-nous continuer la route, en attendant d'avoir trouvé un endroit où nous installer ? Est-ce que je ne l'ai pas traumatisée en l'emmenant comme ça ? Et ces gens, est-ce qu'ils ne soupçonnent rien ?

Mais il réfléchit ensuite qu'il n'était pas un cas exceptionnel, après tout, que chaque année des milliers d'enfants étaient enlevés au parent qui en avait la garde. Il pensa aussi à Arthur Storm, à la France, à Buzley, et à tout le long cortège d'événements qui le reliaient au jour lointain où il avait rencontré la mère de cette petite fille…

Au matin, il quitta le motel, prit un petit déjeuner dans le snack d'à côté et s'assura qu'on l'avait bien vu partir dans la direction d'Albany ; puis, après avoir parcouru une dizaine de kilomètres, il décrivit une large courbe vers le sud. Ses erreurs de la veille lui avaient appris : il voyagerait désormais par petites étapes, en s'arrêtant dès qu'il le faudrait pour que sa fille puisse satisfaire ses besoins naturels, pour lui permettre de jouer et de prendre de l'exercice, et même, de temps à autre, ils feraient un tour au supermarché et une promenade en Caddie, afin qu'elle retrouve une ambiance familière. De toute façon, songea-t-il, si l'alerte avait été donnée, qui soupçonnerait un père en train de faire ses courses, prenant le temps de flâner entre les rayons avec sa fille et de bavarder avec le caissier ?

À remuer ces perspectives, son moral ne tarda pas à remonter, au point qu'il se mit à chanter – ce qui fit rire Laura et remonta d'autant plus le moral de Donald.

D'une petite ville à l'autre, d'un centre commercial à une aire de jeux, où il s'arrêta pour faire monter Laura sur les balançoires, la journée se déroula sans incident.

Au début de la soirée, après avoir longtemps roulé dans la campagne du New Jersey, entre des vergers remplis de pommiers et des prés peuplés de vaches, il s'arrêta pour dîner dans un petit restaurant au bord de la route, près d'un carrefour. Il avait à peine poussé la porte qu'il se rendit compte de l'erreur qu'il avait commise en entrant là avec Laura à l'heure des informations. Sûrement, les gens regardaient la télévision en mangeant. Que se passerait-il si on parlait d'eux ?

En effet, on ne pouvait guère manquer les nouvelles, vu la façon dont le poste les aboyait. Trois voitures impliquées dans un accident, deux morts dans une fusillade, quatre départs d'incendie, une femme de quatre-vingts ans agressée, une autre femme disant que son ex-mari avait enlevé leur fillette de deux ans à New York...

La serveuse, qui apportait la commande à leur table, n'y fit même pas attention et s'attarda pour échanger quelques mots avec Donald.

— J'ai un enfant moi aussi, dit-elle, un garçon de trois ans. Quel âge elle a ? Deux ans ?

Donald hocha la tête.

— Deux ans passés, bientôt deux et demi. Elle lit déjà dans mes pensées, j'en suis sûr.

Il parvenait presque à plaisanter sur un ton désinvolte.

— Elle est ravissante. Comment est-ce que tu t'appelles, petite demoiselle ?

— Elle ne vous connaît pas, alors elle n'ouvrira pas la bouche. De toute façon, nous sommes très pressés, ma belle-sœur nous attend.

Partons vite, avant qu'elle réponde qu'elle s'appelle Cookie...

Donald eut l'impression que la femme l'examinait. Ce ne sont que mes nerfs, songea-t-il. Je commençais juste à me sentir un peu mieux cet après-midi, et voilà, il faut qu'ils se mettent à crépiter, comme s'il y avait eu un court-circuit dans ma tête.

La police doit être en train de harceler Maria, de lui poser un millier de questions. Mais elle a sûrement tout compris, intelligente comme elle est. M. Pratt doit avoir tout deviné lui aussi, en faisant la relation avec mon absence du bureau aujourd'hui. Quant à Lillian, elle souffre sûrement beaucoup, même si elle sait que la petite est avec quelqu'un qui l'aime. Mais elle doit souffrir quand même, et j'en suis navré. Je n'ai jamais voulu te faire de mal, Lillian, j'y ai été obligé.

Cette nuit-là, étendu dans le lit d'un autre motel et toujours incapable de dormir, il décida qu'il devait faire un compte rendu écrit de chaque journée de leur voyage. La mémoire n'était pas très fiable, surtout quand on vous posait des questions dans le feu de la conversation, comme ça lui était déjà arrivé et comme ça ne manquerait pas de continuer. Il devait tout se rappeler et ne pas se contredire, au cas où un problème surviendrait. Aussi commença-t-il dès le lendemain soir.

Mardi. Chaud pour la saison. Nous descendons toujours vers le sud et nous avons fait un détour jusqu'à une plage, pour prendre un peu de repos et de détente, Laura en avait grand besoin. Il y avait une demi-douzaine de familles du coin. Une femme charmante, Mme Day, avec des enfants plus grands que Laura, qui ont joué avec elle comme si c'était une poupée. Elle m'a recommandé un bed and breakfast dans le Maryland.

Il lui avait ressorti la même histoire, qu'il racontait systématiquement désormais, sur la mère de la petite qui était morte. La journée s'était bien passée mais la nuit avait été pénible, dans un nouveau motel ; Laura pleurait, en réclamant non pas sa mère mais « Mia ».

Mercredi. Traversé le fleuve en direction du Maryland. Je dors toujours aussi mal et commence à être assez fatigué.

En milieu de matinée, ils se garaient devant le bed and breakfast de Mme Maguire. La maison était propre et claire, la propriétaire, que Mme Day avait avertie, très amicale. Sans même que Donald ait besoin de lui faire la moindre confidence, elle devina visiblement son humeur inquiète, parce qu'elle prit Laura en charge dès leur arrivée ou presque.

— J'ai cru comprendre que vous aviez perdu votre femme récemment, monsieur Fuller. Mon amie m'a dit au téléphone que vous alliez chez des parents dans l'Ohio. Ça doit être difficile de faire tout ce chemin avec une enfant aussi jeune.

— Ce n'est pas facile, reconnut-il. J'ai encore beaucoup à apprendre sur les enfants de deux ans.

— Permettez-moi de vous aider. C'est un tel amour... Laissez-moi lui donner un bain et lui faire un shampooing.

Laura n'avait pas pris de bain depuis dimanche : il ne savait pas comment s'y prendre, à quelle température devait être l'eau, ni comment éviter de lui mettre du savon dans les yeux. Très embarrassé, et aussi très reconnaissant, il confia Laura à Mme Maguire et sortit s'asseoir dans le jardin.

On se sentait tellement en sûreté ici, sous les arbres. Tout au contraire de la route, qui était pleine de dangers. Que se passerait-il si on l'arrêtait pour excès de vitesse ? Cela pouvait arriver, tout le monde le savait, même sans que vous ayez effectivement dépassé la vitesse limite. Et si jamais il avait un accrochage, qu'il soit en faute ou non ?

Pourtant, si sûr que semblât ce refuge, il n'osa pas y rester plus d'une journée. Le lendemain matin, après un bon petit déjeuner, ils se remirent en route.

Au moment où il partait, la vieille dame lui cria, sur le ton de la plaisanterie :

— N'oubliez pas, l'Ohio est à l'ouest !

— À l'ouest, d'accord ! répliqua Donald, et il prit la route dans la direction indiquée, pour en changer dès le carrefour suivant.

Jeudi. Voilà, c'est arrivé. Je n'aurais même pas besoin d'écrire son nom, parce que je suis sûr de ne jamais l'oublier : Ron Reynold, deux mètres de haut, désagréable au possible.

Donald sortait d'une station-service au moment où un autre homme y entrait, au volant d'une petite camionnette de livraison ; les deux véhicules se touchèrent au passage et s'éraflèrent. Qui était en tort ? Cela pouvait se discuter, et ç'aurait été le cas si Donald n'avait préféré assumer toute la responsabilité de l'incident.

Ron Reynold, de chez Ron Reynold, Plomberie-Sanitaire-Chauffage, sortit de sa camionnette, approcha le visage de celui de Donald et rugit à travers la vitre :

— Vous croyez que vous allez vous en tirer comme ça ? Regardez ce que vous avez fait à ma voiture !

Tout ce que voulait Donald, c'était partir au plus vite de cet endroit, sans avoir à donner son nom ni son adresse, ni à sortir ses papiers.

— Je suis vraiment désolé, dit-il. Je paierai pour réparer les dégâts.

— Un peu, que vous allez payer ! Ça vous coûtera cent dollars !

— Pas de problème, les voilà.

— Et je veux voir vos papiers et votre adresse !

— Pourquoi est-ce que vous en avez besoin ? demanda Donald, d'une voix sourde.

— Comment je peux être sûr que ce billet n'est pas un faux ?

— Levez-le en l'air pour le regarder en transparence, vous verrez que non…

— Arrêtez vos foutaises, d'accord ? Et sortez-moi vos papiers !

L'homme était une brute, ou un maniaque, ou les deux. On n'hésite pas avec ce genre de gens ; on leur accorde ce qu'ils veulent, pour s'en débarrasser au plus vite.

L'homme nota le nom et l'adresse de Donald, mais l'affaire en resterait là puisque le billet était authentique. Néanmoins, Donald en frémissait encore, tandis qu'il reprenait le chemin

173

de la Virginie, imaginant ce qui se serait passé s'il y avait eu de vrais dommages, que des hommes de loi s'en étaient mêlés et qu'ils aient écrit à la maison de Philadelphie – une maison dont le numéro n'existait même pas, non plus, bien sûr, qu'aucune trace d'un James Fuller !

Depuis l'arrière, Laura lui parlait :

— Je veux des bonbons. Je veux des bonbons, papa.

Pire que tout peut-être, il se rendait compte qu'il gâtait bien trop cette enfant en lui donnant du chocolat et des bonbons à la demande, simplement parce qu'il n'arrivait pas à conduire et à s'occuper d'elle en même temps.

> *Vendredi. Ça fait six jours que nous sommes partis de New York. Il paraît que la vallée de Shenandoah est très jolie, mais je n'en ai rien vu, il pleuvait si fort que les essuie-glaces arrivaient tout juste à remplir leur fonction. Rien d'autre à faire que s'arrêter dans un nouveau motel, aussi triste que les précédents, et essayer de distraire Laura avec les jouets que j'ai emportés. Mais je vais lui offrir une belle vie. Je ne sais pas encore où, mais je sais que je le ferai, pourvu que notre chance continue.*
>
> *Samedi. Aujourd'hui, il fait beau. Nous prenons la direction du sud-ouest. Laura m'a réveillé à cinq heures et demie, et c'est tant mieux, parce que nous avons une longue journée de route devant nous. J'ai remarqué une chose étrange : elle n'a plus pleuré en réclamant Mia depuis mardi soir.*

Ils roulèrent vers le sud-ouest, par petites étapes, comme d'habitude. À midi, ils s'arrêtèrent près d'un bosquet de lauriers et de cornouillers pour manger les sandwiches qu'ils avaient achetés la veille au soir dans le restaurant proche du motel où ils avaient dîné. Une image se forma dans l'esprit de Donald, encore floue, l'image rose et blanc d'une petite maison dissimulée dans un bosquet de lauriers, où aucun Buzley, Storm ni personne d'autre ne pourrait venir lui enlever sa petite fille. Mais ensuite l'image disparut et un énorme point d'interrogation noir vint prendre sa place : comment ? Comment allait-il réussir ? La question lui occupait déjà l'esprit, le tourmentait déjà depuis de nombreux jours et de nombreuses nuits ; mais maintenant qu'il avait presque atteint son but, qu'il avait presque atteint le Sud et le havre qu'il était censé représenter, il avait besoin d'une réponse. D'une réponse immédiate.

Il retrouva des routes de montagne sinueuses, sur lesquelles il conduisit avec une extrême prudence, tout en passant mentalement la situation en revue. Dans sa ceinture-portefeuille, il avait de quoi vivre pendant deux ans s'il savait se restreindre – peut-être plus. Pourtant, il devait chercher un travail le plus rapidement possible. Mais que savait-il faire ? Peut-être pourrait-il être vendeur quelque part ? Ou bien acheter lui-même une petite boutique ? Et, si oui, quel genre de boutique ? Il ne connaissait pas grand-chose au commerce...

À un carrefour, des panneaux indiquaient plusieurs directions différentes ; on y trouvait des villes de Caroline du Nord, du Tennessee et de Géorgie. Il était donc à la conjonction de ces trois États, des États dont il ne savait presque rien, sinon qu'ils étaient remplis de monuments et de souvenirs de la terrible guerre de Sécession. Il avait toujours été passionné d'histoire, et dans un contexte plus calme l'évocation de ces lieux l'aurait transporté d'enthousiasme. Mais, à la place, un immense sentiment de solitude l'envahit ; Donald avait besoin de parler à quelqu'un, n'importe qui, pourvu qu'il n'ait pas à s'en méfier. Si possible quelqu'un qui pourrait lui donner un ou deux conseils, au seuil de l'étrange entreprise dans laquelle il était en train de se lancer. Une fois de plus, il se retourna pour contempler le petit être assis sur la banquette arrière : elle était là, son innocente enfant, tout entière dépendante de lui, qui serrait son ours en peluche dans les bras. Et la panique le gagna : entre ses mains reposait l'avenir, la vie même, de cette petite fille si confiante et si démunie. La nuit commençait à tomber et le sommeil devait la gagner, car il la voyait dodeliner de la tête, ses yeux se fermer à moitié ; il devait se décider une fois pour toutes, récapituler la situation et choisir un point de chute. Il s'arrêta sur le bord de la route, coupa le moteur et réfléchit, mobilisant toute la force mentale dont il disposait.

Il sortit de sa poche une carte routière toute froissée. En tombèrent en même temps un emballage de bonbon, un mouchoir ainsi qu'un morceau de papier. À la faible lumière du crépuscule, il y lut un nom et une adresse écrits d'une main inconnue : *Clarence et Kate Benson*.

Pendant un moment, ces noms ne lui évoquèrent rien, puis la lumière se fit : la femme du train ! « Si vous passez un jour près de chez nous avec votre femme, venez nous voir », se souvint-il ; il se rappela aussi avoir pensé combien c'était naïf, qu'elle ait pu donner ainsi son nom et son adresse à un parfait étranger. Il avait été sur le point de jeter le papier, mais il ne l'avait finalement pas fait, Dieu sait pour quelle raison.

Pas une voiture ne passait ; la campagne était vide, comme désertée. La petite se mit à pleurer doucement, comme si elle ressentait elle aussi cette solitude. Bon Dieu, il *devait* faire quelque chose !

Si ridicule que cela puisse paraître à première vue, serait-ce vraiment impensable de profiter de l'offre de cette femme ? Les Benson en connaissaient certainement beaucoup plus que lui sur la région ; ils sauraient quelque chose sur les emplois, comment en trouver un, et aussi où habiter. Peut-être que non, certes, peut-être même seraient-ils choqués par sa visite, malgré l'invitation que la femme lui avait faite ; mais qui ne tente rien n'a rien, se dit-il, tirant d'un proverbe une raison d'agir, comme cela lui arrivait souvent.

Cette décision, difficile à prendre, était le fruit du simple désespoir, il le savait bien ; elle était le fruit du jour qui s'assombrissait et des pleurs maintenant croissants de la petite. Il remit le moteur en marche, et la voiture descendit de la colline en direction de la Géorgie. Ce fut au cours de cette descente qu'il se sentit devenir James, ou plutôt Jim, et qu'il laissa définitivement Donald derrière lui.

11

Le petit salon était meublé avec simplicité ; il ne respirait pas la richesse, mais nullement la pauvreté non plus. Un des murs était garni d'étagères qui, si elles ne portaient que peu de livres pour le moment, semblaient prêtes à en accueillir beaucoup d'autres.

Les Benson étaient assis contre le mur opposé : lui, grand homme aux yeux bruns en qui Jim se retrouvait lui-même, elle, la femme du train, avec des cheveux bouclés tirant sur le roux et un visage plus joli que ce dont il se souvenait, enfin un garçon de sept ans, aux cheveux tirant eux aussi sur le roux, appelé Richard, et qui avait l'air sérieux pour son âge. Ensemble, ils rappelaient à Jim un daguerréotype, ou l'un de ces portraits de famille un peu guindés réalisés par des peintres itinérants au XIXᵉ siècle.

Il se félicita d'avoir mis une veste et une cravate, car c'était dimanche, et les trois Benson s'étaient habillés pour la circonstance. Il n'en revenait pas d'être monté tout à l'heure sur leur véranda, d'avoir sonné à la porte puis entamé la conversation, d'avoir eu cette audace ; mais maintenant il se sentait mal à l'aise et il le leur dit.

— Pour vous parler franchement, ça me fait un drôle d'effet de vous tomber dessus comme cela. Mais je ne suis pas

177

vraiment dans mon état normal… J'essaie d'oublier, de recommencer une nouvelle vie… de m'occuper d'elle…

Il fit un signe de tête en direction de Laura, qui heureusement se comportait bien ; elle était calme, serrant son ours en peluche dans les bras et regardant les étrangers.

Mme Benson dit gentiment :

— Eh bien, c'est tout récent… En février, disiez-vous ?

Comme toujours quand il mentionnait un fait précis, Jim sentit son pouls s'accélérer. Il devait absolument les imprimer tous dans sa mémoire, si fermement qu'il ne puisse plus jamais risquer l'erreur, ni même la simple hésitation.

— Oui, Rebecca est morte le 10 février. Un cancer, une leucémie. Ça l'a emportée très rapidement.

L'histoire, qu'il avait échafaudée au cours de la semaine précédente, était encore mal ancrée dans son esprit ; et tandis que ses vis-à-vis répondaient par les habituels hochements de tête compatissants, il se détestait. Pour satisfaire sa conscience il aurait dû se lever, sortir de là et oublier toute l'histoire ; mais alors ils se seraient demandé pourquoi il était venu. En le voyant partir subitement après avoir donné toutes ces explications, ils auraient pensé qu'il était fou, peut-être même dangereux. Et puisqu'il était venu jusqu'ici, ne devait-il pas poursuivre, aller au bout de ce qu'il avait commencé ?

— Donc, comme je vous l'ai dit, reprit-il, j'aimerais trouver un travail en ville. Nous sommes arrivés hier et nous sommes descendus dans un hôtel, mais il était trop tard pour que je me mette à chercher, à voir quel genre d'affaires il existe dans les parages. Soit ici même, soit dans une autre ville aux alentours. J'aime la région, en tout cas. Le climat est agréable, il y a le parc national pas très loin…

Sa voix faiblissait, et il fut soulagé quand M. Benson prit la parole.

— Un de mes amis, Jeff Wheeler, possède un magasin de vêtements pour hommes en face de votre hôtel, de l'autre côté de la rue. Peut-être qu'il a besoin d'aide, je ne sais pas. En tout cas, vous pouvez aller le voir de ma part. Je lui achète quelques bricoles de temps en temps. On n'a pas beaucoup besoin de vêtements chics dans une ferme, vous savez.

— Je sais, oui. Je travaillais dans une ferme, l'été, quand j'étais jeune.

— C'est vrai ? Vous êtes d'où ?

— Du Maine, tout près de Bangor. On fait surtout de la pomme de terre, là-haut. Vous avez dû entendre parler des pommes de terre du Maine ?

— Mais après ça, intervint Mme Benson, vous êtes devenu un citadin.

— Oui, à Philadelphie. Je vendais des assurances.

Pour prévenir toute question plus précise, il en posa une :

— Est-ce que votre femme vous a raconté comment nous nous sommes mis à parler dans le train, monsieur Benson ?

— À propos d'un livre, c'est ce qu'elle m'a dit. Ça ne m'étonne pas. Regardez ce mur, ils appartiennent tous à Kate. Là-haut, on croule dessous, et ils sont tous à elle. D'habitude on ne voit pas tout ça dans une ferme, n'est-ce pas ?

Il est très fier d'elle, songea Jim. C'est la plus forte des deux. Il y a en elle quelque chose que je n'ai pas vu dans le train. Bien sûr que je ne l'ai pas vu, et pour cause, je l'ai à peine regardée. Ils sont complètement différents l'un de l'autre, sauf qu'ils sont tous les deux des gens très francs, des gens très bien. Ça saute aux yeux.

— Quand j'ai épousé Kate, ma famille disait qu'elle ne resterait pas ici. Qu'elle se sentirait isolée, qu'elle en aurait assez. Mais ils se trompaient.

Kate sourit.

— Pourquoi est-ce que je me sentirais isolée ? La campagne vous entre dans le sang. En tout cas, elle est entrée dans le mien.

Jim acquiesça.

— Oui, c'est magnifique. Ces collines, les sapins... Oh, Laura, qu'est-ce que tu fais ?

En essayant d'attraper un plat rempli de noisettes et de raisins, sur la petite table à côté de sa chaise, Laura en avait renversé une bonne partie.

— Waisins ! cria-t-elle.

— Non, non, Laura... Je suis désolé, s'excusa-t-il en les ramassant. Elle aime le raisin et...

— Bonbons !

Ravie, elle jouissait à la fois des raisins et de l'attention qu'on lui portait.

— Elle est la petite chose la plus mignonne du monde, dit Kate. Pourquoi est-ce que nous n'irions pas tous dehors, pour qu'elle puisse courir un peu ? Elle a dû rester pas mal assise, entre Philadelphie et ici.

— Merci, mais je vous ai pris assez de votre temps comme cela, en plus c'est votre jour de repos..., commença Jim.

Mais M. Benson l'interrompit :

— Il n'y a pas de jour de repos dans une ferme, vous le savez bien, monsieur Fuller. Je m'apprêtais justement à me changer et aller faire ma tournée. La petite peut jouer dans le bac à sable. Il date du temps où Rick était bébé, nous ne nous en sommes toujours pas débarrassés. Rick, va donc voir si tu peux lui trouver des vieux seaux et des pelles...

L'enfant qui n'avait pas de mère et l'homme qui n'avait plus de femme les avaient apitoyés, comme cela s'était produit tout au long de la semaine. Une fois de plus, voilà qu'on lui demandait s'il préférait une boisson chaude ou froide, si Laura voulait du lait ou si elle n'avait pas besoin d'aller aux toilettes. Et comme toujours, en acceptant ces gentillesses, il souhaitait qu'elles ne le forcent pas à se voir comme ce qu'il était : un imposteur.

— Vous voulez faire le tour du propriétaire ? lui demanda Benson quand il revint en chemise et jean. Puisque vous connaissez vous aussi le travail de la ferme... Peut-être que ça vous rappellera vos pommes de terre dans le Maine. Vous n'avez jamais pensé à retourner là-haut avec la petite ?

— C'est trop froid, je n'y suis plus habitué, répondit Jim tandis qu'ils se dirigeaient vers l'étable.

Puis il changea de sujet, pour remarquer que les frisonnes dans le pâturage derrière la maison offraient un joli spectacle.

— Vingt-deux têtes, c'est tout. J'aimerais avoir plus de

laitières, mais je n'ai pas eu beaucoup de chance jusque-là avec le personnel. Vous voulez voir quelque chose d'amusant ? Regardez là-bas, cette petite vache brune. On dirait un véritable avorton parmi ces frisonnes, non ?

— Qu'est-ce qu'une jersiaise fait avec elles ?

— C'est Kate qui l'a voulue. Elle appartenait à un type que nous connaissons, qui voulait la vendre comme viande de boucherie. Il avait sans doute besoin d'argent rapidement. Alors Kate l'a vue, l'a regardée dans les yeux et l'a achetée. Elle l'a appelée Lucy. Elle donne un lait très riche, c'est sûr.

— Mais elle en donne beaucoup moins.

— C'est vrai aussi, c'est bien vrai. Oh, attendez, il faut que j'aille vérifier cette porte. Un de mes gars l'a mal refermée la semaine dernière, j'aurais perdu une vache sur la route, une vache pleine, si le chauffeur n'avait pas freiné à temps. Après, il faut que je vérifie aussi le poulailler. Si ça ne vous fait rien de marcher un peu et de laisser quelqu'un d'autre s'occuper de la petite, peut-être que ça vous plairait de venir avec moi. Ne vous inquiétez pas, Kate est géniale avec les enfants. Malheureusement nous n'en avons qu'un, Ricky.

— Ces poulaillers doivent être neufs, j'imagine ? Ils ont l'air impeccables.

— Je les ai construits l'année dernière. L'ancien tombait en ruine, il devait avoir soixante-dix ans. Oui, c'est ça. Il existait déjà du temps de mon grand-père. Je l'ai abattu et j'en ai fait deux à la place. Je pensais que je pourrais doubler mon chiffre d'affaires pour les œufs, mais il faut bien le dire, ça ne se développe pas aussi vite que je l'espérais. En plus, une suite de tuiles me sont tombées dessus. L'été dernier, j'ai commandé un millier de poussins de trois jours ; il a gelé pendant la nuit, le gars censé s'en occuper a laissé ouvert et j'en ai perdu la plus grande partie. J'ai eu des problèmes, mais qu'est-ce qu'on peut y faire ?

— C'est vrai. C'est pareil pour tout, répondit Jim, histoire de dire quelque chose.

— En tout cas, pour les problèmes, quand ils s'accrochent à vous… J'essaie de faire décoller un peu cette ferme, mais ce n'est pas facile. Mon père était déjà ici – lui et ma mère sont morts la même année, il y a sept ans, à l'époque où Ricky est né. La ferme appartient à notre famille depuis je ne sais combien de générations. Ils faisaient des fruits, des légumes, du foin, tout ce qu'on fait dans une exploitation familiale – assez pour nourrir la famille, et un petit surplus qu'on vend pour que l'argent rentre. J'ai étudié l'agronomie à l'université, j'ai appris des choses dont mon père n'avait jamais entendu parler. Je veux me développer vraiment et je le ferai, j'y arriverai. Il ne faut jamais baisser les bras.

Il en a par-dessus la tête et il est rongé d'inquiétude, songea Jim, en remarquant la profondeur du sillon qui se creusait entre les sourcils de l'homme.

— En tout cas, vous avez un bien bel endroit ici, reprit-il toujours pour ne pas laisser le silence s'installer. C'est quoi, cette petite maison isolée, là-haut ?

— Mes parents l'ont construite quand Kate et moi nous sommes mariés et que nous sommes venus vivre dans la grande maison. Elle est joliment meublée, quatre pièces, une jolie cuisine, et elle est vide depuis qu'ils sont morts. Vous n'avez pas encore vu la moitié de cet endroit, monsieur Fuller, ni même un quart, ni un huitième. J'ai plus de trois cents hectares en tout. J'ai du maïs, un pré pour faire du foin, un verger de pêches, tout. Si vous avez envie de marcher un peu, je vous montrerai... Mais vous êtes bien habillé, vous ne voulez sans doute pas abîmer vos chaussures.

— J'aimerais beaucoup voir toute l'exploitation, mais il ne faudrait pas que je tarde trop, pour ramener Laura en ville. Ce n'est quand même pas la porte à côté.

— Seulement vingt et un kilomètres. Mais nous faisons nos courses au village, il est dans l'autre direction. Je ne vais presque plus en ville, en fait. De toute façon, je n'ai pas le temps.

— Eh bien, vous avez été vraiment gentil d'en perdre autant pour moi. Nous sommes ici depuis presque trois heures, et je vous en remercie.

— J'ai beaucoup apprécié votre visite et je sais que Kate

aussi. En dehors de deux amis dans le village, nous ne voyons pas beaucoup de monde. On peut passer la journée assis sur notre véranda et ne pas voir plus de dix voitures passer. En tout cas, bonne chance. Ça m'intéressera de savoir si vous avez finalement eu ce travail.

Oui, il en a par-dessus la tête, pensa Jim tandis qu'ils regagnaient l'hôtel. Bétail, poulets, vergers, fleurs – puisque sa femme avait aussi parlé de fleurs qu'elle vendait aux fleuristes –, c'était plus une situation d'homme-orchestre que de véritable fermier, lui semblait-il. Benson était très sympathique, presque émouvant ; on sentait en lui quelque chose de vulnérable, quelque chose de simple et d'ingénu.

Non sans un sourire, il songea : Il a remarqué mes chaussures sur mesure, mon costume qui vient de Londres, c'est pour cela qu'il m'a conseillé un emploi dans un magasin de vêtements. On verra demain matin. En tout cas, magasin de vêtements ou non, cette ville constituerait un abri sûr. Elle était à un million de kilomètres de tout.

— Je vais vous dire, lui répondit Jeff Wheeler. Je serais content d'avoir un coup de main ici, oui, mais juste deux ou trois soirs par semaine. Juste pour pouvoir rentrer un peu plus tôt à la maison, profiter de ma femme et de mes enfants. Ici, c'est une région agricole, nous avons des clients fermiers qui viennent le soir, après leur journée de travail. Non que je fasse tant d'affaires que ça avec eux, vu le genre de vêtements que je vends, disons que ça paie quand même assez pour que je reste ouvert exprès, au cas où. Chaque dollar compte, hein ?

Ils étaient debout sur le trottoir, devant le magasin. Jim remuait sans cesse, d'avant en arrière, la poussette où Laura s'était assise, fatiguée ; Maria lui avait appris à le faire, en lui expliquant que « ça la calmait ». Il jeta un coup d'œil sur Main Street. Le spectacle était assez agréable pour une matinée comme celle-ci : la rue était bordée de part et d'autre de rangées de peupliers derrière lesquelles s'alignaient des bâtiments bas, presque tous en briques rouges. C'était agréable, oui – mais aussi, comme Jim le constatait, cela ne débordait pas d'activité.

Ses pensées devaient se lire sur son visage, parce que Wheeler lui dit :

— Je ne sais pas où il peut y avoir beaucoup d'embauche ici, sauf à temps partiel, comme chez moi. De là où vous êtes, vous avez vue sur à peu près tous les commerces qui peuvent avoir occasionnellement besoin de personnel en plus. Il y a le vendeur de voitures, la supérette, les pompes funèbres, le magasin de chaussures, la banque, l'institut de beauté – vous pouvez le constater par vous-même, c'est une petite ville très calme. Si vous vous éloignez de Main Street, vous verrez les plus belles maisons qu'il soit possible d'imaginer ; elles se trouvent surtout du côté de l'hôpital. Il n'est pas grand mais c'est un des meilleurs de l'État, à ce qu'on dit. Ensuite, les écoles qui sont toutes dans Liberty Street, la rue partant de Main Street en bas, par là. Mais permettez-moi de vous dire quelque chose, monsieur Fuller : vous feriez mieux de chercher dans un endroit comme Chattanooga, par exemple. Vous auriez de meilleures chances de trouver du travail dans une ville où passent des gens qui vont et viennent à travers tout le pays. Vous trouveriez aussi beaucoup d'appartements agréables, ce que nous n'avons pas ici. Parce que vous ne voulez pas d'une maison, j'imagine ? Je veux dire, comme il y a juste vous et la petite, et pas de femme… Oui, vous seriez sûrement mieux dans une ville beaucoup plus grande que celle-ci.

— Merci du conseil, j'apprécie et je vais y réfléchir. Pour le moment, je pense que je vais faire un tour, pour la montrer un peu à Laura.

« Des gens qui vont et viennent », c'était exactement tout ce dont Jim ne voulait pas. Mais il n'eut qu'à se promener un moment dans Main Street, avec ses magasins tout simples et sa circulation clairsemée, puis s'éloigner en direction des écoles et de l'hôpital, passer devant de grandes demeures familiales – il n'y avait pas de petits pavillons ici – pour comprendre que ce genre de ville où les rues semblaient se perdre directement dans la campagne environnante n'était pas non plus ce qu'il lui fallait. Ici, il n'avait aucune compétence à offrir, rien dont on eût besoin.

Une sensation froide et sinistre le traversa ; celle de se trouver dans une impasse – et dire qu'il venait seulement de commencer à regarder l'avenir en face...

Eh bien, quoi, il devait juste essayer de voir un peu plus loin ! Il étudierait les petites annonces ; certainement, il trouverait quelque chose qu'il pouvait faire...

Il lui fallut quelques secondes pour se rendre compte que, penchée sur le côté, Laura pleurait et vomissait par-dessus sa poussette.

— Qu'est-ce qui se passe ? Qu'est-ce qui se passe ? Oh, mon Dieu, tu es chaude, tu es brûlante ! Je ne l'ai même pas vu...

Il avait toujours des mouchoirs et des serviettes à portée de la main, en prévision de ce qu'elle pouvait renverser et des taches qu'elle se faisait – c'était au contact de Maria qu'il l'avait appris ; il s'en servit pour l'essuyer du mieux qu'il put, lui murmurant des paroles de réconfort tout en jetant des regards autour de lui pour chercher de l'aide, mais il n'y avait personne en vue.

Puis il se ressaisit. Allez, se dit-il, garde ton calme, réfléchis !

Jeff Wheeler n'avait-il pas dit que l'hôpital était un peu plus loin, dans cette direction-là ? Je vais bien trouver quelqu'un pour me renseigner ! réfléchit-il. Il avait Laura dans les bras, la tenait serrée contre lui ; il se mit à courir, poussant la poussette de son autre main, bientôt hors d'haleine, maudissant son ignorance des soins à donner aux enfants, maudissant l'hôpital de ne pas être là où il aurait dû être – jusqu'à ce qu'il avise une plaque de médecin sur la porte d'une maison.

— Qu'est-ce qu'il se passe ? s'enquit le médecin, en répondant au coup de sonnette de Jim. Un accident ?

— Non, elle est malade, affreusement malade...

— Donnez-la-moi. Non, ne vous en faites pas, ça n'a pas d'importance. C'est même bien pour ça que je porte une blouse blanche. Annie, venez m'aider avec cette jeune demoiselle...

Elle était si pitoyable, étendue sur la table d'examen, ses petits bras tendus vers son père, comme si elle voulait qu'il la protège contre ces étrangers qui rôdaient autour d'elle... Mais que pouvait-il faire, sinon regarder cet homme lui tapoter le ventre, scruter ses yeux et ses oreilles, examiner le fond de sa gorge...

Au bout d'un long moment (il avait semblé à Jim qu'une heure s'était écoulée, même s'il ne s'était agi que de dix minutes, à en croire la pendule), Jim se retrouva assis avec le docteur Scofield dans une petite pièce attenante à la salle d'examen. Laura était là aussi, qui s'endormait sur un divan à côté d'eux.

— Juste un mauvais dérangement gastrique, monsieur Fuller, rien de plus. C'est soit quelque chose qu'elle a mangé, soit un virus. Elle n'a pratiquement pas de fièvre. Elle a dû être juste échauffée par le soleil, effrayée par ses propres vomissements. Stressée aussi, peut-être, je dirais plutôt surtout, à cause de votre propre stress, ajouta-t-il en souriant. Ramenez-la à la maison et à sa mère. Elle doit être plus habituée que vous à ce genre de choses.

— Eh bien, elle... elle n'a plus de mère. Elle est morte au mois de février dernier.

Il vit à nouveau sur le visage de l'homme cette expression, faite de gravité et de compassion, envers cette enfant de deux ans dont la mère était morte. Le visage des gens changeait toujours quand il le disait – mais au fond, se demandait Jim, était-ce parce qu'ils compatissaient réellement, ou simplement pour répondre à son attente, parce qu'il s'attendait qu'ils compatissent ?

— Vous n'habitez pas en ville, n'est-ce pas, monsieur Fuller ? Je crois que je connais presque tout le monde ici, au moins de vue si ce n'est par le nom.

— Non, je viens de très loin, de Philadelphie. Nous sommes sur la route depuis plus d'une semaine.

— Juste de passage, alors.

— Non... En fait, j'aimerais m'installer quelque part dans le coin. Je cherche un travail.

186

— Dans un secteur en particulier ?

— Non.

— Vous cherchez juste au hasard ? Sans aucun plan, aucun projet spécial ?

— C'est un peu ça, oui, j'en ai peur.

Pourquoi tant de médecins semblaient-ils se croire autorisés à poser ce genre de questions personnelles ? Est-ce qu'ils pensaient que leur diplôme le leur permettait ? Pourtant, cet homme était plutôt du genre calme et posé, même s'il était un peu trop bavard, et il avait été fort attentionné envers Laura, aussi Jim lui répondit-il d'un ton plein de franchise :

— J'ai vraiment besoin d'oublier le passé, de prendre un nouveau départ.

— Je vois.

Le médecin hocha la tête, pensif.

— C'est plutôt difficile de s'occuper d'une aussi petite fille et de conduire tout ce chemin. La nourriture différente, le mouvement de la voiture, le fait de devoir rester immobile... Je dirais que Laura est une enfant particulièrement solide. La plupart seraient tombés malades plus tôt que ça. Franchement, monsieur Fuller, je pense qu'elle a eu son compte pour un moment.

— Je sais, oui. Je ne le sais même que trop bien. Nous sommes descendus à l'hôtel, ici en ville, mais ce n'est pas un endroit pour elle. Je me demandais s'il n'y aurait pas une auberge agréable dans le coin, une sorte d'endroit à la campagne où nous pourrions nous reposer, jouer en plein air, ce genre de choses ?

— J'ai bien peur que non. On ne voit guère de touristes par ici, vous savez. L'hôtel n'est jamais rempli à plus du quart, et encore, pas toujours. Je suppose que quand on est arrivé aussi près des montagnes, on continue jusqu'à y être vraiment.

L'idée traversa l'esprit de Jim alors qu'il contemplait le calme de la rue à travers la fenêtre, deux jeunes femmes qui cheminaient ensemble et un chien trottinant derrière un vieil homme : c'était la première fois de sa vie qu'il n'avait pas de point d'ancrage. Lycée, jobs d'été, université, droit, New York, avaient afflué dans sa vie par vagues successives, des vagues ordonnées et régulières ; maintenant, il surnageait. Pourquoi n'avait-il pas prévu que cela se passerait ainsi ? Eh bien, parce qu'il avait juste eu besoin, désespérément besoin, de s'enfuir avant qu'il ne soit trop tard pour sauver Laura.

— Vous ne pensez pas qu'il pourrait y avoir, quelque part, une famille avec un peu de place chez elle pour nous accueillir pendant quelques jours ? Jusqu'à ce que je retrouve mes repères ? J'ai de l'argent, docteur, je paierai ce qu'ils demanderont.

Ils restèrent un moment à se regarder dans les yeux ; il se pose des questions à mon sujet, pensa Jim, est-ce que je suis fiable ou pas, peut-être quelqu'un qui n'arrive pas à se fixer, qui combat une dépression nerveuse. Il était sur le point de dire quelque chose prouvant quel homme stable et sûr il était, quand le docteur Scofield frappa le bras de son fauteuil du plat de la main.

— Je viens d'avoir une idée géniale. Il y a une famille quand on va vers les montagnes, Clarence et Kate Benson, qui ont une petite maison d'amis. Ses parents à lui y vivaient, mais je ne crois pas qu'il y ait encore quelqu'un dedans maintenant. Ce serait un endroit parfait pour vous reposer et vous remettre les idées en place. On dirait que vous avez besoin de calme, et ce sont les meilleures personnes que vous pourrez jamais connaître.

Donc, j'ai bien l'air de ce que je ressens, songea Jim, tout en répondant qu'il connaissait déjà les Benson. Il se souvenait fort bien de la maison d'amis que Clarence lui avait montrée ; elle lui évoquait une vision de sapins s'inclinant sous le vent.

— Ce sont des gens formidables, répéta le médecin, et vous seriez parfaitement en sécurité là-bas avec votre bébé. Voulez-vous que je les appelle et que je leur pose la question ?

— Oui, volontiers, répondit Jim.

La maison était impeccable quand, le lendemain, Jim arriva à la ferme avec Laura, la voiture, et leurs bagages qui

188

s'entassaient à l'intérieur ; mieux, elle était accueillante. Des rideaux blancs pendaient à chaque fenêtre, fraîchement lavés et amidonnés ; le lit était fait, avec des draps si propres qu'ils en paraissaient neufs, et aussi le lit d'enfant peint en jaune, qui restait de l'époque où leur garçon était encore un bébé. Il restait aussi un parc, mais Jim dit en riant qu'il doutait fort que Laura accepterait d'y demeurer.

— Elle a tendance à être ce qu'on pourrait qualifier avec tact d'« indépendante ». Non, Laura, ne touche pas !

Elle avait repéré un splendide gardénia trônant sur une sellette, mais s'arrêta à temps sur l'injonction de son père.

— Obéissante aussi, observa Kate.

— Pas toujours, vous vous rappelez les raisins ? Oh ! regardez, elle respire le parfum...

— Les fleurs de Kate, commenta Clarence. Elle voudrait devenir la fournisseuse exclusive de tous les fleuristes et les pépiniéristes à des kilomètres à la ronde, mais les choses ne marchent pas toujours aussi vite qu'on le voudrait. Vous voyez sa serre, là-bas, à l'arrière de l'étable ?

En suivant le doigt de Clarence, Jim avait vue non seulement sur la serre mais sur les pâturages, un champ de maïs, des collines boisées...

— En tout cas, vous aurez un beau paysage à contempler tous les matins quand vous vous réveillerez, monsieur Fuller, lui dit Clarence.

— Jim, s'il vous plaît. Mon nom est Jim.

— D'accord, Jim. Certaines personnes n'apprécieraient sans doute pas ce paysage, ou même n'apprécieraient pas le calme, mais j'ai l'impression que vous n'êtes pas comme cela.

— Votre impression est bonne. Le docteur Scofield m'avait déjà dit que cet endroit me conviendrait parfaitement. À propos, je vous paierai en liquide. Je n'ai pas encore de compte en banque ici, bien sûr.

Jim tira quelques billets de son portefeuille et Clarence protesta aussitôt.

— Jim Fuller ! C'est le double de ce que je vous ai demandé !

189

— C'est moins de la moitié de ce que je paierais dans un endroit pour touristes, et ça vaut plus que beaucoup d'endroits pour touristes, alors ne nous disputons pas.

— Quand même, ça ne me paraît pas convenable, vraiment pas.

Cet homme était décidément un pur.

— Je vous assure que ça l'est, dit Jim fermement

— Pour être franc, je ne dirai pas que nous n'aurons pas l'usage de cet argent. Nous avons peut-être l'air de gens riches, mais nous ne le sommes pas. Pourtant, regardez un peu par ici ! Tout ce qu'il y a entre cette maison et les collines là-bas nous appartient.

— Vous pourriez sûrement en tirer un bon prix, dit Jim, de bonnes terres agricoles comme celles-là…

— Un bon prix ! Il faudrait me passer sur le corps, et ce n'est pas une expression ! Ceci est l'héritage de Ricky, pour lui, ses enfants et les enfants de ses enfants !

— Vous avez touché un point délicat, commenta Kate, et Jim devina qu'elle était un peu embarrassée. Cette terre est toute la vie de Clarence. Mais assez avec ça pour le moment, c'est presque l'heure de dîner.

— En effet, confirma Jim. Il faut que je déballe ces provisions et que je me dépêche, sinon Laura va se plaindre. Elle aime prendre ses repas à l'heure.

— Ne vous inquiétez pas de vos provisions ce soir, Jim. Vous pourrez commencer votre vie domestique demain. Ce soir, vous dînez avec nous.

La table familiale était installée dans une sorte de petite extension de la cuisine ; on y avait vue sur la cuisinière, les buffets, les géraniums sur le rebord de la fenêtre, et les deux chiens affairés devant leurs gamelles du dîner.

Profitant d'un blanc dans la conversation, Jim posa une question à propos des chiens.

— Il me semblait que vous aviez deux colleys sur la photo que vous m'avez montrée, Kate. Je me trompe ?

— Non, mais nous avons perdu Jeff, hélas. Le diabète. Buster est l'airedale qui le remplace. Quel contraste avec Clebs, n'est-ce pas ?

— Clebs, répéta Jim, quel drôle de nom pour un chien aussi racé !

Puis il se souvint que Kate y avait fait allusion dans le train.

— Il avait déjà ce nom quand nous l'avons acheté, il y répondait, alors nous l'avons conservé. En plus, ce « il » est une « elle ». Vous pouvez croire une chose pareille ? dit Kate, et elle leva les mains en un geste de consternation ironique.

Ricky avait une annonce importante à faire.

— Buster est à moi, c'est moi qui l'ai choisi. Il y avait cinq chiots, mais on s'est tout de suite aimés, lui et moi, alors c'est mon chien.

— Ouah-ouah, se contenta de dire Laura pour sa part.

Ricky la corrigea :

— Dis « chien ».

— Ouah-ouah.

— Non. Dis « chien » !

Pendant un moment, Laura parut soupeser la question dans sa tête, puis elle dit :

— Ssien.

Tout le monde rit et l'applaudit, puis Ricky reprit d'un air important :

— Je peux lui apprendre. Vous voulez que je lui apprenne ? Je sais lire, vous savez.

— Ouge, dit Laura. Lumiè' ouge' top. Lumiè' vê' va.

Tout le monde rit de nouveau, et Jim s'exclama :

— Ça alors ? Pourtant je ne lui ai jamais appris ça !

— Elle a dû faire la relation toute seule, dit Kate. Elle vous a vu vous arrêter et repartir, selon la couleur des feux.

— Mais c'est incroyable !

— Pas vraiment, non. C'est génétique. Je parierais que si vous demandiez à vos parents, ils diraient que vous avez eu la même connaissance des mots à son âge. Et votre femme était sans doute pareille.

— Je ne sais pas, je n'ai jamais demandé à sa mère. Je veux dire, la mère de Laura.

Ça sonnait bizarre. Pour l'amour du ciel, parle naturellement, prononce son nom : *Rebecca*.

— Rebecca et moi n'avons guère eu l'occasion de parler de ce genre de choses. Ça s'est passé si vite, notre temps ensemble, je veux dire.

— Est-ce que sa mère lui manque beaucoup ?

— À la fin, elle était si malade que nous avons dû prendre une nurse pour s'occuper de Laura. Si quelqu'un lui manque, je pense que ce serait plutôt la nurse. Même si elle a l'air de l'oublier plus vite que je n'aurais cru.

Cela au moins était vrai, mais le reste ? Mentir à ces braves gens, à quoi cela le mènerait-il, sinon à d'autres mensonges, inévitables ? Ils étaient tous assis, amicalement, autour de la table, et lui dupait ces êtres droits et simples.

Simples ? Qui pouvait définir ce que voulait dire « simple » ?

— La maison la plus proche de la nôtre, celle devant laquelle vous êtes passé dans le virage avant d'arriver ici, appartient à une de mes amies, dit Kate. Elle travaillait dans un jardin d'enfants, et maintenant elle a un agrément pour en garder chez elle. Peut-être que vous pourriez lui envoyer Laura ? Pour le moment elle garde deux enfants, plus le sien qui a deux ans. Elle est merveilleuse avec eux.

Jim n'avait pas l'intention de rester ici plus longtemps qu'il n'aurait séjourné dans une station de vacances ; c'était juste un peu de répit à savourer, une pause pour cesser de courir et reprendre son souffle. D'un autre côté, qu'est-ce que ferait Laura toute la journée ? Peut-être que cette garderie serait une bonne chose pour elle, durant la semaine suivante, ou les deux semaines suivantes. Ce serait aussi un endroit où la laisser pendant qu'il réfléchirait sérieusement à leur prochaine destination.

Quand il se fut éveillé, dans le matin clair, il ouvrit la porte d'entrée et resta un moment sur les marches, à regarder le soleil monter dans le ciel. L'air était frais, les oiseaux gazouillaient ; au bas de la pente, la ferme était déjà en pleine activité. Des ouvriers agricoles arrivaient dans de vieilles voitures délabrées ; deux hommes portaient des bidons de lait sur le bord de la route, où ils allaient sûrement être bientôt ramassés ; qui tirait une herse de sous un abri, tel autre poussait tranquillement une brouette remplie de petites corbeilles en direction, sans doute, d'un champ de myrtilles.

Était-ce un siècle plus tôt qu'il avait vécu – même si ça n'avait été que temporaire – dans cette agitation si familière et caractéristique des cours de ferme ? Était-ce un siècle plus tôt qu'il avait enregistré ses bagages dans un des plus grands aéroports du monde, puis s'était installé avec son attaché-case dans un fauteuil de première classe ? Il regarda sa montre. À quelques minutes près, il aurait normalement dû être à Washington (en supposant que l'affaire qui devait l'y conduire n'avait pas été réglée entre-temps), en train de s'habiller pour la reprise des débats. À quelques minutes près, en tenant compte du décalage horaire, et s'il n'avait pas pris les risques qu'il venait de prendre, sa Laura aurait pu se réveiller dans la villa française d'Arthur Storm.

Soudain obsédé par cette image, Jim revint précipitamment vers le lit d'enfant, comme pour s'assurer qu'il ne rêvait pas et que Laura était toujours là. Oui, elle était bien couchée dans le pyjama rose imprimé de lapins, d'éléphants et de tortues qu'il lui avait acheté. Le manteau à la mode qu'elle portait en ce dernier dimanche après-midi, il l'avait laissé tomber dans l'herbe, quelque part au sud d'Albany, abandonnant ainsi derrière elle le dernier vestige de son ancienne vie.

Quand elle remua et se retourna dans son lit, il s'éloigna sans faire de bruit. Il fallait inciter un enfant à avoir des horaires réguliers : progressivement, il l'habituerait à se réveiller à sept heures et demie. Le petit déjeuner serait prêt à huit heures et il consisterait surtout, selon les livres que Jim avait achetés, en des céréales complètes avec des fruits ; des œufs une fois par semaine, brouillés ou à la coque mais jamais au plat, à cause des matières grasses frites.

Jim connaissait maintenant ces recommandations presque par cœur. Il pouvait se plonger dans ces lectures à n'importe quelle heure, même si le moment le plus indiqué se situait entre le dîner et l'heure du coucher – un bon moyen de se détendre avant la nuit. Il s'était procuré quelques bons vieux livres d'histoires à raconter à Laura, depuis *Peter Pan* pour tout de suite jusqu'à *Huckleberry Finn* d'ici quelques années. Il n'était jamais trop tôt pour commencer une bibliothèque... Tout à coup, avec un pincement au cœur, il revit en esprit les rayonnages qu'il avait laissés derrière lui, avec des ouvrages rangés par thème, histoire, fiction ou biographies, puis, à l'intérieur de chaque thème par ordre alphabétique d'auteurs. À qui appartenaient-ils maintenant ?

Mais il avait des préoccupations plus immédiates. Ce matin, l'idée de la garderie l'inquiétait un peu. Laura n'avait jamais fréquenté d'autres enfants que ceux qui se promenaient à Central Park. Néanmoins, la veille au soir, à la table du dîner, elle avait facilement accepté la présence de ces adultes étrangers et du petit garçon de sept ans ; et le docteur Scofield avait remarqué qu'elle était une enfant « solide » : est-ce qu'il voulait dire solide physiquement, dans son corps, ou bien de caractère ?

En y réfléchissant, Jim ne put s'empêcher de rire un peu de lui-même. Jamais auparavant il n'avait connu de telles inquiétudes, jamais il ne s'était fait autant de souci, même avant les procès les plus importants ; il avait toujours eu confiance en lui. Mais aussi, s'il se posait mille questions à propos des plus petits sujets, c'est que la personne concernée était elle-même toute petite encore.

Quelques heures plus tard, il sut qu'il n'aurait pas dû se tracasser autant. Il s'attarda un long moment dans la petite garderie de Jennie Macy pour être sûr que tout se passerait bien.

— Elle est déjà comme un poisson dans l'eau, le rassura bientôt Jennie. Regardez-la avec ces cubes : elle en a ramassé une pile et elle est heureuse comme tout. À mon avis, vous n'avez pas de raison de vous inquiéter pour cette enfant, monsieur Fuller. Mon Tommy à moi a exactement le même âge et il n'est pas aussi calme qu'elle, bien qu'il soit ici dans sa propre maison.

Ce fut donc avec une agréable impression de soulagement qu'il retourna vers ce qu'il considérait comme une maison de vacances.

Soudain, il savourait pleinement le luxe de n'avoir rien à faire pendant les quelques heures à venir. Peut-être allait-il prendre un bon coussin, un livre, et s'étendrait-il à l'ombre pour paresser.

Il était à mi-chemin de la maison quand son attention fut attirée par une femme qui traversait la cour de la ferme à cheval. C'était une vision frappante : elle paraissait grande, assise en selle, ses cheveux roux brillaient sous le rebord de son chapeau, et sa monture, un magnifique cheval pie, portait de grandes taches brun foncé sur fond blanc. Il lui fallut quelques secondes pour reconnaître Kate Benson, comme il lui fallut quelques secondes à elle pour s'apercevoir de sa présence.

Elle descendit au moment où il s'approchait d'elle et lui demanda :

— Votre première nuit s'est bien passée, Jim ?

— Idéale. Et l'entrée de Laura à la garderie a été aussi une réussite totale.

— Ça me fait tellement plaisir. Mais je pensais que ça se passerait bien. Laura a une forte personnalité, n'est-ce pas ?

— J'ai peur de ne pas en savoir assez sur les enfants pour pouvoir le dire.

— Croyez-moi sur parole, elle en a une. Dites-moi, est-ce que vous montez à cheval ?

— J'étais plutôt bon cavalier, oui, mais ça fait des années que j'ai arrêté.

— Si vous étiez bon avant, vous n'avez pas oublié. Nous avons un autre cheval pour vous, si vous voulez. Venez, je vais vous le montrer. Il est au pré, derrière les poulaillers.

Dans le pré en question, il vit un poney shetland alezan clair avec une crinière ondulée, guère plus grand qu'un gros chien, ainsi qu'un grand cheval bai brun foncé.

— Le shetland est à Ricky, bien sûr. C'est son trésor personnel. Il s'appelle Rabbit, mais ne me demandez pas pourquoi. Le cheval pie s'appelle Elfe, et le grand là-bas, c'est Cappy.

— Un bon marcheur, et qui doit avoir le pied sûr, commenta Jim. Superbe spécimen de Tennessee Walker, je ne me trompe pas ?

— Non, vous avez raison. Il est beau, n'est-ce pas ? C'est le cheval de Clarence, mais Clarence ne monte plus. Il a eu quelques problèmes de santé, et ce n'est pas bon pour lui. Nous avions l'habitude de monter tous les jours ensemble dans les collines, ou parfois juste pour faire le tour de la propriété. Puis nous avons eu des difficultés – c'est sans intérêt. Et maintenant, je suis obligée d'y aller toute seule.

— En prenant les chevaux chacun à leur tour, je suppose, parce qu'ils ont besoin d'exercice tous les deux.

— Oui. Mais j'aime moins le grand, je ne me fais pas à sa façon de galoper. Pourtant il a besoin qu'on s'occupe de lui, donc je le monte. Est-ce que cela vous dirait d'essayer ?

— Je crois que j'aimerais beaucoup.

— Bien. Alors, rendez-vous demain matin, après le départ de Laura chez Jennie.

— Nous allons commencer doucement, si vous n'êtes pas remonté à cheval depuis longtemps, proposa Kate le lendemain.

Ainsi trottèrent-ils quelques kilomètres sur le pourtour de la propriété, qui était bien plus grande que Jim ne l'avait imaginé. En se rappelant leur rencontre dans le train, il s'était attendu à un déluge de questions et de confidences, mais Kate ne se montrait guère bavarde.

Il remarqua même une différence notable entre la femme d'hier et celle d'aujourd'hui. Quelque chose avait dû se passer.

Était-ce important ou non ? il n'en savait rien, et au fond ça ne le regardait pas.

Au bout d'un moment ils s'arrêtèrent pour permettre aux chevaux de boire dans un petit ruisseau et ils gardèrent le silence. Même à cette distance, le feuillage varié des arbres du domaine était reconnaissable : des pins de Weymouth, des cornouillers qui devaient former de grandes taches de couleur au début du printemps, des azalées, des rhododendrons qui montaient à trois mètres de haut, et que Jim avait déjà remarqués en traversant les collines.

— En automne, dit Kate, rompant tout à coup le silence, le sumac devient rouge orangé, on dirait des flammes. Clarence appelle cet endroit « le pays de Dieu ».

— Oui, le pays de Dieu, répéta Jim.

Un sentiment d'intense gratitude l'envahit. Il avait mis Laura en sécurité en l'amenant ici, et même s'il n'avait pas l'intention d'y demeurer, c'était un bon présage pour la suite. Sans doute la dernière partie de leur voyage les conduirait-elle à un refuge définitif, quelque part au milieu de ces collines.

Oui, peu importait de quoi l'avenir serait fait : cette étape resterait en tout cas, dans leurs mémoires à tous deux, comme un havre de paix. Même le temps se mettait de la partie, doux et agréable. À la garderie, Laura semblait parfaitement heureuse, apprenant aussi bien à défendre ses droits qu'à partager ses jouets avec les autres. Elle éclatait parfois de rire, un rire franc et joyeux qui faisait plaisir à entendre ; Jim la voyait changer de jour en jour, quittant ses derniers oripeaux de bébé pour devenir une vraie petite fille. Quant à lui, il montait quotidiennement Cappy pendant une bonne heure, et l'espace comme le silence lui faisaient le plus grand bien.

Apparemment, Kate Benson avait changé d'horaire pour monter à cheval très tôt le matin ; il ne savait pas pourquoi, et elle ne lui manquait guère, à vrai dire. Il les voyait rarement, elle ou Clarence ; donc sa première impression avait dû être fausse, ils ne voulaient pas particulièrement se lier d'amitié avec lui.

Un jour, il croisa Clarence devant l'écurie, alors qu'il revenait de sa promenade à cheval.

— Ça fait beaucoup de bien à Cappy que vous le montiez, lui dit celui-ci.

— Et ça m'en fait beaucoup à moi aussi de le monter. Nous nous aimons bien tous les deux. Par moments, on dirait que nous nous parlons.

— Je comprends ça. Il me manque. Peut-être qu'un jour je le remonterai.

À bien le regarder, Jim trouva que Clarence avait l'air décidément différent, comme s'il avait changé en l'espace de quelques jours. Son teint hâlé, qui respirait la santé, avait tourné au jaune blafard ; même le blanc de ses yeux et ses iris bruns semblaient maintenant teintés de jaune.

— On dirait que vous vous plaisez ici, Jim, lui lança son hôte. Vous n'aviez pas prévu au départ de rester trois semaines, n'est-ce pas ?

— Trois semaines ? Ce n'est pas possible… Comment le temps peut-il passer aussi vite ?

— Oui, ça fera trois semaines ce mardi.

Jim secoua la tête.

— J'ai dû arrêter de compter les jours. C'est si paisible ici, je me sens si bien… Je suis comme un enfant profitant de vacances inespérées, j'oublie.

Un sourire las traversa fugitivement le visage de son interlocuteur.

— Est-ce que vous allez bien, Clarence ? lui demanda Jim. Vous avez l'air fatigué aujourd'hui.

Clarence haussa les épaules.

— Regardez autour de vous, toute cette agitation, ces allées et venues. Il y a largement de quoi fatiguer un homme, croyez-moi.

— Est-ce que nous restons trop longtemps, Clarence ? Dites-moi la vérité. Avez-vous besoin de la maison, pour une raison quelconque, sans oser me demander de partir ?

— Non, non… Pour ne rien vous cacher, nous avons parlé de vous, avec Kate, de ce travail que vous avez dit chercher, et nous nous sommes posé quelques questions là-dessus. Ça ne nous regarde pas, mais nous nous demandions, pour vous et la petite fille, quels étaient vos projets, ce que vous comptiez faire.

Il y a toujours des problèmes qu'on refuse d'affronter, qu'on censure mentalement, exactement comme on censure de mauvais souvenirs…

— Vous avez raison, Clarence. J'en prends trop à mon aise, je devrais me remettre au travail.

— Oh, je ne sous-entendais rien de tel, protesta Clarence. Oubliez ce que j'ai dit, s'il vous plaît. Je suis sûr que vous faites pour le mieux, et je ne voulais pas du tout vous suggérer de rester ou de partir. Je me posais la question, c'est tout.

Quelques minutes plus tard, Jim roulait vers la maison de la presse, en ville. Il acheta un journal local et aperçut pour la première fois des journaux et des magazines de New York sur une étagère tout en haut.

— Vous en vendez beaucoup, par ici ? demanda-t-il au marchand.

— Juste à un couple de professeurs du lycée. Je ne vois pas très bien ce qui peut les intéresser là-dedans, mais eux, si, alors j'en fais venir deux ou trois.

Une fois qu'il eut rapidement parcouru les pages où il pouvait trouver des nouvelles le concernant, ce qu'il avait complètement négligé de faire pendant ces journées loin du monde, il fut à la fois soulagé de n'avoir rien vu, et furieux contre lui-même de la négligence dont il avait fait preuve. Après quoi, toujours sous le coup de ce sursaut d'anxiété, il acheta trois journaux de petites villes des alentours, revint à sa voiture et s'assit pour parcourir les offres d'emploi. Au bout du compte, une seule paraissait éventuellement convenir : un emploi de chef de bureau dans ce qui avait l'air d'une prospère fabrique de chemises, située, semblait-il, dans une prospère petite ville. Certes, il ne savait rien de la fabrication des chemises, mais un bureau était toujours un bureau – ce qui voulait dire correspondance, bulletins de salaire, emplois et impôts. Quand il songea aux affaires complexes qu'il avait dû démêler, ici et à l'étranger, il se dit qu'il saurait bien s'acquitter de celles-ci.

Par conséquent, le lendemain, il demanda à Jennie si elle pouvait garder Laura jusqu'à la fin de l'après-midi, pour le cas où il serait en retard – puisque le voyage aller-retour faisait près de cent kilomètres, et qu'il ne savait pas combien de temps durerait l'entretien –, et il se rendit dans la fabrique en question.

Une fois qu'il fut redescendu des collines et qu'il se retrouva sur l'autoroute, la chaleur commença à monter ; l'été serait précoce, songea-t-il. Peut-être était-ce normal dans cette partie du pays ? L'air conditionné de la voiture diffusait une brise vaguement tiède ; le paysage était morose et les nuages l'affadissaient encore, si bien que Jim devait faire un effort pour empêcher son moral de sombrer. En entrant en ville, il dut en faire un plus grand encore, car tout y était vieux – ni pittoresque ni sans aucun charme historique particulier, simplement vieux et sinistre, le vestige d'un âge industriel dépassé. L'odeur même qui régnait dans les rues était triste, pensa-t-il en se garant et en commençant à marcher sur le trottoir. Cette ville était un de ces endroits où l'on ne voudrait pour rien au monde avoir passé son enfance. Un jour sans doute cela changerait, mais pas assez vite pour que Laura puisse en profiter.

Néanmoins, fort de la théorie selon laquelle il faut aller au fond des choses avant de porter un jugement, il se rendit directement à la fabrique et se présenta là-bas, pour répondre aux questions et raconter son histoire – qui, à force, devenait plus facile à raconter : sa femme était morte, il avait une petite fille, il avait abandonné son emploi dans les assurances à Philadelphie, et il était qualifié.

En fin de compte, ceux qui l'avaient reçu parurent partager cette idée. Quand ils lui annoncèrent le salaire (qui objectivement n'était pas mauvais du tout), il ne put s'empêcher de penser que jamais ils ne le croiraient, s'il leur disait le montant de son impôt sur le revenu de l'année précédente.

En tout cas, s'il devait le faire, il le ferait. L'argent n'était plus sa priorité aujourd'hui, même s'il ne le dédaignait pas pour autant, loin de là. L'argent ne coulait pas à flots à la ferme Benson, et pourtant s'y réveiller chaque matin était une sensation merveilleuse. Mais, de toute façon, la ferme Benson n'était pas à lui.

Il restait encore des questions pratiques à régler : trouvait-on facilement des locations par ici ? Avec sa paye, pourrait-il s'offrir une petite maison avec jardin, ou bien un joli appartement, peut-être près d'un parc ? Et les garderies, y en avait-il une bonne qu'on pourrait lui recommander ? Une des femmes du bureau offrit aimablement, s'il revenait le samedi suivant, de lui faire faire un tour de la ville, de lui montrer des endroits confortables où s'installer, et aussi de trouver un arrangement pour la garderie. C'est dans ces dispositions d'esprit qu'il partit ; sa décision d'accepter était presque prise – à moins bien sûr qu'une offre plus alléchante ne tombe soudainement du ciel.

Sur le chemin du retour, il retraversa la ville par d'autres rues que celles prises à l'aller ; certaines étaient bordées d'arbres et plus gaies que les précédentes ; si le voyage de samedi se déroulait avec succès, il songea que ce ne serait pas une mauvaise solution, après tout. Ainsi, son moral, qui avait fortement décliné quelques heures plus tôt, recommença à gravir la pente. Quoi qu'il en soit, un point au moins était sûr : les vacances étaient finies, et bien finies.

Ayant pris un petit déjeuner très matinal et pas de déjeuner du tout, il avait faim ; au moment de sortir de la ville et de reprendre l'autoroute, il avisa un snack et s'y arrêta. Là, il attrapa le journal qu'un de ses prédécesseurs avait abandonné sur le comptoir et le lut en mangeant un sandwich. Il n'y avait guère de faits divers dans ce genre de journal local, plutôt du sport et de la politique ; pourtant, il arrivait qu'entre deux chroniques se glisse une anecdote, si sa dimension humaine le méritait.

Mon Dieu ! Mon Dieu !

La cuillère à café commença par tomber bruyamment sur la table ; puis il laissa pencher sa tasse, d'où un filet brun s'écoula, une tache s'arrondit et bientôt déborda jusqu'aux genoux de Jim.

Un homme nommé Wolfe poursuivait l'État de Virginie-Occidentale pour arrestation abusive. Il voyageait, avec sa fille de deux ans sur la banquette arrière de sa voiture ; il avait été arrêté, conduit au poste de police et gardé là pendant cinq heures, jusqu'à ce que sa femme ait assuré les policiers, par téléphone, qu'il emmenait simplement leur enfant voir ses parents pour la journée. D'après l'article, il semblait qu'on l'eût confondu avec un autre homme appelé Wolfe, de New York, qui avait bel et bien enlevé sa fille. Un certain Arthur Storm, parlant au nom de la mère de l'enfant, Lillian Buzley, avait dit : « Nous sommes certains de retrouver Donald Wolfe. Il se cache vraisemblablement dans une région rurale. Il est originaire de la campagne et il a dû retourner dans une ville de province, dans l'espoir d'y trouver un emploi. Qu'il le sache en tout cas : où qu'il soit, nous le retrouverons, et nous ne mettrons sûrement pas très longtemps pour cela. Nous le débusquerons. »

Jim resta assis quelques minutes, contemplant la page sans la voir. Ses jambes tremblaient, il avait l'impression que toutes ses forces l'avaient quitté. Les mots imprimés sur le journal semblaient tourner devant ses yeux : « Arthur Storm... tout-puissant... président honoraire de Regulex Amalgamated... Matisse... Picasso... détectives... »

Qu'il le sache en tout cas : où qu'il soit, nous le retrouverons...
Pourquoi diable venait-il de dire à ces gens, quelques instants plus tôt, qu'il voyageait avec sa fille de deux ans ? Vite, il devait retourner vers elle, sans perdre un instant. Il manqua trébucher en se remettant sur ses pieds, posa un billet de dix dollars sur le comptoir et courut à sa voiture, sans attendre sa monnaie.

Il aurait voulu rouler vite, mais il craignait d'être arrêté et n'osa pas ; aussi l'après-midi était-il déjà bien avancé quand il arriva dans Main Street. Les maisons de briques rouges, qui lui

202

étaient déjà presque familières, lui firent retrouver un peu de son calme : la seule chose qu'il avait à faire ici, c'était d'acheter quelques journaux avant de regagner la ferme.

— Monsieur Fuller ! Vous êtes toujours ici ? Je pensais qu'à cette heure vous seriez à Memphis ou à Atlanta...

Le docteur Scofield était devant lui, en train d'acheter un magazine. Ce n'était pas le moment de se laisser agripper par quelqu'un d'aussi jovial que le docteur ; si amical qu'il fût, une fois qu'on était pris dans ses griffes, il était presque impossible de s'en dépêtrer.

— Non, dit-il sur un ton léger, je suis toujours ici, mais je pars bientôt.

— Je repense souvent à votre petite fille... Elle vomit, et dès qu'elle se sent mieux, qu'est-ce qu'elle fait ? Elle a le culot de me demander un bonbon ! Difficile de résister à ses yeux bleus, non ?

— C'est vrai. Mais je résiste, je suis un père plutôt sévère, vous savez.

— Vous n'en avez pas l'air. Dites, vous devez bien vous entendre avec Kate et Clarence, pour rester si longtemps chez eux... Ils forment un bon couple, ces deux-là. Je connais Clarence depuis qu'il est enfant.

Chacun ayant glissé journal ou magazine sous son bras, ils s'en revenaient vers la voiture en stationnement de Jim. Mais quand ils l'eurent atteinte, Scofield parlait toujours, et il n'y avait pas moyen de l'interrompre sans se montrer grossier.

— Quel dommage qu'ils aient autant de problèmes...

Des problèmes ? songea Jim. Dans l'immédiat, docteur, je ne suis pas l'homme qu'il faut pour compatir aux ennuis de qui que ce soit.

Mais le médecin appuyait son épaule contre la voiture ; apparemment, il n'en avait pas encore fini sur ce chapitre.

— Un couple intéressant, vous ne trouvez pas ? Kate ne veut pas trop que ça se voie, mais c'est une vraie tête. Lui est du genre rêveur innocent, il travaille dur, mais il ne peut pas tout gérer. Il est trop gentil et trop naïf pour le monde moderne. Tout repose sur les épaules de Kate. Une très très lourde charge.

Ce pouvait n'être qu'un simple papotage banal, peut-être le fait de vivre dans un endroit où il ne se passait jamais rien de véritablement important. À moins que cela ne résultât d'une inquiétude sincère et profonde. En tout cas, Scofield ne laissait plus partir Jim, l'empêchant de faire le tour de la voiture et de s'en aller.

— Clarence est né fermier et il aurait dû le rester, comme son père, au lieu d'essayer de devenir le P-DG d'une grosse société agricole. Il a investi une vraie petite fortune dans son exploitation, presque tout ce qu'il possédait, j'imagine. Résultat : il a maintenant des dettes dans toute la ville. Il doit à la banque, il doit à tout le monde, pauvre garçon. Les gens ont été patients parce qu'ils connaissaient la famille depuis toujours, mais la patience a des limites. D'après ce que j'ai entendu dire, ces limites sont maintenant fixées à soixante jours, ensuite la maison sera saisie. Vous ne le saviez pas ?

— Non, répondit Jim, stupéfait. Je suis vraiment navré de l'apprendre.

Voilà sans doute pourquoi Kate avait changé d'horaire pour monter à cheval, juste après avoir suggéré qu'ils le fassent ensemble. À vrai dire, il ne l'avait plus revue à cheval, ni d'ailleurs n'importe où, depuis une bonne semaine.

Scofield se désolait :

— Oui, c'est un désastre. Je me demande ce qu'ils vont faire, où ils iront.

Instinctivement, Jim pensa : Je me demande surtout où j'irai, moi, puis il sentit la honte le gagner, pour une aussi égoïste pensée ; s'il pouvait les aider, il le ferait avec joie.

— Je suis content de vous avoir revu, docteur, dit-il enfin. Vous m'avez véritablement sauvé ce jour-là. Mais il faut que je retourne voir Laura, je suis déjà en retard.

Il avait hâte d'aller lire le paquet de journaux posé sur le siège à côté de lui. « *Nous le débusquerons* », avait dit Arthur

Storm. Elle était toujours Mme Buzley, mais bientôt, nul doute qu'elle deviendrait Mme Storm. « *Débusquerons.* » Des crispations régulières vrillaient les tempes de Jim. Il laisserait Laura plus longtemps chez Jennie aujourd'hui ; là-bas, elle était en sécurité. De toute façon, pour l'instant, il n'avait ni la volonté ni la force de la ramener au cottage. Quelle dose d'angoisse un homme était-il capable de supporter ?

Autant qu'il *devait* en supporter : c'était la réponse, la seule possible. Alors, il la supporterait.

Il avait arrêté sa voiture et marchait vers la petite maison quand il vit Clarence, seul près de la barrière. Quelque chose dans la posture de l'homme, penché en avant, le visage tourné vers les collines, attira l'attention de Jim. « Saisie », avait dit le docteur Scofield. Abandonner tout cela et partir... où ? Lui et sa gentille femme ; tout le monde pouvait voir la bonté irradier de sa personne, ç'avait été patent lors de cette unique matinée, quand ils s'étaient arrêtés pour laisser boire les chevaux. « *Le pays de Dieu* », avait-elle dit. Et il y avait également le garçon, un petit garnement sans doute, mais comme il était gentil lui aussi. De braves gens. Qu'allait-il leur arriver ? Sa main alla instinctivement toucher l'argent chaud, lourd, qu'il portait dans la ceinture, sous le pan de sa chemise. Il y avait indéniablement un certain réconfort à le sentir là. Clarence, penché sur la barrière, aurait probablement donné n'importe quoi pour posséder une petite partie de ce réconfort. Et pourtant personne ne le pourchassait, lui...

Clarence se rapprocha.

— J'avais promis de vous faire finir votre tour de la ferme, lui dit-il, et je n'ai jamais tenu ma promesse.

— Ce n'est pas grave. Il n'y a pas d'urgence. Une autre fois, ça ira.

— Pourquoi pas maintenant ? Venez, je vais tout vous montrer...

Il avait envie de parler, comprit Jim dans un mouvement de sympathie, il avait besoin de ne pas être seul. Et il se rappela comment, quelques semaines plus tôt, il était assis dans sa voiture à ce même croisement, il avait besoin de parler à quelqu'un, un être humain quelconque, pour combattre la peur et la solitude qui le faisaient frissonner.

— Allons-y, répondit-il.

Tant pis pour les journaux, ils attendraient. Les mauvaises nouvelles, s'il y en avait, n'en étaient pas à une heure près.

— Regardez cette barrière, tout abîmée, lui dit Clarence. Nous ne nous en sommes pas occupés quand nous avons fait toute cette série de réparations il y a deux ans. On y mettait les bœufs de boucherie, mais j'ai dû arrêter d'en faire, parce que Kate détestait ça. Ou plutôt, disons qu'elle déteste manger du bœuf ; oui, parce qu'elle pense tout le temps à la façon dont on les abat, mais ce n'est pas la vraie raison pour laquelle j'ai arrêté. La vraie raison, c'est que je ne pouvais plus, c'est tout. Plus assez d'argent. Quand mon père est mort, il y avait besoin de rénovations un peu partout ici, alors j'ai tout fait. Ou presque tout. Regardez, ces deux étables pour des vaches laitières, celle-ci est à moitié vide. Ça m'a coûté une fortune, là aussi. Mais quand j'ai acheté le troupeau et construit les étables, je ne savais pas qu'un type de l'autre côté du village faisait déjà la même chose et qu'il saturait le marché avec son lait. Il a six cents têtes environ. Peut-être qu'un jour la demande augmentera, mais pour l'instant elle n'est pas assez forte. Parfois je fais des calculs : je perds cinq dollars par bidon de lait. Je suppose que vous savez traire une vache ?

— Non. Mais j'aurais pu l'apprendre, pendant tous ces étés où je travaillais dans une ferme, avant d'aller à… l'université.

La soudaineté de la question avait pris Jim au dépourvu, il avait failli répondre « la fac de droit ».

— Si je vous le demande, c'est que quand vous le faites, vous êtes tout proche de la vache. À ce moment-là, elle est comme un chien, ou presque. Après, quand vous devez en vendre une parce qu'elle est vieille, ça vous rend un peu malade, vous comprenez ?

— Oui, je comprends…

Une clôture grillagée arrêta les deux hommes. Derrière s'étendait un pré qui paraissait à l'abandon ; au moins cinq hectares au total, estima Jim, où des herbes folles se couchaient sous la brise.

— Ça devait être un pâturage pour les bœufs de boucherie. Il y en a encore d'autres, au-delà de la rivière. Je ne sais pas pourquoi je vous raconte tout ça, je suppose que j'ai besoin de parler à quelqu'un. Parfois on a besoin de faire un peu sortir ce qu'on a dans la tête, pour ne pas que ça explose à l'intérieur. Je suis désolé, Jim.

— Ce n'est rien. J'ai eu moi aussi la tête qui explosait à un moment.

— Kate pensait un peu ça de vous, oui, à filer comme vous le faites à travers le pays avec une petite fille. Elle dit qu'un homme ne fait pas ça sans une bonne raison.

Jim regarda sa montre. À ce train-là, Clarence en avait encore pour une bonne heure, et de plus cette dernière remarque l'avait fait frémir.

— Il faut que j'aille chercher Laura chez Jennie Macy, dit-il, je suis déjà en retard.

— Oui, bien sûr, allez-y. Je ne voulais pas vous retenir. Les enfants passent toujours d'abord. (On aurait dit que Clarence avait les larmes aux yeux.) Personne ne le sait mieux que moi.

Il allait mal, très mal, songea Jim, à bien des égards. Il s'en alla d'un pas lourd, regarda sa montre : il était presque cinq heures, et il était resté loin de Laura toute la journée. Elle devait se demander où il était, peut-être pleurait-elle en ce moment. Il redescendit l'allée en courant, contourna l'écurie et remonta la colline – pour la trouver assise dans l'herbe avec Kate et Ricky.

— Jennie l'a ramenée dès qu'elle a vu que vous étiez en retard, dit Kate.

— Je suis vraiment désolé. Je la remercierai demain. Et merci à vous aussi…

Il était sur le point de dire qu'il y avait eu beaucoup de circulation sur la route quand Laura l'interrompit :

— Regarde, papa, canard !

Ricky, qui tenait un grand livre d'images sur ses genoux,

précisa qu'il avait été à lui « il y a longtemps » mais que maintenant il lisait des vrais livres, donc qu'il le donnait à Laura.

— C'est pas son anniversaire, mais je lui fais quand même un cadeau, expliqua-t-il fièrement.

Jim en fut touché.

— C'est si gentil de ta part, Ricky. Tu peux lui dire merci, Laura ?

Ses yeux, les yeux bleus de Lillian, si intenses, si magiques, brillaient d'excitation. Elle ne pleurait plus jamais pour « Mia », les enfants oublient si vite... Mais Maria sait sûrement que là où elle est, elle est heureuse et entourée d'amour, songea-t-il. Il se sentit soudain étrangement ému ; il n'en aurait pas fallu beaucoup pour que ses propres yeux s'embuent.

— Dis merci, répéta-t-il, comme devait le faire un bon père.

— Me'ci, dit Laura.

Ricky avait encore quelque chose à annoncer :

— Dès qu'elle aura trois ans, je lui apprendrai à lire, parce que je suis un très bon professeur. Vous savez qu'à l'école je suis dans le groupe des bons ?

— Non, Ricky, je ne le savais pas. C'est magnifique. Mais il va falloir que tu attendes un peu quand même, parce que Laura en a encore pour quelques mois avant d'avoir trois ans.

— Alors j'attendrai, ça fait rien. Ça fait beaucoup de temps ?

— Pas beaucoup, non.

Malgré lui, il jeta un coup d'œil sur Kate, puis détourna la tête, mais elle eut le temps de surprendre son regard.

— Eh bien, je suppose que maintenant vous savez tout sur nous, lui dit-elle.

— Oh ! je ne sais pas..., commença-t-il.

— Je vous ai vu en train de marcher avec Clarence. Je veux parler de ce qu'il a dû vous expliquer.

— Il a l'air très démoralisé. Je suis vraiment désolé pour vous.

Elle se détourna, de façon que les enfants ne la voient pas et ne l'entendent pas, puis murmura :

— C'est sa vie. Toute sa vie est ici. Il va falloir que vous partiez vous aussi, et en plus vous n'avez pas trouvé de travail aujourd'hui.

— Pourquoi pensez-vous cela ? demanda Jim avec étonnement.

— Parce que vous l'auriez dit, sinon. Et ça se verrait aussi sur votre visage.

Non, ce n'est assurément pas la femme un peu simple et bornée que je croyais avoir rencontrée dans le train, pensa-t-il. Elle était assise, les mains sur les genoux ; il devait avoir l'air raide comme une perche, tel qu'il se tenait, debout devant elle, aussi prit-il place à son côté.

— Vous ne trouverez pas d'emploi ici, lui dit-elle. Il faut que vous alliez dans une ville.

— Je ne veux pas d'une ville.

Puis elle lui posa une question étonnante, si étonnante qu'il en bégaya presque en lui répondant.

— Qui êtes-vous, Jim ?

— C'est... c'est une drôle de chose à demander à quelqu'un. Que voulez-vous dire ?

— Je veux dire que vous avez eu plus de problèmes que vous n'en avez raconté, je le vois bien. Vous ne partiriez pas commencer une nouvelle vie à presque mille six cents kilomètres de chez vous si vous n'en aviez pas eu. Et, de toute façon, ici, ce n'est pas votre genre d'endroit...

Avec un mouvement d'humeur, il l'interrompit.

— Vous ne savez rien sur moi, Kate, ni sur « mon genre d'endroit ».

— L'autre jour, en passant devant la petite maison, j'ai entendu la musique que vous mettiez. Les hommes d'ici n'écoutent pas des valses de Strauss.

— Et alors ? C'était joli, c'est tout. C'était gai, et je pensais que ça ferait du bien à Laura d'en entendre.

— Vous éludez ma question.

— Vous ne m'avez pas posé de question.

— Si, je l'ai fait. Qui êtes-vous ?

209

— Vous voulez vraiment savoir ? D'accord, je vais vous le dire. J'ai braqué une banque à Philadelphie, j'ai deux ou trois bombes dans ma voiture, et toute la police est à mes trousses.

Kate sourit.

— Vous aviez aussi votre petite fille dans la voiture. Non, Jim, personne ne vous pourchasse. Vous fuyez de votre plein gré, à mon avis. Je sais que vous avez perdu votre femme, mais il y a autre chose en vous qui me rend triste. Et triste en particulier pour Laura.

Il songea que, décidément, cette femme allait trop loin ; pourtant, son visage était doux et sincère...

— Clarence va mal, et cela doit être déjà très lourd à supporter pour vous, répliqua-t-il avec la même douceur qu'elle.

Puis revint sur le visage de Kate l'expression qu'il y avait déjà vue quand elle était assise sur le cheval pie et qu'elle regardait les collines ; cette expression qui avait donné une beauté passagère à ses traits qui n'étaient pas beaux, juste réguliers et sans défaut notable. On ne se serait pas retourné sur elle dans la foule, toutefois elle attirait l'attention, surtout quand elle arborait ce genre d'expression-là.

« Il y a autre chose en vous qui me rend triste. »

Kate se leva.

— Bon, il faut que j'aille préparer le dîner. Va faire ton travail, Ricky. Les chiens ont faim et ils t'attendent.

Jim les suivit quelque temps des yeux, comme ils regagnaient leur maison ; puis il prit Laura par la main et grimpa la colline vers ce qui était – pour combien de temps encore ? – leur propre demeure.

— Canard, papa, gazouilla Laura, en serrant le livre d'images contre elle. Canard, papa.

— Oui, canard. C'est très bien, ma chérie, lui répondit-il, tandis que son esprit s'emballait.

Première chose qu'il avait à faire, lui préparer à dîner, puis lui donner un bain, lui lire une petite histoire et la mettre au lit. Et ensuite – ensuite viendrait la longue nuit ; il s'étendrait dans son lit, il ne trouverait pas le sommeil et son esprit recommencerait à s'emballer.

Les gens n'ont pas besoin de grand-chose, songea-t-il. Quand on y pense, que demandons-nous vraiment à la vie ? Une chose parfaitement simple : juste de ne pas avoir peur du lendemain.

Une rangée de bidons s'alignaient sur le bord de la route, et dedans le lait devait commencer à tourner à cause de la chaleur. Il était neuf heures et demie. En revenant de chez Jennie Macy, où il avait laissé Laura, Jim rencontra Clarence qui contemplait les bidons.

— Vous pouvez croire une chose pareille ? lui cria l'homme. Ces salauds se sont réveillés en retard et ils ont manqué le camion de ramassage. C'est la goutte d'eau qui fait déborder le vase ! (D'un violent coup de pied, il renversa un bidon.) Tout ce que je touche va de travers, tout !

Jim remit le bidon debout et dit doucement :

— Rentrons-les. Il faudra les vider et les nettoyer. Ça ne sert à rien de vous rendre malade, Clarence. Ce genre de choses arrive.

— Les choses n'arrivent pas toutes seules, ce sont les gens qui les font arriver ! Depuis que papa est mort, nous n'avons pas cessé de dégringoler... Ce n'est pas ma faute, j'ai essayé, essayé, mais on dirait qu'il y a un mauvais sort sur tout ce que je touche ! Aucun de ceux que j'embauche ne veut vraiment coopérer, ne se donne vraiment à fond. Parfois j'ai l'impression qu'ils sont tous contre moi, qu'ils veulent que je rate. Qu'ils sont jaloux, qu'ils tirent au flanc dès que j'ai le dos tourné, qu'ils...

Jim contempla le visage de l'homme, si misérable, sa bouche qui se crispait comme s'il se retenait de pleurer ; manifestement, il était en train de s'effondrer.

— Venez. Commençons par rapporter ces trucs à l'étable.

— Je ne veux pas aller du côté de l'étable. Je vais leur passer un savon si je les vois, ils démissionneront, et ensuite, qu'est-ce que je ferai ? De toute façon, qu'est-ce que je vais faire ? C'est comme si j'étais au fond d'un trou, avec les mains liées et une corde autour du cou. Vous comprenez ce que je veux dire ?

— Écoutez-moi, Clarence. Je vais chercher les hommes pour qu'ils viennent prendre ça, ensuite nous irons faire un tour tous les deux. Attendez-moi ici.

Dans la cour de la ferme, deux jeunes hommes étaient en train de fumer quand Jim les interrompit.

— On y va, on y va, grogna l'un des deux. Qu'est-ce qu'il a, il est en crise ? Le réveil de Tim a pas sonné, la traite était en retard pour une fois, et alors ? Le vieux Clarence, il perd la... (De son index, il traça un cercle insultant autour de sa tempe.) Chaque jour il trouve autre chose pour râler.

Ils avaient perdu tout respect pour Clarence ; ils ne voyaient plus que les problèmes, les échecs, le bateau qui sombrait.

— Je n'ai pas le temps de parler de M. Benson, répondit Jim avec un regard froid, et vous non plus d'ailleurs. Il y a beaucoup de travail à faire partout, vous feriez mieux de vous y mettre tout de suite.

— Regardez-moi ces friches, commença Clarence quand Jim revint. Je pourrais faire du foin, au moins. En réalité, j'en ai fait, mais il y en avait tellement que je n'ai pas réussi à tout vendre. Alors maintenant, il y a tous ces hectares, qui sont juste là pour nous bouffer de l'argent, parce qu'on paie des impôts dessus.

C'était une de ces rares journées où la température semblait faite pour le bien-être du corps humain. Le ciel offrait une voûte de bleu immaculé à la terre florissante, le seul fait d'être en vie paraissait un cadeau prodigué aux hommes par la nature. Mais, au lieu de s'en réjouir, Clarence continuait à débiter sa triste litanie.

— Je sais bien qu'il nous faudrait des machines neuves. Il y en a qui sont restées dehors à rouiller sans que je m'en rende compte. Mais c'est vrai que beaucoup étaient déjà vieilles, même du temps de papa. Ça coûte une fortune à remplacer, et je suis déjà endetté jusqu'au cou. Je suppose que vous en avez entendu parler, non ? Tout le monde le sait en ville. Mais vous êtes un étranger ici, alors peut-être que…

— J'ai entendu des rumeurs, oui. Qu'est-ce que vous allez faire ?

— C'est bien le problème. J'essaie de réfléchir, mais je n'y arrive plus.

Comme Jim le comprenait… Il passait par les mêmes écueils, quoique pour des raisons bien différentes.

— Il faut que vous essayiez de voir les choses en face, lui dit-il, de les prendre d'une façon plus simple et plus rationnelle. Votre père réussissait ici, vous pouvez réussir vous aussi. Votre terre est riche mais vous ne savez pas bien l'exploiter, tout le problème est là.

Clarence lui jeta un regard découragé.

— Je vous l'ai dit, j'ai voulu me servir de ce que j'avais appris, de choses que mon père n'avait jamais sues. Mais j'ai joué de malchance, voilà tout.

— Écoutez, lui dit calmement Jim, cet endroit est une vraie pagaille. Des vaches laitières, des champs de baies mal entretenus, des vergers pleins de fruits qui pourrissent, du maïs, une serre qui vous a coûté les yeux de la tête et que vous n'utilisez même pas. Il faut que vous décidiez exactement ce que vous voulez être, ce que vous voulez faire. Et ensuite, le faire.

Clarence releva la tête et lui dit tristement :

— Je veux garder tout ça pour mon fils. Mais il faut que je trouve quelqu'un pour m'aider, me donner des conseils.

— Je ne comprends pas. Vous voulez dire que vous vivez ici depuis toujours et que vous n'avez personne pour vous aider à gérer votre exploitation ? Pas d'homme de loi ni de comptable, personne dans votre banque ?

— J'en avais, si, mais je suppose qu'aujourd'hui ils sont fatigués de moi et de mes problèmes. Je suis très malade, vous savez. Je suis sûr que vous comprendrez, puisque votre femme est morte d'un cancer. J'en ai un, moi aussi. On me l'a soigné il y a deux ans, et tout le monde pensait que j'étais guéri, en tout cas c'est ce qu'ils disaient. Je ne sais pas si c'était vrai ou non. Maintenant, c'est revenu.

213

Jim arrivait à peine à le regarder dans les yeux ; il fixait son énorme pomme d'Adam, qui montait et redescendait quand Clarence avalait sa salive. Donc, voilà où il en était : le dénuement, et peut-être aussi la mort, en plus. Il se tut quelques instants, ne trouvant rien à lui dire ; puis, comme si les mots sortaient tout seuls de sa bouche :

— Je pourrais venir avec vous pour une nouvelle discussion avec votre banque, ou avec vos autres créanciers, si cela peut vous être utile.

— Vraiment, vous feriez cela pour moi ?

Jim le lui confirma d'un signe de tête, puis Clarence dit :

— La seule personne qui m'importe maintenant, c'est Kate. Il n'existe personne au monde comme elle... Je ne veux pas les laisser dans cette situation, elle et le petit. Alors peut-être, si vous pouvez trouver une façon de parler à ces gens...

Jim se détourna ; étrangement, la seule pensée qui lui vint à l'esprit fut : Je n'aurais jamais pu être médecin, je ne supporte pas la vue de la douleur.

— Quoi que vous vouliez essayer, je vous aiderai, dit-il.

12

— Vous parlez comme un avocat, remarqua M. Holden avec un sourire.

Il n'était pas aussi redoutable que Clarence l'avait décrit – même si, Jim devait l'admettre, ce devait aussi être dû à sa présence. Il sourit à son tour.

— On me l'a déjà dit, oui. Dans les assurances, je travaillais sur des testaments et des fidéicommis, comme vous à la banque, donc j'étais amené à rencontrer souvent des avocats.

— Pour un agent d'assurances, et pour quelqu'un qui vient du Maine, je dois dire que vous connaissez bien la situation en agriculture. Particulièrement l'agriculture en Géorgie.

— Oh, le climat est différent, mais le mal de dos et la sueur sont les mêmes, monsieur Holden.

— Et vous disiez que vous n'êtes pas de la famille, n'est-ce pas ?

— Non, nous sommes juste amis. Tous les deux fermiers ou d'un milieu de fermiers.

— Eh bien, il faut croire que les amis font plus pour vous que les parents. Nous avons été très patients avec les dettes de Clarence jusqu'ici, parce que nous savons que c'est un homme honnête et qu'il fait de son mieux. Mais vous nous avez présenté quelques idées très nouvelles, quelques arguments fort

215

pertinents en sa faveur. Donc, nous nous sommes réunis et nous avons décidé, à l'unanimité, de vous donner six mois pour voir si vous pouvez tirer profit de certains des fers qu'il a mis au feu. Qu'en dites-vous, Clarence ?

Clarence n'avait guère ouvert la bouche, depuis près de deux heures qu'ils étaient assis dans le bureau du président. Il se contentait d'écouter, docile et désarmé ; à la question que l'homme lui posa il fit simplement un signe de tête et sourit.

— Je voudrais ajouter une dernière chose avant de partir, monsieur Holden, reprit Jim. Je suis conscient que c'est très inhabituel pour un président de banque de consacrer du temps à une petite affaire comme celle-ci. Et je voudrais vous exprimer notre profonde reconnaissance, à Clarence et à moi.

— Merci. Mais nous tous ici, qui sommes habitués à sa situation, apprécions ce que vous avez fait vous aussi. Dans cette petite ville, toutes les familles se connaissent entre elles d'une génération à l'autre, vous comprenez. Nous nous faisons confiance et nous essayons de nous aider.

Jim hocha la tête.

— Je le vois, oui. Je l'ai senti.

— Il y a autre chose encore. Quand j'ai parlé des Benson avec le docteur Scofield, que j'ai mentionné l'aide que vous leur apportiez, il m'a dit quelque chose à votre sujet. Il m'a dit que vous étiez un homme peu ordinaire. Que vous étiez une sorte de bon Samaritain, pour vous occuper ainsi de quelqu'un qui est presque un étranger pour vous.

Jim sourit.

— Vous me faites bien trop d'honneur, mais j'apprécie, bien sûr. Merci, en tout cas.

13

Les six mois de délai que les créanciers des Benson leur avaient accordés signifiaient aussi six mois d'une relative sécurité pour Jim et Laura. Si, à la fin de cette période, il n'avait plus reçu de nouvelle preuve que Lillian continuait à le poursuivre, il s'en irait d'ici, finances de la ferme assainies ou non. Il irait courir sa chance ailleurs avec Laura.

« Qu'il le sache en tout cas : où qu'il soit, nous le retrouverons. »

Parfois il pensait à l'élevage de chevaux comme une perspective de travail possible – puisque, pour l'emploi de chef de bureau dans la fabrique de chemises, il avait différé sa réponse jusqu'à ce que le poste ne soit finalement plus à pourvoir. L'idée de l'élevage lui était venue en parcourant un journal et en tombant sur l'annonce de quelqu'un qui voulait louer un « vaste herbage » pour son troupeau de chevaux de selle. Immédiatement, il avait pensé à utiliser pour cela le pâturage inoccupé de Clarence, celui où les bœufs de boucherie paissaient jadis. Il n'avait aucune idée du loyer qu'on pouvait en demander et fut agréablement surpris en apprenant ce que l'homme était prêt à payer, agréablement surpris de pouvoir le répéter à Clarence.

Quant aux laitières frisonnes, il fallait les vendre ; sa propre expérience, si mince fût-elle, lui dictait qu'une laiterie impliquait une responsabilité de vingt-quatre heures sur vingt-quatre ou presque, qui ne convenait plus à l'état de Clarence ; mieux valait qu'il s'en décharge. Si l'on équipait l'étable avec des stalles, on avait un abri en cas de mauvais temps pour ces chevaux de prix ; il calcula que la location couvrirait les frais de réaménagement, et continua à faire d'autres calculs.

Un jour, il se rappela avoir lu un article sur la vente de jeunes plants de sapin. Toute la vaste étendue d'herbes folles, de l'autre côté de la rivière, où Kate et lui s'étaient arrêtés pour contempler les collines le matin de leur promenade à cheval, ne serait-elle pas l'endroit rêvé pour faire pousser des arbres ? Si elle se révélait assez grande, on pourrait même y implanter aussi la pépinière d'arbustes ornementaux dont Clarence avait parlé un jour...

Jim s'était pris au jeu ; il aimait pouvoir décortiquer comme il le faisait la ferme Benson, en séparer les différentes composantes, pour les réorganiser. C'était à sa façon un défi pratique, mathématique, et aussi intellectuel. Pourtant, même quand il y travaillait, son crayon en main, il restait parfaitement conscient qu'il s'était impliqué dans les problèmes des Benson parce qu'il avait trop peur de penser aux siens.

Les dernières frisonnes grimpèrent placidement dans la bétaillère, qui s'éloigna.

— Ça fait mal de les voir partir, dit Kate. La moitié d'entre elles sont nées ici, sur la ferme. Mais, au moins, elles ne partent pas à l'abattoir.

— Elles vont rejoindre un troupeau de quatre fois la taille de celui-ci. Vous savez, lui expliqua Jim, il n'y a que deux solutions : la laiterie, c'est soit à grande échelle, soit pas du tout.

Elle ne répondit rien, et il aurait été bien incapable de dire ce qu'elle avait en tête. Clarence, qui déclinait de jour en jour, somnolait sur la véranda, les chiens à ses pieds. Si Jim avait pu parler librement à Kate, il lui aurait dit : « Je sais que vous êtes complètement seule et que le pire, ce doit être la nuit. Vous vous sentez au-dessus d'un gouffre. »

Au lieu de cela, il fut net et concis.

— Les choses ne s'arrangent pas trop mal dans l'ensemble. Je ne dis pas que ça durera toujours, mais enfin, c'est déjà ça. Maintenant, avec le loyer du pâturage, il y a des fonds à la banque, assez pour engager des dépenses comme les réparations urgentes, et les salaires d'une équipe pour récolter les myrtilles. Oh ! oui, il y a les poulets, aussi. Nous avons obtenu un bon prix pour le lot, assez pour acheter les plants de sapin.

Quand on veut paraître encourageant, il faut monter la voix sur la fin de chaque phrase. En fait, ces sapins ne rapporteraient rien avant au moins cinq ans ; et même ensuite, il ne faudrait en commercialiser que cinquante pour cent, en conservant le reste, qui serait d'un rapport bien meilleur au bout de dix ans. Mais Kate était intelligente ; elle savait tout cela et n'avait aucun besoin que Jim hausse la voix pour faire passer la pilule.

— Donc, nous sommes revenus où nous en étions autrefois. Quelques poules pour les œufs, Lucy pour le lait, des fruits et des légumes pour notre table, du foin et du maïs pour l'argent liquide. Et les myrtilles pour vendre au marché, beaucoup de myrtilles. C'était comme ça quand je suis arrivée.

— Pas tout à fait quand même, non ?

— Non, je ne voulais pas dire que... Bien sûr, vous avez apporté de grands changements. C'est juste que ça *ressemble* plus à ce que c'était. C'est plus paisible, comme avant.

— Ça doit être très différent de là où vous avez grandi avant de vous marier ? lui demanda Jim, curieux.

— Regardez la brume qui se lève... Il va pleuvoir, dit-elle, comme si elle ne l'avait pas entendu.

— « Automne, saison des brumes », cita-t-il, juste parce que l'expression du poète lui était venue en tête.

— Mais pas les mêmes qu'en Angleterre, j'imagine.

— Non, pas du tout. Ce qu'ils appellent « brumes », nous l'appellerions « brouillard ».

— Vous y êtes allé ?

— Oui.

— Vous avez beaucoup voyagé pour un agent d'assurances. Angleterre, France… Où encore ?

Avait-il jamais parlé de la France ? Manifestement, oui, il avait dû le faire. Ç'avait dû lui échapper dans une conversation avec Clarence – sûrement pas avec elle, ils n'avaient presque jamais eu de vraie conversation ensemble depuis des mois.

— Nulle part ailleurs. J'ai pris un peu de vacances une fois, dit-il, mal à l'aise.

Abruptement, Kate lui dit :

— Je ne comprends pas pourquoi vous restez ici, pourquoi vous faites tout cela pour nous.

Ne lui avait-elle pas déjà posé cette même question quelques mois plus tôt ? Il prit son temps, pesa bien sa réponse.

— Disons que c'était un écheveau à démêler, une affaire qui périclitait alors qu'elle n'aurait pas dû. Un défi à relever.

— Au début, vous disiez que vous aviez besoin de prendre du repos, de vous changer les idées. Mais aujourd'hui, ça fera bientôt un an…

Ses yeux gris aux paupières lourdes qui paraissaient souvent rêveurs étaient rivés sur lui ; pris au dépourvu, il préféra répondre par une question.

— Et pourquoi pas, tout simplement, par sympathie et par solidarité ? Votre mari a été beaucoup trop malade pour pouvoir résoudre vos problèmes, et hélas ! son état ne s'arrange pas, le malheureux. J'ai juste pensé que je pouvais aider, c'est tout.

— C'est vraiment la seule raison ?

— Elle en vaut une autre, non ?

— Ne le prenez pas mal, Jim. Je vous suis si reconnaissante de ce que vous avez fait. C'est juste que ça paraît si étrange. En général, les gens ne font pas des choses comme ça les uns pour les autres.

Dérobade, songea-t-il, l'une des choses qu'il n'appréciait pas dans les rapports humains. Ç'aurait été tellement plus facile s'il avait pu lui répondre : « Écoutez, je n'aime pas vos questions ! Je n'arrive pas à savoir ce que vous pensez, est-ce que ma présence vous ennuie ou est-ce que vous voulez que je reste ? » Mais il ne le pouvait pas.

— Dites-moi, vous et Laura viendrez à l'anniversaire de Ricky demain ? lui demanda-t-elle.

— Bien sûr, avec plaisir.

— Ce ne sera pas une vraie fête, Clarence est trop fatigué pour cela. J'apporte un gâteau à l'école et j'en fais un autre pour nous à la maison.

— Qu'est-ce que je pourrais trouver pour Ricky ? Est-ce qu'il y a quelque chose de spécial dont il aurait envie ?

— Tout et n'importe quoi. Il n'a plus eu de cadeau depuis si longtemps.

— Je vais justement faire des courses en ville, j'essaierai de me souvenir de ce dont j'avais envie à son âge.

Deux jeunes ouvriers agricoles traversaient le champ devant eux ; c'étaient ceux qui s'étaient insolemment moqués de Clarence quelques mois plus tôt. En augmentant leurs salaires et en établissant des règlements stricts, Jim avait transformé leur attitude du tout au tout, et les deux garçons, Ellis et Tom, s'étaient révélés de très bons éléments. Une gratification d'un côté, de la fermeté de l'autre, les avaient remis dans le droit chemin. À cette idée, Jim éprouva une telle satisfaction que son humeur remonta aussitôt ; il pensa à Augustus Pratt, Ed Wills ou n'importe lequel de ses anciens confrères, s'ils le voyaient aujourd'hui, et faillit éclater de rire.

Plus tard, tandis qu'il faisait ses courses au supermarché, à la maison de la presse, où il prit comme toujours le journal de New York, puis au magasin de jouets (il y acheta une poupée de chiffon pour Laura, un livre, une batte de base-ball et une balle pour Ricky), son esprit vagabonda. À l'avenir, il trouverait sûrement un bon emploi ; si ce n'était pas dans l'élevage de chevaux, ce serait dans une entreprise locale, où personne ne s'aviserait de fouiller dans son passé ni de lui poser de questions indiscrètes. De retour à la ferme, il était toujours dans la même humeur heureuse ; il passa d'abord chez Jennie Macy pour prendre Laura, puis ce fut la cérémonie familiale du dîner et du coucher, après quoi il retourna à la cuisine pour la ranger.

Le courrier était posé sur le plan de travail ; dans sa hâte, il l'y avait jeté sans le lire. Ça l'étonnait toujours de recevoir du courrier ici, même si cela n'aurait pas dû : aussitôt que vous souscrivez un abonnement à un magazine, vous pouvez vous attendre à crouler sous un déluge de publicités. Il était sur le point d'en jeter une poignée entière, quand deux photos semblèrent jaillir littéralement de la carte sur laquelle elles étaient imprimées et venir le frapper entre les deux yeux.

Elles figuraient côte à côte, chacune accompagnée d'une courte légende : Bettina Wolfe, âge, description physique, date de sa disparition de New York ; puis Donald Wolfe, avec les mêmes indications. Au-dessous était indiqué un numéro de téléphone à appeler, si on les reconnaissait.

AVEZ-VOUS VU CES DEUX PERSONNES ?

Il s'effondra sur une chaise et, pendant quelques secondes, la pièce tourna autour de lui ; il allait être malade. Son sang lui martelait les oreilles, comme si son cœur le pompait et le rejetait dans ses veines avec une soudaine fureur. Il agrippa la table des deux mains et la serra de toutes ses forces, penché au-dessus de la carte où l'on aurait dit que les deux visages le regardaient.

Après de longues minutes, quand il eut réussi à reprendre ses esprits, il les étudia plus calmement. Une fillette de deux ans (qui de plus en avait trois aujourd'hui) ne ressemblait-elle pas beaucoup à des millions d'autres fillettes de son âge ? Vous rappelleriez-vous Laura, si vous l'aviez vue ne fût-ce qu'une semaine plus tôt ? Et quant à lui, est-ce qu'un étranger se souviendrait de lui, l'identifierait au milieu d'une foule d'autres hommes – taille moyenne, âge indéterminé, entre vingt-cinq et trente-cinq ans, ni gros ni mince, avec des cheveux (qu'il avait coupés depuis) et des yeux d'un brun moyen ? Est-ce qu'il ne ressemblait pas à n'importe qui d'autre dans cette foule ? Ce n'était pas comme s'il avait eu, par exemple, une couronne de cheveux blancs, qu'il avait mesuré deux mètres, ou au contraire un mètre quarante-cinq, pesé trente kilos de trop, eu

222

une cicatrice sur la joue… Oui, il y avait des gens que l'on remarquait par leurs traits inhabituels, un nez proéminent, de très grands yeux ou d'épaisses lunettes, mais lui n'avait rien de tout cela. Quand il pensait à lui-même, c'était comme à une de ces silhouettes anonymes qu'on distingue à peine dans la rue, et rien d'autre.

Il se releva, pour aller s'examiner dans le miroir de la salle de bains. Il avait de grandes dents, très régulières, mais cette photo ne montrait pas les dents. En fait, elle n'était pas très bonne, plutôt floue. Lillian n'avait pas pris la peine de conserver de bonnes photos de lui ; il comprenait pourquoi, mais ce jour-là il s'en félicitait aussi. Peut-être devrait-il se laisser pousser la barbe ? Non, cela trahirait un désir trop manifeste de se dissimuler.

Il était tout entier partagé entre la peur et la volonté de se convaincre qu'il ne fallait pas y succomber. Est-ce que quelqu'un en ville, parmi ceux qui avaient dû recevoir cette même annonce aujourd'hui, avait pu trouver une ressemblance avec lui ? Est-ce qu'il ne serait pas judicieux d'aller y passer plus de temps, de marcher parmi les gens comme si de rien n'était, pour faire taire leurs soupçons éventuels ?

Après un moment, fort de la théorie (non prouvée) selon laquelle un verre de lait chaud aide à s'endormir, Jim en but un et de fait s'endormit – mais son sommeil fut lourd et peuplé de cauchemars.

Le lendemain, il eut l'impression de se dédoubler, qu'il y avait deux Jim en lui : celui qui était rongé intérieurement par l'inquiétude et celui qui participait à la petite fête d'anniversaire, plaisantant quand il le fallait, encore capable d'insouciance.

Le petit garçon, fou de joie d'être le centre de l'attention générale quand il s'assit devant le gâteau, lui rappelait le fils énergique et gai qu'il avait autrefois espéré avoir. Au bout de la table, Clarence était livide : avec un minimum d'imagination, on pouvait voir la mort planer au-dessus de sa tête. En face,

Kate déployait beaucoup d'efforts pour entretenir une atmosphère enjouée. Quant à la petite fille assise près de Jim, elle était toute la raison de sa présence ici ce soir.

Comme d'habitude, ses pensées revenaient sans cesse vers elle. Jour après jour, il guettait ces petites éclosions, ces mini-révélations progressives de la personne qu'elle allait devenir. La veille, elle lui avait montré qu'elle savait compter sur ses doigts jusqu'à dix, puis elle avait touché différentes parties de son corps en donnant leur nom. Et elle lui avait fait un geste de la main particulièrement affectueux, quand il l'avait laissée chez Jennie. Quand il l'avait habillée pour cette fête d'anniversaire, elle avait choisi elle-même, avec beaucoup de détermination, ce qu'elle entendait mettre.

Oh, que va-t-elle devenir ? s'écria-t-il en lui-même. Sa main tremblait. Il faut absolument que je garantisse sa sécurité, et je suis si inquiet.

— Quand j'aurai dix ans, disait Ricky, je voudrais un cheval comme celui de papa.

— Très bien, dit Kate. Mais, pour le moment, tu as ton poney et tu l'aimes, n'est-ce pas ?

— Oui, mais papa m'a promis un cheval comme Cappy quand j'aurai dix ans, il a promis !

Aucun des trois adultes autour de la table ne regardait les autres.

— Papa peut pas monter à cheval maintenant, continua Ricky de sa petite voix aiguë, mais bientôt il pourra. Peut-être que parfois vous viendrez monter avec moi dans les collines, monsieur Fuller, jusqu'à ce que papa aille mieux ? Maman est toujours trop occupée, elle doit rester avec lui...

— Bien sûr. Bien sûr que je le ferai, promit Jim.

— En attendant, intervint Kate, Jennie a une course à faire dans le village et elle a dit qu'elle te conduirait là-bas, puisque tu veux aller voir tes amis ce soir, n'est-ce pas ? Je viendrai te rechercher plus tard. D'accord ?

— D'accord maman, d'accord papa.

— Vous le pensiez vraiment, quand vous avez dit que vous

monteriez à cheval avec lui ? demanda Clarence quand Ricky fut parti.

Qu'est-ce que Jim pouvait répondre ? Dieu seul savait où il se trouverait le lendemain à cette même heure.

— Tant que je serai ici, je le ferai avec plaisir. C'est un merveilleux petit garçon, particulièrement gentil.

— Je me pose la question… Vous venez de dire : « Tant que je serai ici » ; est-ce que ça veut dire que vous vous apprêtez à nous quitter ?

Kate se leva et s'excusa, pendant que Clarence poursuivait à voix basse :

— Ce que je voulais dire, c'est que… c'est un peu difficile à dire… est-ce que vous pourriez, est-ce que vous voudriez bien rester jusqu'à ce que tout soit fini pour moi ? Ou peut-être même un peu plus longtemps, si elle a besoin d'aide ? Vous savez quelle est la situation… Je n'en ai plus pour très longtemps, en tout cas c'est ce qu'ils me disent… Si vous restiez jusqu'à ce qu'elle puisse se débrouiller seule… Vous avez déjà fait tellement pour nous ! Vous pourriez prendre un salaire pour rester un moment. Ou simplement ne pas payer de loyer. Cela serait un bon arrangement, non ?

Jim cherchait quelque chose à répondre qui ne le blesse pas, quelque chose qui ne soit pas un refus, sans contenir non plus de promesse qu'il ne pourrait pas tenir, lorsque Kate revint.

— Clarence, tu devrais aller te coucher, dit-elle doucement.

Avec soulagement, Jim renchérit :

— Et ma Laura est fatiguée aussi. On a dépassé son heure de coucher.

Depuis l'entrée, alors qu'il repartait, il regarda Kate aider son mari à monter l'escalier. Il y a quelque chose de différent chez elle, pensa-t-il ; bien sûr, c'étaient ses cheveux. Elle les avait laissés pousser, et avec leur nouveau poids ils avaient perdu leurs boucles, ils étaient plus raides et plus épais qu'avant. C'était maintenant une longue masse rousse et brillante, qui lui tombait plus bas que les épaules. Comment ne l'avait-il pas remarqué plus tôt ?

Puis, soudain, une pensée folle lui vint, qui n'avait rien à voir avec les cheveux de Kate : *Ces deux-là ne vont pas ensemble.* Ils n'ont jamais pu aller vraiment ensemble. Lui l'adore, mais en ce qui la concerne, elle, c'est l'enfant qui sert de lien. Elle est beaucoup trop vive, beaucoup trop rapide pour lui.

Puis il prit la main de Laura, sortit dans la nuit et se dit : Mon Dieu, est-ce mon affaire si elle l'a jamais aimé, à la façon dont j'entends l'amour ?

Le lendemain matin, sa main recommença à trembler ; trembler au point qu'en coupant une orange pour le petit déjeuner le couteau glissa et qu'il s'entailla le bras. Pauvre idiot, marmonna-t-il, en voyant le sang se répandre en quantité stupéfiante sur le plan de travail. Puis il soupira, car ses yeux tombèrent de nouveau sur la carte avec la question : EST-CE QUE VOUS AVEZ VU CES DEUX PERSONNES ? Ce n'était pas facile de bander sa blessure d'une seule main, puis de mettre sa veste à Laura, de fermer la fermeture éclair et de lui attacher ses baskets, toujours d'une seule main et avec cette question qui semblait le narguer : EST-CE QUE VOUS AVEZ VU CES DEUX PERSONNES ?

— Bobo, observa Laura avec curiosité. Fait mal ?

Oui, ça faisait mal, tellement même, que ça nécessitait sûrement des soins. Après avoir déposé Laura chez Jennie, il retourna à sa voiture et resta quelques instants à hésiter.

De toute façon, tôt ou tard, il ne pourrait pas se dispenser de retourner en ville ; il devrait bien faire des courses, et acheter le journal, et se faire couper les cheveux, et… et *vivre.* S'il était écrit qu'on le reconnaîtrait un jour (depuis quand croyait-il à la prédestination ?), rien ne pourrait empêcher que cela arrive. Il monta dans la voiture et, en conduisant lentement, d'une seule main, il parvint jusque chez le docteur Scofield.

— Voilà une mauvaise coupure, Jim, dit le médecin. Vous deviez vraiment avoir l'esprit ailleurs quand vous vous êtes fait ça.

— Sans doute que oui. Ce sont des choses qui arrivent.

— À propos, quand avez-vous passé votre dernière visite médicale ?

Il avait envie d'en finir au plus vite, de faire deux ou trois courses urgentes puis de quitter la ville, et voilà que ce vieux bavard prenait un malin plaisir à le retenir.

— Il y a deux ans, je crois. Je ne me souviens pas exactement, peut-être l'an dernier. J'ai eu beaucoup…

— Je sais, je sais. Beaucoup de choses en tête. Mais ce n'est pas une raison pour vous négliger.

Jim se força à sourire.

— Je ne me néglige pas. Je suis fort comme un bœuf.

— Pas pour le moment, en tout cas. Je dirais plutôt que vous tremblez. Vous vous rendez compte que vous avez failli vous couper une artère ? Et alors, que serait devenue Laura ? Si vous ne vous préoccupez pas de vous, pensez au moins à elle ! Maintenant, entrez là-dedans, mettez un peignoir et laissez-moi jeter un coup d'œil sur votre électrocardiogramme, votre tension, le grand jeu.

Le nom de Laura eut sur Jim un effet instantané : la santé de son père était sa seule sauvegarde. Que lui arriverait-il s'il était blessé dans un accident, s'il mourait de pneumonie, s'il… Quel idiot ! Il avait beaucoup trop considéré sa santé comme un fait acquis.

Une heure plus tard, revenus ensemble dans le bureau du médecin, il apprit qu'il n'avait pas de problème sérieux, mais que pour une raison ou une autre sa tension était trop élevée, et il devait y prendre garde.

— Je sais, c'est facile de conseiller à quelqu'un de ne plus se faire de souci, facile, et à vrai dire plutôt absurde. Je sais aussi que vous avez eu beaucoup de mal à vous remettre de la perte de votre femme, et c'est bien compréhensible. Mais, apparemment, vous enfuir de chez vous n'a pas tout réglé. Peut-être devriez-vous retourner là-bas, vers vos amis et votre environnement familier ?

Il est intelligent, pensa Jim ; je n'ai pas de symptômes physiques particuliers, et pourtant il a déniché ce qui ne va pas. Il lui répondit sur un ton léger, évasif :

227

— Les Américains aiment prendre un nouveau départ, docteur, ils aiment aussi aller vers l'Ouest. Et je suis légèrement à l'ouest d'où je suis parti, non ?

— Très bien, mettons que vous avez pris un nouveau départ. Alors peut-être avez-vous besoin d'un peu de vie sociale ? Peut-être avez-vous besoin de voir d'autres gens que votre petite fille ?

— Plus si petite que ça...

— Quand même. Vous devriez rejoindre une sorte de groupe, à mon avis. Vous avez besoin de vous faire votre place. Je ne suis pas psychiatre, mais il y a quand même une ou deux choses que je sais.

— Vous oubliez que je ne fais que passer ici. Je ne compte pas rester.

— Ça ne vous ferait pas de mal de lier connaissance avec quelques personnes. Le dimanche après-midi, nous avons toujours une bande de parents et d'amis chez nous, la plupart avec des enfants et des petits-enfants. La maison est ouverte, ça n'a rien de formel. Venez avec Laura, joignez-vous à la bande...

— C'est terriblement gentil de votre part. J'essaierai de le faire, dit Jim, qui ne désirait qu'une chose, s'en aller.

— J'ai entendu parler de vous partout, même à l'hôpital. Venir ici en ne connaissant personne et soutenir Clarence comme vous l'avez fait, quel bel exemple de générosité ! Les gens s'inquiétaient depuis longtemps pour les Benson. Mais vous savez tout à ce sujet, bien sûr.

Non, Jim ne savait pas tout, pas véritablement. Les choses n'arrivent jamais toutes seules ; il devait y en avoir tellement plus de cachées, tant d'inconnues. Des questions de personnes, de *deux* personnes, Clarence et Kate, et celles concernant ce qui avait fait d'eux ce qu'ils étaient aujourd'hui. Tout était trop complexe, comme toujours. Comme pour lui, et ça lui faisait terriblement mal à la tête. De toute façon, les affaires des Benson ne le regardaient pas.

Scofield continuait, sans penser à mal :

— Clarence est le meilleur des hommes. Question honnêteté

et fidélité, je veux dire. Oui, le meilleur des hommes. Le problème, c'est qu'il... disons qu'il n'est pas tout à fait au même niveau, question matière grise. Kate n'avait que dix-neuf ans quand elle l'a épousé – trop jeune, à mon avis. On s'amourache, on s'enflamme et on ne se pose pas vraiment la bonne question : Est-ce qu'il est le bon choix pour moi. Puis les bébés viennent – même si dans leur cas ils ont attendu long-temps pour en avoir un seul, et qui risque fort de le rester, hélas.

Le bon docteur n'y voyait certainement pas malice, mais ces familiarités sur Kate Benson étaient désagréables à entendre pour Jim ; aussi coupa-t-il court à la discussion et prit-il congé.

Sur le trottoir, il fut hélé par M. Holden, qui traversa la rue pour venir le voir.

— Bonjour ! Je peux vous déposer à la banque ? lui demanda Jim.

— Non, merci. J'habite à un kilomètre et je tiens beaucoup à faire l'aller-retour à pied tous les jours. Mais d'abord, il faut que je vous dise quelque chose de tout à fait absurde. Vous allez rire. Est-ce que vous avez reçu une annonce avec votre courrier d'hier, sur une petite fille disparue ?

— Non... De quoi s'agit-il ?

— Oh, le genre d'affaire habituelle, sauf que le père qui, apparemment, l'a enlevée vous ressemble un petit peu. Je pensais que ça vous ferait rire, même si l'histoire n'a en soi rien de spécialement drôle.

Un petit peu. Sauf les cheveux, et aussi les lunettes à la place des verres de contact. Juste un petit peu. Grands dieux.

— Je suppose que deux millions de types doivent me ressembler.

— Bien sûr, et à moi aussi ! Vous savez, pour en revenir à des choses plus sérieuses, je dois vous dire encore une fois que vous nous avez tous beaucoup surpris en arrivant à faire du bénéfice le mois dernier. Personne ne s'y attendait aussi vite.

— Ce n'était pas un gros bénéfice, répliqua Jim, respirant un peu plus facilement.

— N'oubliez pas qu'ils n'étaient plus sortis du rouge depuis cinq ans avec leur ferme, alors je dirais que c'est un véritable exploit. Permettez-moi de vous poser une question, franchement : avez-vous l'intention de rester là-bas ? Scofield m'a dit qu'au départ vous deviez seulement prendre un peu de repos à la campagne. Mais il dit aussi que Clarence compte vous demander de rester encore un moment pour l'aider.

— Il me l'a déjà demandé, et je ne sais pas très bien quoi lui répondre.

— Eh bien, vous êtes ici depuis déjà un bon moment, alors un peu plus longtemps...

— Je comprends ce que vous entendez par là. Qu'il pense à sa propre mort...

— Disons que votre présence est précieuse là-bas. Vous avez le sens des affaires, et c'est exactement ce dont ils ont besoin en ce moment. La femme et l'enfant, je veux dire.

Le mieux qu'il avait à faire, pensa Jim, était d'affecter un ton léger, comme si rien ne lui pesait.

— Les affaires, c'est une sorte de jeu, n'est-ce pas ? dit-il. Ça vous donne l'esprit plus vif...

Pendant qu'il parlait à Holden, Jim se rendit compte que ses deux conversations du matin étaient les premières qu'il avait eues avec des hommes – mis à part le pauvre Clarence – depuis de nombreuses semaines. La société des hommes était pourtant un aspect normal, utile de l'existence ; mais, à cause de l'anxiété dans laquelle il vivait, il n'avait même pas mesuré combien elle lui manquait. À l'heure actuelle, et malgré le sursaut de crainte dû à l'envoi de cette annonce avec leurs deux photos, une douce chaleur se diffusait en lui à l'idée qu'on l'appréciait, qu'on le réclamait.

— Si vous voulez vraiment rendre votre esprit plus vif, reprit Holden, j'ai un travail bénévole à vous proposer. La femme qui dirigeait l'antenne de la Croix-Rouge en ville ces dernières années a déménagé ; et maintenant, comme tout le monde se reposait un peu sur elle, il n'y a pas de direction pour la campagne de cette année. Je pense que ce serait tout à fait dans vos cordes, monsieur Fuller, si vous acceptiez. Et cela nous aiderait énormément si vous vous en occupiez, au moins pendant quelques mois.

Jim réfléchissait rapidement. Si jamais les gens devaient se poser des questions à mon sujet à cause de cette annonce et des photos, cette histoire de Croix-Rouge serait bien utile pour faire taire les soupçons. Un criminel qui a toutes les raisons de se cacher n'accepte pas ce genre de position publique.

— Oui, je veux bien, répondit-il rapidement. J'ai toujours soutenu la Croix-Rouge et je suis très honoré que vous me le proposiez. Après tout, je ne suis encore qu'un étranger ici.

— Est-ce que je ne vous ai pas dit que c'était un endroit hospitalier ?

Il était assis sur le perron de sa maison, plongé dans les comptes de la ferme, quand il vit Kate monter la colline dans sa direction.

— Je ne savais pas pour votre bras, Jim, lui dit-elle, sans quoi je vous aurais conduit chez le médecin. Jennie m'a raconté que ç'avait l'air profond, qu'elle ne savait pas comment vous aviez réussi à conduire...

— Heureusement, je peux encore tenir un crayon et du papier, c'est l'essentiel, plaisanta-t-il.

Puis il se rappela ses propres pensées, la veille au soir, au moment où il quittait la maison, et se sentit mal à l'aise et se prit à souhaiter qu'elle s'en aille. Au lieu de quoi, elle se mit à faire des commentaires sur la récolte de myrtilles, qu'en ce moment même des employés chargeaient dans deux camions garés juste au-dessous d'eux, dans le virage de la route.

— Clarence dit que nous n'avons jamais eu une aussi belle récolte. Un record !

— C'est parce que nous avons arraché tous les légumes à vendre au marché et que nous nous sommes concentrés là-dessus. En tout cas, si on peut cultiver cette sorte de myrtilles en Géorgie, alors c'est qu'on peut en cultiver n'importe où.

— Clarence n'en revient toujours pas de tout ce que vous faites ici. Il dit qu'il ne pourra jamais assez vous remercier.

Ces remerciements à répétition commençaient à écorcher les oreilles de Jim. Une bouffée de honte lui venait toujours à l'idée qu'ils le remerciaient, qu'ils se sentaient une dette envers lui, sans savoir combien il avait, lui aussi, désespérément besoin d'eux. Pour changer de sujet, il demanda à Kate des nouvelles de Clarence.

— Il s'affaiblit chaque jour davantage. C'est pour cela qu'il n'a plus guère envie de descendre de sa chambre. Je crois qu'il continue à le faire juste pour ne pas effrayer Ricky.

Ce ne sera plus très long maintenant, pensa Jim.

— Vous allez rire, il a parfois des réflexions si drôles. Il dit que le chant du coq lui manque le matin.

— Ça ne me donne pas envie de rire, fit Jim d'un air grave.

— Je ne me suis pas bien exprimée... Je voulais juste dire que c'est bizarre de voir les petits détails sur lesquels peut se fixer l'esprit d'un homme dans sa situation. Il y en a qui sont heureux, d'ailleurs, comme quand il se rappelle qu'il pleuvait sur le chemin de l'hôpital, au moment de la naissance de Ricky, puis que le soleil est apparu juste à la minute où il est né.

Elle s'était assise sur la marche au-dessous de lui ; elle devait l'avoir fait inconsciemment ; elle était trop prévenante pour l'interrompre dans son travail.

— Mais il évoque aussi avec nostalgie des moments plus difficiles, par exemple la fois où nous avons perdu des poussins de trois jours parce que quelqu'un avait laissé la porte du poulailler ouverte. J'ai toujours cru qu'en fait c'était lui qui l'avait laissée. Parfois, on dirait que son esprit vagabonde un peu.

Jim s'agita, croisa et décroisa les pieds ; de nouveau, il aurait voulu qu'elle s'en aille et le laisse seul. Mais il comprenait aussi qu'elle avait besoin de parler et qu'elle n'avait que lui avec qui le faire.

— Je me demandais, poursuivit-elle, maintenant que tant de choses ont changé ici, si je pourrais imaginer... Eh bien, de réaliser un peu mes propres idées. Il y a cette merveilleuse serre que Clarence a construite pour moi, elle n'a jamais servi parce que nous n'avions pas les moyens d'acheter de quoi la remplir. Vous y êtes déjà entré ?

— Oui.

— J'ai suivi des cours sur les bulbes et les plantes vivaces, et je crois que je pourrais réussir, mais il faudrait que j'aie des conseils pour savoir un peu quoi y faire pousser – des conseils économiques, s'entend. Je n'en ai jamais eu, et donc je ne me suis jamais lancée, continua-t-elle avec un sourire un peu triste. Je ne sais même pas quel genre de demande il peut y avoir. Tout ce que je sais, c'est que j'adorerais ça.

— Il y avait un article de quatre pages là-dessus dans mon journal mois dernier. Je vais en commander un exemplaire.

— Je me demandais pourquoi vous lisiez tous ces journaux de New York, alors que vous venez de Philadelphie...

— Les nouvelles internationales y sont plus complètes, et ça m'intéresse. J'avais déjà l'habitude de lire les journaux de New York quand j'étais dans le Maine. C'est assez courant, vous savez.

La dernière phrase était à peine sortie de sa bouche qu'il entendit l'écho sec qu'elle rendait. Elle aussi avait sans doute perçu qu'il était, subtilement, sur la défensive, parce qu'elle se leva et le remercia d'une façon soudain plus formelle.

— Je serais très contente si vous faisiez cela pour moi, Jim. Et je vous en remercie d'avance, comme je vous remercie pour tout le reste.

Il repoussa ses papiers et la regarda partir. C'était bizarre : on aurait dit que chaque fois qu'il la quittait ou qu'elle s'en allait, une foule d'idées se précipitaient dans sa tête. Tout à coup, il se sentit fort embarrassé : il l'imaginait sans son jean, sans sa chemise, il voyait avec une précision presque gênante ses longues jambes, son corps souple et ferme, le lourd balancement de ses cheveux roux sur ses épaules. Puis il se détourna d'elle, en train de partir, pour l'imaginer au contraire venant vers lui, les bras grands ouverts.

Après quoi, tout aussi soudainement, son embarras se transforma en colère. Ridicule ! Impossible ! Non que ça n'eût rien d'inhabituel qu'un homme déshabille une femme en pensée ; en fait, qu'il ne le fasse pas était même plus inhabituel. Sauf qu'il y avait quelque chose d'exceptionnel avec cette femme et le tragique de sa situation ; son pauvre mari était en train de mourir à quelques dizaines de mètres d'ici. Et lui-même, qui se présentait aujourd'hui sous le nom de Jim Fuller, quel droit avait-il de penser à elle ? Au regard de la loi, il n'avait aucun droit. Même pas celui de porter le nom qu'il portait.

La terre, cette année-là, fut bienveillante et coopérative. Les récoltes étaient bonnes, et la ferme commençait à si bien tourner qu'elle dégageait chaque mois un bénéfice, modeste mais régulier, à présenter aux créanciers. Quant à Jim, s'il n'avait accepté de s'impliquer dans la vie de la petite ville que pour ressembler à un citoyen comme les autres, le résultat correspondait bel et bien à ses vœux. Être responsable de la Croix-Rouge dans une bourgade de cette taille n'était pas une lourde charge ; il aurait pu le faire avec une main liée dans le dos, pour reprendre une expression qu'affectionnait le pauvre Clarence. Il apporta aussi sa contribution aux œuvres de la police par un don généreux – mais pas au point d'être remarqué et de prêter à commérages. Ses efforts lui permirent d'être reçu, parrainé par M. Holden et le docteur Scofield, dans un club pour hommes qui se réunissait une fois par mois dans un restaurant local. Un des membres du club lui demanda d'être volontaire pour aider à une campagne de don du sang organisée par l'hôpital, et il le fit aussi. Après les longs mois passés à craindre qu'on ne le poursuive, il connaissait enfin de brefs moments de répit ; il s'autorisait à croire qu'un jour il appartiendrait peut-être de nouveau au monde des gens normaux.

Un après-midi, comme il revenait des terrains en bordure de l'exploitation, où il avait contrôlé la plantation de sapins sur ce qui était encore des hectares de friches peu de temps avant, il fut arrêté par un véritable tableau vivant. À mi-chemin de la colline basse qui séparait la demeure des Benson de sa petite maison se trouvait un méplat, une sorte d'assise de gazon, dont un affleurement rocheux aurait formé le dossier. Là, mi-soleil, mi-ombre, un portrait de groupe s'offrait à lui, dont le titre aurait pu être *Femme et enfants un après-midi d'été*. Ils avaient fait un saut dans le temps d'environ un siècle ; la femme ne portait pas son jean habituel, mais une large jupe de coton rayée rose et vert, la petite fille avait un ruban dans les cheveux et un livre d'images ouvert sur les genoux. Le garçon se penchait sur son épaule, et Jim ne put s'empêcher de sourire en le voyant arborer toute l'autorité due à son âge.

— Papa, je sais lire ! lui cria Laura en l'apercevant.

Et Ricky s'exclama :

— Je lui apprends ! Je vous l'avais promis, hein ?

— Oui, tu l'avais promis, je m'en souviens très bien. C'était à ton anniversaire.

— Maman a dit que je sais lire ! affirma Laura.

— Maman ? répéta Jim. Tu veux dire la maman de Ricky...

— C'est juste un nom pour elle, qui ne signifie rien, commenta rapidement Kate. Elle aurait tout aussi bien pu dire « Annie » ou n'importe quoi. Elle imite Ricky, c'est tout.

Il comprenait ; ce qu'elle voulait dire, c'est que son enfant était trop jeune pour comprendre le sens des mots, mais que, le moment venu, il pourrait lui parler de sa mère.

Un frisson glacé parcourut le dos de Jim. Il allait répondre quelque chose, quand Kate ajouta :

— J'ai essayé de la corriger, mais ça n'a pas marché. Ce doit être douloureux pour vous, je suis désolée...

D'un geste maladroit de la main, il fit mine d'écarter le sujet, puis lui demanda :

— Au fait, vous ne m'avez jamais dit pour cet article, sur la femme qui a commencé une pépinière d'arbustes et de plantes vivaces...

— Oh, je l'ai lu, oui, et il m'a mis l'eau à la bouche. Peut-être qu'un jour je le ferai, moi aussi. Je l'espère, dit-elle en se levant. Je n'ai jamais laissé Clarence aussi longtemps, mais il voulait se reposer. Il vaut mieux que j'aille vérifier maintenant.

Il la suivit des yeux tandis qu'elle descendait la colline ; comment avait-il jamais pu penser qu'elle n'était pas belle ? Sa beauté à elle était classique, calme et forte, elle n'était pas de celles qui brillaient et étincelaient, de celles qui attiraient l'œil. Mais, oh ! il avait eu son compte d'étincelles, et pour longtemps !

Il avait toujours eu le sommeil léger de ceux qui conservent les rêves si vivaces qu'ils ne les oublient pas le lendemain matin. Cette nuit-là, il fit un rêve érotique ayant pour sujet Kate Benson.

Il comprit qu'il devrait vraiment quitter cet endroit. *« Quelque part dans le monde, une femme existe qui vous donnera la plus grande joie de votre vie »*, avait dit Pratt. Une grande joie, pour moi ? Avec cette épée de Damoclès au-dessus de ma tête et de celle de Laura ? En tout cas, elle ne pourra jamais venir de cette femme, cette Kate, avec ses regards si vifs et troublants, et sa façon de toujours s'esquiver. S'il n'y avait pas son mari mourant et les services que je lui rends, elle m'aurait sûrement demandé – fort gentiment et courtoisement comme d'habitude – de partir.

— Maman, lui dit Laura en le tirant par la manche, Maman dit que je sais lire.

— Tu sauras bientôt, et tu liras pour moi, chérie.

Si vive et si radieuse, ma petite fille ! Mon cœur, si tu avais une mère, quelqu'un comme Kate...

À la minute où ce pauvre homme mourra, je partirai, songea-t-il de nouveau. Il y a beaucoup trop de culpabilité pour moi ici, avec ce genre de pensées. D'après Scofield, ça n'est plus qu'une question de mois, et encore ; mais plus cela prendra de temps, plus ce sera dur de partir ensuite. Ç'a été une telle chance pour Laura de trouver ce havre de paix, et aussi pour moi.

Mais j'ai joué un rôle et ce n'est pas bien. Gentleman-farmer, surveillant son domaine, faisant mine de s'intégrer dans une jolie petite ville. Gentleman-farmer ? Ne dis pas n'importe quoi, Donald Wolfe. Tu n'es qu'un homme recherché par la police et rien de plus.

14

L'hiver, ou du moins ce qui en tenait lieu dans ces contrées du Sud, arriva brusquement le jour même où Clarence mourut. Pas à l'hôpital, malgré son état, mais dans son propre lit.

— Il y tenait, dit Kate. Il voulait mourir chez lui.

Quelques semaines plus tard, Jim proposa de trier ses affaires pour les donner à une œuvre de charité en ville.

— Je suppose que vous allez bientôt partir, vous et Laura ? lui demanda Kate.

— Eh bien… oui. Est-ce qu'il y a un moment particulier où vous voudriez que nous partions ?

— Quand ça vous arrangera. Je sais qu'il vous avait demandé de rester un moment pour nous aider, mais nous nous débrouillerons très bien tout seuls.

— L'important, c'est de savoir à quel moment ce sera le mieux pour vous. Vous avez une lourde responsabilité ici, plus lourde que jamais.

— Oui, mais grâce à ce que vous avez fait, j'y parviendrai.

Ça ne serait pas si facile, pour elle, de gérer seule cette énorme ferme. Jim pensait aussi aux larmes de Ricky.

— Monsieur Fuller, avait demandé Ricky, le soir qui avait suivi l'enterrement, quand les voisins avaient envahi la maison et couvert la table de nourriture, est-ce que vous ferez l'arbitre dans les matches, parfois ? Papa le faisait toujours avant, quand il était pas malade. Vous le ferez vous aussi, monsieur Fuller ?

Son père, si tendre et finalement si enfant lui-même, allait beaucoup lui manquer. Rien ne serait facile désormais, ni pour la femme ni pour le petit garçon.

— Il faut que vous développiez vraiment cet endroit, dit Jim à Kate d'un ton vif et enjoué. Nous avons juste commencé le travail... Mais avec notre pépinière, nous avons bien préparé l'avenir. J'ai reçu une commande supplémentaire, pour des jeunes plants de tulipiers. Ils sont très demandés dans les grands domaines du Nord.

— Par ici, nous les appelons des peupliers jaunes.

— Je vois que vous avez étudié la question...

— J'ai suivi votre conseil.

Elle pliait des pulls dans un carton d'épicerie ; des bottes, des vieilles chaussures et un imperméable usé étaient déjà posés sur des sièges, prêts à être expédiés. Il s'interrogeait sur les pensées de Kate, celles qui peuvent se cacher sous la brutale douleur d'un décès. Pourquoi fallait-il qu'il y ait quelque chose de caché, il ne le savait pas ; il sentait seulement que c'était le cas.

— Regardez là-bas, par la fenêtre, lui dit-elle ; je suppose qu'il vous avait parlé de cette rangée de thuyas ? Son grand-père les avait mis là pour protéger le jardin contre le vent des collines. Ces arbres signifiaient beaucoup pour Clarence.

Jim comprenait cela. Les mains du grand-père, mort depuis longtemps, avaient autrefois disposé là ces jeunes plants, qui aujourd'hui mesuraient trois fois la taille du petit-fils. Il contempla leur vert si vigoureux et la rangée d'arcs gothiques, soigneusement taillés, qu'ils semblaient former sur le fond du ciel gris et brumeux. Lui, le nouveau venu, l'étranger, le savait bien, pour peu qu'il regarde au fond de lui-même : ces arbres, ces collines, cette femme étaient inscrits en lui de manière indélébile, gravés quelque part au plus secret de son cœur.

239

Tandis qu'on s'acheminait vers le printemps, un changement se produisit. Ils étaient un jour dans la serre, où ils avaient fait venir un menuisier pour construire des étagères ; alors qu'il venait de partir, et comme Jim allait le suivre, Kate le retint en lui posant une question bizarre :

— Pourquoi est-ce que nous ne nous parlons jamais ?

Une fois, il y avait longtemps, elle lui avait posé cette autre question étrange : « Qui êtes-vous ? », et il avait été incapable de lui répondre. Aujourd'hui, toujours aussi incapable de le faire, il lui dit la première chose qui lui vint à l'esprit :

— Nous parler de quoi ?

— Je ne sais pas… Mais en général les gens se parlent, et vous, vous m'évitez.

C'est qu'elle l'attirait tant ! Ses cheveux souples et fluides, les traits si purs de son visage, les formes douces au regard qui remplissaient son T-shirt, et aussi le parfum des gardénias tout autour d'eux, dans leurs pots…

Parle-lui gentiment, s'ordonna-t-il ; sois amical, mais rien de plus. Tu n'as rien de réel ni d'authentique à lui offrir, ni à elle ni à aucune autre femme.

— Je n'ai jamais cherché à vous éviter, Kate. Je suis désolé, c'est un malentendu. Je parlerai de tout avec vous, je répondrai à toutes vos questions, si je le peux.

— Très bien, alors : quand partez-vous d'ici ?

Storm disait : « Où qu'il soit, nous le retrouverons. »

— J'ai reçu une offre tentante, de l'éleveur qui a mis des chevaux dans votre pré. Pour le printemps.

— C'est déjà le printemps.

— D'ici une semaine ou deux, nous partirons. Est-ce que cela vous satisfait ?

— Je ne vous jette pas dehors ! Je vous pose seulement la question : quand ?

— Je sais que vous ne nous jetez pas dehors, que vous ne feriez jamais une chose pareille. Mais ce sera bientôt, je vous le promets.

— Vous n'avez pas bougé une seule fois depuis que vous êtes arrivé ici. Pourquoi est-ce que vous n'iriez pas à Atlanta

240

écouter un ou deux concerts avant de partir ? Vous aimez tant la musique… Et je peux très bien garder Laura. Nous avons deux chambres d'amis.

— C'est vraiment très gentil à vous… Vous avez toujours été merveilleuse pour elle. J'apprécie beaucoup votre offre, mais il faut avant tout que je voie l'éleveur de chevaux, afin que nous nous mettions d'accord et que nous arrangions tout.

— Pour vous dire la vérité, je n'aime pas tant que cela l'endroit où il est installé. C'est vraiment très isolé. Vous êtes-vous renseigné sur les écoles là-bas ? Laura sera très vite prête pour la maternelle, et il lui faut une école de premier ordre Elle a vraiment beaucoup de dispositions, vous savez. J'ai donné des cours à des enfants et je sais de quoi je parle.

Ils étaient debout, l'un en face de l'autre ; les joues de Kate s'étaient colorées de rouge et le pendentif en or montait et descendait entre ses seins, comme si elle devait faire des efforts pour respirer. Elle parlait si doucement qu'il avait de la peine à l'entendre.

— Vous n'êtes pas obligé de partir, Jim, souffla-t-elle. Je suis désolée d'avoir autant parlé de votre départ. Excusez-moi. Je ne sais pas pourquoi je l'ai fait. Je vous ai sûrement donné une fausse impression.

— J'ai donné cette fausse impression moi-même. Il faut que je parte, que je trouve un emploi.

C'était vrai, et pour plusieurs raisons, dont l'argent : la réserve qu'il avait emportée dans sa ceinture ne durerait pas éternellement.

— Mais vous en avez déjà un ici…

Comme il ne répondait pas tout de suite, elle poursuivit :

— Je ne sais pas quoi dire, tout est si compliqué.

— Je ne connais rien qui ne soit pas compliqué, Kate.

Ils étaient toujours debout l'un en face de l'autre ; et tout à coup, comme si une lumière aveuglante était tombée sur lui, sur eux, Jim comprit tout. Il comprit que ce qui avait pris tant de mois pour prendre racine et fleurir en lui avait fait la même chose en elle. Ces réponses sèches, ces regards, cette façon de l'éviter – tout cela n'avait été qu'un effort acharné pour couvrir une lutte intérieure.

Puis, dans un second choc tout aussi fort que le premier, il fut conscient qu'il n'avait encore jamais éprouvé une telle tendresse pour personne. *Il ne faudra jamais laisser personne la blesser et surtout pas moi. Jamais.*

Par la suite, il se demanda ce qu'il aurait dit à Kate à ce moment précis, si Ricky n'était pas entré dans la pièce et n'avait pas dissipé le trouble profond qui planait entre eux.

Pour sûr, il ne pouvait même pas envisager de continuer à vivre près de Kate. Sa tension était devenue si forte qu'il était sûr d'entendre le sang cogner dans ses oreilles. Même s'il méprisait les gens qui s'apitoyaient sur leur sort, il était bien forcé de se demander si le destin avait décidé qu'il vivrait désormais toujours entre l'enclume et le marteau.

Tôt un soir, après que Laura se fut endormie, il sortit faire quelques pas au pied des collines pour essayer de se calmer. Avec les jours qui rallongeaient, la lumière du printemps étirait les ombres du soir sur le chemin de terre ; au ciel, zébré de nuages, une vaste formation d'oies sauvages en V cacardaient et fonçaient vers le nord. *Compliqué*, avait-elle dit – sans savoir combien ça l'était, en effet. Ses pensées vagabondaient au hasard pendant qu'il marchait ; il revoyait son bureau de chez Orton et Pratt, avec la vue plongeante sur l'avenue, les voitures dont les carrosseries luisaient comme de gros scarabées pendant qu'elles se faufilaient dans le trafic. Il entendait la voix nasale, si caractéristique, d'Ed Wills, il revoyait la photo de famille de Pratt dans son bureau, Lillian étendue sur le divan, ce matin-là, à Florence. Puis il essaya de s'imaginer disant au revoir à Kate pour la dernière fois, s'éloignant ensuite en voiture, avec Laura et ses poupées de chiffon assises sur le siège arrière, quittant la ferme, alors que tout son être aspirait à y être.

Comment avait-il pu ne pas comprendre ce qui arrivait à Kate ?

Le chemin se rétrécissait, assez pour ne laisser passage qu'à un seul cheval à travers le sous-bois ; peu après, un arbre le barrait, qui avait été frappé par la foudre lors de l'orage de la semaine précédente. Jim s'assit sur une souche et tâcha de reprendre ses esprits.

Comment avait-il pu ne pas deviner tous ces non-dits ? Il aurait dû partir depuis longtemps, il avait trop attendu. Depuis sa dernière conversation avec Kate, l'éleveur de chevaux avait changé d'avis : il n'envisageait plus de prendre sa retraite dans l'immédiat et n'avait donc plus besoin de Jim. Il ne lui restait plus qu'un seul choix : aller chercher ailleurs, en priant pour que ni la police ni les détectives privés qu'avait dû engager Storm ne retrouvent sa trace. Faute de quoi il n'aurait que du danger et du chagrin à offrir à ceux qu'il aimait – du danger, du chagrin et de la honte. Il poussa un gémissement, faisant détaler un lapin qui cherchait tranquillement sa nourriture et qui ne l'avait pas vu, immobile comme une pierre.

Quand il prit le chemin du retour, les premières étoiles commençaient à apparaître une à une au-dessus des collines. S'il avait seulement pu, comme un navigateur, se repérer sur elles pour savoir la direction qu'il lui fallait prendre !

À l'étage de la petite maison, la veilleuse brillait, rose et tendre. Lovée dans un véritable nid d'animaux en peluche, Laura dormait, si charmante qu'il avait envie de la prendre dans ses bras et de la réveiller pour lui dire combien il l'aimait.

Il ressortit puis, une fois dehors, dirigea les yeux vers la maison au-dessous – pour voir une lumière s'allumer dans la pièce du bas, où Kate aimait lire. Comme poussé par une obligation impérieuse, il descendit la colline et frappa à la porte. Quand elle vint lui ouvrir, il n'avait aucune idée de la raison pour laquelle il était venu, ni de ce qu'il voulait lui dire. Tout ce qu'il avait en tête, c'était le souvenir de la première fois où il avait frappé à cette même porte ; ç'aurait aussi bien pu être la veille qu'au Moyen Âge, il ne possédait plus aucune notion du temps écoulé.

Pendant quelques secondes, ils restèrent immobiles et se regardèrent ; puis, dans une sorte de soupir commun, d'exclamation réciproque, ou peut-être de question qu'ils se posaient l'un à l'autre, ils se rapprochèrent et s'étreignirent éperdument.

Quand il rouvrit les yeux, la première chose qu'il vit fut la pendule adossée au mur, entre les deux fenêtres. La grande aiguille tressautait justement pour passer de 7 h 20 à 7 h 21. Kate était toujours dans ses bras quand elle sauta jusqu'à 25. Ce fut un soir d'avril, un vendredi, et il était 7 h 25, qu'il la trouva enfin – pour la reperdre aussitôt.

« Quelque part dans le monde existe une femme qui vous donnera la plus grande joie de votre vie », avait dit Augustus Pratt.

Ils s'écartèrent mais continuèrent à se regarder encore, plus profondément maintenant, chacun cherchant les yeux de l'autre. Ceux de Kate brillaient, et elle se mit à pleurer.

— Je pensais... Oh, Jim, je pensais que jamais vous ne... Mais j'espérais, j'espérais.

Qu'avait-il fait ? C'était comme si la réalité venait de le frapper, de plein fouet.

— Je ne pouvais pas, lui répondit-il, dans un murmure.

— À cause de Clarence ? Je n'aurais jamais rien fait qui puisse le blesser, vous le savez bien. Mais il est mort maintenant, depuis plus de trois mois, et nous sommes vivants ! Oh, Jim, nous serons si bien ensemble...

Mon Dieu, qu'avait-il fait ? En s'efforçant désespérément de remettre un peu d'ordre dans ses idées, il se laissa tomber dans le canapé, prit sa pauvre tête dans ses mains.

— Qu'est-ce qu'il y a ? Qu'est-ce qui ne va pas ?

— C'est ma faute, oh, Kate, tout est ma faute...

— Votre faute ? Quelle faute ?

— Oui, parce que je dois partir.

— Pour l'amour du ciel, est-ce que vous allez me dire ce que cela signifie ?

— Kate, vous ne comprenez pas, mais comment pourriez-vous ? Je dois partir, je ne peux pas rester avec vous. Oh, croyez-moi, ma chère, ma très chère, je donnerais n'importe quoi pour pouvoir rester...

— Partir ! Vous, partir ? Qu'est-ce que vous dites ?

Elle s'était mise à trembler ; quand il se releva et qu'il tendit les bras pour prendre ses deux mains dans les siennes, pour tenter de lui expliquer autant que possible, de la consoler, de la raisonner, elle les retira.

— Comment est-ce que je pourrais trouver les mots qu'il faut ? Il n'y en a pas. Mais je ne peux pas rester, je ne peux pas.

— Qu'est-ce que vous essayez de me dire, enfin ?

Elle sanglotait maintenant, le regard éperdu.

— Quel jeu êtes-vous en train de jouer ? Quel jeu cruel, fou ? Vous ne m'avez jamais rien dit, alors faites-le, maintenant ! Vous ne pouvez pas partir et me laisser comme ça, pas après, après...

Elle glissa dans un fauteuil en face de lui ; la bouche crispée en une moue de détresse et d'incompréhension, les mains nouées, et, agrippant ses genoux, elle le dévisagea et attendit.

Une pensée traversa l'esprit de Jim, disparut mais revint ensuite, têtue, obstinée : on ne peut pas exiger d'un être humain qu'il subisse indéfiniment une tension pareille. Il y a forcément un moyen d'en sortir, et ce moyen, il faut... Alors, en regardant Kate bien dans les yeux, il commença à parler.

— Je m'appelle Donald Wolfe. Il y a quelques années, j'ai rencontré une femme qui brillait comme un diamant et je l'ai épousée. Mais ensuite, j'ai constaté qu'elle n'était pas un véritable diamant, juste du strass et des paillettes. Je suppose que je n'ai pas le droit de trop la critiquer, parce que nous sommes tous tels que le destin nous a faits, et en général nous ne savons pas pourquoi. Mais je ne voulais pas que notre fille devienne comme elle, donc j'ai enlevé Laura...

Quand il eut fini, il regarda de nouveau la pendule, pour voir la grande aiguille passer sur 7 h 45. Il lui avait donc fallu vingt minutes pour raconter sa vie, ses espoirs, le bon et le mauvais, le bonheur et les échecs, puis le sordide, l'insupportable – tout. À la fin, vaincu, il enfouit son visage dans ses mains et tourna le dos à Kate, pour qu'elle ne le voie pas pleurer.

Au bout de quelques secondes, il entendit de légers pas sur le tapis, sentit une main se poser sur son épaule.

— Vous avez raison de pleurer, Jim. Je pleure avec vous, je pleure pour vous.

— Maintenant, murmura-t-il, vous comprenez pourquoi je ne peux pas rester ici.

— Non ! Non, je ne comprends pas !

— Mais il y a eu des articles qui ont paru dans les journaux, et aussi cette annonce avec nos photos ! Ils nous cherchent partout !

— Et ils ne vous trouveront pas ! Vous vous êtes fait une vraie réputation ici, il n'y a pas de meilleure protection… C'était très intelligent de votre part d'aller aussi ouvertement en ville, sans vous cacher…

Il ne put s'empêcher de sourire.

— Et très intelligent de la vôtre de comprendre pourquoi… Non que ce soit la seule raison, d'ailleurs. Je me suis aussi fait de vrais amis, ici.

— Vous êtes en sécurité, ici, Jim. Ils ne vous trouveront jamais.

— Jamais est un bien grand mot. Et imaginez seulement qu'ils me trouvent, pensez à ce que cela signifierait, pour vous et pour Ricky ! Vous seriez complices. C'est pour cela que je ne peux pas rester avec vous.

— S'ils vous trouvent, alors ils me trouveront aussi. Je vous aime, Jim, et pour moi aimer quelqu'un signifie être loyale envers lui.

Comme vous l'étiez envers Clarence, songea-t-il, et il le lui dit.

— Oui, c'était un homme bon. Il était très gentil pour moi, même si lui et moi… Mais bon, peu importe. En tout cas, s'il avait vécu, croyez-vous un seul instant que je vous dirais que je vous aime ? Il n'a jamais su, et il n'aurait jamais su, que quelque chose a changé en moi dès le premier jour où vous êtes arrivé ici avec Laura. Quelque chose qui m'a fait me sentir coupable, et c'est pour cela que je voulais que vous partiez.

Il était tenté, tellement tenté ! Mais ce serait si mal...

— Vous ne voulez pas me faire souffrir, pour le cas où les choses tourneraient mal ; mais vous me ferez souffrir bien plus encore si vous me laissez maintenant...

Entre l'amour et le danger, pensa-t-il, et il ne put lui répondre.

— Une fois ou deux, je vous ai demandé : « Qui êtes-vous ? », et je le regrettais ensuite parce que je sentais bien que vous me cachiez quelque chose, que je n'aurais pas dû vous poser la question. Pourtant, je savais que ce n'était pas une chose mauvaise, parce qu'il n'y a rien de mauvais en vous. C'est terrible d'enlever un enfant à sa mère, et si un être humain le fait, quand il est bon comme vous l'êtes, il doit avoir des raisons impératives pour cela. Votre cœur est bon, Jim, et je crois que vos raisons aussi.

Jim gardait le silence ; dans son cœur comme dans sa tête, la peur et le désir s'affrontaient. De longues minutes passèrent, et il demeurait assis. Puis les chiens, qui devaient être endormis quelque part, revinrent dans la pièce, se laissèrent pesamment tomber au sol et se rendormirent aussitôt ; la porte-moustiquaire grinça, livrant passage à Ricky et à l'un de ses amis, qui montèrent aussitôt dans sa chambre. Kate ne prononçait pas un mot ; elle alla à la fenêtre et regarda au-dehors la nuit qui tombait.

Décide-toi.

Décide-toi, d'une façon ou d'une autre, pensa Jim. Quand il se tourna vers elle, les étoiles de la nuit s'encadraient dans les carreaux du haut, au-dessus de sa tête. Et, tout à coup, une voix parla en lui.

« Choisis l'amour, disait-elle. Choisis l'amour. »

Oui, donc. Il marcha vers elle et la reprit dans ses bras.

DEUXIÈME PARTIE

Les choses qu'elle pensait

1982

15

Pendant le déjeuner, un samedi de printemps, Laura fit une déclaration :

— Hansel, il a poussé la sorcière dans le four pour pas qu'elle les mange, lui et Gretel. Vous le saviez ?

— Pff, la naze ! se moqua Rick. C'est des trucs de bébé, tout le monde les connaît...

Maintenant qu'il n'était plus qu'à quelques mois de l'entrée en sixième, tandis que Laura, déjà en CP, n'était plus une mignonne petite poupée depuis longtemps, il avait perdu envers elle son attitude gentille et protectrice.

Leurs parents respectifs s'amusaient beaucoup à les regarder ; ces déjeuners du week-end étaient les seuls repas où ils se trouvaient réunis tous les quatre à table.

— Moi, je vais jouer chez Jessica, déclara Laura en fixant son père droit dans les yeux.

— Tu ne m'as pas demandé si tu pouvais, répondit-il.

— Je peux ? Je veux y aller. J'ai fini mon lait, alors je peux ?

— Si tu voulais dire, en réalité : « Est-ce que je peux, s'il te plaît ? », alors la réponse est oui, tu peux. Et amuse-toi bien, ma chérie.

Kate donna également des instructions à Rick.

— Puisque tu vas de ce côté toi aussi, emmène Laura. Je ne

veux pas qu'elle marche seule sur la route, il y a ce virage où les automobilistes ne voient pas très bien.

— Viens, la naze, dit Rick, et ils sortirent tous les deux, le garçon tenant la fillette par le cou et la poussant devant lui.

— Si nous sortions Cappy et Elfe pour leur donner un peu d'exercice ? suggéra Kate.

— Il ne va pas tarder à pleuvoir, regarde le ciel. Et c'est un bon jour pour s'attaquer à la paperasse. Il y a des comptes en attente et les factures du premier du mois.

À mesure que l'affaire s'épanouissait, le salon était plus ou moins devenu une annexe du bureau, désormais trop petit pour y loger deux tables débordant de papiers et de dossiers. Jim s'assit devant la sienne, sortit le grand livre comptable du tiroir et regarda l'après-midi au-dehors.

C'était un jour à paresser, pensa-t-il. La vue réconfortante du domaine, bien entretenu, les résultats financiers du grand livre, le bruit familier des allées et venues de Kate dans la maison, la bonne santé des enfants – l'énergique petit garçon et cette drôle de petite fille, sa Laura –, tout était douillet. Et, tandis que son stylo planait au fil de la page, son esprit errait à travers certaines des inquiétudes du passé, qu'il pouvait aujourd'hui écarter avec soulagement.

Il s'était inquiété à l'idée d'être le beau-père de Rick ; même s'il n'avait pas épousé sa mère – pas encore –, il lui en tenait bel et bien lieu. Aussi avait-il ajouté à sa bibliothèque des livres sur l'art d'être beau-père, livres qui faisaient sourire Kate. « Parce que, lui expliquait-elle, tu es déjà un père modèle, aussi bien pour mon fils que pour ta fille. Tu es le dernier à avoir besoin de ce genre de livres. » Face au long deuil, aux larmes du petit garçon, il avait espéré que oui, il en serait ainsi. Comme Clarence, Ricky était déjà un fermier dans l'âme – mais contrairement à son père, il n'y avait rien de timide ni d'hésitant en lui ; et Jim, au cours de leurs longues chevauchées ensemble et pendant leurs longues conversations, avait essayé d'encourager ses bonnes dispositions. Il s'était inquiété, aussi, de la bonne entente des deux enfants, mais Kate lui avait vite assuré qu'ils étaient comme deux doigts de la main.

Pourtant, tapie au-dessous de tout cela, se nichait une autre réalité, sombre et sinistre.

— Arrête de lire ce journal, lui lança Kate du pas de la porte.

— Je ne le lisais pas. Je calcule les impôts qu'on aura à payer, si tu veux tout savoir.

— Je ne te crois pas. Qu'est-ce qu'il fait sur le bureau ? Jim Fuller, je voudrais que tu arrêtes d'apporter ce journal à la maison et de lire toutes ces insanités.

— Tu ne l'as pas encore lu, alors comment peux-tu savoir ce qu'il y a dedans ?

— Je le vois rien qu'en te regardant, c'est pour cela que je ne veux pas le lire.

Elle fronça les sourcils, puis :

— Peut-être que je devrais, après tout. Étale-le sur la table.

Cette semaine est arrivé à Paris un jet privé amenant les amis mondains d'Arthur Storm et de l'ex-Lillian Buzley. Après un divorce très disputé et une lune de miel idyllique au cours d'une croisière en bateau dans les îles grecques, le couple a donné une fête à l'occasion d'une pendaison de crémaillère dans sa nouvelle et magnifique demeure proche du bois de Boulogne. La nouvelle Mme Storm était d'une beauté radieuse dans ce bleu qu'elle porte si souvent – parce que, à en croire ses amis, il est assorti à ses yeux remarquables.

« Lillian est quelqu'un d'unique, a affirmé Chloe Sanders. Je la connais depuis toujours et je jure qu'elle n'a jamais changé. Son énergie peut littéralement soulever une salle pleine de monde. Comme de l'oxygène. Les gens l'adorent, elle est élégante, charmante, drôle. Il est même étonnant qu'elle puisse encore être drôle après les épreuves qu'elle a traversées, et qu'elle traverse toujours. »

Lillian Storm, tout le monde s'en souvient, est la femme dont l'ex-mari s'est enfui, il y a quatre ans, avec leur fille de deux ans, Bettina.

En réponse aux compliments qu'on lui faisait sur leur nouvelle maison, cadeau qu'il offrait à sa jeune épouse, M. Storm a expliqué que le véritable cadeau, pour elle, serait le retour de son enfant. En faisant l'éloge de ce qu'il appelle son « courage indomptable », il a promis d'utiliser toutes ses ressources – et il en a beaucoup – pour trouver Bettina et la lui ramener.

En attendant, la nouvelle Mme Storm entend continuer à vivre d'une manière aussi normale que possible. « Au moins, dit-elle, je sais que Bettina n'est pas avec un étranger qui pourrait lui faire du mal. »

Très flatteur pour moi, pensa Jim. Elle sait choisir ses mots. Et vivre « d'une manière aussi normale que possible » est également plein d'humour involontaire. Attendons un peu de voir ce que Storm sait, ou ne sait pas, sur sa nouvelle femme. Même si, avec un hôtel particulier qui ressemble à un musée, et qui contient pour plusieurs millions de dollars d'œuvres d'art – encore des mots qu'elle doit aimer –, elle pourrait supporter de se retrouver seule une fois de plus. Ou peut-être pas.

— Elle est très, très belle, Jim. Est-ce qu'elle est vraiment comme sur la photo ?

— Je dirais que oui.

Buzley, le pauvre vieil homme qui avait été si bon pour elle et sa pitoyable sœur, avait pensé qu'elle l'était, aussi belle sur la photo.

— Elle porte des fleurs dans les bras, une gerbe de lis. Ce doit être une photo de mariage.

— Kate, ça m'est complètement égal. Il vaudrait mieux faire rentrer les chiens et la chatte, il commence à pleuvoir.

Le ciel s'était crevé, une grosse averse déversait soudain toute son eau, comme un immense robinet qu'on aurait ouvert là-haut. Nerveusement, Jim se leva pour aller à la fenêtre et regarder tomber le déluge.

Est-ce qu'il oublierait jamais cette chambre à Florence ? La femme ivre affalée sur le divan ? *« Tu es un puritain, Donald… Les gens ont besoin de s'amuser un peu. »* Et c'est cette femme qui veut emmener ma Laura !

Kate rompit le silence.

— Il faut que tu arrêtes de te faire du mauvais sang, Jim. Il le faut vraiment.

254

— Tu ne comprends pas. Comment est-ce que je pourrais m'arrêter quand je lis ce genre de choses ?

— Je te répète de ne plus passer ton temps à éplucher tous ces journaux et ces magazines. Ça fait quatre ans maintenant, et malgré tout ce battage rien n'est arrivé. Donc, il est très probable que rien n'arrivera plus.

Juste à cet instant, un martèlement se fit entendre à la porte d'entrée, et tous deux se précipitèrent : c'était Laura, trempée jusqu'aux os, et dans un état de grande excitation.

— Maman, Maman ! J'ai dit à Jessica que tu étais pas morte ! Elle arrête pas de me dire « Ta maman est morte », et moi je lui ai donné un coup parce que tu es pas morte, et j'ai dit : « Si, c'est vrai, j'ai une maman ! » Et elle a dit : « Tu vis même pas avec ta vraie maman, tu as une autre maison ! » Je déteste Jessica !

Chaque fois que Kate avait suggéré à Jim d'expliquer franchement certaines choses à Laura, il avait répondu qu'elle était encore trop jeune pour les comprendre. Aujourd'hui, face à son désarroi, Kate choisit de parler à la petite directement et sans détour.

— Tu m'appelles maman, Laura, et tu as raison parce que je t'aime. Mais il y a longtemps, tu avais une autre maman, qui est partie, comme le papa de Rick. Tu te rappelles le papa de Rick, n'est-ce pas ? J'ai essayé de t'expliquer ça une fois, mais tu as oublié.

— Quand on est mort, on vit là où il y a toutes ces grosses pierres, là où les gens vont mettre des fleurs ?

Kate prit un ton joyeux, pour caresser les cheveux de Laura.

— Oui, c'est ça.

— Rick dit que son papa reviendra jamais.

— C'est vrai.

— Et cette autre femme, elle va revenir ?

— Non. Écoute, ma chérie, on va monter toutes les deux là-haut, je vais t'enrouler dans une grande serviette et mettre tes vêtements au sèche-linge. Et qu'est-ce que tu dirais d'une bonne tasse de cacao et d'un petit gâteau pendant qu'ils sèchent ? D'accord ?

Comme Kate avait affronté facilement la crise, pensa Jim, alors que son cœur à lui s'était presque arrêté. Elle avait raison : il était temps de réfléchir à la façon dont il répondrait à Laura quand elle lui poserait d'autres questions – car elle lui en poserait sûrement.

— La première chose que nous devons faire, déclara Kate, plus tard dans la soirée, c'est trouver une photo à lui donner, en lui disant que c'est sa mère. J'imagine combien le sujet est pénible pour toi, Jim, mais nous devons l'aborder en face. C'est trop étrange et trop contre nature pour n'importe qui d'imaginer que tu n'aies ni photo ni aucun souvenir de ta femme morte. Attends-toi à toutes sortes de questions à mesure que Laura grandira : le nom de jeune fille de Rebecca, sa famille, d'où ils venaient, et où est-ce que Rebecca allait à l'école. Est-ce qu'elle avait des frères et sœurs, est-ce que Laura a des cousins ? Et aussi qu'est-ce que Rebecca aimait manger, est-ce qu'elle aimait la musique, est-ce qu'elle travaillait ou est-ce qu'elle jouait au tennis – mille petits détails de ce genre. Comment est-ce que tu l'as rencontrée, est-ce que vous avez fait un grand mariage ?

Jim gémit :

— Bref, il faudra écrire une vraie biographie.

— Oui. Et aussi la mémoriser, et ne jamais en dévier. N'importe qui, dans la position de Laura, voudrait des précisions. Elle est déjà maligne, elle va le devenir encore bien plus.

Jim fit une grimace.

— Je ne sais pas très bien par où commencer...

— Je t'aiderai. Quand j'irai à Atlanta le mois prochain, je chercherai une photo dans une boutique d'encadrement, une jeune femme avec des cheveux sombres comme ceux de Laura.

— Et où est-ce que nous habitions ? Est-ce qu'il y a des photos de la maison, ou de Rebecca et moi ensemble ? Ou des photos de... n'importe quoi ? C'est sans fin. À y penser ainsi, ça paraît une tâche impossible.

— Quand tu t'occupais d'affaires juridiques, tu devais te

mesurer à des cas qui semblaient impossibles, non ? Je suis sûre que les avocats ont à démêler tout un tas d'histoires folles...

— Ils ont souvent des trous à raccommoder, c'est vrai, mais on ne leur demande jamais de raccommoder là où il n'y a même pas de tissu, d'inventer dans du vide...

— Dans notre affaire à nous, nous serons bien obligés de le faire, inventer.

— J'ai l'impression d'être un type horrible. Comment est-ce que je peux continuer à regarder Laura dans les yeux alors que je raconte tous ces mensonges ?

— Jim, tu connais une autre solution ? Écoute, j'ai une idée, ça me fait penser à une histoire qui est vraiment arrivée. Un type qui est parti pour le Vietnam et qui a mis toutes ses affaires au garde-meuble. Mais l'entrepôt a brûlé et, quand il est revenu de la guerre, toutes ses affaires avaient brûlé, il n'avait plus rien. Voilà le genre d'histoire que tu dois trouver.

Jim réfléchit, hocha la tête.

— D'accord. C'est un peu tiré par les cheveux, mais si c'est arrivé une fois, je suppose que ç'aurait pu arriver une deuxième.

— Laisse-moi y réfléchir... Voilà, ça se construit dans ma tête, ça y est. Si tu ne connais rien sur ses parents, c'est parce que Rebecca était une immigrée, venant par exemple de Russie. Sa famille a eu de graves ennuis là-bas et, pour ce que tu en sais, ils sont morts avant elle.

Quand Kate avait une idée, elle allait jusqu'au bout, exactement comme elle allait jusqu'au bout de son travail dans la serre ; rien ne l'arrêtait.

— C'étaient des gens instruits, c'est pour cela qu'elle a appris l'anglais ; mais elle voulait se perfectionner dans cette langue, voilà pourquoi elle est venue ici. Elle comptait rentrer ensuite pour l'enseigner là-bas, mais alors elle t'a rencontré et elle est restée.

Dans le petit jardin public où elle mangeait une orange et où j'ai failli laisser tomber mes papiers par terre, pensa-t-il, puis il dit :

— Ça, je ne veux pas en discuter, je ne veux même pas y penser.

— Laura pose déjà des questions, tu sais, lui dit doucement Kate. Par exemple, elle veut savoir pourquoi nous vivons dans des maisons différentes. Les autres papas et mamans vivent dans la même maison.

Il savait très bien à quoi Kate pensait ; sans sa fierté naturelle, le sujet serait déjà revenu plusieurs fois sur le tapis. Mais elle l'avait abordé une fois et cela suffisait, elle n'y reviendrait plus – c'était à lui d'en reparler. Elle voulait le mariage et il le lui devait. Leurs moments de vie commune – des rendez-vous l'après-midi dans sa petite maison à lui, une nuit chez elle de loin en loin, quand Rick et Laura étaient invités à dormir chez les petits-enfants des Scofield – ne les satisfaisaient ni l'un ni l'autre. La première année de son deuil était passée maintenant depuis longtemps, un remariage n'aurait plus rien de choquant. Mais Jim redoutait toujours de lui faire supporter les retombées de sa situation personnelle, voilà pourquoi il n'avait rien fait.

Il jeta un dernier coup d'œil sur le journal, qui était étalé devant eux sur la table, et elle suivit son regard. Là se trouvait la magnifique Mme Arthur Storm, tout sourires – et ici, près de lui, Kate Benson, qui, dans sa magnificence à elle, valait dix mille Lillian.

Les pensées de Jim se bousculaient dans sa tête : les dettes étaient déjà à moitié remboursées, bientôt toutes les menaces pesant sur la ferme seraient écartées, le domaine appartiendrait en toute sécurité à Kate et Rick. En tout état de cause, Jim entendait bien que ça reste toujours ainsi, car c'était leur héritage à eux, pas le sien. Lui-même pouvait fort bien se satisfaire de son salaire. En outre, s'il devait y avoir une quelconque sanction dans l'avenir, elle ne pèserait que sur lui seul. Oui, c'était réalisable, et pourtant...

— Si seulement je pouvais être sûr que tu ne souffriras jamais par ma faute, murmura-t-il, pensant à voix haute.

Pourtant, alors même qu'il ne pensait qu'à la protéger, est-ce qu'il n'était pas en train de la faire souffrir ?

Le pli apparu au coin des yeux de Kate indiquait qu'elle souriait intérieurement.

— Alors ? Si tu pouvais en être sûr, qu'est-ce que tu ferais ?

— Un joli petit mariage, le mois prochain, sur la pelouse, juste là-devant.

— Faisons-le, Jim. Tu ne peux pas continuer à vivre dans l'anxiété comme ça. Je n'ai pas peur de l'avenir, et tu ne dois pas en avoir peur non plus. Nous construirons un foyer qui nous conviendra bien à tous les quatre. Tu le dois à Laura, et au diable Mme Arthur Storm !

Côte à côte sur la pelouse, à l'ombre, M. et Mme James Fuller recevant les félicitations de leurs invités. Tout se mélangeait devant les yeux de Jim en une sorte de brume charmante, comme s'il avait bu du champagne, alors qu'il n'en avait pas pris une goutte : la clarté du jour, couleur vert pâle et or, Kate dans sa robe de mousseline, ses cheveux brillants et dénoués tombant jusqu'à la taille, Rick faisant l'important dans son blazer bleu foncé, et Laura, vêtue d'une robe longue rose qu'il avait choisie lui-même dans un catalogue. Les invités riaient et bavardaient, tous heureux d'être là et approuvant manifestement leur union. Il y en avait une quantité étonnante, surtout venant de la ville ; comme le lui avait dit Kate, il s'y était fait plus de bons amis en quelques années que beaucoup de gens ne s'en font dans l'espace de toute une vie.

Il contempla la maison fraîchement repeinte. Grâce à la relative prospérité de ces derniers temps, ils avaient pu l'aménager pour accueillir leur nouvelle famille réunie. L'ancien bureau, inconfortable et qui débordait dans le salon, avait été déménagé dans la petite maison ; Kate et Jim y avaient chacun leur pièce, claire et spacieuse. Le plafond de la chambre de Laura avait été décoré d'un papier imitant un ciel d'été, bleu, avec des nuages blancs. Jim n'avait pas encore vu la chambre où il dormirait cette nuit avec Kate.

Elle lui avait demandé s'il le souhaitait.

— Elle a des couleurs douces, lui avait-elle dit, pêche et vert pin. J'espère qu'elle te plaira.

Et elle avait eu un froncement de sourcils inquiet qu'il avait dissipé en riant, d'un baiser.

— Oh ! oui, elle me plaira, lui avait-il assuré. Elle me plaira beaucoup.

Plus tard dans la soirée, après le départ des derniers invités, la famille réunie alla se coucher, tous ensemble dans la grande maison, pour la première fois. Jim s'attarda quelques minutes sur la véranda. La nuit était argentée, silencieuse, pas une feuille ne bougeait aux branches. Il sentit une paix parfaite descendre sur lui, une paix comme il ne se souvenait pas d'en avoir connu depuis qu'il avait quitté New York, il y avait un siècle de cela. Peut-être même n'en avait-il jamais connu de semblable.

— Quelle journée, murmura Kate en venant le rejoindre. Qu'est-ce que tu ressens ? À quoi penses-tu ?

— Toute la journée, j'ai eu l'impression que je venais de remporter une longue bataille. Il y a une citation qui me revient en tête...

— Toi et tes citations ! Dis-la-moi...

— Je crois qu'elle est de ce général de la guerre de Sécession, Stonewall Jackson. « Traversons la rivière et reposons-nous à l'ombre. » Eh bien, je viens juste de traverser la rivière, et maintenant nous allons nous reposer.

16

Il y avait des moments où Laura aimait être seule dans sa chambre. Elle aimait promener le regard autour d'elle sur son domaine, ses trésors – le peignoir de bain rose pendu à la porte de la salle de bains et qu'on apercevait dans l'entrebâillement, la boîte à bijoux qui jouait de la musique quand on l'ouvrait et, le plus important, le journal que papa lui avait donné un an plus tôt, pour son neuvième anniversaire.

Dans sa belle reliure de cuir rouge, il reposait juste là, sur son bureau ; il était muni d'une clé et ainsi, si elle le fermait, personne ne pouvait plus lire ses pensées secrètes. Elle aimait souvent relire ce qu'elle avait écrit, comme si ç'avait été une vraie histoire dans un livre.

J'adore lire. Il y a tellement de choses dans les livres qui font qu'on oublie les problèmes qu'on a, par exemple ce doigt cassé qui me fait très mal. Je me souviens que j'ai lu un jour une histoire d'Esquimaux et d'igloos, on avait plus mal nulle part pendant qu'on la lisait. Je lis tous les jours quand je rentre à la maison, sauf parfois quand j'ai sommeil, alors je lis pas. Je m'allonge par terre dans ma chambre et je regarde le beau plafond avec les nuages blancs. Alors je peux penser à l'été, quand on nage sur le dos dans le lac et qu'on regarde le ciel, loin là-haut. On se demande ce qu'il y a vraiment là-haut dans le ciel. Est-ce qu'il y a pas quelque chose ? Sans doute que si. J'aimerais bien savoir si Felicia, ma chatte, qui est allongée à côté de moi sur le tapis, pense à des choses comme ça. Papa dit que les animaux pensent, bien sûr, mais que nous on sait pas à quoi ils pensent.

Les gens me demandent toujours pourquoi j'ai appelé ma chatte Felicia, mais c'est un secret et je leur dis pas. Felicia, c'est le nom de la petite amie de Rick, un jour je voulais qu'il se mette en colère alors je l'ai appelée comme ça. Sauf qu'il s'est pas mis en colère. C'est drôle comme il a changé maintenant qu'il est au collège. Parfois je dis des choses et il me regarde un peu comme les grandes personnes vous regardent quand on a l'impression qu'elles pensent : « Oh ! comme elle est mignonne, cette petite fille. » Parfois ça me met en colère parce que je suis plus une petite fille, j'ai dix ans. Mais ça m'ennuie pas trop parce que je sais que Rick est vraiment mon ami, encore plus que certaines de mes meilleures amies à l'école comme Megan et Julia.

Un jour, je l'ai vu et il était nu. Je savais pas qu'il était dans sa chambre et j'ai ouvert la porte. Je sais plus très bien pourquoi je suis entrée dans sa chambre, sans doute parce que je cherchais les bonbons qu'il cache. Normalement il doit pas en manger parce que ça donne des boutons, à son âge, quand on est au collège. J'espère que moi, j'aurai jamais de boutons. Il a sauté en l'air et il a attrapé une serviette, mais j'ai tout vu et ça avait l'air bizarre. Après je suis sûre qu'il l'a dit à maman, parce qu'elle m'a dit que je devais toujours penser à bien frapper aux portes avant d'entrer. « Pourtant, tu le sais bien », elle m'a dit. Mais elle m'a dit aussi que c'était pas grave que j'aie vu Rick comme ça. On pouvait pas dire que c'était mal, c'était juste malpoli de regarder les gens quand ils étaient déshabillés. Alors j'y pense plus, juste parfois, parce que ça avait vraiment l'air drôle.

Rick et moi, on fait des choses amusantes ensemble. Maintenant que j'ai dix ans, c'est plus la peine que je monte le poney. Papa a promis qu'il m'achèterait un cheval, et bientôt on ira chercher une petite jument qui sera bien pour ma taille, ou c'est moi qui serai bien pour sa taille. Mais on va quand même garder mon poney. Il vit ici depuis qu'il est petit, alors il va y rester et il va juste se reposer dans le pré. Papa dit qu'un animal, c'est pas comme un meuble qu'on peut vendre ou donner à quelqu'un, il est triste si on fait ça.

Papa dit aussi que le lapin blanc qui est tout le temps sur notre pelouse en train de manger de l'herbe, c'était sans doute un cadeau qu'on avait fait pour Pâques à quelqu'un qui après l'a plus voulu et qui l'a juste laissé sur le bord de la route. Il joue pas avec les autres lapins bruns d'ici, qui sont des lapins sauvages. Peut-être qu'ils l'aiment pas, mais moi si. Il me manque quand je le vois pas pendant plusieurs jours, alors j'espère qu'il a pas été écrasé par une voiture ou mangé par un chien.

Quand j'aurai mon cheval, je voudrais que ça soit un cheval pie comme celui de maman. Alors j'irai moi aussi me promener à cheval avec tous les autres, quand ils prennent le long chemin qui monte à travers les collines. Une fois je suis allée là-bas avec papa, quand je montais encore avec lui sur son cheval. J'étais encore très petite mais je m'en souviens. Quand on arrive en haut, on peut voir une grande cascade qui descend très bas, même si ça donne le vertige de regarder si loin en bas. On peut pas y aller nager, l'eau fait beaucoup trop de vagues, mais on peut attacher les chevaux et faire un pique-nique en haut de la colline.

J'aime bien les choses qu'on fait ensemble. Beaucoup de mes amies à l'école font pas les choses que nous on fait. Rick dit ça aussi avec les amis de son collège. Samedi dernier on a planté deux magnolias, il y en a un qui est à Rick et l'autre est à moi. Aujourd'hui on dirait des petits bâtons mais un jour ils seront énormes et ils auront des fleurs roses. Rick et moi, on s'occupe d'eux. Il faut qu'on les arrose et qu'on mette autour du paillis, c'est drôle comme mot, je connaissais pas avant. Ils ont pas encore beaucoup grandi, mais papa dit qu'on les a plantés seulement samedi dernier et alors que c'est normal.

La seule chose qu'on fait pas, c'est qu'on va jamais loin d'ici. C'est parce que papa déteste les grandes villes. Dans la famille de Julia, ils vont tous partir à Washington pour les vacances de printemps, voir les monuments et les cerisiers en fleur, et peut-être aussi le Président. Je me demande s'ils pourront lui parler ou s'ils le verront juste par-dessus la barrière. En tout cas, moi je veux y aller aussi, mais papa veut pas et ça me met en colère, vraiment en colère. Maman dit qu'il faut pas, elle dit que papa est l'homme le plus gentil du monde et je pense que c'est vrai. Oui, c'est vrai.

Maman est très gentille aussi, elle se met presque jamais en colère. C'est pareil pour papa. Je veux dire, vraiment en colère, comme les parents de certains enfants qui les font pleurer. Parfois, le papa de Julia Scofield est méchant, il crie après elle. Alors ensuite elle va chez son grand-père et sa grand-mère et elle se sent mieux avec eux. Son grand-père est docteur et il m'aime bien. Il dit qu'il m'a connue quand j'avais deux ans, mais je m'en rappelle pas. Il dit que c'était quand papa m'a ramenée de Philadelphie. Une fois, j'ai entendu papa dire à maman que le docteur Scofield parlait trop, mais moi je trouve pas. Il dit des choses pour rire et je l'aime bien. J'aimerais bien avoir un grand-père, moi aussi.

Je voudrais bien que toute ma famille soit pas morte, comme ma mère. J'ai sa photo sur mon bureau juste à côté de ce journal et je la regarde beaucoup. Je trouve qu'on dirait quelqu'un de la télé. Elle a des cheveux bruns comme mes cheveux. C'est drôle de penser que j'ai grandi dans son ventre et que je la connais même pas. Parfois je voudrais avoir des cheveux roux comme maman, parce que j'aime maman. Ma mère, je peux pas l'aimer, forcément, parce que je la connais pas. Mais certains jours en tout cas je pense à elle et j'aimerais bien la connaître.

17

Quand les feuilles sont brunes, que le vent tiède commence à les pousser et qu'elles crissent par terre, alors le crépuscule descend plus tôt. Les criquets chantent et les oiseaux sont silencieux. Un mois encore, et à cette heure-ci les feuilles pleuvront des arbres, il fera trop sombre pour rester à lire sur la véranda.

Ainsi allaient les pensées de Jim qui s'était affalé dans un fauteuil, allongeant devant lui ses jambes fatiguées et laissant tomber son livre ouvert sur ses genoux. C'était une saine fatigue, après une longue journée bien remplie.

Depuis tôt ce matin, les hommes avaient planté de jeunes pousses de sapin dans des parcelles éloignées ; pendant ce temps, de ce côté-ci de la rivière qui traversait la ferme, d'autres hommes avaient chargé de jeunes arbres sur des camions. Avec un agréable mélange de gratitude et de fierté, Jim avait regardé partir le produit du domaine.

En ce moment, Rick les escortait sur la route. Jim ne put s'empêcher de sourire : depuis qu'il avait eu son permis de conduire, le mois précédent, il n'avait jamais raté une occasion de s'en servir.

Il allait leur manquer ; mais dans les derniers temps du lycée, quand ils étaient déjà presque à l'université, les jeunes avaient vraiment besoin de prendre leur envol. Du moins la plupart d'entre eux, et c'était particulièrement vrai pour Rick. Au dîner la veille au soir, il leur avait donné une foule d'informations sur les Appalaches – comment ces montagnes aujourd'hui rondes et vertes avaient été, des millions d'années auparavant, hautes, abruptes et glaciales comme les Alpes, un fait que Jim ignorait. Nul doute que Rick choisirait un métier en rapport avec la nature, car il aimait autant la terre que son père. Non sans émotion, Jim revit les après-midi pendant lesquels il avait arbitré des matchs de base-ball, puis les rencontres de football auxquelles il avait assisté sur le terrain du lycée, les parties d'échecs qu'il avait disputées avec Rick les soirs d'hiver... Hier ils étaient des enfants, aujourd'hui des adolescents, demain ils seraient autonomes...

En parlant d'adolescents, pensa-t-il – d'adolescents plus jeunes –, sa Laura était on ne peut plus typique ! À treize ans, elle se sentait déjà très adulte et faisait souvent des remarques qui (secrètement) amusaient beaucoup Jim. Parfois aussi, mais n'était-ce pas dans l'ordre des choses, elle semblait vouloir le provoquer, le défier.

— À quoi penses-tu ? lui demanda Kate.

Ses pas étaient si légers qu'il ne l'avait pas entendue arriver derrière lui.

— Aux enfants. Assieds-toi un peu, tu me manques quand tu n'es pas à côté de moi. Que faisais-tu ?

— Je préparais des graines pour le printemps prochain et je notais quelques idées pour mettre au point un catalogue. Il est grand temps qu'on fasse de la publicité, Jim, on en a vraiment besoin. Déjà, il faut qu'on se décide pour un nom. La Ferme des Collines, ça sonne comment ? Cela m'est venu à l'idée il y a quelques minutes. J'avais pensé aussi que nous pourrions nous faire conseiller par un professionnel. Peut-être à Atlanta, ou même à New York, pourquoi pas. Qu'est-ce que tu en penses ?

— Du nom ? Pas mal. La Ferme des Collines... Mais pour ce qui est de chercher un conseil, ce n'est pas moi qui irai. Je parlerai avec qui tu veux au téléphone, mais je ne veux pas qu'on me voie.

— Tu en es toujours aussi sûr ?

— Tu sais que oui, et c'est définitif. Que fait Laura ?

— La dernière fois que je l'ai vue, elle était au téléphone, comme d'habitude.

Il rit.

— De quoi diable est-ce qu'elle peut bien parler, avec des filles qu'elle voit à l'école cinq jours par semaine ?

— Chéri, tu n'as jamais été une fille de treize ans, alors tu ne peux pas comprendre.

— Oh, vous êtes là, dit Laura, en faisant claquer la porte-moustiquaire. Maman, je t'ai cherchée partout.

— J'étais à mon bureau au cottage jusqu'à il y a cinq minutes. Qu'est-ce qui t'arrive ?

— J'en ai marre, tout le monde part pendant les vacances de Noël, et pas nous...

— Tout le monde ?

— Bon, peut-être pas tout le monde, mais Susan va voir ses cousins à Denver, et ils iront faire du ski, Beth va en Floride, où il y a des palmiers et où on peut nager dans l'océan, Gerry et Jane Parks vont à New York, et nous on ne va nulle part, jamais...

— J'ai une idée, dit lentement Jim, et les yeux de Laura – ces yeux d'un bleu si vif, qui ressemblaient tant à ceux de Lillian – se tournèrent vers lui. Pourquoi est-ce que, tous les trois, vous ne choisiriez pas un endroit où passer quelques jours, pendant les vacances d'hiver ? J'aimerais bien partir un peu moi aussi mais il y a tellement de choses à faire ici, je ne vois pas comment ce serait possible. Cela dit, je serais ravi que vous le fassiez, vraiment.

— Tu dis toujours ça, papa... Il faut que tu viennes, toi aussi ! Tu es toujours trop occupé. Tous les pères partent, pourquoi toi, tu ne peux pas ? Il *faut* que tu viennes !

— Je t'ai dit que j'avais trop à faire ici. La propriété est très grande, il y a beaucoup à faire.

— Les autres pères eux aussi ont beaucoup à faire. Le père de Susan est avocat et il est très occupé.

— Ce n'est pas tout à fait pareil, Laura.

— Les avocats *sont* très occupés ! Tu ne sais rien sur eux ! Comment est-ce que tu pourrais le savoir, puisque tu n'en es pas un toi-même ?

En d'autres circonstances, ça l'aurait amusé ; elle était si sérieuse, si logique dans ses arguments...

— J'ai quelque chose à te proposer, Laura, intervint Kate. Un petit voyage, toutes les deux. Toi et moi, on va aller à Atlanta. J'ai des courses à faire là-bas, et toi tu as besoin d'un manteau d'hiver. On va bien s'amuser.

— Ce n'est pas pareil que si on allait *tous* quelque part. Pourquoi est-ce que papa ne peut pas venir à Atlanta avec nous ?

— Parce qu'il ne peut pas, c'est tout, dit Kate, d'un ton plus ferme cette fois. Il sait ce qu'il peut faire et ce qu'il ne peut pas faire. Et toi, tu ne dois pas l'ennuyer comme ça.

Laura se tut, et Jim songea : C'est amusant comme elle écoute Kate tout de suite, et moi seulement de temps en temps. Elle sait qu'elle peut me mener par le bout du nez – mais elle sait aussi à quels moments elle ne peut pas.

— Je peux aller au drugstore manger une glace ? Jennie a appelé et me l'a proposé, elle emmène des enfants au village. Je peux – je veux dire, est-ce que je pourrais ?

— Bien sûr. Prends-en une double, dit Jim.

Dès que Laura se fut éloignée, Kate lui posa la question qu'il s'attendait à entendre.

— Tu ne peux vraiment pas venir à Atlanta avec nous, Jim ? Qui risques-tu de rencontrer, au milieu d'une foule, et si loin de là où tu vivais autrefois ? Tu as entendu ce que ça signifierait pour Laura ?

— Peut-être que j'exagère, je ne sais pas. Bon, il fait trop sombre pour lire, je rentre.

— Je ne te l'ai pas dit, commença Kate quand ils furent installés dans leurs fauteuils habituels, mais Laura a cherché sur la carte où est Philadelphie. Elle veut voir la maison où tu vivais quand elle est née. Je te le dis maintenant parce qu'elle va sûrement t'en parler.

— Oh, mon Dieu ! J'aimerais bien qu'elle laisse tomber le sujet une fois pour toutes.

— Une drôle de chose est arrivée aussi. Un jour Rick l'a entendue en parler – tu sais qu'il est si adulte maintenant et qu'il ne se dispute plus jamais avec elle ou presque, mais là il était vraiment en colère. Il s'est mis à crier : « Est-ce que tu vas la boucler, cesser d'embêter ton père avec ça ? Arrête un peu de te plaindre, ça me rend malade de t'entendre. » Je suppose que toi aussi, Jim, mais n'oublie pas que c'est encore une enfant, et une enfant que tu aimes.

— Oui, murmura-t-il.

— Je serais si heureuse de te sentir moins angoissé. Pour ton propre bien. Non pas qu'on *doive* faire des voyages, bien sûr que non. Je me fiche pas mal de ce que font les autres, et de toute façon Laura ne parle en fait que d'une petite minorité. La plupart des gens en ville ne peuvent pas se permettre de partir à toutes les vacances scolaires. Non, c'est vraiment ta peur qui m'attriste. Ça fait maintenant onze ans que tu vis ici, et tu vois que rien n'est arrivé, même quand il y a encore eu ces photos sur les briques de lait en juin dernier. Tu n'as assassiné personne, tout de même. Et il y a une limite à l'argent qu'ils vont dépenser pour cette affaire.

— Ne sois pas impatiente avec moi, Kate.

— Chéri, je ne le suis pas.

— C'est à cause de vous tous que l'idée de partir d'ici même une seule journée m'angoisse autant. Je n'ai jamais pensé être particulièrement lâche, il est donc étrange que je ne puisse me débarrasser de cette peur.

— Lâche, toi ? C'est la dernière chose dont on songerait à t'accuser. Laissons tomber, retourne à ta lecture.

Tel est le miracle des livres : par une soirée tranquille, dans une pièce familiale, vous vous absentez soudain totalement ; pour vous retrouver au Tibet, ou peut-être au pôle Sud, luttant sur un bateau bloqué par les glaces. Puis l'horloge carillonne, une porte claque et vous revenez dans la pièce.

— Qui est-ce ? demanda Jim.

— Rick.

— Où est Laura ?

— Elle est rentrée il y a une demi-heure.

— Alors, fermons la porte. La journée a été longue.

Quand il passait devant la chambre de Laura, il pensait presque toujours à ne pas regarder à l'intérieur : cette horrible photographie, sur le bureau, était juste dans la ligne de mire. Elle devait l'avoir tout le temps sous les yeux quand elle faisait ses devoirs, et il se demandait ce qu'elle pouvait bien en penser. Quant à lui, cette jeune femme aux somptueux cheveux bruns, aux dents parfaites figées dans un perpétuel sourire, il aurait bien aimé que quelque chose lui arrive – que les chiens lacèrent sa photo ou qu'on la vole.

Et il remerciait le ciel de lui avoir offert Kate, pour sa force, son honnêteté, son rire, sa peau douce, ses lèvres et ses bras ouverts. Alors, il se dirigea vers la chambre où elle l'attendait et referma soigneusement la porte derrière lui.

18

Le bureau était installé entre les deux fenêtres, qui donnaient sur l'écurie et les étables, à mi-distance, tandis que plus loin s'élevaient les collines. Sur ce bureau reposaient un gros manuel de mathématiques, une photographie dans un élégant cadre d'acajou, ainsi qu'un épais journal de cuir rouge.

Laura le feuilletait. À quinze ans, retrouver celle qu'elle était à dix ans l'amusait, alors que son moi présent l'embarrassait quelque peu. N'y avait-il pas quelque chose d'adolescent à continuer d'étaler toute cette émotion sur le papier ? Peut-être ferait-elle mieux d'abandonner tout à fait son journal.

D'un autre côté, est-ce que ce n'était pas adulte de tenir un journal ? Quand on pensait à tous ces gens célèbres qui l'avaient fait, des gens dont on parlait dans les livres d'histoire... Peut-être qu'eux aussi trouvaient plus facile d'écrire les choses dont ils n'avaient pas envie de parler.

Dans une journée parfaitement ordinaire comme celle-ci, pensa-t-elle, une bonne journée, quand par la fenêtre je peux voir maman donner un bain aux chiens dans la bassine en fer-blanc, ou encore voir Rick – il préfère qu'on l'appelle Richard, maintenant qu'il est à l'université – revenir des champs avec papa, il y a des moments où je ressens une soudaine poussée de tristesse. Ça ne m'arrive pas très souvent, mais ça m'arrive.

Je suppose qu'ils m'ont dit tout ce qu'ils étaient en mesure de me dire, qu'ils doivent en avoir par-dessus la tête de mes questions, mais je n'ai toujours pas eu la réponse : qui était l'autre moitié de moi-même ?

J'ai cette photo sous les yeux depuis si longtemps que je peux même la voir dans le noir. J'ai l'impression de lui ressembler un peu, mais pas tant que ça. Ses dents sont plus apparentes que les miennes quand je souris. Qu'est-ce que je sais d'elle ? Pas grand-chose. Surtout qu'elle aimait peindre, mais qu'elle n'était pas une véritable artiste. Elle aurait voulu en être une, mais ça n'était pas le cas. Elle était très élégante, d'après papa. Il dit toujours qu'il est désolé de ne pas en avoir beaucoup plus à m'apprendre sur elle, que ça doit être dur pour moi d'avoir aussi peu de réponses, qu'il se met à ma place. Ils ne sont pas restés très longtemps ensemble : il l'a rencontrée, l'a épousée tout de suite, puis je suis née la même année, et deux ans plus tard elle mourait. Ça ne fait que trois ans, ou un peu plus. Quelle histoire affreusement triste.

Mais je ne peux pas m'empêcher de penser que si vous vivez avec quelqu'un, même seulement quelques mois, vous en savez plus que ce que sait papa. Vous ne savez pas tout, mais en tout cas quelque chose de moins vague que ça. Lui me dit juste des choses comme : Elle dansait bien, elle jouait bien au tennis, elle parlait très bien le français. Ce que je veux savoir, moi, c'est : comment était-elle ?

Maman dit que quand des gens que vous aimez meurent, ça vous fait mal de parler d'eux, vous ne voulez pas qu'on vous les rappelle. Mais je ne crois pas que c'est vrai. Rick – Richard – parle très souvent d'oncle Clarence ; maman et lui racontent même des histoires drôles qui sont arrivées avec lui, et ils en rient ensemble. Pourtant, je sais que maman l'aimait. Et je me rappelle que quand Coco, notre springer, est tombée malade et qu'elle est morte, pendant longtemps personne ne voulait plus penser à elle ; mais ces derniers temps, quand je parle d'elle, je me rappelle combien elle était gentille, combien elle était heureuse chez nous, et après je ne suis plus aussi triste. Donc, est-ce que papa n'aimait pas ma mère ? Est-ce pour ça qu'il ne me dit rien sur elle ? Est-ce que c'est possible ? Le père et la mère de mon amie Emily ont divorcé, et je suis sûre que si l'un des deux mourait, l'autre ne serait pas triste du tout, et ne voudrait pas répondre aux questions qu'on lui poserait.

Ou peut-être qu'il y a une tout autre explication : peut-être que papa aimait Rebecca plus qu'il n'aime maman. Il aime maman, c'est facile à voir, mais l'amour est quelque chose de différent à chaque fois ; alors peut-être que s'il aimait plus Rebecca, il ne veut pas faire de la peine à maman en parlant d'elle. Mais, dans ce cas-là, il pourrait m'en parler à moi en privé s'il le voulait.

Une fois, je devais avoir dans les onze ans et à cet âge-là on parle sans savoir, j'ai posé à maman une question horrible : « Est-ce que papa aimait plus Rebecca ou toi ? » Mais je ne crois pas que ça lui ait vraiment fait de la peine, parce qu'elle m'a répondu en souriant qu'on pouvait très bien aimer deux personnes autant l'une que l'autre. C'est sans doute vrai, mais je ne le saurai jamais parce qu'il ne me le dira sûrement pas.

Il ne me dira rien sur mes ancêtres non plus. Par ici, les gens sont tout le temps en train de parler de leurs ancêtres : Julia Scofield a un arrière-arrière – je ne sais plus combien d'arrière exactement – grand-père qui s'est battu à Gettysburg. Et Richard dit que les Benson vivent sur cette propriété depuis deux cents ans, depuis l'époque de George Washington.

Quand je repose la question à papa, lui dit qu'il m'a vraiment beaucoup parlé de sa famille ; il m'a parlé de sa mère, et de leur ferme, et de comment il avait appris la mort de son père, le jour du Débarquement en France, en 1944. Mais je veux aussi entendre parler de l'autre moitié de moi-même. Il me répond toujours qu'il m'en dirait plus s'il le pouvait, qu'ils vivaient en Europe et qu'il n'a aucun moyen d'en savoir plus sur eux. C'est presque comme si j'avais été adoptée. Ça encore, je pourrais le comprendre, mais dans notre cas c'est différent, alors je ne comprends pas. Quelquefois, même si ça n'a aucun sens, je me sens un peu en colère ; pas en colère contre papa, parce qu'il n'y est pour rien, juste parce que ça me paraît une sorte d'injustice.

273

J'en parle très rarement avec Richard, pourtant je pense que c'est lui qui peut le mieux me comprendre. À mon avis, il sait que j'ai ces moments de tristesse, j'en suis même sûre, en fait, sans pouvoir expliquer pourquoi. D'une certaine façon il me rappelle papa, il a cette même sorte de calme et de sérieux, même s'il est bien plus beau que papa. Bien sûr, il est beaucoup plus jeune et plus près de mon âge, donc il peut me comprendre plus facilement. Il me manque vraiment beaucoup depuis qu'il est parti pour l'université. Parfois je pense que c'est ça, le début de l'amour. Peut-être que je suis déjà amoureuse de lui.

Une fois je lui ai mis mes bras autour du cou et je lui ai demandé de m'embrasser sur la bouche ; c'était la première fois que j'embrassais quelqu'un comme ça, et je ne l'ai fait avec personne d'autre depuis. Je me souviens qu'il a vite retiré mes bras et qu'il a eu l'air un peu effrayé.

— Il ne faut pas, m'a-t-il dit, tu n'as que quinze ans…

Peut-être qu'il voulait dire que quand je serais plus vieille, nous pourrions ? Nous ne sommes pas frère et sœur, donc nous aurions le droit de nous marier si nous en avions envie ; et plus j'y pense, plus j'en ai envie. Je suis sûre qu'il sera un merveilleux mari, très tendre.

Il veut s'occuper d'environnement, des rivières polluées, de la déforestation et de choses comme ça ; il vient de s'inscrire au Club de la montagne. Je suis sûre qu'il vivra dans cette ferme toute sa vie ; c'est son héritage, c'est sa terre. Papa se moque de lui en l'appelant Daniel Boone, ou encore le Trappeur. Papa l'aime beaucoup, ça se voit.

Richard dit que papa les a énormément aidés, maman et lui, quand oncle Clarence est mort. Papa est très serviable avec des tas de gens en ville ; beaucoup viennent le voir pour lui demander des conseils parce qu'il est très intelligent. Au début, je ne m'étais pas rendu compte que c'est grâce à lui que j'ai obtenu mon poste de bénévole à l'hôpital. Peut-être que je l'aurais eu de toute façon, mais ça a été plus vite parce qu'il fait partie du conseil d'administration. J'aime vraiment ce job, c'est vraiment important pour moi. Je porte un uniforme rose, qui me donne vraiment l'air très professionnelle, quand je fais la tournée des chambres avec le chariot de livres, ou quand je fais la lecture pour des petits enfants.

Parfois, je me dis que peut-être ça m'irait bien d'être médecin. J'ai eu plus de quinze en sciences, alors je pourrais être comme ces gens qui découvrent des choses sur le cancer, qui a tué le pauvre oncle Clarence et ma mère. Papa dit que c'est possible. Il dit que j'ai un esprit très vif, et c'est pour cela qu'il m'a acheté un microscope, pour que je puisse découvrir des choses cachées. C'est fou de voir comme une fourmi ou une feuille d'arbre sont si différentes sous un microscope. Oui, je pense vraiment que je pourrais être médecin, si je travaille très dur. Papa dit que c'est incroyable ce qu'on arrive à faire si on essaie vraiment.

19

C'est la dernière semaine que je passe à la maison. La semaine prochaine, je serai dans le Middle West, de l'autre côté du Mississippi, et j'y resterai quatre ans. J'ai du mal à dire exactement ce que je ressens. De l'excitation, de la curiosité, de la tristesse aussi. Un peu de tout cela en fait, avec toutes ces pensées qui me traversent l'esprit.

Papa ne voulait pas que j'aille dans le Middle West. En fait, il aurait mille fois préféré que je choisisse une université quelque part dans le Sud, près de la maison, ou sinon, au moins une belle région comme la Californie. Pour une raison quelconque, il n'aimait pas l'idée du Middle West. Mais deux filles de ma classe vont au même endroit, et ce sera génial.

Les jours ont raccourci mais, de toute façon, on sait que c'est la fin de l'été à cause des criquets migrateurs, qui stridulent dans les feuillages. Je me souviendrai d'eux. Je me souviendrai aussi des grenouilles qui coassent au printemps. On n'imaginerait pas qu'il y ait tant à se souvenir, dans des endroits aussi calmes que cette ferme où j'ai passé mon enfance, cette ville où je suis allée à l'école.

Un endroit calme mais, quand j'y pense, les journées ont été très remplies ici. Tout le monde remarque combien la

276

ville a grandi ; papa dit même qu'il peut à peine croire à autant de changements depuis qu'il est arrivé ici, il n'y a pas loin de vingt ans. Ils ont construit une nouvelle bretelle vers la grand-route, qui met le centre commercial à quelques kilomètres seulement du centre-ville. On trouve à peine de la place pour se garer dans Main Street, surtout le week-end. Il y a un nouveau cinéma, qui est vraiment bien, avec trois salles et des sièges confortables, et au moins quinze nouvelles boutiques, un coiffeur de luxe qui m'a fait une coupe géniale, une épicerie fine. L'hôpital a presque doublé de taille, et un hôtel tout neuf a surgi à côté, pour loger les familles qui viennent rendre visite aux malades.

Richard dit que c'est beaucoup grâce à papa qu'on a ajouté le pavillon des enfants, qui a fait venir tous ces nouveaux médecins à l'hôpital. Je suis très fière. J'ai tellement entendu parler de lui quand j'ai travaillé au labo, l'été dernier à faire des analyses.

— Fini, le petit coin tranquille, m'a dit Richard hier, quand nous sommes allés à la foire d'été.

C'était notre dernier jour ensemble jusqu'à Thanksgiving, et nous en avons profité au maximum. Nous avons déjeuné dans un des nouveaux restaurants qui se sont ouverts et c'était fabuleux : ils nous ont fait des soufflés au chocolat, c'était la première fois que j'en mangeais. L'addition était aussi affreusement élevée, mais Richard a dit que je le méritais, et que nous célébrions mon départ de la maison.

Quand nous sommes rentrés, nous avons sellé les chevaux et fait une grande promenade jusqu'à notre poste de guet ; là-haut, nous les avons attachés et nous sommes allés nous asseoir au-dessus de la grande cascade. Il y a vraiment quelque chose de magique dans cet endroit. On peut y avoir une conversation passionnante, même être en train de rire, puis tout à coup une idée nostalgique vient vous interrompre. Richard dit qu'heureusement nous sommes assez loin de la ville pour que cet endroit ne risque jamais d'être gâché. La ville ne s'étendra pas dans notre direction, à cause

277

des collines et de tous ces domaines comme le nôtre, que les gens ne voudront sans doute jamais vendre. Je sais que papa et maman n'auront jamais l'idée de vendre, et Richard est un véritable homme des bois. Il dit qu'il est content d'en être un, et je suis d'accord, parce que je l'aime exactement comme il est.

Oui, je l'aime, au vrai sens du mot, et pas comme un frère. Au moment où nous allions remonter à cheval pour rentrer à la maison, nous nous sommes approchés l'un de l'autre et nous nous sommes embrassés. Nous ne l'avons pas fait plus de trois ou quatre fois en tout ; cela provoque toujours le même choc en moi, et je n'ai aucune envie que ça s'arrête. Je sens bien que lui non plus n'en a aucune envie, pourtant cette fois, comme les autres fois, il m'a lâchée et s'est écarté de moi.

— Tu es trop jeune, m'a-t-il dit, ce qui n'est pas vrai. Ils ont confiance en nous, Laura.

Ça, je le sais, et je sais aussi qu'il a raison. Il parle toujours très sagement.

— En plus, tu t'en vas, et tu rencontreras sûrement quelqu'un d'autre.

Là, par contre, il a tort. Je ne rencontrerai pas quelqu'un d'autre. Nous allons beaucoup trop bien ensemble, lui et moi.

TROISIÈME PARTIE

La tornade

1996

20

Journal numéro quatre. Relié comme les précédents en cuir rouge, posé sur le bureau, toujours entre deux fenêtres – sauf que celles-ci donnaient sur le campus grouillant de monde de l'université. Au-dessus étaient accrochées une rangée de photographies : papa et maman ensemble sur le porche, Richard à cheval, et Rebecca arborant la seule expression qu'elle avait jamais adressée à Laura, son charmant sourire.

Il y avait encore une autre photo dans la pièce : un grand portrait encadré de Laura et Gilbert Maples, exécuté quelques mois plus tôt, le jour où ils avaient échangé – en privé et sans cérémonie – leur serment de fiançailles. À en croire la photo, ça les amusait beaucoup. Ses cheveux clairs à lui étaient ébouriffés par le vent, tandis qu'elle avait noué les siens en une longue et lisse queue-de-cheval. Il souriait de ses beaux yeux bruns, que Laura voyait toujours pétiller, comme s'il pensait à une bonne histoire qu'il était le seul à connaître.

L'an prochain ils seraient diplômés, lui de la faculté de droit, elle de l'université, première étape de ses études de médecine. Tout se déroulait comme dans un rêve, pensait-elle en étudiant la photographie, surtout aujourd'hui : une de ces journées où tout est à l'unisson, depuis le ciel radieux jusqu'à son seize en biochimie. Prise d'un soudain besoin d'écrire, elle ouvrit son journal.

Quand je relis ce que j'ai écrit il y a trois ans, je mesure l'énorme changement qui s'est opéré en moi. Est-ce juste la différence normale entre être adolescente et avoir dépassé vingt ans, ou bien est-ce d'être loin de la maison, forcée de grandir parce que je n'ai plus papa ni maman pour me protéger ? Soyons juste, ils ont fait bien plus que me protéger ; ils m'ont poussée (gentiment) sur la voie que je voulais prendre, ils le savaient. Quand je remonte à ces années-là, je vois combien j'ai été aidée.

Papa m'avait fait avoir ce job d'été dans le cabinet du docteur Barrett ; je n'y faisais pas grand-chose, mais je regardais et j'écoutais. Et tant d'autres gens m'ont aidée : le chirurgien qui m'a arraché les dents de sagesse et qui m'a donné quelques articles sur la chirurgie bucco-dentaire parce que le sujet m'intéressait ; le docteur Scofield, qui a écrit cette magnifique lettre de recommandation pour l'université ; Mme Bondi, mon professeur de chimie, et tant d'autres encore qui ont fait de même. Et ça continue : quand j'ai été volontaire à l'hôpital universitaire pour rendre visite aux patients atteints d'un cancer, le docteur O'Rourke m'a laissée regarder une opération ; je pensais que je serais horrifiée, mais non, j'ai été fascinée. Ensuite, il y a eu le professeur Reich, qui a fait l'éloge de ma dissertation de bioéthique ; il a promis de la citer dans un article qu'il écrivait – de la citer en mentionnant mon nom !

J'ai tant de chance... Dans mes moments de superstition, qui ne sont pas très fréquents, je me demande si toutes ces choses ne sont pas trop bonnes pour durer. Gil dit que c'est absolument stupide ; il a tellement de bon sens. Je lui dis : « Tu as vraiment un esprit d'homme de loi. » Je sens la force qui existe en lui, je l'ai sentie dès notre première rencontre. Je ne me rendais pas compte à quel point c'était rare, pour un étudiant en droit, de faire ne serait-ce qu'attention à un non-licencié ; mais, comme on dit, le courant était passé

entre nous. Et il passe encore où que nous soyons, à la café-
téria, en promenade, au cinéma, ou au lit – surtout au lit.

Je me rappelle l'époque où j'étais amoureuse de Richard.
De temps en temps, j'éprouve une pointe de culpabilité
envers lui. Non que des mots précis aient jamais été
prononcés entre nous, mais est-ce que nos sentiments
n'étaient pas assez forts pour mériter qu'on fasse le point,
au moins qu'on s'en explique ? Peut-être pas, après tout. Je
l'aime toujours, mais pas du tout de la manière dont j'aime
Gil, ni d'ailleurs d'aucune manière que je puisse facile-
ment décrire. Peut-être qu'un étudiant en lettres pourrait le
faire, mais manier le langage n'est assurément pas dans mes
compétences.

Je peux dire une chose quand même : si différents que
ces deux hommes soient l'un de l'autre, chacun d'eux me
rappelle papa. Je sais bien que les femmes choisissent
souvent des hommes qui leur rappellent leur père, sans
même s'en rendre compte. En tout cas, aucun des trois,
papa, Gil ou Richard, ne ressemble vraiment aux deux
autres, mais ils sont tous les trois sensibles, décidés, sages et
gentils.

Quand Laura eut fini, elle ferma le livre rouge à clé et le
repoussa vers un coin de son bureau. Un jour, sûrement, elle
relirait ce qu'elle venait d'écrire et se verrait à travers le prisme
déformant de la distance comme elle revoyait aujourd'hui ce
qu'elle écrivait à l'âge de dix ans. Oh, si l'on pouvait faire la
même chose dans l'autre sens, et connaître l'avenir...

Elle sourit, bâilla, puis alla s'installer dans son fauteuil et
pencha la tête en arrière sur le dossier. La journée avait été
longue, l'air chargé des odeurs du printemps qui arrivait, sans
parler du parfum du gardénia de maman. Maman lui avait
offert ce fauteuil, avait habillé le lit avec un édredon et des
oreillers de chintz à fleurs ; tendrement, amoureusement, elle
avait embelli la petite chambre nue de sa fille.

— Docteur Fuller, je suppose ?

La porte était entrebâillée, mais Gil frappait toujours avant d'entrer.

— Encore en train de traîner, alors que je suis à la bibliothèque depuis deux heures de l'après-midi ?

— Et moi j'étais au labo de biologie.

— Hé, qu'est-ce qui sent si bon ici ?

— Le gardénia. Il est arrivé aujourd'hui. Maman les cultive. C'est son domaine réservé, les arbustes et tout un tas de machins raffinés.

— Je l'ai bien aimée, la fois où elle est venue ici. C'est visiblement quelqu'un d'intéressant. Et son fils aussi. Je n'avais jamais rencontré un diplômé en sylviculture.

— Tu aimeras Richard, j'en suis sûre.

— Est-ce qu'il n'y a jamais rien eu entre vous ?

— Pas véritablement, non. Pourquoi tu me demandes ça ?

— Oh, un type si beau – au moins sur la photo – grandissant avec une fille fantastique, sans être ni son frère ni son cousin... C'est très possible, non ?

— Tout est possible, chéri. Mais il se trouve que je suis ta petite amie et celle de personne d'autre.

— Pousse-toi, le fauteuil est assez grand pour deux. Bon Dieu, tu as les yeux les plus bleus que j'aie jamais vus.

— Il paraît que ce sont ceux de ma mère.

Gil se tourna vers le mur où souriait Rebecca, puis il revint à Laura, secoua la tête et déclara qu'elle ne lui ressemblait pas du tout.

— Tu dois être la fille de ton père.

— Tu le rencontreras quand tu viendras nous voir pour les vacances de printemps, tu pourras juger par toi-même.

— Est-ce qu'il est déjà venu te rendre visite depuis que tu es ici ?

— Non. Il n'aime pas voyager, quitter la ferme.

— Un fermier typique, du genre taciturne ? Je les imagine tous comme ça.

— Qu'est-ce qu'un New-Yorkais comme toi peut savoir des fermiers ? Non, papa est même tout le contraire. Historien, érudit, bon orateur même. Je l'ai entendu dans des réunions en ville et je l'ai aussi entendu à la maison.

— Comment est-ce qu'il a échoué dans une ferme ?

— Je suppose qu'il aime ça, tout simplement. Il a grandi près d'une ferme, dans le Maine.

— Je suis impatient de vous rendre visite, en tout cas. Il faut qu'il sache que je suis un homme responsable. En attendant, demain c'est dimanche, alors qu'est-ce que tu penses d'une randonnée de huit kilomètres, quelques longueurs à la piscine, et ensuite un dîner de luxe au Roméo ?

— Au Roméo ? Hé, écoute, ce n'est pas *mon* père qui est à Wall Street ! Je dois surveiller mes finances...

— Quoi ? La fille des Collines ?

— La ferme n'est pas à papa. Elle est à maman, et lui a un salaire.

— Je comptais t'inviter, de toute façon. Je suis vieux jeu, en retard, quoi. Tu n'as pas remarqué que je ne laissais pas payer les femmes ?

— J'ai remarqué que tu étais l'homme le plus charmant du monde.

— C'est vrai ? Alors montre-moi combien tu apprécies ma gentillesse. Lève toi de ce fauteuil et va fermer la porte.

21

— Ce chêne que vous voyez là-bas, près de la barrière, dit Jim, est au moins centenaire. Nous avons surtout des chênes et des pins dans cette partie du pays. La prochaine fois que vous viendrez, il faudra que nous vous emmenions faire une excursion d'une journée dans les Great Smoky Mountains. Vous verrez des forêts quasiment vierges, plus de deux cent cinquante mille hectares au total. Vous verrez des blocs de pierre gros comme des petites maisons, qui datent de l'ère glaciaire, et bien des choses qu'on ne trouve pas, là d'où vous venez.

— J'ai entendu dire que vous n'alliez pas souvent à l'endroit d'où je viens, monsieur Fuller.

— Non, c'est vrai. Je n'ai jamais beaucoup aimé voyager, et de toute façon il y a trop de travail ici.

— Mais vous êtes déjà allé à New York, non ? Vous devez bien l'avoir visité quand vous habitiez Philadelphie, ce n'est qu'à deux pas...

— Oui, j'y suis allé, mais presque toujours en passant, sans m'y arrêter.

Ils étaient tous assis sur la véranda après le dîner ; Laura savourait pleinement le calme du moment, les propos échangés, elle se sentait heureuse et fière de son foyer. Le contraste était quasiment comique entre cette visite et sa rencontre avec les parents de Gilbert, dans leur appartement du quatorzième étage, au-dessus d'une avenue encombrée. Elle les avait trouvés sympathiques, très polis et on ne peut plus cordiaux, mais terriblement *expéditifs* dans tout ce qu'ils faisaient, et donc très éloignés des mœurs sereines qu'elle connaissait.

— C'est vraiment dommage que Richard ne soit pas là. Il pourrait te raconter des choses intéressantes sur cette région. Il participe en ce moment à un colloque de sylviculture et il ne pouvait pas rentrer à la maison cette semaine.

— J'aimerais beaucoup le rencontrer.

— Pourquoi est-ce que vous n'iriez pas vous promener jusqu'au belvédère, là-haut, pendant qu'il fait encore jour ? suggéra Kate. C'est vraiment un spectacle à voir, surtout juste avant le coucher du soleil. Il y a un peu plus de trois kilomètres aller-retour, mais ça vaut le coup.

Gilbert, toujours heureux à l'idée de voir quelque chose de nouveau, se leva de son rocking-chair.

— Bonne idée. Allons-y.

— Tes parents sont formidables, dit-il tandis qu'ils gravissaient la colline. J'admire leur enthousiasme. Je les aime bien et j'espère que c'est réciproque.

— Bien sûr qu'ils t'aiment bien. Pourquoi est-ce qu'ils ne t'aimeraient pas ?

— Je ne sais pas. Ton père a parlé si souvent de Richard que je me demandais s'il y avait quelque chose... eh bien, s'il avait la moindre raison de penser que toi et lui... qu'il était amoureux de toi, ou toi de lui.

— Je l'étais quand j'avais quinze ans, mais il n'en reste rien aujourd'hui. D'ailleurs, j'espérais que vous feriez connaissance cette semaine.

Elle le dit, mais ce n'était pas tout à fait vrai. Elle aurait été mal à l'aise, assise à table avec ces deux hommes en même temps. Elle avait jadis confié à Richard ses pensées les plus intimes...

Elle rit.

— Richard est merveilleux, mais on dirait parfois que tout ce à quoi il pense, c'est l'environnement, la préservation de la nature, les arbres, les droits des animaux…

— Tu m'en vois heureux. Je n'ai pas envie qu'il pense à toi, ni que toi tu penses à personne d'autre que moi. Ce sont mes ordres.

Quand Gil plaisante, songea-t-elle, c'est qu'il a le cœur comblé. Chaque jour qui passait semblait lui apprendre quelque chose de nouveau sur son fiancé. Elle tendit la main, lui caressa la joue.

— Tes yeux, Laura, murmura-t-il. J'adore tes yeux graves.

Ils marchèrent main dans la main, parlant à peine. Le parfum des pins flottait dans l'air ; un renard traversa le chemin dans un éclair roux et se précipita vers le sous-bois, où les fourrés bruissèrent sur son passage. À la dernière plate-forme, ils s'arrêtèrent pour contempler la vue, tous les deux avec les mêmes yeux admiratifs – lui qui la voyait pour la première fois, et elle dont c'était un des premiers souvenirs. Cent cinquante mètres plus bas, au fond du vertigineux abîme, la cascade plongeait dans la rivière ; loin devant eux, une brume bleutée flottait au-dessus des montagnes et allait se perdre à l'horizon.

— Voilà les Great Smoky Mountains, les bien nommées, murmura Gil. Est-ce qu'on ne dirait pas vraiment de la fumée ? C'est magnifique.

— Elles sont à des kilomètres, pourtant on ne croirait pas. Ici, nous ne sommes que dans les collines.

— Et tu les aimes, tes collines.

— On les a dans le sang, comme dit papa.

— Je peux comprendre ça, oui.

— Rentrons, maintenant. Il fera nuit dans dix minutes. Nous aurions dû prendre une lampe de poche. Papa m'en a quasiment mis une dans la main, mais j'ai oublié de l'emporter.

— C'est un homme remarquable. Parfois il parle comme un fermier, puis, quand nous avons discuté de cette affaire

288

d'espion à Washington, il parlait plutôt comme un avocat, on aurait dit un de mes professeurs de droit.

— Oui, les gens disent souvent cela à son sujet. Dans tous les organismes où il siège, au conseil d'administration de l'hôpital, au conseil des écoles, et Dieu sait combien d'autres.

— Ils sont bien assortis, lui et ta mère.

— Oh, oui. Mais comment peux-tu dire cela après seulement deux jours ?

— Je ne peux pas l'expliquer. C'est quelque chose que je sens chez les gens. Je ne veux pas dire que je suis ce genre de cinglé qui lit dans le marc de café, mais j'ai souvent vu juste. Ça m'arrive aussi de me tromper, reprit-il en fronçant les sourcils. J'ai l'impression que ton père est un angoissé. Je me trompe ?

— Oh, non ! Mais avec les responsabilités qu'il a ici – nous venons d'ajouter près de cinq cents hectares au domaine –, je suppose que c'est normal.

— Il se fait sans doute du souci aussi à ton sujet, ma gente dame.

— Moi ? Pourquoi donc ?

— Parce que tu es un trésor, et les gens surveillent leurs trésors.

Laura n'aurait pu expliquer pourquoi, quand elle avait fait sa valise pour venir passer ces deux jours à la maison, elle y avait glissé son journal ; le fait est qu'il se trouvait là, sur la table de sa chambre. Elle n'aurait pu expliquer non plus pourquoi, alors qu'elle s'apprêtait à se coucher, qu'elle était sur le point d'éteindre la lumière, elle avait soudain traversé la chambre, déverrouillé le journal et s'était mise à écrire.

> *Tant de fois je commence la page avec ces mots,* **Tout est comme dans un rêve**. *Ce sont les fois où tout va si bien dans ma vie que j'ai l'impression de ne pas le mériter. Je vois tant de souffrance quand je travaille comme bénévole à l'hôpital... Les gens ne sont pas seulement malades,*

souvent, ils n'ont pas de famille autour d'eux, pas d'amour à recevoir, personne pour prendre soin d'eux – ce qui est pire, je pense, que de se faire du souci pour le loyer du mois suivant. Mais alors, qu'est-ce que je peux faire, moi qui ai tant d'amour ni aucun souci, ni pour le loyer ni pour n'importe quoi d'autre ?

C'est si bon de voir comme Gil et papa s'entendent bien. On dirait qu'ils ont beaucoup de choses à se dire, comme si leurs deux esprits suivaient la même pente. Pourtant, ça m'a un peu troublée, quand papa m'a fait – en privé et avec beaucoup de tact – cette remarque sur le coup de foudre. Quand je lui ai raconté que ça nous était tombé dessus, à Gil et moi, très exactement au même moment, il m'a dit : « Je n'y crois pas. Peut-être que ça arrive parfois, mais quand même, je n'y crois pas. »

Est-ce qu'il parlait de son cas personnel ? Et si oui, de qui s'agissait-il, Rebecca ou Kate ? Il est si bien avec Kate, ça se voit de manière si évidente, qu'il voulait sûrement parler de Rebecca.

Ça m'étonne de ressentir toujours cette tristesse quand j'entends prononcer ce prénom. Ou peut-être que ce n'est pas de la tristesse, mais autre chose, autre chose de mystérieux et de vague.

Parfois, maintenant que je ne suis plus qu'à un an d'entrer en faculté de médecine, je pense à mon choix de spécialité : pourquoi pas la psychiatrie ? Souvent, je crois, je sens quand les gens dissimulent leurs véritables sentiments derrière leur comportement quotidien, leur courtoisie, leur sérieux ou leur jovialité. À la bibliothèque, je suis tombée sur un livre fascinant, L'Anatomie de la mélancolie, où l'auteur, Robert Burton, a écrit au XVIIe siècle beaucoup de choses énoncées par Freud au XXe. Vous imaginez ça ? Pour résumer, tout se ramène à cette question : pourquoi faisons-nous les choses que nous faisons ?

Je ne voulais pas revenir sur le sujet cette semaine, d'ailleurs je ne l'ai plus fait depuis un bon moment, mais un jour je finirai par parler à papa de notre visite à

Philadelphie. En fait, c'était l'idée de Gil, pendant ce week-end où nous avions pris l'avion pour New York afin de rendre visite à ses parents. Ce n'était pas très long en train, aussi nous y sommes allés ; nous avons pris un taxi jusqu'à Spruce Street, il me semblait bien qu'il avait parlé de ce nom de rue, ou était-ce plutôt Pine Street ? Il y avait une rue de chaque nom, nous les avons essayées toutes les deux mais nous n'avons pas trouvé le bon numéro – je croyais pourtant bien l'avoir retenu, mais je me trompais sans doute. Finalement, nous avons abandonné. Un jour, je réessaierai ; même si ça n'est pas vraiment important, je veux voir cette maison.

Richard dit que c'est morbide d'ennuyer mon père comme ça. Il était furieux contre moi le jour où j'ai demandé à papa à quel endroit Rebecca avait été enterrée. Il m'a dit qu'elle avait été incinérée, et que je devais cesser de poser des questions à papa là-dessus. Peut-être qu'il a raison, que c'est en effet morbide.

J'entends les grenouilles coasser dans la mare, derrière les étables. C'est un son plein de nostalgie pour moi : le son du printemps, le son de mes trois ans. Chaque fois que je l'entends, il me ramène en arrière, aussi loin que je suis capable de me rappeler. En réalité, je ne m'en souviens pas vraiment, je reconstitue probablement ce souvenir ; si j'ai bien entendu ce son à l'époque, je ne savais pas que c'étaient des grenouilles qui le faisaient. Les grenouilles ont-elles une conscience ? Sans doute, oui, mais laquelle ?

Tout est mystère. L'amour est mystère. Autour de la table où nous prenons nos repas ce week-end, il y a tant de sortes d'amour : celui de papa pour Kate, et le sien pour lui, son amour à elle pour moi et le mien pour elle, et pour mon père. Et aussi le mien pour Gil, et le sien pour moi. Avec le temps, je crois (et j'espère) que Gil aimera papa et maman et qu'eux aussi l'aimeront. Il y a aussi Richard, mon cher Richard, maintenant et toujours.

Oui, c'est un mystère et un rêve. Je ne sais pas pourquoi je mets tout cela sur le papier ce soir. Si je pouvais entrer dans la chambre de Gil de l'autre côté du couloir, je lui en parlerais et il comprendrait. Mais, même s'ils savent sûrement que nous faisons l'amour, papa et maman ne voudraient pas qu'on le fasse dans leur maison, alors bien sûr je n'irai pas dans sa chambre.

Je suis si pleine d'émotion, ce soir, que je pourrais éclater de rire, ou pleurer, ou les deux ensemble. Quand je balaie la pièce des yeux, je me rappelle ma chatte Felicia, qui est morte depuis longtemps, et comment je lui avais donné le nom de la petite amie de Richard au collège. Je devrais prendre une nouvelle chatte demain et l'appeler elle aussi Felicia, pour le taquiner. Dans tous les foyers, il devrait y avoir un chat. Oui, c'est ce que je vais faire.

Maintenant, referme le journal et verrouille-le. Bonne nuit.

22

Pendant que Laura écrivait dans son journal intime, en bas, dans l'entrée, Jim sortait un quotidien d'un tiroir et le montrait à Kate.

— Tiens, regarde. J'ai découpé ça hier. Je ne voulais pas t'embêter avec, mais finalement je le fais quand même.

— Ne me dis rien, que je devine... Un autre grand événement mondain, avec un nom que tu as reconnu ?

— Oui. À Venise, cette fois. Bon, Venise en elle-même est éblouissante, j'y suis allé deux fois. Mais si tu y ajoutes l'argent, la jet-set, la haute couture et les bijoux, c'est plus proche de l'aveuglement que de l'éblouissement. Tiens, lis.

Kate observa la page en silence pendant quelques secondes : un texte serré accompagné d'une demi-douzaine de photographies de joyeux noceurs dans des gondoles et d'autres sur des terrasses fleuries.

— Alors, qu'est-ce que tu en penses ? demanda-t-elle quand elle eut fini.

— Ils se sont séparés, c'est évident. Storm l'a quittée, il a dû finalement en avoir assez, je suppose. « ... a regagné sa maison de Long Island. De leur côté, Lillian Storm et *son compagnon*, le sportif suisse bien connu Luigi Di quelque chose, ont acheté une gentilhommière du XVIIᵉ siècle en Toscane. » Bien, bien. Quoi de neuf, à part ça ?

— Il a l'air assez vieux, non ? En tout cas, vieux pour elle. Elle fait à peu près vingt-cinq ans sur ces photos.

— Pas mal pour une femme qui en a quarante-huit. Mais elle sait comment se placer devant les appareils photo et prendre la bonne pose.

— Regarde ces bracelets et son corsage de dentelle… Elle sait aussi s'habiller.

— Tout ce qu'il faut pour ça, commenta-t-il, sentant le mépris se glisser dans sa propre voix mais incapable de l'empêcher, c'est un minimum de goût et un maximum de dollars. Elle s'est visiblement fait siliconer les lèvres, en plus.

Kate lui jeta un regard où se mêlaient l'inquiétude et la curiosité.

— Cher Jim, toujours amer envers elle ?

— Je n'ai jamais été amer, non, juste furieux, puisque je l'ai surmonté. Aujourd'hui, il ne reste que l'inquiétude, mais elle n'a pas diminué.

— Réfléchis un peu… Maintenant que Storm, son argent et ses détectives sont hors du coup, tu as moins à craindre que jamais. Sans compter qu'ils ne sont pas parvenus à quoi que ce soit jusqu'à présent.

Kate se rapprocha de lui, posa la tête sur sa poitrine.

— Ton cœur, je l'entends cogner… Oh, qu'elle soit maudite pour être entrée dans ta vie… Comment comprendre une femme comme elle ? Comprend-elle seulement ce qu'elle fait ?

— Elle n'essaie même pas, elle dit seulement qu'elle s'ennuie, ou qu'elle s'impatiente. Rien ni personne ne la satisfait jamais très longtemps.

— Je suppose qu'on devrait la plaindre, finalement. En théorie je la plains, ne serait-ce que parce qu'elle doit beaucoup souffrir d'être privée de sa fille.

— J'y pense, et tu le sais. Mais je pense aussi au genre de vie que Laura mènerait aujourd'hui, si je n'avais pas fait ce que j'ai fait.

— Chéri, il faut que nous arrêtions, maintenant. Je voudrais que tu chasses une fois pour toutes de ta vie ces journaux de New York et leurs rubriques mondaines.

— J'ai l'impression que... Oh, je ne sais pas, j'ai l'impression que je vais passer le reste de ma vie à avoir peur de l'avenir. Elle obtient toujours ce qu'elle veut, tu comprends.

— Eh bien, elle n'a pas obtenu Laura, depuis près de vingt ans qu'elle essaie, et elle n'est pas près d'y arriver. Ta peur n'a aucun sens. Elle papillonne là-bas à travers l'Europe, et toi tu es ici, craignant qu'elle surgisse tout à coup par magie comme un fantôme.

Jim poussa un grand soupir, qui le soulagea quelque peu.

— Je sais. Je suis désolé. Mais reconnais que je ne suis pas très souvent comme ça, quand même.

— Non, juste quand tu lis ces bêtises. Alors, arrête d'y penser. Tu as toutes les raisons d'être heureux, Jim. Il faut que je t'en fasse la liste ?

Il les connaissait bien et n'avait pas besoin qu'elle les lui rappelle. Souvent, quand il montait à cheval sur cette terre prospère et féconde, qu'il était assis à la table du repas en face de Laura, ou encore qu'il s'endormait au côté de Kate, dans la tiédeur des draps, il éprouvait une telle sensation de plénitude et de gratitude qu'il en aurait presque pleuré.

— Laura a un esprit si fin et tant de charme..., poursuivit Kate. Je l'entends répéter chaque fois que je rencontre des gens en ville. Elle ressemble peut-être à Lillian, ça n'empêche qu'elle est bien ta fille. Combien de fois ne te l'ai-je pas déjà dit...

— Beaucoup, mais ça ne m'ennuie jamais de le réentendre.

— En plus elle a les pieds sur terre, tout le monde le dit. C'est le genre de fille pour qui on n'a pas à s'inquiéter, elle se prendra toujours en charge.

— J'aurais préféré qu'elle s'oriente vers autre chose que des études de médecine à New York.

— Tout cela est dû aux mauvais souvenirs que tu as de cette ville...

— Ils... ils n'étaient pas tous mauvais, pas sur tous les plans.

Pendant quelques instants, il se vit sur le chemin de son bureau, l'esprit aussi radieux que l'était la matinée ; puis assis à la longue table de conférence, en compagnie de certains des meilleurs juristes de la ville, s'entendit reculer sa chaise et se lever pour parler...

— Tout se passera très bien, Jim. Tu n'as pas le droit de commencer à faire des objections, si c'est là qu'elle veut aller.

Il sourit à Kate.

— D'accord. Mais alors toi, pas de morale non plus.

— Entendu, je ne t'en ferai pas. Juste une chose encore, quand même : c'est bon de penser qu'elle aura un jeune homme comme Gilbert à ses côtés quand elle sera là-bas. Au moins nous l'avons rencontré et nous savons qui il est.

— Oh, elle aura peut-être un autre petit ami d'ici là. Ou même deux autres, qui sait ?

Ni lui ni Kate ne s'étaient jamais ouvertement avoué leur mutuel (et petit) espoir que Richard et Laura puissent éventuellement... Mais c'était une perspective si idéale qu'il était bien peu probable qu'elle se réalise.

Gilbert n'était pas Richard, mais il avait l'air d'un garçon convenable : son esprit était vif et rapide, l'avis qu'il avait donné, en tant qu'étudiant en droit, sur la fraude à l'assurance qui défrayait alors la chronique était fort judicieux.

— En tout cas, si elle n'a pas de nouveau petit ami d'ici à l'an prochain, nous aurons une période de remise des diplômes chargée, avec Laura à l'université et Gilbert à la faculté de droit.

— Je ne suis pas impatient d'aller là-bas, dans cette foule.

— Qu'est-ce que tu veux dire ? s'exclama Kate, les yeux ronds.

— Rien de nouveau. Je ne veux pas y aller, c'est tout. C'est trop près du Dakota du Nord. Toi et Richard n'aurez qu'à y aller ensemble.

— Pour l'amour du ciel, ça se trouve à six cents kilomètres du Dakota du Nord ! C'est vraiment absurde, Jim !

— Ça l'est sans doute, oui. Mais... je ne sais pas et je ne peux pas l'expliquer, mais je ne veux pas y aller. Laisse-moi prétexter une urgence ici. Quand vous reviendrez, je ferai venir un traiteur de la ville, on invitera tous les amis de Laura et les nôtres à une merveilleuse fête. Qu'est-ce que tu trouves de mal à ça ?

— Rien, sauf que c'est complètement fou. Ne pas aller à la remise de diplôme de ta fille ? Ton obsession est névrotique.

— Eh bien, peut-être que je suis un névrosé.

— Tu es l'être humain le moins névrosé que j'aie jamais connu, James Fuller. Sauf là-dessus, et bon sang, tu viendras là-bas avec Richard et moi.

— De toute façon, c'est seulement dans un an. À quoi bon en discuter maintenant ?

23

Une neige fraîche saupoudrait le sol à leur réveil, ce matin-là, scintillante comme des cristaux de sucre. Maintenant, alors que le soir tombait, il n'en restait plus que des plaques éparses, avec des brins d'herbe qui passaient au travers.

Jim avait voulu faire cette promenade avec sa fille ; c'était la dernière soirée des vacances de printemps, ils ne se reverraient plus avant la remise des diplômes, fin mai. Laura avait encore sa valise à faire, elle partirait peu après l'aube, et donc la promenade, d'un accord commun et tacite, fut très courte. Tacites aussi furent leurs pensées sur une autre séparation qui surviendrait un jour : qui pouvait dire de quoi elle serait faite au juste ? Cela dépendrait de l'endroit où la vie conduirait Laura, et personne ne pouvait répondre à cette question-là. Ils se gardaient d'en parler l'un et l'autre, songeant plutôt à la joie, au triomphe et à la fierté qui les attendaient bientôt. Ils se connaissaient assez pour savoir que leurs pensées étaient les mêmes, du moins pour s'en douter assez précisément : Laura se disait qu'elle avait derrière elle l'appui d'une famille solide, et Jim qu'elle n'avait connu, grâce à Dieu, que l'honneur et la bonté dans cette maison.

Ils arrivèrent à la porte, et les chiens, qui les avaient accompagnés, regagnèrent leurs paniers dans l'entrée. En haut de l'escalier, Jim donna un baiser à Laura et lui rappela :

— Six heures et demie tapantes.

— J'ai oublié d'apporter mon réveil.

— Maman ou moi nous frapperons à ta porte.

— Papa ? Tu es bien sûr de venir à ma remise de diplôme, hein ? Je veux que tu sois là.

— J'y serai. Dors bien.

Une fois revenu dans leur chambre, il dit à Kate :

— J'ai honte de moi... Ça m'émeut tellement ! Tu n'avais pas l'air d'éprouver ça quand Rick est parti à la faculté après son diplôme.

— C'est différent, répondit-elle doucement.

Le temps, songea-t-il ; et il se revit, comme ça lui arrivait encore si souvent, conduisant sur une longue route sombre, avec sa fillette et l'ours en peluche assis sur la banquette arrière.

24

Avec les honneurs, répéta Jim. Diplômée mention très honorable. *Summa cum laude.*

Depuis la fenêtre de l'hôtel, on apercevait une large avenue, dans la douce lumière du crépuscule commençant, puis de vénérables pavillons de brique émergeant au milieu d'un océan vert et printanier : l'université. À dire vrai, Jim ne les voyait pas ; il voyait, et nul doute qu'il verrait toujours, sa Laura portant toque et toge descendant l'allée au milieu du cortège académique de ce matin.

Kate lui sourit et dit :

— Notre Laura…

Certes, il n'y avait rien d'inhabituel à ce qu'elle utilise le mot « notre » – pas davantage que lui quand il parlait de Richard ; pourtant, en ce jour particulier, il en était ému. Il est vrai qu'en ce jour particulier, il aurait été ému par une plume d'oiseau qui l'aurait frôlé au vol.

Voyant Kate se débattre avec une rangée de boutons au dos de sa robe, il alla l'aider. Ce n'était qu'un petit geste, fort naturel, toutefois lui aussi semblait prendre une autre signification ce jour-là ; il créait un lien intime, une prise de possession tendre et complice, comme quand elle lui ajustait son nœud de cravate ; de là ses pensées passèrent, d'elles-mêmes, à la génération suivante.

Au milieu de la foule et de l'excitation du jour, Richard et Gilbert ne s'étaient pas encore rencontrés. Est-ce que je me faisais des idées stupides à propos de Richard, se demanda Jim, en pensant qu'en fin de compte il aurait une chance ? Gilbert est toujours là, et apparemment bien là... Non que j'aie la moindre objection à y faire – d'ailleurs, ce ne serait sûrement pas une bonne idée. Il faut laisser les choses suivre leur cours, et advienne que pourra.

— Voilà, tu es boutonnée, dit-il à Kate. Jolie robe. Nous ferions mieux de descendre, maintenant. Le dîner est à sept heures, tu as dit ? Ah ! j'aurais préféré qu'elle fasse sa médecine autre part qu'à New York... Je sais, j'ai déjà rabâché ça, hein ? ajouta-t-il, comme Kate ne répondait pas.

— C'est vrai, oui. Viens, et cesse de t'inquiéter.

— Je ne m'inquiète pas, dit-il rapidement. Je suis content que Gilbert et ses parents aient leur propre fête, comme ça nous serons juste tous les quatre à table. Comme au bon vieux temps, juste nous quatre. Allons-y.

Dans la salle à manger, quand Jim et Kate se regardaient, chacun savait très bien ce que l'autre pensait : les deux jeunes gens formaient un beau couple. Voir Richard, grand et bronzé, en costume-cravate était étrange – il arborait rarement pareille tenue à la ferme. La robe de Laura était bleu clair ; est-ce que c'était naturel, pour une femme, d'assortir sa robe à la couleur de ses yeux ? se demanda Jim. Elle était aussi particulièrement enjouée.

— Gil a trouvé un appartement pour moi. À peu près à mi-chemin entre la faculté et chez lui. Il y a deux grandes pièces et une petite cuisine proprette, tout est neuf. Beaucoup de place pour mes affaires, ordinateur et le reste. Et ce n'est pas trop cher, papa, fais-moi confiance.

— Je te fais toujours confiance, dit Jim.

Il pourrait supporter ces frais supplémentaires ; la situation serait un peu serrée, mais il dépensait très peu d'argent pour lui, et il y arriverait. Le souvenir des fonds qu'il avait régulièrement placés pour elle durant ses deux premières années lui traversa l'esprit ; la somme, qui n'était déjà pas mince au départ, devait avoir atteint aujourd'hui un chiffre qu'il n'essayait même pas d'estimer. Mais à quoi bon y songer ? C'était de toute façon perdu, enfui. Intouchable.

— Gil est là-bas, ils ont pris une salle privée, expliqua Laura en faisant un geste en direction du couloir. Ils ont trois tables, une grande famille avec toutes sortes de cousins. Ils sont très unis, alors ils sont venus de partout pour la remise de son diplôme de droit. C'est tellement excitant...

Oui, ça l'avait été aussi pour Jim, de marcher au rythme de *Pomp and Circumstance* et de recevoir son propre diplôme de droit... il y avait tant d'années. La photo avait été réussie : il avait les yeux ouverts et un sourire naturel, même pas figé, un bon cliché. Pourtant ce moment était perdu pour toujours et la photo avec, réduite en morceaux et jetée dans les ordures de l'ultime matin de son ancienne vie.

— Je n'ai pas encore eu le temps de vous le dire, mais Gil a reçu trois offres différentes. Des meilleurs cabinets d'avocats de New York. Celle qu'il va choisir fait beaucoup de droit international, je crois. Paris, Londres, Rome, le monde entier. Tous ces voyages, vous vous rendez compte ! Ce ne serait pas un job pour toi, papa !

Il connaissait bien, cependant. L'abbaye de Westminster, l'arc de Triomphe, le Forum, et bien d'autres endroits encore, comme Le Caire ou Delhi. Une autre vie, un autre homme...

Il lui sembla que Richard l'observait avec attention – mais il devait se tromper, car pourquoi l'aurait-il soudain observé ainsi ? À moins qu'il n'ait laissé une expression bizarre filtrer sur son visage ? Sans doute imaginait-il tout simplement ce regard, parce que Richard était en train de lui dire quelque chose.

— Qu'est-ce que tu penses d'une bisque de homard pour commencer, Jim ?

Depuis que Richard était revenu travailler à la ferme comme directeur adjoint, il avait cessé de l'appeler oncle Jim, à sa propre demande insistante. Richard avait vingt-six ans, ce n'était plus un petit garçon. « Un idéaliste avec du sens pratique », ainsi l'avait qualifié Jim. En tout cas, la femme qu'il épouserait aurait de la chance.

— Ça me paraît parfait, répondit-il en se ressaisissant.

Ce n'était pas le jour à verser dans la nostalgie. En fait, ça lui arrivait très rarement ; aujourd'hui, c'était à l'évidence dû au diplôme de droit que Gil avait obtenu ce matin.

— Oui, voyons un peu le menu, dit Kate avec entrain. Je ne sais pas pour vous, mais moi je meurs de faim.

Elle avait lu dans son esprit ; il en était sûr, comme il avait toujours été sûr qu'il y avait de la télépathie entre eux. Il lui répondit par un clin d'œil qui voulait dire : *Désolé. Ne fais pas attention à moi, tout va aller bien. Tout va bien.*

Donc ils mangèrent et parlèrent ; ils avaient des opinions différentes sur les orateurs qui s'étaient succédé au cours de la journée, et ils étaient plongés dans une discussion animée à ce sujet quand Gilbert fit son apparition.

— Bonsoir ! Je vous ai juste aperçus pendant le cortège ce matin, on ne s'est pas revus depuis… Il fallait que je trouve un moyen de m'échapper de ma table pour venir vous saluer. Là-bas, ils sont tous en train de se raconter leurs vieux souvenirs… Ça me fait très plaisir de vous voir, surtout de faire votre connaissance, Richard.

— Bonsoir, Gil… Ne bougez pas, je vais vous chercher une chaise.

Comme ils étaient jeunes, tous les trois, Laura entre les deux hommes… À nouveau, Jim pensa que la situation pourrait connaître des développements intéressants, sait-on jamais. Une fois à New York – ces deux-là y vivraient sans aucun doute ensemble, ou quasi ensemble –, elle pourrait se lasser de lui, ou lui d'elle ; ça arrivait tout le temps. Non d'ailleurs qu'il en sache long sur le sujet ; il était coupé depuis longtemps de ce genre de situations. Mais la nature humaine ne changeait pas et, étant ce qu'elle était, Laura pourrait fort bien alors s'intéresser à Richard…

— Qu'avez-vous pensé du discours du doyen, monsieur Fuller ? demanda Gilbert, le visage sérieux. Franchement, je trouve qu'il est allé un peu loin quand il a fait cette comparaison avec la situation en Corée.

Jim n'avait écouté que d'une oreille, mais il en avait assez entendu pour saisir la balle au bond :

— Oui, mais ensuite, quand il a analysé les changements en Russie, j'ai trouvé qu'il connaissait bien son sujet. J'ai lu son livre cet hiver, et... Est-ce que quelqu'un voit notre serveuse ? Il nous faudrait plus de vin. Personne ne conduit pour rentrer, donc nous pouvons...

— Des petits pains aussi, dit Kate. J'adore ceux qui sont noirs. Je n'en ai jamais vu à la maison, juste dans ce restaurant, lorsque nous sommes allées à Atlanta.

— Oh, je me souviens, dit Laura... C'était une si belle journée, quand nous avons acheté cette robe, maman. Et sur le chemin du retour, nous nous sommes arrêtées au chenil sur lequel tu avais lu un article et nous avons ramené Clancy à la maison...

— Quand elles partent faire des courses ensemble, on ne sait jamais ce qu'elles sont capables de rapporter. Qui aurait cru que nous avions besoin d'un autre chiot ?

Une main puissante s'abattit sur l'épaule de Jim, une voix chaleureuse lui braille à l'oreille :

— Don ! Don Wolfe ! Où diable étiez-vous passé pendant toutes ces années ?

Il y eut une pause, une fraction de seconde pendant laquelle le temps se suspendit.

Sois ferme, maintenant. Très ferme. Ça y est. Finalement, ça y est.

— Oh ! j'ai peur que vous ne vous trompiez, parvint à dire Jim sur un ton léger. Ce n'est pas mon nom.

— Quoi ? Je vous reconnaîtrais n'importe où, Don.

— Je suis désolé, je ne m'appelle pas Don.

— Hein ? Arrêtez de plaisanter, Don !

— Je vous assure, vous faites erreur, répéta Jim, toujours sur le même ton léger, puis il porta à sa bouche un peu de purée de pommes de terre.

— Une erreur ? Don Wolfe, de Carter High, qui jouait rece-veur ? Dix-huit, Sycamore Street, c'est bien ça ? Non, seize...

— Je vous en prie, fit Jim d'une voix plus ferme. Vous vous trompez de personne.

Son sang s'était glacé dans ses veines – ou était-il brûlant, au contraire ? Et son visage, est-ce qu'il n'était pas en feu ?

L'importun insista.

— Arrêtez, ce n'est pas drôle. À quel jeu jouez-vous ?

Kate intervint, s'efforçant de rire.

— Mais si, c'est drôle, justement. Ces choses-là arrivent. Une fois, j'ai rencontré une femme prête à jurer que nous avions fréquenté la même école, dans le Nebraska, sauf que je n'ai jamais mis les pieds dans le Nebraska.

Calmement, Jim coupa un morceau de viande, sentant toujours la présence menaçante de l'homme à côté de lui. Pour l'amour du ciel, combien de temps allait-il rester planté là ?

— Je ne comprends pas à quoi on s'amuse ici, dit-il.

Les yeux de l'homme se rétrécirent dans son visage sanguin et coléreux, firent le tour de la table puis revinrent se poser sur Jim.

— Si vous n'êtes pas Donald Wolfe, je suis un bison. Si vous n'êtes pas Donald Wolfe, je veux bien manger mon...

— Alors, retournez vous asseoir et mangez-le ! cria Laura.

Richard et Gilbert se levèrent à demi de leurs sièges. Sans nul doute ce mouvement et la largeur de leurs épaules mirent fin à l'épisode ; car – non sans grommeler et se retourner pour leur lancer un regard hostile – le visiteur s'éloigna.

— C'est écœurant, dit Laura, furieuse.

— Ridicule ! s'exclama Kate, dont les joues étaient devenues rouge sombre. Absolument ridicule et tellement désa-gréable, en plus. Quel idiot...

— Il en a un peu trop fait, commenta Gilbert.

Quant à Richard, il tint à écarter le sujet d'un air insouciant.

— Bah, il en faut pour tous les goûts. De quoi est-ce que nous parlions, déjà ? Ah, oui, le discours du doyen. Jim, maman, vous vous souvenez du discours du président, à ma remise des diplômes ? Ç'a bien duré une heure, on croyait que

305

ça ne finirait jamais. Pourtant il avait choisi un sujet passionnant, vous vous rappelez…

À sa manière, plutôt adroite, Richard essayait d'apaiser les esprits. Il est comme sa mère, songea Jim, on dirait qu'il lit en moi. Sans en avoir l'air, il prit la température de la table ; elle semblait normale ; l'incident ne prêtait donc pas à conséquence ? Apparemment, non, estima-t-il, cependant que son cœur cognait encore dans ses oreilles.

Mais le rustre qui venait de l'interpeller, agressif et fort en gueule – il l'avait toujours été, Jim se souvenait fort bien de lui –, ne se trouvait qu'à trois tables de là et il avait changé de place, de sorte qu'en tournant à peine la tête il pouvait voir Jim, et Jim pouvait le voir.

— Papa, comment il te regarde ! éclata Laura. Eh bien, je vais le regarder aussi, dit-elle sur un ton de défi.

— Non, ne fais pas ça, ne l'énerve pas… Non, Laura.

— D'autant plus qu'il n'y a pas de loi interdisant de regarder quelqu'un, commenta Gil en riant.

— Écoutez-le un peu… Ça fait combien de temps que tu as ton diplôme, Gil ? Et tu parles déjà comme un avocat !

Jim luttait pour résister à l'envie de se lever et de partir. Il *devait* partir de cet endroit, maintenant, tout de suite. Mais il allait encore y avoir l'épisode du dessert, interminable – le temps de le choisir, ensuite de le manger, ensuite encore le café…

— Voilà mes parents, annonça Gil. Ils voulaient faire votre connaissance.

Suivirent les bruits habituels de chaises qu'on repoussait, pendant que les hommes se levaient pour saluer la mère, puis qu'on échangeait des poignées de main, des congratulations mutuelles, enfin qu'une conversation cordiale s'engageait.

En temps normal, Jim aurait observé la famille de Gil avec beaucoup d'attention ; mais dans les circonstances du moment il ne voyait en eux qu'un obstacle – un couple vêtu avec élégance et discrétion, courtois, affable, et qui lui faisait perdre un temps précieux.

Se pouvait-il que l'ennemi fût bel et bien toujours en train de le regarder depuis sa table, peut-être sur le point de revenir ? Ou bien sa terreur n'était-elle que de la paranoïa ?

— Oui, disait alors Mme Maples – elle se prénommait Harriet, et quelques minutes plus tôt avait demandé à Jim de l'appeler ainsi –, nous avons votre catalogue depuis une éternité, et quelle surprise ç'a été quand Laura nous a dit que vous étiez ses parents... Mon beau-frère a une charmante maison à Westchester. Elle est cachée de la route par vos arbres, vos magnifiques pins sylvestres. La Ferme des Collines, ça doit être merveilleux...

La main de Kate tripotait une cuillère ; ses doigts tremblaient, mais sa voix demeurait ferme.

— Eh bien, dès que vous passerez près de chez nous, nous serons ravis de vous la faire visiter.

— Clive et moi sommes de grands voyageurs, alors peut-être que nous viendrons. Qui sait ?

Ce qui signifiait, bien sûr : qui sait si votre fille et notre fils resteront ensemble ?

Jim regarda Laura : s'il y avait jamais eu une belle-fille idéale sur cette terre, c'était bien elle. Avec son charme et son intelligence, n'importe quelle mère, lui semblait-il, aurait rêvé d'elle pour son fils.

Pourtant, elle avait une épée de Damoclès au-dessus de la tête, elle aussi. Depuis longtemps, Jim la voyait pendre au-dessus de la sienne propre, mais il savait maintenant qu'elle aussi était menacée. Ces gens, que penseraient-ils d'elle s'ils apprenaient la vérité ?

— Maman a toutes sortes de choses extraordinaires dans sa serre, leur expliquait Laura. Des campanules, des lis qui fleurissent en automne, et bien sûr ses gardénias.

— Les gardénias n'ont rien d'extraordinaire, objecta Kate.

— Je sais, mais les tiens sont vraiment superbes. Oh ! Papa, j'*adorerais* prendre un soufflé comme dessert.

— Tu aurais dû le commander au début du dîner. Ça prend très longtemps à le faire, dit Richard.

Est-ce qu'il avait lu dans l'esprit de Jim, ou avait-il simplement, comme si souvent, deviné son humeur ?

307

— Je sais, mais je n'avais pas vu qu'il y en avait sur le menu. Je n'en ai jamais mangé – ou si, une fois, ça me revient.

— À la foire d'été, lui rappela Richard, il y a quatre ans.

— Alors, n'est-ce pas le jour idéal pour qu'elle en goûte un autre ? intervint Gilbert. C'est son grand jour… Je suis sûr qu'elle l'aimerait au chocolat, elle aime toujours ça.

— Tu vois la serveuse, Richard ? Nous sommes prêts à commander, s'empressa de dire Kate.

Puis elle se tourna vers Jim et prit ce qu'elle appelait son ton de « bonne épouse ».

— Tu as été parfait toute la journée, chéri. Pourquoi est-ce que tu ne montes pas dans ta chambre maintenant ? Jim a mal à l'estomac depuis ce matin, expliqua-t-elle, et il a mangé un dîner complet, alors qu'il aurait dû prendre seulement du thé avec un toast. Allez, va, le pressa-t-elle, et soigne-toi. Nous sommes en famille et avec des amis, personne ne s'en offusquera.

— Tu veux que je vienne avec toi ? lui demanda Richard.

— Non, non. Kate exagère, comme toujours. Je vais bien, ce n'est rien, je suis désolé. En tout cas, prenez votre temps, et choisissez un dessert en plus, le mien. Ravi de vous avoir rencontrés, Harriet, Clive… Merci à tous.

Il se vit se lever, raidement, traverser la salle d'une démarche saccadée, un sourire absurde figé sur les lèvres ; tandis qu'il franchissait le hall pour gagner l'ascenseur, sa peur que l'ennemi ne se soit levé pour le suivre lui glaça le dos. Quand la porte de l'ascenseur se referma, il prit une profonde inspiration, avec l'impression de n'avoir plus respiré ainsi depuis des heures – et savoir combien tout cela était absurde n'y changeait rien.

Une fois dans sa chambre, il ferma la porte et s'allongea sur le lit. Au bout d'un moment, il se leva et gagna la fenêtre, pour voir un soir doré descendre lentement au-dessus des arbres de l'université. Une grande route dessinait une courbe au loin ; si on la suivait, dans n'importe quelle direction, on arrivait à un océan. Une fois l'océan traversé, il y aurait d'autres terres, des plaines et des montagnes, de grandes mers intérieures – puis encore d'autres océans, un monde immense. Pas assez immense, pourtant.

Tirant les rideaux, il plongea la pièce dans la pénombre et s'étendit à nouveau. « Donald Wolfe », clamait la voix dans ses oreilles. Mais Donald Wolfe est mort depuis longtemps, vous ne le saviez pas ? Je suis Jim Fuller. Kate va revenir et me dire qu'il y avait une chance sur – sur combien ? Une chance sur un million, dira-t-elle, comme les gens le disent à propos des catastrophes aériennes, ou d'une tumeur au cerveau, de donner naissance à des sextuplés, de gagner au loto, ou de n'importe quelle autre absurdité dont les gens parlent, bavardent, sans avoir la moindre idée de quoi sera fait demain, l'année prochaine ni même l'heure à venir, et d'ailleurs... Oh, mon Dieu, nous ne savons rien de rien.

La porte s'ouvrit doucement, et Kate entra. Quand elle s'assit sur le bord du lit, elle posa la main sur celle de Jim, sans un mot ; son alliance frôla la sienne, métal glissant sur du métal. Elle s'en veut de m'avoir fait venir ici, pensa-t-il, de m'avoir assuré que je n'avais pas de raison d'avoir peur...

— Il fallait que je vienne, lui dit-il d'emblée. Qu'est-ce que Laura aurait pensé si je n'avais pas été là ? Ce n'est pas ta faute.

— Merci.

— Est-ce que j'ai eu l'air bizarre, choqué ou quoi que ce soit ?

— Non. Un peu rouge peut-être. Mais ça pouvait venir de la surprise, ou du vin.

— Ça fait trente-cinq ans qu'on était au lycée ensemble, trente-cinq ans qu'il ne m'a pas revu. Je pensais avoir changé. Les lunettes, quelques cheveux grisonnants, cinq kilos de plus ou pas loin... Qu'est-ce qu'il va faire maintenant, d'après toi ?

— Rien, à mon avis. Il va se rendre compte qu'il a commis une erreur.

— Mais ce n'est pas le cas ! Moi aussi, je l'ai reconnu, Kate !

— Eh bien, même... Même s'il en avait envie, comment veux-tu qu'il sache où te trouver...

— Et si jamais il tombe sur une de ces annonces qui peuvent arriver encore, tant d'années après, au courrier ou sur des briques de lait : AVEZ-VOUS VU CES PERSONNES ?

— Alors il ira trouver la police, pour leur dire qu'il t'a vu dans un hôtel-restaurant. C'est tout ce qu'il sait. Qu'est-ce que ça change ?

— Il partira probablement d'ici demain matin. Il ne faut pas qu'il puisse me voir une seconde fois. Cet endroit est plein de gens venus pour la remise des diplômes.

Cette ville universitaire se trouvait à quelques centaines de kilomètres seulement de là où avait grandi Jim, il pouvait donc fort bien se trouver quelqu'un d'autre encore pour le reconnaître. Des pensées se bousculaient dans son esprit, des images se croisaient devant ses yeux : l'entrée, l'ascenseur qui s'arrêtait à chaque étage, l'aéroport...

— L'aéroport ! s'exclama-t-il. Il y aura des gens de tout le pays qui rentreront chez eux après la cérémonie, peut-être qu'un autre me reconnaîtra...

— C'est très peu probable, presque impossible, avec tous ces gens qui courront dans tous les sens.

— Presque, mais tu ne peux pas dire que *c'est* impossible, n'est-ce pas ?

— Non, dit Kate, puis elle garda le silence.

D'autres sombres pensées vinrent à l'esprit de Jim : le souvenir d'un escroc qui avait été recherché pendant neuf ans, pour finalement se faire rattraper en Indonésie ; un tueur en série qu'on avait fini par retrouver après une traque sanglante de deux mille kilomètres... Il n'était ni l'un ni l'autre, et pourtant...

— Il faut qu'on loue une voiture et qu'on rentre à la maison, dit-il.

— Nous sommes censés prendre le petit déjeuner avec Richard et Laura, puis rentrer en avion tous ensemble.

— Très bien. Vous n'avez pas arrêté de me rabâcher que je ne prenais jamais de vacances. Maintenant, je veux en prendre. Je veux voir la Louisiane, le pays cajun, d'où vient mon arrière-grand-mère. Est-ce que ça sonne vrai ?

— C'est excentrique, et pas du tout ton style. Rejette plutôt la responsabilité sur moi, si tu veux trouver une excuse pour partir.

— Je n'ai pas eu aussi peur depuis des années, Kate. J'ai honte de moi.

— C'est un truc de macho. Tu as le droit d'avoir peur.

Le téléphone sonna, Kate décrocha et dit très vite :

— Oh, il va un peu mieux, Laura. Il a eu très mal au cœur, c'est tout, avec un peu de fièvre en plus. La bisque de homard n'a pas dû aider. Mais nous ne rentrerons sans doute pas en avion avec toi et Richard demain.

Jim alla dans la salle de bains et referma la porte, pour ne pas entendre la suite des explications de Kate. Il se regarda dans la glace ; en l'espace d'une heure, il avait pris dix ans.

— Jim ? dit bientôt la voix angoissée de Kate. Ouvre la porte ! Ça va ?

— Je suis désolé, je ne voulais pas te faire peur. Tu lui as dit quoi, tu lui as parlé de la Louisiane ?

— Non, ce n'était pas une bonne idée, ç'aurait eu l'air bizarre. J'ai juste dit que nous resterions ici un jour ou deux, avant de reprendre l'avion pour la maison. J'ai dit aussi que nous appellerions un médecin demain matin si tu ne te sentais pas mieux. Que nous le ferions venir tôt pour qu'ils soient fixés à temps, parce que je sais que si tu étais vraiment malade ils ne partiraient pas sans toi. Même si je suis sûre que tu n'es pas malade à ce point-là, en réalité. J'ai dit que pour le moment tu dormais.

Kate s'arrêta, hésita un instant puis reprit :

— Tout à l'heure, la mère de Gil a suggéré que nous nous revoyions tous quand Laura commencera sa médecine, en août. Laura a dit que tu ne voyageais jamais, mais que nous devrions te pousser tous ensemble à le faire, parce que ce serait bon pour toi. Et là, Richard m'a vraiment étonnée parce qu'il a protesté – oh ! de façon très discrète et délicate –, il a dit que nous ne devions pas trop insister, si tu avais trouvé un équilibre ainsi. Tu as remarqué qu'il prend indéfectiblement ton parti ? Les hommes se tiennent toujours les coudes, n'est-ce pas ?

311

Cette dernière remarque était destinée à détendre l'atmosphère et à réconforter Jim ; elle était aussi destinée à cacher la propre anxiété de Kate.

Il n'y avait pas de temps à perdre, et il parla rapidement.

— Écoute-moi. Après leur départ demain matin, tu iras louer une voiture et tu la ramèneras ici. Je ne tiens pas du tout à aller faire le guignol dans un aéroport. Pendant ce temps, je préparerai nos valises. Quand tu seras là, tu me téléphoneras pour me dire où tu t'es garée dans la rue, et je descendrai par l'escalier avec les valises. Il n'y a que cinq étages, et je ne veux pas risquer de rencontrer ce type dans l'ascenseur. Puis nous partirons vers la maison, nous roulerons d'une seule traite et dans deux jours nous serons là-bas.

» Crois-moi, Kate, une fois que j'aurai descendu Main Street et retrouvé la route de chez nous, je n'en repartirai plus jamais. Appelle ça névrose, appelle ça comme tu veux, mais je n'en repartirai plus jamais.

25

Ils se tenaient debout au-dessus de la cascade, cette destination tacite de leurs promenades du soir. Sous leurs pieds, l'eau se ruait, vivante, profonde, musicale, tandis que derrière s'étendait une terre paisible, dont le printemps réveillait chaque centimètre. Sans se retourner, Jim voyait ces hectares aussi nettement que si leur carte avait été imprimée dans son esprit. Il voyait vingt années de croissance majestueuse onduler sous la brise, les jeunes plants s'aligner en rangées impeccables ; en même temps qu'il en retirait plaisir et fierté, il était aussi capable de se rappeler les périodes de sécheresse, les champignons, et les inondations qu'apportaient souvent les hivers. Sa vie se trouvait ici, avec ses succès et ses épreuves, et surtout sa paix, cette incomparable paix.

Kate brisa le silence pour dire tout à coup :

— Laura écrit de si belles lettres...

— Je pense qu'elle te manque encore plus qu'à moi, si c'est possible.

— J'en doute. Tu arrives à croire qu'elle a presque fini sa première année de médecine, Jim ? Elle a changé. On dirait qu'elle a mûri de dix ans d'un coup, c'est l'impression qu'elle m'a faite quand je suis allée la voir le mois dernier. Mais on le lit dans ses lettres, n'est-ce pas ? Parfois elles sonnent presque comme de la poésie. Tu sens ce que je veux dire ?

Oui, il le sentait.

Ils croyaient que peut-être j'allais m'évanouir, ou que je serais malade. Je le sais, ils trouvaient qu'on n'aurait pas dû m'inviter à y assister, mais j'étais fascinée. La façon dont ils utilisaient les instruments était si précise, si parfaite. C'était comme un problème de mathématiques, des gestes calmes, réfléchis, et on savait que le résultat serait exactement ce qu'il devait être. Je pensais que c'était un peu comme faire atterrir un avion depuis huit mille mètres de hauteur – les roues qui touchent le sol, qui tressautent un peu, enfin qui vont s'arrêter au bon endroit. On pourrait aussi penser que c'était comme une symphonie, quatre-vingts ou quatre-vingt-dix instruments sous la baguette du chef d'orchestre, et chaque note qui tombe exactement à la seconde où il faut. Au bon moment, au bon endroit. La perfection. La semaine dernière, j'avais sous les yeux le cœur d'un homme, son cœur rouge, exposé à tous les regards. Et cette semaine, quand je l'ai revu, il était assis et il lisait son journal en prenant un bon petit déjeuner. Mon propre cœur a battu plus vite quand je l'ai regardé.

— J'espère qu'elle se distrait aussi un peu, dit Jim.

— Oh, ça oui ! Elle a Gil, et il aime s'amuser, tu t'en souviens. Il nous a emmenées dîner en haut d'une tour sur la Cinquième Avenue. Les prix étaient incroyables, mais quelle vue merveilleuse. Samedi et dimanche, nous sommes allés au musée. Si tu avais vu tous ces tableaux, tous ces chefs-d'œuvre, qui venaient de partout dans le monde et que je ne connaissais que par les livres... Il y avait le département chinois, magnifique, avec ces branches et ces fleurs si délicatement peintes. Laura ne comprend pas pourquoi nous ne prenons pas un peu de congé pour revoir New York, Jim. Elle veut que tu viennes, elle a dû me le répéter tous les jours pendant que j'étais là-bas.

— Comment peux-tu me dire des choses pareilles, murmura-t-il, sentant la colère monter en lui.

— Très bien. Je suis désolée, je ne voulais pas te mettre mal à l'aise.

Ils se turent quelques instants ; dans le silence retrouvé, la chute d'eau résonnait comme un lointain tonnerre. Tous ces propos de Kate, tous ces souvenirs d'une vie passée tournoyaient dans la tête de Jim : il n'avait ni besoin ni envie d'entendre ce genre de rappels, qui venait troubler la paix du moment présent.

— Tu veux que je te dise ce que Laura a fait avec ton chèque d'anniversaire ? Elle l'a presque entièrement dépensé pour s'acheter une histoire illustrée de la médecine, qui commence avec les Égyptiens. Ils opéraient déjà la cataracte, je crois.

Elle cherchait à se faire pardonner ses remarques sur la visite à New York et elle continua.

— Est-ce que ce n'est pas typique de sa part, elle qui est en général si prudente avec l'argent, de mettre une telle somme dans un livre ?

— Oui, typique.

Et il pensa au Jefferson, avec sa reliure en cuir, qu'il avait acheté voilà si longtemps sur la Cinquième Avenue. Comme elle lui ressemblait ! C'était sa fille – mais, heureusement pour elle, avec le visage de Lillian, ces yeux si incroyablement bleus et ce sourire si charmeur, même s'il était aussi légèrement mélancolique.

— Richard t'a dit qu'il allait à New York la semaine prochaine ? En fait, la réunion de son groupe sur la préservation des régions sauvages a lieu à Boston mais il va s'arrêter un soir à New York pour voir Laura.

— Oui, il m'avait dit qu'il le ferait peut-être.

Leurs deux regards se croisèrent. *Est-ce que ce ne serait pas merveilleux si ces deux-là formaient un couple et qu'ils s'installaient près d'ici ?* voilà ce qu'ils se disaient. Laura pourrait pratiquer la médecine en ville – peut-être dans la nouvelle aile de l'hôpital à la construction de laquelle Jim avait pris une grande part. Certes, c'était peut-être beaucoup demander, à une époque où les jeunes gens, fiers de leur autonomie, parcouraient tout le pays, où les familles étaient dispersées dans une demi-douzaine d'États différents...

— Il va bientôt faire nuit, nota Kate, nous ferions mieux de rentrer.

Comme ils arrivaient en bas de la colline, Richard, qui traversait le jardin, héla Jim.

— Je reviens juste du champ du nord, après le ruisseau. Je crois que nous sommes venus à bout de ce champignon, Jim. J'ai examiné dix arbres et je n'en ai pas trouvé une seule trace.

— Bon travail ! Excellent. Voilà un souci de moins. Entre, on va boire un verre pour arroser ça.

— Apporte-le plutôt dehors, dit Kate. Je sais que tu aimes entendre les rainettes.

Elle savait. Elle savait toujours ce qu'il aimait. Enfin, presque toujours.

Donc les rainettes sautaient, chantaient, et l'air du soir était plein de douceur.

26

La chambre de Laura, baignant dans le clair-obscur d'une unique lampe de bureau, paraissait remplie d'ombres forestières, alors qu'un étage plus bas les lumières de la rue évoquaient la pleine lune, une pleine lune blanche et crue qu'on aurait plutôt imaginée brillant au firmament. Seuls les sons des voitures qui passaient – rares à cette heure tardive de la nuit – lui prouvaient qu'elle n'était pas à la maison, à la Ferme des Collines.

Une partie de moi restera toujours là-bas, songeait-elle ; mais l'essentiel de moi sait qu'aujourd'hui ma place est ici. Tirant vers elle son journal, toujours relié de cuir rouge (c'était le numéro six depuis le premier qu'elle avait inauguré, treize ans plus tôt), elle l'ouvrit et prit sa plume.

Je suis parfaitement réveillée, les pensées continuent à se bousculer dans mon esprit. C'est sans doute parce que la journée a été si remplie : toute la matinée aux cours, à prendre des notes comme une folle, avec les examens de fin d'année qui sont dans six semaines ; ensuite le docteur Lambert m'a invitée à visiter quelques patients avec elle. Elle me rappelle les médecins qui me laissaient parfois assister à une opération, quand j'étais encore à l'université, et qui s'étonnaient que la vue des chairs à nu et du sang ne me rende pas malade. Les gens ont toujours été si gentils avec moi, si encourageants, même au lycée ; je leur suis tellement reconnaissante quand j'y repense.

Le docteur Lambert dit que les études de médecine sont différentes aujourd'hui de ce qu'elles étaient à ses propres débuts. Maintenant, nous passons beaucoup plus tôt des livres à la réalité sur le terrain. Je pense que c'est une très bonne chose. On pourrait dire que ça passe directement de notre tête à notre cœur.

Je suis restée pour la première fois tout un après-midi au service des urgences, et là j'ai vu quelqu'un mourir. Je n'avais jamais vu la mort comme ça, au moment où elle arrive ; ce n'est pas du tout comme les descriptions qu'on en fait dans un roman, même un roman très bien écrit. L'homme en question avait été blessé dans un accident de voiture. Quelque chose en moi a pressenti la catastrophe lorsque je l'ai regardé — même si je ne sais pas très bien pourquoi, parce qu'il n'avait pas l'air aussi mal qu'on aurait pu le croire. Je me demande s'il l'a pressentie, lui aussi. Il était parfaitement conscient.

Et maintenant, je me pose la question : si une personne est très malade, d'une maladie qu'on ne peut pas guérir mais qu'elle ne le sait pas, est-ce que le médecin doit lui dire la vérité ? Et s'il le fait, comment trouver les bons mots ? Peut-être que je serai obstétricienne. Ça doit être quatre-vingt-dix-neuf pour cent de travail heureux, positif.

D'un autre côté, je ne devrais peut-être pas reculer devant la douleur et le chagrin. Ma vie a été si facile, si protégée, qu'il me semble presque avoir une dette envers les bonnes fées qui se sont penchées sur mon berceau. Je n'ai jamais eu de véritable problème — sauf parfois, il y a longtemps, quand je me posais trop de questions au sujet de ma mère ; mais je suppose que c'était naturel.

Oui, décidément, je devrais viser des domaines plus durs, pour payer ma dette envers ces bonnes fées.

318

Après le dîner, j'ai fait encore une expérience nouvelle pour moi. En rentrant vers mon appartement, nous sommes passés devant une salle des ventes célèbre, un de ces endroits où on peut acheter une jolie peinture pour un petit million de dollars, ou trente petits millions de dollars. Par curiosité nous sommes entrés tous les trois, Gil, Richard et moi. Certaines des œuvres en vente étaient merveilleuses ; j'imagine quel effet ça doit faire de rentrer chez soi, d'ouvrir la porte et d'être accueilli par quelque chose d'aussi beau qu'un de ces paysages de Provence. Par contre certaines autres, et parmi les plus chères, je n'en aurais pas voulu même si on me les avait offertes. Mais il est vrai que l'art n'est pas mon fort.

Nous sommes restés un moment et, quand nous sommes partis, une relation de Gil nous a accompagnés dans la rue. Un grand bavard, avocat lui aussi ; il nous a raconté une interminable histoire à propos d'un divorce et d'une vente aux enchères d'objets d'art. Je n'aimerais pas être mariée à quelqu'un comme lui. Il a l'air plutôt rusé, et coriace.

Gil dit que parfois je suis trop sérieuse. Pas pesante ni ennuyeuse, au point que ça se verrait en société, mais trop réfléchie pour mon propre bien. Peut-être, mais je ne le crois pas vraiment. Je ne suis jamais abattue ni déprimée, juste réfléchie. Et quand vous voulez consacrer votre vie à combattre la maladie, il vaut mieux être quelqu'un de réfléchi, non ?

Nos esprits, le sien et le mien, fonctionnent différemment. Le sien est plus rapide que le mien. Je suppose que ça doit avoir un lien avec le droit, qui consiste apparemment à ne laisser personne se montrer plus malin que vous. Il appelle ça une espèce de jeu intellectuel, et il adore. Une grande partie de son charme, je crois, vient de sa vivacité d'esprit et de son humour.

J'ai passé un bon moment ce soir – même si Gil n'appréciait guère de rencontrer Richard ici, à New York, et si Richard lui aussi aurait sûrement préféré dîner en tête à tête avec moi. J'avais mis ma robe de soie à fleurs et ça m'amusait beaucoup de sortir dans un restaurant chic avec deux chevaliers servants. C'était une expérience nouvelle.

Gil se sent frustré d'une nuit avec moi. J'ai été si occupée à réviser mes examens qu'il n'en a pas eu une seule de toute la semaine. De toute façon, il n'aurait sans doute pas voulu afficher notre relation de manière trop officielle en face de Richard. Je ne sais pas pourquoi, mais je n'aime pas trop insister sur la présence de Gil auprès de Richard. Je n'ai aucune raison de penser que ça le gênerait – et il sait sûrement, pour nous deux –, pourtant, peut-être que si, ça le dérangerait. Nous avons une relation très inhabituelle, nous nous aimons sans nous aimer tout à fait, si ces mots peuvent avoir un sens.

Assez pour ce soir. C'est presque un autre jour qui commence.

Les trois chiens, qui couraient dans le chemin devant les marcheurs, furent les premiers à voir la porte de la cuisine ouverte.

— Oh ! regarde… Tu attendais quelqu'un ce soir, Jim ?

— Non, personne.

— Qui a pu entrer ?

— Ne t'inquiète pas. Prince ne remuerait pas la queue s'il y avait un problème. Mais qui…

— C'est Rick ! Qu'est-ce qu'il fait ici ?

Le jeune homme leur adressait un signe joyeux, donc rien de bien grave n'avait dû arriver ; il avait même dans la main ce qui ressemblait à un sandwich.

— Qu'est-ce qui se passe ? lui cria Jim. Tu n'es pas censé être à Boston ?

Comme toujours, une sonnette d'alarme résonnait à l'arrière-plan.

— Laura ? Est-ce que Laura…

— Elle va bien, elle ne pourrait pas aller mieux. Avec Gil et elle, on a fait un superdîner hier soir. Elle a même pris deux portions de dessert, la sienne et la moitié de la mienne. Entrez, j'ai ouvert une boîte de soupe et dans une minute elle va bouillir.

— Est-ce que tu vas bien ?

Les questions fusaient à travers la table de la cuisine.

— Qu'est-ce qui s'est passé à Boston, qu'est-ce qui t'a fait changer d'avis ?

— Oh, juste un imprévu, un problème de dernière minute. L'homme le plus important, le conférencier principal, ne pouvait pas venir. Comme c'était surtout lui que je voulais entendre, ça ne m'a plus paru valoir la peine de faire le voyage. C'est une drôlement bonne soupe pour une boîte.

Jim était vaguement irrité, par une attitude aussi négligente envers ce qui avait constitué un enjeu important pour Richard, et il le lui dit.

— Excuse-moi, mais ça me paraît absurde. Trois jours entiers de conférence sur la défense de l'environnement ne pouvaient pas dépendre d'un seul homme, quel qu'il soit.

— Non, peut-être que j'ai fait une erreur de jugement, répondit-il d'un ton dégagé. Si je l'ai faite, j'en suis désolé. Bas les pattes, Prince. Va plutôt manger les bonnes choses que le vétérinaire a prescrites pour toi. Oui, tu es un bon chien.

Kate lui demanda, d'une voix encore plus douce que d'habitude :

— Il y a autre chose, n'est-ce pas ? Qu'est-ce qui t'a réellement fait revenir à la maison, Rick ? Dis-le-nous.

— Bon, une ou deux petites choses. Mais laissez-moi finir d'abord ma soupe et mon sandwich.

— Ça doit être à propos de Laura, et tu n'arrives pas à nous le dire, commenta Jim.

— Non. Non, Jim, je te jure que ce n'est pas ça. Laura va parfaitement bien, elle est en bonne santé et aussi heureuse que possible.

Pourtant, l'alarme résonnait toujours dans l'esprit de Jim. Quelques minutes passèrent ; on entendait seulement les petits bruits familiers de la cuisine : les chiens qui faisaient cogner leurs gamelles de fer sur le sol, la bouilloire qui siffla jusqu'à ce que Kate se lève pour aller l'arrêter, la cuillère de Rick heurtant le bord du bol de soupe.

Mais la main qui tenait cette cuillère tremblait, renversant un peu de liquide sur la table. Pour finir, à la vue de ce trouble évident, Jim ne put plus attendre.

— Allez, dis-le ! ordonna-t-il. Ne nous fais pas languir comme ça sous prétexte de vouloir nous ménager ! Qu'est-ce qui ne va pas ?

Rick repoussa sa chaise et leva des yeux si inquiets qu'ils semblaient un appel vivant à l'indulgence et à la compréhension.

— Peut-être qu'on devrait aller s'asseoir plus confortablement, dit-il. J'ai une longue histoire à raconter. Mais, bon, je pourrais aussi la raccourcir.

Dans la pièce qu'on appelait le bureau, ou parfois la bibliothèque, parce que les livres de Kate et les siens s'y mélangeaient depuis longtemps, Jim jeta un coup d'œil vers l'endroit où – sur la troisième rangée à partir du haut – se trouvait le Jefferson, avec sa reliure de cuir. Plus tard, il devait se rappeler avoir eu l'impression, totalement irrationnelle, que ce simple objet avait un rapport avec ce que Rick allait lui dire.

— Après le dîner, nous sommes allés faire un tour tous les trois, et nous nous sommes arrêtés dans une salle des ventes d'objets d'art. De vrais objets d'art de musée, de ces trucs pour hommes d'affaires, vous savez, qui valent des millions. Ni Laura ni moi n'avions jamais rien vu comme cela, bien sûr, mais Gil, oui. Et il nous en a beaucoup parlé.

» En repartant à pied vers la maison, nous avons rencontré un autre homme, un avocat qui travaille dans le même immeuble que Gil, mais pas dans le même cabinet. Il était tard. Cet homme nous a raconté, à Gil et à moi, qu'une des peintures venait d'être retirée de la vente par ordre du tribunal, et il était juste passé là-bas pour vérifier si l'ordre avait bien été effectué dans l'après-midi. La pièce est en litige entre un couple de divorcés ; tous les deux la réclament.

Rick s'arrêta et soupira, comme si son discours l'avait épuisé ; il bougea sur son siège et une longue pause suivit.

— Continue, dit Jim.

— La femme, une cliente du cabinet où notre ami travaille, avait vécu une histoire intéressante. Il n'avait pas de raison particulière de nous la raconter, sauf qu'il la trouvait intéressante. Un de ses ex-maris avait kidnappé leur fille de deux ans une bonne vingtaine d'années plus tôt, et depuis elle n'avait plus jamais retrouvé trace d'elle, ni de lui. Aucune trace. Ça se passait bien avant qu'il ne commence à officier comme avocat, bien sûr, mais il en avait beaucoup entendu parler au bureau. Le prénom de l'homme commençait par un « D », Douglas ou Donald quelque chose, il ne se souvenait pas exactement. Et son nom par un « V » ou peut-être un « W ».

Une fois de plus, Jim peina à reprendre sa respiration, puis il dit à nouveau :

— Continue.

La main de Kate s'était approchée de l'accoudoir de son siège, puis posée sur celle de Jim ; et les yeux de Rick, quand ils rencontrèrent les siens, furent soudain aussi compatissants que cette main.

— L'étonnant, c'est que cet homme est... était connu. Un avocat de tout premier rang, une pointure. On pourrait écrire un vrai roman là-dessus, non ?

Qu'est-ce que le silence, sinon un calme affreux, une asphyxie de l'esprit – la mort ?

Après une minute ou deux, Jim le rompit.

— Quoi d'autre ?

— C'est tout, répondit Richard.

— Depuis quand est-ce que tu savais pour moi, avant hier soir ?

— Longtemps.

— Et longtemps, ça fait combien ?

— Depuis que j'ai dix-sept ans. Ça compte pour toi ?

— Oui. Je veux savoir.

Alors, Richard, les yeux dirigés vers la fenêtre, vers le sol, vers le chat endormi sur sa vieille couverture – vers n'importe quelle direction sauf Jim ou sa mère –, reprit son récit.

— C'était le lendemain de Thanksgiving. Je savais qu'il restait de la tarte au potiron, qu'on avait dû mettre de côté au frigidaire. Et j'aimais tellement ça... vous vous en souvenez. Alors je suis descendu par le petit escalier, pieds nus, et je me suis glissé dans la cuisine. Vous étiez en train de parler dans le salon tous les deux. À voix basse, mais assez fort quand même pour que j'entende, à travers la porte entrouverte. Je sentais bien à vos voix que quelque chose vous faisait peur, très peur, et je n'ai pas pu m'empêcher d'écouter, parce que j'avais envie de savoir quoi. Vous parliez de quelque chose qu'il y avait eu dans le journal, à propos de gens qui recherchaient Jim parce qu'il avait enlevé Laura. Quand je suis remonté, je me souviens, j'ai pensé que nos vies allaient s'arrêter tout de suite, que ç'allait être horrible.

» Mais rien ne s'est passé, alors le lendemain je suis allé au lycée, et toute la journée j'ai essayé de ne plus y penser. Au bout de quelques jours, j'ai même cessé d'être angoissé. Je savais juste que je ne devais jamais vous dire que je vous avais entendus par hasard, parce que sinon vous auriez eu peur que je le répète à quelqu'un, même sans le faire exprès. Et que ce serait terrible pour vous de vivre avec cette peur tout le restant de votre vie. Je savais, moi, que je pouvais me faire confiance pour ne jamais en parler ; mais vous, comment auriez-vous pu en être aussi sûrs ? Alors je l'ai enfoui tout au fond de moi. Il fallait que je fasse comme si je ne l'avais jamais entendu. Il le fallait.

Des larmes apparurent dans les yeux de Kate, et Jim lui dit :

— Viens ici. Le siège est assez grand pour nous deux.

À travers leurs deux pulls légers, il sentait les battements de son cœur. Que lui avait-il fait ? Car bientôt son malheur à lui serait aussi le sien – ainsi qu'il l'avait toujours su, ainsi qu'il l'en avait avertie autrefois.

Du calme. Du calme. Voilà, cette fois, ça y est vraiment.

Il regarda en direction de Richard ; pauvre garçon... Il avait dix-sept ans alors, ce n'était plus un enfant, mais pas encore un adulte non plus. Pauvre garçon...

Quand il fut en mesure de parler, il lui demanda :

— Et qu'est-ce que tu as pensé de moi ?

— Que ça ne pouvait pas être ta faute.

Les yeux de Richard s'étaient remplis de larmes eux aussi.

— Que tu avais sûrement eu une bonne raison de le faire. Je me souvenais comment tu t'étais conduit envers mon père, comment tu étais gentil avec maman, avec nous tous. Avec tout le monde. Mais j'avais – j'ai encore – si peur pour toi.

Peur pour lui ? Ah non, il ne fallait pas. Pour Laura, oui, qui n'avait jamais rien su et qui ne devrait jamais rien savoir. Laura, sa petite fille… qu'allait-il lui arriver ? Puis le silence retomba entre eux, comme si tout avait été dit.

Le soleil de printemps, maintenant bas dans le ciel, jetait ses derniers rayons à la jointure du sol nu et du vieux tapis. Derrière la fenêtre près de Jim, le vieux poney, première monture de Laura, broutait dans son enclos. Ah ! la douceur de tout cela, la paix qui s'en dégageait, comme si rien ne devait jamais venir la troubler…

— Je pensais que peut-être maman et toi vous devriez partir, quitter le pays avant que quelque chose n'arrive.

— Non. Fuir n'est jamais une solution.

— Je ne veux pas dire que quelque chose arrivera sûrement, mais que c'est possible…

— Tu ne nous as pas tout dit, n'est-ce pas ? Répète-moi exactement tous les mots qui ont été prononcés, si tu peux t'en souvenir. Chaque mot est important. J'ai besoin de connaître l'ensemble de l'histoire.

— Gilbert a dit qu'il avait l'impression d'avoir entendu quelque chose à ce sujet, quelque part. Il dit que souvent les noms et les incidents laissent des traces dans sa tête qui le tracassent, parce qu'il sait qu'elles sont là mais qu'il ne peut pas les situer. Mais ensuite, cela peut lui revenir plusieurs jours ou même plusieurs mois plus tard, pendant qu'il se brosse les dents ou qu'il écoute les nouvelles. Alors, tout à coup, c'est de nouveau là. L'autre type a ri et l'a prévenu de ne pas l'appeler à une heure du matin si jamais ça arrivait, que l'information ne l'intéressait pas à ce point-là. Il a aussi dit que Gil était le type même du pinailleur.

— Gil se rappellera. Crois-moi.

— Pourquoi en es-tu si sûr, Jim ?

— Parce qu'il a un esprit très vif. Il est méthodique, il est ambitieux, et il est *pinailleur*.

Kate retrouva suffisamment de courage pour lui dire, d'une voix ferme :

— Jim, mon chéri, tu es un superangoissé et tu le sais. Tu t'inquiètes quand l'un de nous a un rhume, tu as peur que ce soit une pneumonie. Tu t'inquiètes quand la patte du chien est infectée. La seule personne dont tu ne t'inquiètes pas, c'est toi-même. Je n'ai pas raison, Rick ?

Elle tâchait de le calmer, et aussi de se calmer elle-même.

— Est-ce qu'il n'est pas un superangoissé, Rick ? insista-t-elle.

— Je ne sais pas, maman. En tout cas, ce nom peut revenir à l'esprit de Gil, ou ne pas lui revenir. Si ça ne lui évoque rien, alors il ne se passera rien. Mais comment est-ce que nous le saurons ?

— Nous le saurons, dit Jim.

— Confie-moi ce que tu penses, supplia Kate en lui serrant la main. Tu crois peut-être me ménager en te taisant, mais tu as tort, dis-moi plutôt ce que tu penses vraiment.

— Je pense que si quelque chose arrive, nous l'apprendrons vite. En attendant, nous allons vivre exactement comme nous avons vécu pendant toutes ces années.

Donc, les saisons continuèrent à se succéder à leur rythme habituel. Laura revint à la ferme pour un bref séjour d'été ; la campagne étouffa sous une vague de chaleur, et la ville organisa comme chaque année sa parade du 4 Juillet, après laquelle les Fuller invitèrent leurs amis à un grand barbecue. Les Scofield étaient là, bien sûr, et aussi tous les autres – tous ces gens qui siégeaient au conseil municipal, qui administraient l'hôpital et les écoles, tous ces braves gens pleins d'enthousiasme et d'énergie, parmi lesquels Jim s'était si bien intégré au fil des années. « Des gens qui font bouger les choses », comme les qualifiait Kate. La famille Fuller, réunie pour les vacances, renoua avec ses habitudes de baignades dans le lac et de longues randonnées dans la fraîcheur des collines. Puis Richard déposa un premier versement pour un terrain de quinze hectares, afin de « compléter la propriété en en faisant un carré parfait », comme il se plaisait à le dire. Ensuite, les commandes pour les plantations de début d'automne arrivèrent si vite que Kate dut embaucher une secrétaire à temps partiel pour assurer les tâches administratives. Et Jim travaillait tant pour diriger la ferme qu'il n'avait guère le loisir de penser à autre chose.

Bizarrement, on ne mentionnait quasiment jamais l'événement que Richard avait relaté. Une seule fois, il y eut une alerte : Laura était venue passer Thanksgiving à la maison, apportant ses amusants potins sur la vie new-yorkaise, ainsi que sa réserve personnelle de souvenirs familiaux.

— Ah ! de la tarte au potiron, dit-elle un soir avec un soupir moqueur. Parfois, j'ai cru que tu te tuerais avec ça, Rick. Les parts que tu volais ! Deux à table au dîner, et une troisième que tu chipais après, pendant qu'on était en train de ranger la cuisine ou de dormir...

Trois paires d'yeux vacillèrent un instant, se croisèrent, se séparèrent. Peut-être, pensa Jim, que nous avons tous succombé à une sorte de sentiment superstitieux, sans nous le dire : si on ne pensait pas à une chose mauvaise ou si on n'en parlait pas, elle disparaîtrait. Ou peut-être que nous nous comportons simplement comme des gens intelligents, qui refusent de gâcher leur présent par la peur du lendemain.

Pourtant, inopinément, une pensée venait parfois le poignarder : non, vraiment, il ne fallait pas que Laura apprenne ce dont Richard avait entendu parler à New York. Puisqu'elle n'y pouvait rien, pourquoi aurait-elle dû porter cette sombre pensée ? Après quoi il s'émerveillait en pensant à Richard, à son courage et à sa dignité, lui qui avait tu ses inquiétudes pendant tant d'années pour épargner sa mère, pour épargner Laura, pour épargner la famille.

Un hiver pluvieux passa, suivi d'un printemps parfumé ; bientôt, une année entière serait passée depuis le choc. Donc

Gilbert n'avait, semblait-il, jamais associé le nom de Donald Wolfe à celui de Jim Fuller.

Puis un jour, au milieu du printemps, Kate rapporta à la maison un magazine de mode qu'elle avait lu chez le coiffeur.

— Je pensais que peut-être tu voudrais voir ça, dit-elle à Jim. Ou peut-être que tu ne préfères pas ?

« Ça », c'était une pleine page de gens à la mode, à l'occasion d'une réception branchée donnée dans une sorte de paradis tropical. Encore une fois Lillian se trouvait parmi eux, arborant une robe de grand couturier et son éternel sourire, debout à côté d'un homme – différent des précédents.

— C'est un nouveau, n'est-ce pas ? Le dernier avait la moitié de son âge, si je me souviens bien. Celui-ci en a le double.

Elle parlait d'un ton plein de mépris, tandis que Jim se concentrait sur le magazine et réfléchissait. Le sous-titre de la photo décrivait le nouvel homme de Lillian comme étant son compagnon dévoué ; il se rendait rarement aux États-Unis mais y était resté les deux mois précédents, parce qu'elle avait des affaires urgentes à régler.

Cette fameuse peinture, peut-être ? *Si jamais je suis riche un jour, je collectionnerai les plus belles œuvres d'art.*

Mais, là encore, ces « affaires urgentes » ne pouvaient-elles recouvrir quelque chose de tout à fait différent ? D'un autre côté, cela faisait maintenant près de deux ans que l'ancien condisciple de Jim était intervenu lors de la remise de diplôme de Laura, et rien n'en était résulté.

— Voilà, j'ai gâché ta soirée, se désola Kate. Je le vois bien à ton visage, je n'aurais jamais dû te montrer cet article.

— Au contraire, tout va bien, lui dit-il d'un air détaché. Ça m'amuse de la voir tenant ces petits chiens en laisse. Elle n'a jamais aimé les chiens, même, elle ne pouvait pas les supporter.

— Mais ceux-là sont à la mode en ce moment.

— Ah, alors c'est ça. Maintenant je comprends, répliqua-t-il d'un ton enjoué, comme si toute l'affaire n'était qu'une vaste plaisanterie.

Quand le magazine atterrit dans la corbeille à papier, le sujet était clos – du moins entre Jim et Kate. Car, le lendemain, il resurgit entre Jim et Richard.

— Maman s'inquiète ; elle m'a parlé de cette histoire, dans le magazine, sur… sur *elle*, qui est à New York pour affaires. Qu'est-ce que tu en penses ?

— Je n'en sais rien.

— Mais si Gil s'était souvenu du nom, il t'en aurait sûrement parlé, tu ne crois pas ? hasarda Richard. Je suis certain qu'il n'attendrait pas s'il se doutait de quelque chose. À moins qu'il n'en ait parlé à cet autre type du cabinet juridique, et que lui soit allé voir la police…

— De toute façon, même si c'est le cas, les procédures sont longues et complexes. Ça peut prendre des semaines, voire des mois, pour reconstituer correctement une affaire. Le procureur de New York doit se mettre en relation avec celui d'ici et lui montrer les preuves qu'il possède. Ça peut paraître juste une formalité, mais en réalité il y a beaucoup d'étapes à respecter avant de pouvoir arrêter quelqu'un. Et comme Laura n'est pas une enfant qui serait en danger, il n'y a pas de risque ni d'urgence particulière dans cette affaire.

— Je ne suis pas avocat et je ne connais pas tout cela, c'est sûr. Mais quand même, vu le temps qui s'est écoulé, il me semble que Gil n'a pas pu se souvenir du nom. De toute façon, j'ai toujours pensé que même s'il s'en souvenait, il se dirait qu'il y a une erreur, que ce n'est pas possible.

Jim promena les yeux sur le tranquille paysage qui les entourait. Des pousses toutes neuves sortaient de terre dans le potager, les chiens dormaient paisiblement, étendus à l'ombre.

— Je n'en suis pas si sûr, murmura-t-il, songeant qu'aucun avocat digne de ce nom ne jugerait la chose impossible. Non, Rick, si ça doit arriver, ça éclatera comme un coup de tonnerre par un jour de grand soleil.

27

Laura était dans sa jolie chambre par un joyeux samedi matin d'avril ; le soleil printanier éclaboussait le sol, au pied de la fenêtre, où reposaient ses élégants mocassins vernis, flambant neufs. Elle s'était mise à jour de ses révisions pour la semaine à venir et était prête pour sa séance de gymnastique hebdomadaire, quand retentit la sonnerie brève, stridente – et inattendue – de la porte d'entrée. Que diable pouvait-il y avoir de si urgent, à huit heures moins le quart un samedi matin ?

Elle ouvrit la porte : deux hommes se tenaient sur le seuil, l'un des deux avec un appareil photo sophistiqué dans les mains, qu'il lui braqua littéralement sous le nez.

— Bettina Wolfe ? demanda l'autre.

— Non ! Hé, qu'est-ce que vous faites ? s'exclama-t-elle, car celui qui tenait l'appareil photo avait glissé son pied dans l'entrebâillement. Qu'est-ce que vous voulez ? Sortez d'ici, ou j'appelle la police !

— N'ayez pas peur, mademoiselle. Vous êtes dans l'actualité, c'est tout. C'est à propos de votre mère.

— Ma mère ? Pour l'amour du ciel, qu'est-ce qui lui est arrivé ? Où est-elle ?

— En ce moment ? Quelque part en Europe. Il ne lui est

330

rien arrivé. Elle va revenir maintenant qu'elle est au courant. Écoutez, nous voulons juste…

La porte de l'ascenseur eut à peine le temps de s'ouvrir que Gil traversait déjà précipitamment le couloir.

— Qu'est-ce que vous faites ici, les gars ? s'écria-t-il. Vous ennuyez cette dame ! Fichez le camp, et vite !

— Il n'y a pas de mal, monsieur. On ne veut pas l'ennuyer. C'est l'actualité qui veut ça, c'est tout. On vient du journal…

— Non, non, fichez le camp ! Laissez-la tranquille !

Gil pénétra dans l'appartement, referma la porte à double tour, puis posa les deux mains sur les épaules de Laura.

— J'imagine qu'ils t'ont flanqué une peur bleue, non ? Les idiots, les imbéciles…

— Mais qu'est-ce que c'est que cette histoire ? Qu'est-ce que tu fais ici ?

— J'ai un rendez-vous près de ton gymnase, alors je me disais que nous aurions pu marcher ensemble jusque là-bas…

— Dis-moi plutôt la vérité, Gil, parce que je ne te crois pas ! Tu savais que ces hommes allaient venir ici, n'est-ce pas ? Et qui va revenir d'Europe ? De qui est-ce qu'ils parlaient ?

— Je ne suis pas sûr… j'ai entendu dire…

— Tu vas arrêter de bégayer, s'il te plaît ?

— Je ne sais pas, c'est tout un méli-mélo…

Il eut un petit geste d'impuissance.

— Je pense que tu devrais en parler à ton père.

— Pourquoi ? Il y a un problème avec papa ?

— Non, c'est juste qu'il pourra répondre mieux que moi à tes questions. Je t'assure, ma chérie. C'est quelque chose qui le concerne, ce sont ses affaires. Mais il n'est pas malade, ne t'inquiète pas. Appelle-le seulement.

— Oh, c'est stupide ! Est-ce que les journaux n'ont vraiment rien de mieux à faire que d'envoyer ce genre de barbouzes ennuyer les gens avec des bêtises ? Et qu'est-ce que mon père peut bien savoir là-dessus ? Tu ne me réponds pas… qu'est-ce qu'il se passe ?

— Je te répète que tu devrais en parler à ton père. Il t'expliquera. Moi, je ne sais rien de tout ça.

— Très bien, je vais le faire. C'est ridicule.

Le téléphone sonna longtemps mais personne ne répondait, d'aucun des postes de la maison – ni du bureau de Kate, ni de celui de papa, ni de l'étage, ni de la cuisine. Où pouvaient-ils être ? Oui, quelque chose était arrivé ; peut-être Rick... Il roulait trop vite, ils le lui reprochaient toujours. Mon Dieu, pourvu que ça ne soit pas Rick, ni personne d'autre. Mon Dieu, non...

— Allô ! dit enfin la voix de Jennie.

— Jennie ? Qu'est-ce que vous faites là ? Est-ce que tout le monde va bien ? Qu'est-ce qu'il s'est passé ?

— Ils sont... ils sont tous en ville. Ils avaient des courses à faire. Alors je suis venue pour répondre au téléphone.

La voix était étrange, avec une sorte de gaieté brusque et forcée, comme quand on parle à quelqu'un de très malade, ou qu'on veut éviter un certain sujet.

— Qu'est-ce que vous me cachez, Jennie ?

— Moi ? Te cacher quelque chose ? Mais non, rien du tout, ma chérie. Oh ! je suis désolée, il faut que je raccroche, il y a de l'eau qui bout sur le feu. Je leur dirai que tu as appelé.

Quand Laura eut reposé le combiné, elle regarda Gil ; il tripotait un stylo bille posé sur la table, ne cessant de l'ouvrir puis de le refermer.

— Ce n'est pas honnête de jouer à ce genre de cachotteries avec moi, lui dit-elle avec colère. D'abord toi, et maintenant Jennie.

— Jennie ?

— Tu l'as rencontrée, le jardin d'enfants en bas de la route. Repose ce stylo et explique-moi, d'accord ?

Quand il s'approcha d'elle pour la prendre dans ses bras, elle se recula.

— Tu ferais bien mieux de tout m'expliquer, lui enjoignit-elle sèchement.

Il ne lui répondit rien, regardant ses ongles ; au bout d'un moment il se décida à dire, lentement :

— Je crois vraiment que tu devrais rentrer chez toi. Si tu as eu des gens à ta porte, ton père peut en avoir eu aussi.

Une peur nouvelle s'instilla dans ses veines et ses os, une peur inconnue et terrible.

— Oui. Oui, bien sûr, il faut que j'y aille.

— J'irai avec toi.

Quand elle posa sa joue sur l'appuie-tête, elle entendit son cœur cogner dans ses oreilles. Le ciel défilait derrière le hublot ; elle était à la fois pressée d'arriver à la maison, et en même temps effrayée de ce qui l'attendait là-bas. Peut-être juste un incident bizarre, rien de vraiment grave ? Gil lui tenait la main ; dans l'autre reposait un livre, dont il n'avait pas lu une seule ligne depuis qu'il l'avait sorti de sa serviette. Il n'avait pas prononcé un mot non plus.

Tard dans l'après-midi, ils atterrirent et louèrent une voiture.

— Il va falloir que tu me guides à travers ces routes, lui dit-il.

— Gil, j'ai très peur de ce que je vais trouver.

— Dis-toi bien que ça ne sera pas la fin du monde, de toute façon.

Extérieurement, rien n'avait changé ; les maisons, les villages, les routes et les fermes éparses se trouvaient toujours à la même place. À un carrefour, un petit panneau indiquait la direction de la Ferme des Collines. Quand ils y arrivèrent, une couche de gravier frais y avait été répandue ; la voiture crissa dessus et s'arrêta en face de la maison. Elle offrait toutes les apparences de la normalité, et Laura songea que peut-être les choses n'allaient pas si mal que ça, après tout.

Un des vieux ouvriers de l'exploitation, Bob, s'approcha d'eux. Il soignait déjà les vaches pour le grand-père de Richard, et même s'il n'avait plus toute sa tête, il faisait des petits boulots dans le domaine.

— Tiens, mam'zelle Laura ! Z'allez bien ? J'savais pas que vous veniez. Personne me l'a dit, personne me dit jamais rien. Tout est sens dessus dessous par ici. Sale journée, rien que des sales journées. J'aurais jamais pensé que j'vivrais assez vieux pour voir des choses comme ça. Je m'disais que…

— Des choses comme quoi ?

— Z'ont emmené l'pauvre monsieur Jim ce matin. Jamais j'aurais pensé que j'vivrais assez vieux pour voir une chose comme ça, l'pauvre monsieur Jim qu'ils emmenaient dans son beau costume...

— Ils l'ont emmené où, Bob ? Où ?

— Mais quoi, en prison, mam'zelle Laura. Le cap'taine Ferris est venu d'la police de la ville, et j'sais bien que ça lui faisait du mal d'emmener monsieur Jim, mais...

Avant qu'elle puisse émettre un son, Gil la conduisit dans le salon et la fit asseoir dans le canapé.

— Installe-toi. Tout va aller bien pour ton père. C'est juste ce qu'on pourrait appeler une formalité. Il va revenir ici et il t'expliquera tout lui-même. Crois-moi, je t'en prie, il va bien.

— Là, dit Bob qui les avait suivis, regardez là. C'est tout écrit dans l'journal, les nouvelles du comté, l'est arrivé ce matin. Lisez voir un peu ça.

> ... Jim Fuller n'est autre que Donald Wolfe, recherché depuis longtemps pour avoir enlevé sa fille.
>
> Lillian Storm, que nous avons pu contacter par téléphone, chez elle, en France, a décrit ses tourments et son amour pour sa fille, Bettina Wolfe, qui lui a été enlevée il y a plus de vingt ans par le père du bébé, un célèbre avocat de New York, devenu fermier depuis.

Les mots se brouillèrent sous les yeux de Laura, la pièce se mit à tourner autour d'elle, mais elle poursuivit sa lecture.

> M. Wolfe, connu dans la région sous le nom de Jim Fuller, propriétaire de la Ferme des Collines, a pris une part active à la vie locale comme généreux bienfaiteur, il siégea au conseil des écoles, à l'administration de l'hôpital Saint-Clare, et...

Elle se mit à hurler, laissa tomber le journal à terre. Bientôt, la pièce retentit de ses cris sinistres ; elle-même, en les entendant, fut assez lucide pour comprendre que c'était de l'hystérie. Elle peut vous pousser jusqu'au bord du gouffre, puis vous y faire tomber vertigineusement, avec votre propre voix affreuse qui vous hurle dans les oreilles.

— Faut lui donner à boire, dit Bob. Monsieur Jim, il garde du cognac dans l'placard là-bas. J'ai vu où il le rangeait, l'jour où je me suis fait passer une scie sur le doigt...

Laura s'agrippait à l'accoudoir du canapé ; oh ! mon Dieu, mon Dieu, elle allait être malade, elle *était* malade... Elle voulait mourir, ce n'était pas vrai, papa n'aurait pas fait ça... Ça ne pouvait pas être vrai !

— Est-ce que c'est vrai, Gil ? Non, ce n'est pas vrai, hein ! Tu savais la vérité, Gil, tu savais la vérité et tu ne me disais rien...

— Ah, Laura, ne m'en veux pas... Qu'est-ce que je peux faire pour toi, qu'est-ce que tu veux que je fasse ? Ce n'était pas à moi de te raconter l'histoire, et de toute façon je ne savais pas tout... Oh, ne pleure pas, s'il te plaît ! Si, pleure, après tout... Pleure, crie, si ça te fait du bien...

— Faut qu'elle boive un coup, donnez-lui-en un. Là, tenez...

— Non, Bob, c'est trop fort pour elle. Elle n'y est pas habituée, ça va la rendre malade. Ah, ma chérie, tu t'es toujours posé tant de questions sur ta mère... Maintenant tu pourras la connaître, tout ira bien. Tout ira de nouveau bien, tu verras.

— Toute ma vie, des mensonges, des mensonges ! Même mon nom n'est pas le mien ! Lis la suite pour moi... Est-ce que tout ça est vrai ? Oui, ça doit l'être... Ils n'imprimeraient pas une longue histoire comme ça si elle n'était pas vraie...

Lillian Storm, récemment divorcée du financier Arthur Storm, partage son temps entre New York et sa résidence à l'étranger. Bien connue dans les milieux mondains, elle est célèbre pour ses actions caritatives autant que pour sa collection d'œuvres d'art. Bettina, qui est son unique enfant, a grandi à la Ferme des Collines et est maintenant étudiante en médecine à New York. Ses nombreux amis dans la région la connaissent depuis longtemps sous le nom de Laura Fuller, brillante étudiante, nageuse, et star locale du basket-ball...

335

— Comment est-ce qu'il a pu nous faire ça, à ma mère et à moi ? Je veux la voir ! Ma *mère* ! Oh, mon Dieu, comment est-ce qu'un homme peut faire une chose pareille ?

— Ils arrivent, dit Gil, et quelques secondes plus tard Rick pénétra dans la pièce, bientôt suivi de sa mère.

— Oh, pauvre Kate ! Il t'a menti à toi aussi, n'est-ce pas ? Pauvre maman ! cria Laura, se précipitant vers eux, bras grands ouverts.

— Non, ma chérie, répondit doucement Kate en la serrant contre sa poitrine. Il ne faut pas dire « pauvre Kate » mais « pauvre Jim ». Oh ! comme il est courageux... Mon cœur se brise quand je pense à lui. Donc, tu sais déjà tout ? Et tu as pris l'avion pour être plus vite avec lui ? Dieu te bénisse...

Il fallut quelques secondes à Laura pour que ces mots prennent un semblant de sens dans son esprit : « ... pris l'avion pour être plus vite avec lui... comme il est courageux... pauvre Jim... » Puis elle recula d'un bond, faisant presque perdre l'équilibre à Kate ; il lui semblait qu'un volcan était entré en éruption à l'intérieur de sa poitrine et la brûlait, la faisait étouffer.

— Qu'est-ce que tu dis, je suis venue pour être avec lui ? C'est un imposteur, un menteur, un destructeur de... de tout notre monde, du tien et du mien, et tu me parles de son courage ? Oh ! je deviens folle. Oui, je perds la tête, je dois rêver, pourquoi est-ce que je ne me réveille pas ? Et si c'est seulement un cauchemar, pourquoi est-ce que je le fais ? Oui, je suis malade, je suis malade ! Qui suis-je ? Quel est mon nom ? Bettina Wolfe, c'est écrit ici... Oui, je suis en train de perdre la tête !

Ils étaient tous à la regarder, plus inquiets et désarmés les uns que les autres — le vieil ouvrier bouleversé, Kate avec ses joues baignées de larmes, Gil comme pétrifié, et Richard, debout à l'arrière-plan avec le docteur Scofield, figés telles deux statues.

Pour finir, le docteur leva la main en signe d'apaisement.

— Non, tu ne vas pas perdre la tête, lui dit-il d'une voix ferme. Tu es sous le choc et tout le monde le serait à ta place.

— Oui, sous le choc…

Elle se tourna vers Kate.

— C'est vraiment lui que tu plains, j'ai bien entendu ? Comment est-ce que tu peux dire une chose pareille ? Il t'a menti, il a transformé toute ta vie en un mensonge, et toi…

— Non, murmura Kate, comme si parler représentait pour elle un effort énorme. Non, ton père m'a dit la vérité.

— Quoi ? Tu es en train de dire que tu savais, pour ma mère et pour moi ?

Les yeux de Kate plongèrent désespérément dans ceux de Laura.

— Oui.

— Toi ! Mais alors, qui… qui est-ce qu'on peut croire ? Et toi, Rick ? Tu savais, toi aussi ?

— Oui.

— Gil ?

— Pas vraiment, non. Juste quelque chose de vague et d'incertain. Il y a encore deux jours, je ne savais pas quoi penser au juste.

— Et vous, docteur Scofield ?

— Non.

Tandis qu'elle observait la pièce et les personnes silencieuses qui lui faisaient face, Laura ne ressentait que de la haine. Un prisonnier doit éprouver une haine semblable envers ceux qui l'ont capturé ; la force était de leur côté, pourrait-elle jamais les contraindre à réparer le mal qu'ils lui avaient fait ? Cette humiliation et ces années vides, aveugles ?

Soudain, avant que personne ait pu l'arrêter, Laura courut dans l'entrée (le vieux Bob y avait trouvé refuge), grimpa l'escalier quatre à quatre jusqu'à la pièce où la jolie jeune femme souriait dans son joli cadre d'acajou. Elle s'en empara, redescendit en courant et le fourra sous le nez de Kate.

— Et ça ! C'est ma mère, ou c'est encore un mensonge ? Dis-moi la vérité, si tu en es capable !

— C'est ce que j'ai pu trouver de plus proche, d'après la description que ton père m'avait faite d'elle. Il n'avait pas de photo et tu en avais besoin d'une.

Folle de rage, Laura jeta cadre et photo dans la cheminée, puis cria :

— Donc, tout ce que vous avez dit ou fait pour moi était truqué et faux ! Comment pourrais-je jamais croire en quelqu'un, si vous avez été capables de faire ça à une enfant ? sanglota-t-elle bientôt. Comment est-ce qu'un homme, un père, peut infliger ça à sa fille ? Et à ma mère aussi... Comme elle a dû souffrir ! Oui, les choses me reviennent maintenant... Cet homme à la remise des diplômes, qui aurait pu croire qu'il avait raison ? Comment est-ce que j'aurais pu le croire, moi ou n'importe qui ? Et je comprends aussi pourquoi nous n'allions jamais nulle part, pourquoi nous restions toujours ici, cachés... Oh oui, maintenant je sais tout, je sais tout.

— Ça n'est pas arrivé tout seul, dit doucement Richard. Tu devrais écouter l'autre version, parler à ton père, ça me paraît juste, et ensuite...

— Parfait. Je vais le faire. Qu'on m'emmène le voir tout de suite. Toi, Gil, conduis-moi là-bas en voiture, allons-y. Oui, je serais curieuse d'entendre ce qu'il peut bien avoir à raconter.

Richard tendit la main comme pour l'arrêter.

— Pas maintenant, Laura. Ce n'est pas autorisé.

Ah, oui, c'est vrai. Il était en prison, son père était en prison. Et elle dit à haute voix, non à la façon dont on pose une question mais comme une affirmation :

— En prison.

— Il sera mis en accusation lundi devant un magistrat, expliqua Richard. C'était trop tard pour aujourd'hui et demain c'est dimanche, donc nous ne pouvons rien faire avant lundi. Mais nous avons déjà un avocat. En fait, il y en a un qui s'est proposé, Harold McLaughlin. Il connaît Jim et il veut le défendre.

— Et lundi, comment les choses vont-elles se passer ? s'enquit le docteur Scofield.

— Il plaidera coupable et sera libéré sous caution. Maman et moi prendrons une hypothèque sur la ferme. Bien sûr, le procès se tiendra à New York.

— C'est obligatoire ? interrogea Kate d'un air soucieux.

338

— Maman, tout s'est passé à New York...

Le docteur Scofield soupira.

— Il paraît qu'il était célèbre là-bas, que c'était un avocat de haut rang.

— Jim n'a jamais prétendu avoir un rang quelconque, commenta Kate. Il a toujours été simple dans ses manières...

Puis elle s'assit et prit son visage dans les mains.

— Oui, simple, approuva Richard, et sage aussi. Chaque fois que j'avais un problème, ou qu'il y avait des décisions à...

Il fut interrompu par le cri que poussa Laura.

— Tu oublies la vraie victime, la mère ! *Ma mère !* Gil, emmène-moi la voir ! S'il n'y a pas d'avion, nous n'avons qu'à y aller en voiture. Je me sens tellement mal... je ne peux pas tenir en place. Je m'allongerai sur le siège arrière, partons tout de suite. Tu peux bien faire ça pour moi, s'il te plaît, Gil ?

— Écoute-moi bien, Laura.

Le docteur Scofield lui parla d'un ton ferme.

— Je vais te prescrire quelque chose qui te fera passer une bonne nuit de sommeil. Jeunes gens, est-ce que l'un de vous peut aller le chercher à la pharmacie avant qu'elle ferme ?

— Non, dit Laura. Je ne resterai pas ici et je ne prendrai pas de drogue. Je ferai face à la réalité, je ne la fuirai pas.

— Il s'agit d'un *médicament*, Laura. Je ne suis pas un dealer.

— De toute façon, je ne resterai pas dans cette maison !

— Tu n'as nulle part d'autre où aller. Tu resteras ici. En plus, tu n'es pas du tout en état de voyager. Kate et moi allons t'emmener là-haut et te mettre au lit.

Quand elle se réveilla, la pièce était toute grise, et la pluie tambourinait furieusement sur les vitres. Même avant de quitter le lit, elle savait que le vent avait tourné au nord.

Quelque chose, le comprimé du docteur Scofield, ou peut-être un curieux caprice de ses nerfs – de ses hormones, de ses gènes, peu importe –, avait transformé son impuissance de la veille en détermination. Quelque chose qui la fit se redresser, poser les pieds sur le sol.

Demain elle retrouverait sa mère. *Sa mère.* La femme qui l'avait mise au monde. Elle tourna la tête vers le bureau où s'était trouvée l'autre, la fausse, avec son faux sourire, qu'elle avait pourtant suffisamment aimée pour en faire un double et le mettre sur son autre bureau, à New York.

On frappa à la porte.

— Je peux entrer ? dit Jennie en entrouvrant. Je t'ai entendue bouger. Ils m'ont demandé de venir, pour que tu ne te réveilles pas dans une maison vide.

Elle avait l'air mal à l'aise et lui semblait petite, cette maîtresse qui avait été grande autrefois par son autorité. Nul doute qu'elle connaissait déjà toute l'histoire, alors que moi je ne savais rien, songea Laura. Elle sait *tout* de ma vie !

— Ton ami Gilbert est parti tôt, il voulait attraper le premier avion pour rentrer à New York. Il veut savoir exactement ce qui s'est passé, pour trouver comment aider ton père. Il a dit qu'il t'appellerait dans la journée. Voilà, ajouta-t-elle, soulagée, je voulais être bien sûre de te transmettre ce message. Je voulais être bien sûre de te dire qu'il t'aime. Il a ajouté que tu devais rester calme.

— Merci. Je *suis* calme.

— Ton père a appelé, aussi, mais il a dit qu'on ne devait pas te réveiller. Il va rentrer à la maison et essayer de tout t'expliquer. Il sait que c'est un choc terrible, mais il est sûr qu'à la fin tu comprendras et tu lui pardonneras.

— Il en est sûr, hein ! J'en suis bien contente pour lui…

— Est-ce que tu descendras pour un petit déjeuner tardif, ou un brunch ? Il est dix heures et demie. Kate a sorti des muffins au maïs du congélateur. Au maïs avec des raisins, elle a dit que tu adorais les raisins.

Des muffins ! Pour racheter vingt ans de mensonges et de tromperies ? Laura descendit néanmoins et s'attabla avec Jennie dans la cuisine familière, en face de l'écuelle du chien et de l'imperméable de Rick pendu à la patère, dans le coin de la pièce.

Il n'y avait rien à dire ; ou plutôt, trop de choses auraient dû être dites. Jennie se leva et apporta sur la table la cafetière en

340

cuivre bien astiquée à laquelle Kate tenait tellement. La pendule dans l'entrée sonna bientôt onze heures, puis Clancy entra dans la pièce, lapa bruyamment de l'eau dans l'écuelle et posa son museau mouillé sur les genoux de Laura.

Étrange qu'il faille un chien pour lui tirer des larmes, ces larmes qu'elle avait pourtant juré de ne pas laisser échapper ! Reste calme, avait dit Gil. Sois forte. Supporte le désastre avec dignité, comme bien des gens le font tous les jours, partout dans le monde.

Jennie parla, doucement.

— Est-ce qu'il y a une chose que tu veux me demander, Laura ?

— Il y en a tellement que je ne sais pas par où commencer.

— Quand tu as téléphoné hier, j'étais incapable de te parler. Je crois que j'ai inventé quelque chose à propos d'eau qui bouillait. On était venu chercher Jim — chercher ton père — juste quelques instants plus tôt. Kate et lui s'y attendaient, c'est pour ça qu'elle m'avait demandé d'être là. Nous sommes de vieux amis, tu sais. Non pas qu'elle semble avoir besoin de moi ni d'aucun soutien, d'ailleurs, elle garde la tête haute. Jim — ton père — avait mis un costume. Il s'est présenté à l'officier de police sous son vrai nom, Donald Wolfe. L'officier était effondré, je le voyais bien. Il connaissait sûrement Jim depuis des années. Tout le monde connaît Jim et tout le monde l'aime, bredouilla Jennie.

Ce devait être un sujet de discussion fascinant dans toute la ville, depuis le tribunal jusqu'aux salons de coiffure et aux cafés. Les pompiers qui interviennent après un accident de plusieurs voitures sur l'autoroute sont remplis de pitié à la vue du sang et des blessures ; mais là, quelque chose d'autre s'ajoutait à la pitié – ce frisson, une sensation de drame.

— Un type est venu ce matin, poursuivit Jennie après une hésitation, un reporter. J'ai oublié de quel journal. Je lui ai dit que tu n'étais pas là, que tu étais à New York.

— C'est gentil, merci.

Il y eut un silence ; Jennie se leva, passa leurs assiettes sous l'eau, puis elle remit un peu d'ordre dans la cuisine pendant que Laura regardait au-dehors le ciel venteux.

— Ça ne t'ennuie pas si je rentre à la maison, Laura ? C'est dimanche, et c'est à notre tour d'avoir la famille chez nous.

Tout à coup, les mots les plus innocents, « la famille », devenaient aigus et tranchants comme une lame de couteau : quelle famille ? Où ? Avec qui ?

— Non, ça ne m'ennuie pas. Et encore merci pour tout.

— Tu es sûre que tu vas bien ? Qu'est-ce que tu vas faire quand je serai partie ?

— Je suppose que je vais lire le journal, ou quelque chose comme ça.

— Je l'ai ramassé sur le perron, s'excusa Jennie en le regardant, à présent posé sur la table. Peut-être que je n'aurais pas dû, je l'ai fait sans y penser. Ne t'ennuie pas avec ça, Laura, ce n'est qu'une feuille à scandale.

Chère Jennie, chère étourdie. Non, sans doute n'aurait-elle pas dû l'apporter dans la maison, mais maintenant le mal était fait.

> Les amis de Lillian Storm se mobilisent pour la soutenir. Les premières rumeurs émanant hier des autorités de Géorgie, et révélant que Donald Wolfe, son ancien mari, entend justifier l'enlèvement de leur fille en l'accusant d'avoir été une « mauvaise mère », ont choqué, ici et à l'étranger. Les nombreuses personnes déjà interviewées au cours des deux derniers jours ont unanimement été scandalisées par cette accusation. L'opinion générale est qu'elle a passé les vingt dernières années le cœur brisé par ses vains efforts pour retrouver sa fille, Bettina, que Donald Wolfe a enlevée à sa nurse à Central Park puis cachée en Géorgie, où ils vivent maintenant, dans une ferme arboricole que possèdent Wolfe et sa seconde épouse. La jeune fille, aujourd'hui connue sous le nom de Laura Fuller, est étudiante en médecine dans notre ville.

Donc la mère, *Rebecca*, est en réalité *Lillian* ; la fille, *Laura*, est *Bettina* ; et elles ne se reconnaîtraient même pas si elles se rencontraient dans la rue.

— Je ne peux pas supporter ça, dit Laura tout haut.

Le vent soufflait en rafales derrière la fenêtre, arrachant les jeunes fleurs des arbres, tordant et parfois cassant leurs branches ; toute créature vivante aurait été heureuse de se trouver à l'abri par une journée pareille. Pourtant, si Laura avait pu partir d'ici pour aller rejoindre Lillian Storm, même à pied, elle l'aurait fait. Longtemps, elle resta assise à regarder la pluie tomber.

Elle regardait toujours dehors quand un petit groupe échevelé – maman, Richard, le docteur Scofield et un autre homme – entra dans la pièce.

— Laura…, commença Richard, mais elle l'arrêta :

— Tu oublies. Mon nom, c'est « Bettina ».

— Ah, non…, l'implora Kate, puis elle enchaîna : Voici M. McLaughlin, qui est gentiment venu ici pour nous parler.

M. McLaughlin était peut-être venu gentiment, mais il n'avait rien laissé passer du bref échange concernant les prénoms ; ses yeux pénétrants avaient tout enregistré, depuis le ton vif de Laura jusqu'à la rougeur qui avait empourpré les joues de Kate.

— J'ai pu mettre les choses à plat avec Jim, annonça-t-il. À vrai dire, ça n'a guère été difficile, il m'a donné toutes les réponses avant que je lui pose les questions, ou presque. Mais je n'ai pas encore pu le faire avec vous tous. Il s'agit là d'une véritable tragédie, que Shakespeare aurait pu écrire. (Il secoua sa tête grise et continua.) C'est un coup terrible pour vous, jeune fille, je me mets à votre place et je le comprends. Mais, croyez-moi, c'est encore pire pour votre père.

Le côté démodé du « jeune fille » l'aurait amusée, si elle avait été d'humeur à cela.

— On dirait que vous ne pensez qu'à lui, lui répliqua-t-elle d'un ton froid. Bien sûr, c'est normal, vous êtes son avocat. Mais moi, je pense à ma mère. Est-ce que par hasard vous avez lu ceci ? demanda-t-elle en lui tendant le journal. « La peine la plus sévère prévue par la loi », c'est ce qu'elle réclame pour lui. Eh bien, je dois vous le dire, c'est sans doute ce qu'il aura, et ce sera mérité. J'ai un point de vue un peu différent du vôtre, comme vous voyez.

Richard, jusque-là resté près de sa mère, les épaules voûtées, sembla se ranimer d'un coup.

— Laura ne connaît pas l'autre aspect des choses, dit-il. Je sais que Jim ne voudrait pas que je lui en parle franchement ; disons même qu'il me l'a interdit, mais je le ferai. Le genre de vie que ta mère menait et qu'elle te faisait mener… n'était pas acceptable. C'est pour te soustraire à cela qu'il a sacrifié sa propre vie, sa carrière, son avenir.

McLaughlin s'était laissé tomber dans un fauteuil, comme accablé d'avance par ce qu'il avait à dire ; quand il parla, sa voix était basse et nerveuse.

— L'enlèvement est un crime puni par la loi fédérale. Le mieux que nous puissions espérer, c'est une réduction de la peine de prison. Voilà, vous savez. Il fallait que je vous le dise d'entrée de jeu, même si cela me navre.

Richard passa son bras autour des épaules de sa mère ; celle-ci n'avait pu retenir un cri de détresse, mais maintenant elle gardait le silence.

— J'ai déjà eu des nouvelles des avocats de Mme Storm, poursuivit McLaughlin. Ils n'ont pas perdu de temps – pas une heure. Malheureusement, je ne suis pas habilité à défendre Jim à New York, vous le savez. Je le ferai sortir demain matin sous caution, je ne peux pas faire plus. Il faudra que vous preniez un avocat de New York, et je suggère de prendre le meilleur que vous pourrez trouver.

— Je pensais, finit par murmurer Laura d'une voix hésitante, qu'il aurait une énorme amende. Je ne savais pas qu'on mettait un homme en prison pour avoir enlevé son propre enfant.

— Pour un enlèvement ? Vous ne saviez pas ?

Un sourire incrédule flotta sur les lèvres minces de McLaughlin, puis il reprit :

— Vous avez raison de vous cantonner à la médecine, le droit n'est pas fait pour vous. D'ailleurs, votre père me disait combien il est fier de vous et de ce que vous faites. Mais oui, on va en prison pour un enlèvement.

D'une voix basse et contrainte, Richard parvint à poser une question :

— Et... pour combien de temps ?

— Ça dépend. Cela peut aller jusqu'à vingt ou trente ans. Et ça va généralement jusque-là.

Kate ne put retenir ses larmes ; elle enfouit la tête dans l'épaule de Rick, et ses sanglots étouffés avaient quelque chose de déchirant. Laura avait déjà entendu pleurer ainsi – une femme dont l'enfant avait été renversé par une voiture, juste sous ses fenêtres à New York.

— Trente ans..., murmura-t-elle, en regardant Kate, qu'elle n'avait jamais vue pleurer.

Puis elle se tourna vers McLaughlin.

— Trente ans, répéta-t-elle. C'est la peine maximum prévue par la loi ?

— Dans le cas présent, oui. Ça pourrait être davantage si Jim vous avait maltraitée ou négligée, mais puisqu'il ne l'a pas fait... En tout cas c'est cette peine qu'ils vont réclamer, vous pouvez en être sûrs.

— Et ils vont l'obtenir ?

— Disons que... pour vous répondre franchement, il risque d'en prendre pour pas mal d'années, oui. Je suis désolé, croyez-le bien.

— Mais tous les gens qui le connaissent ? demanda Richard. Les gens en ville, ils vont sûrement témoigner en sa faveur, avec tout ce qu'il a fait ici... Est-ce que ça n'y fera rien ?

— Sincèrement, je doute que ça puisse aider beaucoup. Vous ne devriez pas appeler un médecin pour votre mère ? demanda McLaughlin d'un air plein de compassion en regardant Kate qui semblait anéantie.

— Il y a ces comprimés que j'ai pris la nuit dernière, suggéra Laura.

— Oui, donnez-lui-en un. Je suis navré d'avoir dû parler comme je l'ai fait, mais vous vouliez la vérité, n'est-ce pas ? C'est toujours très pénible, quand on doit donner aux gens des nouvelles qu'ils n'ont pas envie d'entendre. Mais vous aviez besoin de la vérité, afin de faire de votre mieux pour Jim. C'est une tragédie, répéta McLaughlin. Un excellent homme, et de plus un éminent avocat, qui était en route pour se hisser vers les sommets, à ce qu'il paraît. Je le connais moi-même depuis longtemps, mais bien sûr je ne savais pas qui il était vraiment. Je ne l'ai jamais deviné, mais comment l'aurais-je pu ? Bon, je vous verrai demain au tribunal. N'oubliez pas que vous devez apporter le titre de propriété de la ferme, ajouta-t-il en se dirigeant vers la porte.

— Nous le savons, dit Rick.

La maison était plongée dans le silence que seuls vinrent troubler le craquement de la dernière marche, quand Richard monta à l'étage, puis le léger grincement de la porte quand il entra dans sa chambre. Aucun bruit ne provenait de celle de Kate ; elle devait dormir.

Il était bien plus de minuit quand la pluie cessa enfin, et avec elle le glouglou de la gouttière à côté de la fenêtre entrouverte de Laura – par où l'entêtante odeur de l'herbe mouillée pénétrait dans sa chambre. De la crête des collines dépassait une lune ronde comme une bosse, vaguement teintée de vert. Depuis le temps qu'elle vivait en ville, elle avait oublié ce que c'était que regarder dehors, sauf pour savoir s'il fallait ou non prendre un parapluie.

Papa et Richard scrutaient toujours le ciel : est-ce qu'ils allaient arroser aujourd'hui ? Étaient-ce de vrais nuages à pluie, ou bien le soleil allait-il percer à travers la brume ? Après le petit déjeuner, papa mettait une veste et prenait sa voiture pour aller en ville, ou alors il restait en jean, quand il travaillait à la ferme ; il en avait toujours été ainsi.

Du moins jusqu'à la veille au matin. Trente-six heures plus tôt, tout avait encore un sens. Laura Fuller avait des projets pour son samedi, d'autres pour son dimanche, et le lundi elle retournerait en cours ; maintenant, telle la victime d'une guerre ou d'un séisme, elle n'avait plus de projet. Elle n'était même plus Laura Fuller.

Pour se calmer, elle fit quelques pas dans la pièce, puis s'appuya sur le dossier d'une chaise et observa la chambre – le lit, la commode, le bureau. Jusqu'à la veille, la fausse photographie y était posée ; aujourd'hui restait la famille souriante avec elle au milieu, arborant toque et toge. Ils étaient là, réunis depuis toujours, et pourtant aujourd'hui déchirés.

Est-ce vraiment toi, Donald Wolfe ? Qu'as-tu fait de ta vie ? Oh, je suis tellement en colère... Je ne suis plus que rage et anéantissement. Je suis revenue chez moi, et ma maison avait explosé, tout le monde était mort à l'intérieur.

Une mauvaise mère, dit-il. Et elle a passé les vingt dernières années le cœur brisé ! Comme ils ont dû se mépriser l'un l'autre... Oh, ma mère, j'ai besoin de te parler !

Le matin se leva, de cette journée qui devait la ramener à New York, où elle attendrait cette *Rebecca*, maintenant devenue *Lillian* ; cependant, elle ne pouvait pas partir d'ici sans savoir de quoi ladite journée serait faite. Elle fut prête en dix minutes, s'habilla et descendit – pour trouver Kate déjà installée dans la voiture, et Richard sur le point de la rejoindre.

— Je n'ai pas le temps de parler, nous devons nous dépêcher, lui dit-il.

— Juste un mot : je t'ai fait des reproches hier, c'est parce que j'étais bouleversée.

— Je le comprends bien. Ça n'a pas d'importance, nous en reparlerons plus tard.

— Est-ce que maman va bien ?

— Non, mais elle tiendra le coup. Elle n'a pas le choix.

— Je viens avec vous maintenant ?

— Non. Il ne veut pas que tu le voies là où il est.

Laura fit un signe de tête à Richard, puis il monta dans la voiture et referma la portière.

Le journal du comté avait été déposé sur la table de la cuisine. Un gros titre s'étalait en première page, à côté du résultat des élections de l'État :

LA CAUTION DE FULLER — TRÈS LOURDE — ATTENDUE AUJOURD'HUI AU TRIBUNAL.

Il lui semblait que les nerfs de tout son corps s'étaient mis à trembler, elle avait besoin d'air. Ressortant de la pièce, elle monta la pente jusqu'à la petite maison qu'ils avaient habitée jadis, au moment de leur arrivée ici. La panique s'était emparée d'elle, comparable à une impression de claustrophobie, comme celle qu'on éprouve dans un espace fermé où personne n'entend quand on appelle à l'aide ; ou encore à une frayeur telle qu'on peut en ressentir à un carrefour, quand on ne trouve plus son chemin.

Que s'est-il passé ? Pourquoi m'a-t-il enlevée à ma mère ? Pourquoi a-t-il fichu nos vies en l'air ? Je regarde la fenêtre de ma chambre, là-bas, je repense à tous les livres qu'il a achetés pour moi, au plafond bleu avec les nuages, au panier qu'il avait apporté pour Clancy, parce qu'il aimait dormir dans ma chambre. Je regarde toutes ces choses, et je suis terriblement en colère, contre mon père, contre la vie, contre tout.

Kate les laissa seuls. Elle avait posé devant Jim une tasse de café et un sandwich, mais il n'avait touché ni à l'un ni à l'autre. Comme il paraissait vieux tout à coup, plus vieux que le docteur Scofield, pensa Laura.

Elle s'était préparée à s'emporter contre lui quand ils le ramèneraient à la maison, à lui jeter au visage toute la douleur, tout le désespoir qui l'étouffait ; au lieu de quoi, elle n'éprouvait que le mépris glacial qu'on porte aux escrocs ayant dépouillé la veuve et l'orphelin et qu'on retrouve seuls sur le banc des accusés, sous le regard de leurs victimes.

— J'aurais voulu tout t'expliquer d'abord, lui dit-il, mais ils sont venus me chercher à l'improviste. Tu étais à New York, et

348

ce n'était pas quelque chose dont je pouvais parler au téléphone. C'est une histoire longue, triste et compliquée, Laura. Je te la raconterai, mais je crois que je n'en ai pas la force pour le moment.

— Tu oublies que mon nom, c'est Bettina. Et oui, c'est une histoire triste, mais je ne crois pas qu'elle soit aussi compliquée que cela. Moi, elle me semble même plutôt simple, en réalité. Tu m'as volée à ma mère. Tu n'es pas le premier homme à faire une chose pareille, et tu ne seras sûrement pas le dernier.

Jim secoua la tête.

— Ce n'est jamais aussi simple qu'on le croit.

— Comment est-ce qu'ils t'ont découvert ? demanda-t-elle.

— Ça non plus, ce n'est pas une très jolie histoire.

— Je ne pensais pas qu'elle le serait non plus. Mais je veux l'entendre.

— Bien... C'est Gil. Il s'est souvenu de cet homme à ta remise de diplôme, comme je pensais que ça arriverait un jour. Je l'avais dit à Rick. Bien sûr, ça paraît horrible qu'il ait dénoncé le père de son amie, et j'avoue que je ne peux pas éprouver une grande tendresse à son égard. Pourtant je ne peux pas vraiment le lui reprocher non plus. Un avocat doit respecter la loi, sans quoi il perd le droit de la pratiquer. Et je suis bel et bien coupable de ce dont on m'accuse. C'est aussi simple que ça.

— Il y a quelques secondes, tu disais que les choses n'étaient jamais aussi simples qu'on le croyait.

— Je ne parlais pas du même sujet.

— Lillian est sur le chemin du retour, Gil me l'a dit. Je vais rentrer à New York pour la voir.

— Bien sûr. C'est ce que tu dois faire.

Kate entra dans la pièce, avec la tête de quelqu'un qui n'a pas dormi depuis longtemps : les yeux bouffis de fatigue, les cheveux dénoués, à peine coiffés. Elle gronda doucement Jim.

— Tu ne peux même pas réussir à avaler un petit sandwich ? Il faut que tu manges quelque chose... Dis-moi ce que je peux t'apporter d'autre. Ensuite, il faut que tu montes pour dormir un peu. Je t'en prie, Jim... Laura, Gil vient d'appeler.

349

Je lui ai expliqué que tu étais en train de parler avec ton père et que je ne pouvais pas vous déranger. Tu ferais mieux de le rappeler, il paraît qu'il a quelque chose d'important à te dire.

Elle prit le plateau avec l'assiette et la tasse puis ajouta brusquement :

— Je n'arrive pas à imaginer ce qu'il pourrait ajouter au mal qu'il a déjà fait.

Une fois remontée dans sa chambre, Laura saisit le téléphone.

— Donc, tu en savais plus que tu l'as reconnu quand je t'ai posé la question, attaqua-t-elle quand Gil eut décroché.

— C'est vrai, je ne t'ai pas tout dit, répondit-il d'une voix mal assurée. Je comptais bien le faire mais je repoussais toujours le moment, parce que je n'en avais pas le courage.

— D'après mon père, tu t'es rappelé ce type horrible à ma remise de diplôme. Donc, manifestement, c'est toi qui as averti les autorités ?

— Laura, j'étais complètement stupéfait, sous le choc… J'étais incapable de tout garder pour moi, alors j'en ai parlé à mes parents, et mon père est monté sur ses grands chevaux. « Quand ton ami qui travaille pour les avocats de cette femme révélera que tu savais tout — et tu peux être sûr qu'il le révélera, parce que c'est une trop bonne histoire pour la garder pour soi —, tu seras dans un beau pétrin. Tu sais qu'on te convoquera, qu'on t'interrogera, inévitablement ? Mon Dieu, il y a combien de temps que tu fréquentes Laura exactement ? » Je ne pouvais pas répondre, je n'en avais ni l'esprit ni la force. Puis il a souligné la mauvaise publicité que ça me vaudrait, sauf si j'étais l'un des premiers à aller trouver les autorités pour tout leur raconter. Je lui ai dit combien ce serait difficile pour moi et il m'a répondu : « D'accord, fais comme tu veux. À ton avis, qu'en penseront les responsables de ta société ? » Alors, j'ai su ce que je devais faire, et je l'ai fait. Je suis allé voir le procureur.

Ils l'auraient sans doute appris de toute façon, songea Laura, donc ça n'a sûrement pas autant d'importance qu'il y paraît. Pourtant, ça me brise le cœur.

— Je t'en prie, ne me déteste pas, Laura. J'ai déjà beaucoup de mal à ne pas me détester moi-même.

Sur le journal à sensation étalé sur la table de la cuisine, une photo de Lillian, debout devant un grand hôtel de la Cinquième Avenue, semblait sourire à Jim.

— Je suis surpris qu'elle ait renoncé au nom impressionnant de Storm, avec tout ce qu'il comporte de tempétueux, dit-il. En tout cas, elle en a porté beaucoup : née Morris, mariée puis divorcée Wolfe, pareil pour Buzley, ensuite Storm, pour enfin revenir à Morris.

— Ce doit être une vraie calamité de devoir sans cesse changer les monogrammes sur ses affaires, dit Kate avec une ironie amère. Oh, Jim, nous devrions vraiment arrêter de lire ces absurdités.

— Ça va bientôt se tasser... pour repartir quand l'affaire passera devant le tribunal.

En réalité, il n'était pas certain que cela se « tasserait ». Il n'avait jamais su – comment l'aurait-il pu ? – quelles profondeurs peut atteindre la méchanceté humaine. Une femme avait écrit au journal local pour dire que Jim Fuller n'était pas seulement un kidnappeur, mais aussi un parasite, qui s'était marié pour obtenir la jouissance d'une grosse exploitation agricole et une vie facile. Dans une autre lettre, quelqu'un prédisait que l'enquête révélerait bientôt qu'il avait un casier judiciaire à New York. Mais, le pire de tout, le plus accablant, c'était la dernière déclaration de Lillian elle-même : *Quelqu'un d'aussi cruel ne mérite pas de vivre.*

Ici même, dans cette maison, nous nous sommes détachés les uns des autres, pensa-t-il. Nous ne nous parlons plus guère. Chacun de nous est plongé dans son propre malheur : Richard se jette à corps perdu dans n'importe quel travail qui se présente, Kate tâche bravement de faire bonne figure, et Laura plonge dans la dépression. Nous ressemblons à des arbustes encore fragiles dans leur pépinière – emballés dans de la toile à sac pour les protéger contre les tempêtes de l'hiver, en

351

attendant que le printemps revienne. À cette seule différence près : ce n'est pas le printemps que nous attendons.

Autant qu'il pouvait le faire sans lui révéler des choses qu'elle aurait du mal à accepter, Jim avait essayé d'expliquer à Laura ce qui n'allait pas entre Lillian et lui. Mais toujours, il s'était arrêté au seuil du sordide et de l'indicible ; et toujours il se retrouvait, avec une précision de souvenirs extraordinaire, comme si ça s'était passé la veille, dans l'hôtel de Florence, en ce dimanche matin pluvieux. Une éternité s'était écoulée depuis, et long avait été le chemin, ensuite, de là-bas jusqu'ici – sans parler des vingt années qui l'attendaient. Oui, pas moins de vingt, c'est bien ce qu'avait expliqué McLaughlin.

Qu'avait-il fait ? se demanda-t-il, puis il s'en voulut de cette idée : non, finit-il par se convaincre, tu n'aurais rien pu faire d'autre.

— J'ai pensé que tu devais lire ça, dit Richard à Laura. Je l'ai trouvé sur la table de la cuisine. Il s'agit d'un de ces journaux à sensation qu'ils vendent au supermarché. Ça vient juste de paraître, ce matin.

Elle resta un moment bloquée sur le titre, avant de poursuivre sa lecture :

TOUT JUSTE ARRIVÉE SUR LE SOL NATIONAL,
LILLIAN MORRIS EST À LA FOIS FURIEUSE ET COMBLÉE.
ELLE EST SURTOUT TRÈS IMPATIENTE
DE RETROUVER SA FILLE,
PERDUE DEPUIS SI LONGTEMPS

La malheureuse mère, d'une patience à toute épreuve, accompagnée d'amis de France et d'Italie, a prononcé en arrivant quelques mots sur le père de sa fille, Donald Wolfe.

« J'ai retourné ciel et terre pour retrouver mon enfant. Ils parlent d'environ vingt ou trente ans de prison pour lui, mais ils pourraient tout aussi bien l'exécuter, s'il ne tenait qu'à moi. Il n'existe pas de peine assez sévère pour compenser les années que je n'ai pu passer avec ma fille. Cet homme n'a pas un seul atome de dignité dans toute sa personne. C'est un criminel, il serait normal qu'il souffre durant le restant de ses jours. »

Sous les yeux troublés de Laura, un visage apparut ; un visage aux traits saisissants et qui, curieusement, n'était pas sans ressemblance avec la (fausse) photographie en face de laquelle elle avait grandi. Elle eut l'étrange sentiment de se voir elle-même en regardant ce visage ; en même temps, elle sentit aussi qu'elle vivait peut-être le moment le plus dramatique de toute son existence. Puis, d'un seul coup, une tout autre image vint s'imposer à elle : celle de barreaux d'acier par dizaines, sur les portes, sur les fenêtres, derrière lesquelles on discernait des paires d'yeux implorants, écarquillés dans des visages suppliants.

C'est un criminel, il serait normal qu'il souffre durant le restant de ses jours.

De la colère, oui, oh, oui, pensa-t-elle. Mais tant de haine ? *Quelqu'un d'aussi cruel ne mérite pas de vivre.*

— Je ne te comprends pas, disait Gil au téléphone, pour la cinquième fois sans doute au cours des deux derniers jours. Depuis que je te connais, chaque fois que tu as parlé d'elle, je sentais combien elle te manquait ; et maintenant que tu peux vraiment la rencontrer, tu ne le fais pas...

Il attendait une explication, qu'elle était incapable de lui donner. Il n'existait pas de mots pour décrire son tumulte intérieur ; non, tout simplement, il n'existait sans doute aucun mot pour ça.

— Gil, je ne sais plus où j'en suis. Mon esprit fonctionne à peine.

— On dit qu'elle t'a écrit une lettre. C'est vrai ?

— Oui. Je l'ai renvoyée sans l'ouvrir.

— Hein ? Je n'arrive pas à le croire. Franchement, je n'arrive pas à le croire. Tu as peur de quelque chose ou quoi ?

— Je ne sais pas comment décrire ce que je ressens. Mais quelque chose a changé, en tout cas.

— Écoute, dit-il plus doucement, il y a une chose qui n'a pas changé, en tout cas. Tu as déjà manqué une semaine de cours, il est temps que tu reviennes ici. Il faut que tu reprennes ta vie, Laura.

— Je ne reviens pas, non.

— Quoi ? Tu abandonnes ? Tu renonces à la médecine ?

— Je ne sais pas. Je ne sais plus rien. Est-ce que tu peux vraiment te représenter ce qui m'est arrivé ? Je suis fatiguée à force d'essayer de penser. Et maintenant, je suis désolée, mais je dois raccrocher. On en reparlera demain.

Elle raccrocha, mais les pensées continuaient à se bousculer dans sa tête. Si seulement *elle* ne réclamait pas qu'on mette papa en prison ! Je continue à voir des barreaux d'acier, des visages qui se pressent derrière. Il l'accuse de manque de soins, paraît-il, de manque de soins et d'attention à l'égard de sa fille – moi. J'aimerais connaître toute l'histoire, parce qu'il doit y avoir autre chose, mais personne ne veut m'en parler. Rick dit que je ne dois pas harceler papa avec autant de questions. Maintenant, je comprends pourquoi il avait toujours l'air de prendre le parti de papa, quand il refusait de venir en voyage avec nous. Je me souviens aussi de la fois où nous faisions tous du cheval à la queue leu leu et où j'ai posé à papa un tas de questions sur ma mère. Rick m'a dit : « Ferme-la et laisse un peu ton père tranquille. » J'ai été furieuse contre lui, ce qui d'ailleurs était très étrange en soi parce que, dans un certain sens, je l'aimais.

Peut-être que s'il n'avait pas connu ce secret, il m'aurait aimée lui aussi. Peut-être qu'il aurait été moins réservé, moins sérieux qu'il ne l'est toujours avec moi. Mais puisqu'il ne me disait jamais rien, je ne pouvais rien lui dire, moi non plus. Puis Gil est arrivé, et avec lui toute cette atmosphère de rire et d'amusement.

Il y a tant de confusion dans ma tête, tout y est sens dessus dessous. Hier, au moment où j'arrivais à la porte de la maison, j'ai tout à coup ressenti une espèce de peur affreuse et bizarre. Je me voyais courir sous la pluie et j'étais terriblement impatiente d'entrer, je ne sais pas pourquoi. Un chat était assis sur la marche, qui voulait entrer lui aussi.

Il y a tant de choses que nous ne savons pas sur nous-mêmes, ni non plus sur les autres, je suppose.

Sur une impulsion soudaine, Laura se leva et sortit. La

journée était belle et chaude ; il semblait impossible que rien pût jamais changer dans ce monde, entre le ciel, l'herbe, les deux colombes perchées sur leur mangeoire. Il semblait impossible que rien de terrible pût jamais arriver dans ce monde.

Et pourtant, comme papa devait avoir peur aujourd'hui, et tous les autres jours ! Pendant toutes ces années, il avait dû vivre avec une peur affreuse en lui...

« vingt ou trente ans de prison »... ils pourraient tout aussi bien l'exécuter, s'il ne tenait qu'à moi.

Elle se sentait désorientée, terriblement seule. Son regard tomba sur deux magnolias qui commençaient juste à fleurir ; ceux que Rick et elle avaient plantés, il y avait longtemps. *« Si vous vous occupez bien d'eux, si vous les arrosez bien, ils feront trois fois votre taille dans dix ans »*, leur avait dit papa ce jour-là. Et aujourd'hui, ça y était. Deux écureuils tamias sortirent de leur nid dans un mur de pierre et se poursuivirent jusqu'à la cime des magnolias. Une fois, une voiture avait écrasé un tamia près de la maison. Papa avait montré ses petits pieds à Laura, avec leurs cinq orteils, comme les siens. Il espérait qu'il n'avait pas trop souffert. Elle avait voulu l'enterrer, dans une vieille boîte de bonbons à fleurs, et il l'avait aidée à creuser le trou.

Ainsi le passé se refermait-il sur Laura, comme pour la noyer.

Une fois revenue dans sa chambre, elle s'assit, se blottit plutôt, dans un coin près de son bureau. Puis, sans raison particulière, juste parce que le tiroir à demi ouvert du bureau laissait entrevoir le coin d'un vieux journal à la reliure avachie, elle le sortit et le lut.

Papa m'a dit que je pouvais prendre des leçons de tennis si j'en avais envie. Je lui ai demandé si ma mère jouait au tennis, et il m'a dit que oui. C'est drôle, parce que je sais que je lui ai déjà posé la question une fois, et il m'avait répondu qu'elle ne jouait pas. Parfois il oublie des détails comme celui-là, et j'aimerais bien qu'il ne les oublie pas.

Quand je vais faire du bénévolat au service pédiatrique de l'hôpital, je vois le docteur Scofield. Il m'a dit que quand j'avais deux ans, j'étais « une petite insolente ». Il me taquine, mais je l'aime bien. Il aime beaucoup papa ; il dit que les gens l'aiment tous, et que j'ai beaucoup de chance de l'avoir pour père. Je sais que j'en ai, parce qu'il est plus indulgent avec moi que beaucoup d'autres pères.

Parfois, quand j'ai du chagrin à cause de ma mère qui est morte, papa dit aussi que j'ai de la chance d'avoir une autre mère comme maman. Elle est un peu plus sévère que lui, elle surveille comment nous nous tenons à table, Rick et moi, mais ça ne nous empêche pas de l'aimer.

Hier, nous sommes tous allés faire une promenade à cheval dans les collines et nous avons pique-niqué. Papa a fait griller des marshmallows. Quand nous sommes rentrés à la maison, il m'a aidée pour les fractions, parce que je ne suis pas très bonne en maths.

Elle se mit à pleurer. De longues minutes plus tard, quand ses larmes eurent fini de couler, elle s'essuya les yeux et écrivit quelques mots sur une feuille de papier : PAPA, JE T'AIME. Elle descendit poser la feuille sur la table dans la cuisine, bien en évidence, puis elle remonta dans sa chambre et attendit. Un long moment se passa avant qu'elle n'entende un bruit de voix au rez-de-chaussée, enfin il y eut le pas bien connu dans les escaliers. Comme elle avait peur de regarder son visage fatigué, elle ne tourna pas la tête.

Vingt ou trente ans.

Alors elle l'entendit prononcer son nom, sentit la douce caresse de sa main sur sa nuque.

28

— Jim, dit Kate, M. McLaughlin vient d'appeler. Il a trouvé un avocat pour toi, quelqu'un de très compétent.

— Je sais, je sais. Il pensait que je devais m'adresser à une personne qui m'avait bien connu autrefois. Il a dû entrer en contact avec le cabinet Orton et Pratt.

La honte le traversa, comme une bouffée de chaleur : devoir solliciter Ed Wills ou se retrouver devant Pratt, accusé, condamné, désespéré – c'était dur, trop dur ! Pourtant, il lui faudrait peut-être en passer par là.

Il se leva, marcha jusqu'au miroir accroché entre les deux fenêtres. Du XVIIIe siècle, avait dit la femme, quand Kate et lui l'avaient acheté dans une boutique d'occasions en ville. La surface n'en était pas tout à fait plane, ses légères ondulations transformaient les joues crispées de Jim en une sorte de carte géographique avec des creux, des plaines et des rivières.

— Tu te trompes, Jim. McLaughlin s'est renseigné partout pour toi. Hier, il a entendu parler par trois sources différentes d'une femme qui était en train de se faire une solide réputation à New York. Comme elle avait l'air particulièrement intéressante, il s'est renseigné davantage. Il a même téléphoné à Gil dans son cabinet juridique, et Gil a fait sa petite enquête…

Jim l'interrompit :

— Pour l'instant, j'aimerais beaucoup que Gil Maples reste le plus possible en dehors de mes affaires.

— Je te comprends, oui, et je ressens la même chose. Mais McLaughlin dit que Gil lui a parlé très franchement de sa responsabilité dans ce qui t'est arrivé. Il est malade de culpabilité et...

— Il n'a pas à l'être. Il a fait ce que lui dictait la loi, et il s'est protégé contre tout reproche éventuel. Je veux simplement ne plus entendre parler de lui, c'est tout.

— Bon, d'accord. Mais McLaughlin pense que tu devrais quand même voir cette femme. Elle s'appelle Ethel Rice.

— Je vais y réfléchir, soupira-t-il.

— Jim, tu dis juste ça pour te débarrasser de moi. Mais ça fait déjà dix jours, presque deux semaines, qu'on t'a arrêté. Et elle – enfin, la partie adverse – travaille probablement depuis des années sur cette affaire.

— C'est peut-être que j'ai peur d'entendre ce que je sais déjà.

— Tu ne sais rien du tout. Et ça ne te ressemble pas d'être vaincu avant la bagarre.

Elle était pleine de bonnes intentions. Elle faisait de son mieux. Quand on entre dans la chambre d'un malade, on se compose un visage plein d'entrain ; quand on essaie de sauver un homme qui se noie, on se raccroche au moindre espoir – même si le mourant ou le noyé sont conscients que l'on n'est pas dupe, que l'entrain et l'espoir qu'on affiche sont fragiles. Jim souffrait, quand on lui parlait de sa « situation », mais si on ne lui en parlait pas, il souffrait aussi.

Kate plia le journal, le jeta dans le sac réservé au papier à recycler. Quand ses gestes, même vus de dos, étaient aussi raides qu'en ce moment, il n'avait pas besoin de voir son visage pour savoir qu'elle retenait ses larmes. Il se demandait combien de temps elle tiendrait le coup. Il se demandait aussi combien de temps il pourrait éviter de lui poser – par exemple un soir, quand ils seraient couchés – la question qui lui brûlait les lèvres : qu'est-ce que tu deviendras quand je serai en prison ?

Il sortit de la cuisine et s'assit sur une chaise, le dos voûté, les coudes repliés sur les genoux. Clancy s'approcha, posa doucement la tête sur son avant-bras. Était-il possible que le chien, même le chien, sente l'angoisse qui pesait sur sa maison bien-aimée ?

Il n'avait pas bougé quand Laura entra dans la cuisine.

— Je sais que c'est terriblement dur pour toi, papa, commença-t-elle. Toi, un avocat, maintenant sous la coupe d'autres avocats ! Toutes les questions et l'enquête...

Elle lit en moi, songea-t-il ; et, tout à coup, il se rendit compte qu'elle l'avait toujours fait. Même enfant, elle paraissait savoir à quels moments on pouvait l'enjôler et à quels autres il parlait sérieusement. Ce souvenir lui amena un léger sourire aux lèvres quand il répliqua :

— Et qui est-elle, alors, cette personne intéressante et prometteuse ?

— Une féministe. Très intelligente. Elle aime défendre des femmes que les hommes ont maltraitées.

— Mais alors, pourquoi est-ce qu'elle veut me défendre ?

— Parce que c'est nouveau, ça représente un défi. Peut-être que ce qui te gêne aussi, c'est que Gil ait une bonne opinion d'elle ? Si oui, je le comprendrais, parce que je ressens la même chose. Mais nous savons tous les deux pourquoi il a fait ça. Bien sûr, nous n'oublierons jamais. Quand même, dis-toi qu'il veut vraiment t'aider maintenant. Et, de toute façon, c'est M. McLaughlin qui lui a demandé ce qu'il en pensait. Écoute, papa, tu veux bien la voir ? S'il te plaît...

— Je veux bien, oui, mais je ne crois pas qu'elle ni personne d'autre puisse faire grand-chose. Toute l'affaire me semble claire, limpide, hélas.

Il laissa échapper un soupir, long et douloureux.

— Mais je la verrai, oui, répéta-t-il.

29

— Vous ne vous attendiez pas vraiment à entendre quelque chose de très différent, n'est-ce pas, monsieur Wolfe ?

En levant les yeux, Jim voyait, au-delà des épaules d'Ethel Rice, une pièce dans laquelle une femme plus jeune était assise devant un ordinateur. Il y avait longtemps de cela, dans les années 1890, cette même pièce, ce bureau où il se trouvait maintenant, était sans doute une cuisine familiale, divisée en un salon et une salle à manger. Les gens qui habitaient cette autre maison-là avaient connu un monde très différent de celui d'aujourd'hui. Mais ceux qui occuperaient les lieux quand on aurait démoli cette maison, pour faire place à une tour de bureaux, en connaîtraient un encore bien différent. Ainsi vagabondait l'esprit de Jim.

— Vous ne vous y attendiez pas vraiment, n'est-ce pas, monsieur Wolfe ? répéta-t-elle.

M. Wolfe. Ça sonnait si étrangement à ses oreilles.

— Je suppose... je suppose que je l'espérais un peu quand même, répondit-il. Après tout ce que je vous ai dit... oui, je l'espérais. Mais, à d'autres moments, j'ai été plus lucide et réaliste.

— Bien sûr. Si quelqu'un peut le faire, c'est bien vous. Il y a vingt ans, je débutais, donc je ne fréquentais pas des gens de votre niveau. Mais j'ai beaucoup entendu parler de vous depuis, et bien sûr...

La voix baissa, se fit plus douce ; les yeux, vifs et pénétrants, se tournèrent vers des moineaux qui pépiaient sur le rebord de la fenêtre. Il comprit qu'elle ne voulait pas l'embarrasser en étant témoin de son malaise et de son angoisse.

— J'espérais quand même, reprit-il d'une voix blanche, après tout ce que je viens de vous dire, que vous pourriez trouver des circonstances atténuantes. Je n'ai jamais pratiqué le droit de la famille ni du divorce.

— Réfléchissez… Vous n'avez rien pour corroborer ce que vous m'avez dit, aucune preuve ni de son sens moral ni de son absence de sens moral. Les conversations qui se tiennent dans les chambres conjugales n'ont généralement pas de témoins.

— Et sa négligence ? D'avoir été absente de la ville alors que la petite était si malade ?

— Le pédiatre n'était qu'à cinq minutes. Et une nurse compétente, et bien payée, était là pour s'occuper de votre fille. Dans les cercles où vit Lillian Morris, ces façons de faire n'ont rien d'inhabituel.

Ses « cercles », songea-t-il, en se rappelant le pauvre appartement dans lequel elle habitait avec Cindy.

— Des gens connus, qui collaborent avec elle dans toutes les bonnes œuvres possibles et imaginables, ont chanté ses louanges à tout le monde. Aux journalistes, aux reporters de la télé, et aussi au procureur, hélas.

Il s'apprêtait à répondre, quand elle lut en lui et le devança :

— Vos amis en Géorgie ne vous connaissent que depuis que vous êtes arrivé là-bas avec votre bébé. Il ne savent rien de ce qui s'est passé avant que vous commettiez ce crime.

— Ça doit vous paraître absurde que ce mot de « crime » puisse encore me surprendre, confessa-t-il. Mais quand je regarde ma fille et que je vois ce qu'elle est devenue sous notre garde, à ma merveilleuse femme et à moi, je me dis qu'employer ce mot n'a aucun sens. Du côté de sa mère, qu'est-ce qu'il y a eu ? Trois divorces, Dieu sait combien d'amants pendant et entre ses mariages, un bond sur l'échelle de la fortune avec chacun de ces mêmes mariages…

— Cela ne suffit pas. Aucune loi n'interdit de vivre ainsi. Vous n'avez qu'à voir comment les choses se passent à Hollywood.

Dehors, une voiture de pompiers hurlait – à moins que ce ne fût une ambulance ou la police –, lui déchirant les tympans. Le brouhaha de la ville ne le dérangeait pas autrefois ; en fait, il ne le remarquait même pas. Mes nerfs lâchent, songea-t-il, et il s'arma de courage pour poser l'ultime question :

— Alors, c'est quoi ? Vingt ans, ou trente ?

— Je me battrai pour moins. Je n'ai pas besoin de vous dire que le mieux que nous puissions faire serait d'éviter un procès. Nous plaiderons coupable et tenterons d'obtenir un chef d'inculpation moins grave que l'enlèvement. Vous êtes d'accord ?

— Quand vous dites moins, c'est combien ?

— Je me battrai pour dix ans. Je suis assez bonne dans ce genre de combat.

Dix ans. Il aurait plus de soixante ans ; il serait usé, plus jamais le même qu'avant.

— Je suis entre vos mains, lui dit-il.

Puis il se leva, la remercia avec courtoisie et sortit.

La chaleur était étouffante ; elle semblait tomber du ciel pour se répandre sur les murs de béton, sur les trottoirs, comme une couverture épaisse et cotonneuse.

— Elle ne t'a pas gardé très longtemps, remarqua Richard quand ils se retrouvèrent à la porte.

— Non. Plutôt du genre direct. Droit au but.

— Tu ne l'apprécies pas ?

— Je l'apprécie beaucoup, au contraire. Elle m'a suffisamment respecté pour ne pas édulcorer la situation, que je connais aussi bien qu'elle.

L'une des nombreuses qualités de Richard était de savoir tenir compte de l'humeur des gens. En ce moment, il convenait de se taire, aussi marchèrent-ils dans la rue en silence. À moins de deux blocs de là, presque visible de l'endroit où ils se trouvaient, se dressait l'immeuble abritant les bureaux d'Orton et Pratt ; Jim – non, Donald – y avait occupé une pièce dont les fenêtres donnaient au sud. Hier, ou dans un autre siècle, tout dépendait de la façon dont on se situait.

Mon Dieu ! Qui aurait cru – les gens dans ces bureaux ou quiconque m'ayant jamais connu –, qui aurait cru que je pourrais commettre un *crime* ? Moi, dont le père est mort pour son pays, un criminel, sous le coup d'une peine de prison dont nul ne peut encore prédire la durée ?

Non, à aucun prix il ne fallait aller au procès, devant un jury comprenant sans doute des gens qui avaient des jeunes enfants... Il escomptait qu'Ethel Rice obtiendrait un chef d'inculpation moins grave ; dans ce cas, tout dépendrait de l'attitude du procureur. Vingt ans, ou bien dix... Enfermé loin du monde, loin de la vie, de Kate et de Laura. Et de ce jeune homme qui marchait à côté de lui, ce jeune homme qui était devenu son fils.

— Tournons ici au coin, dit-il.

Oui, tournons ici, avant de passer devant l'immeuble où Augustus Pratt, ou n'importe qui d'autre, pourrait entrer ou sortir. Pendant vingt ans il s'était caché parce qu'il avait peur, et maintenant, à l'endroit même où il avait débuté, il se cachait parce qu'il avait honte...

— Tu ne crois pas que nous devrions manger quelque chose, Jim ?

Ils tournèrent de nouveau et passèrent devant un petit jardin public ; jadis, un homme s'y était abrité quelques minutes à l'ombre et y avait rencontré son avenir sans le savoir. Par rage, par haine, il détourna les yeux.

— Si tu as faim, oui, répondit-il. Moi non. Et il faut que nous attrapions l'avion pour rentrer.

— J'ai vérifié pendant que tu étais avec Mme Rice. Nous avons tout le temps qu'il faut, et Gil voudrait nous rejoindre un moment.

— Je ne tiens pas particulièrement à ce qu'on me reconnaisse, dans le genre d'endroit chic qu'il choisira sans doute.

— Non, il y a pensé. Il m'a demandé de te dire que c'était un petit endroit tranquille, dans les quartiers résidentiels. Nous n'avons qu'à prendre un taxi.

— Oui, bien sûr... J'aurais dû savoir que Gil en tiendrait compte, il fait beaucoup d'efforts en ce moment. Je suis désolé, Rick, je suis un peu irritable.

— Tu n'es pas irritable, tu es bouleversé.

— C'est vrai, je ne peux pas le nier.

Dans le petit coin tranquille en question, Jim laissa les jeunes gens faire la conversation ; il commanda un sandwich et un café, mais ne toucha guère ni à l'un ni à l'autre.

Au mur était accroché un tableau d'amateur, un village méditerranéen bleu et blanc – peut-être Amalfi, pour autant qu'il s'en souvînt. Aucun endroit ne pouvait être plus différent des montagnes entourant la ferme, pourtant l'effet que cela produisait sur lui était le même. La beauté. La beauté du monde !

Des gens entraient et sortaient de l'établissement ; deux hommes âgés, à moitié sourds et probablement à la retraite, tenaient des propos bruyants et passionnés ; une jeune femme essayait patiemment de convaincre sa petite fille de manger son assiette de légumes. Devant les yeux de Jim, la petite tragi-comédie du quotidien se déroulait – une des dernières, avant que le rideau ne retombe pour longtemps.

Au bout d'un moment, il prit conscience que Gil et Richard parlaient du championnat américain de base-ball. Par respect envers son mutisme, ils ne lui avaient posé aucune question, n'avaient formulé aucun commentaire sur les événements de la journée. Gil aurait peut-être l'occasion de s'entretenir avec Ethel Rice avant la fin de l'après-midi. En y pensant, Jim se rendit compte qu'il ne l'avait même pas remercié pour les renseignements pris sur l'avocate. Mais c'était si difficile de parler ; il exprimerait plus facilement ses remerciements avec un stylo et du papier, donc il le ferait ce soir, depuis la maison.

Quand Richard s'excusa, le temps d'aller téléphoner en Géorgie l'heure de leur vol, Gil fit une brève allusion à ce qui occupait leurs esprits à tous les trois.

— Je veux que vous sachiez une chose, déclara-t-il : je serai toujours là pour Laura. Vous avez ma parole.

— Je sais, dit Jim, et il regarda vers Amalfi pour cacher son émotion.

L'épisode de l'aéroport était lui aussi lourd de souvenirs. ARRIVÉES INTERNATIONALES – DÉPARTS INTERNATIONAUX, lut-il sur un panneau. C'est par là qu'ils allaient, les jeunes mariés, avec leurs valises neuves et leurs vêtements neufs, quand ils partaient en lune de miel ; c'est aussi par là qu'ils se précipitaient, les hommes aux cheveux gris et leurs jeunes adjoints, avec leurs costumes sombres et leurs attachés-cases, en route pour Londres, Moscou ou bien d'autres lieux encore. Il avait fait tout cela lui aussi, et avec plaisir – pourtant il l'avait abandonné pour autre chose de plus important.

L'avion décrivit une large courbe, franchit l'Hudson, s'élevant au-dessus des banlieues qu'il avait jadis traversées en toute hâte, avec Laura et son ours en peluche, puis passa au-dessus des nuages. À côté de Jim, Richard lisait le journal. Bizarrement – comme si je n'étais, pensa-t-il, qu'un enfant conduit par un adulte –, il était heureux que le jeune homme ait proposé de l'accompagner à New York. Il ne se sentait pas au mieux de sa forme.

Tout à coup, Richard prit la parole.

— Jim, je tenais à te dire quelque chose. Peu importe ce que fait Laura, qu'elle retourne à la faculté de médecine ou non. Quoi qu'elle fasse, et où que toi, tu puisses être, je veillerai sur elle.

— Je le sais, Richard. Je n'en ai jamais douté.

Parfois, Jim était saisi par un sentiment de hâte, la conscience des jours qui passaient trop vite, alors qu'il lui restait encore tant à faire avant que « ça » n'arrive.

À cause de l'hypothèque pesant sur la ferme depuis le paiement de la caution et des frais qu'elle entraînait, l'argent était rare, pour la première fois depuis des années. Rick, qui jusque-là avait passé son temps dans les champs, n'avait guère l'expérience du travail de bureau ; quant à Kate, son domaine, c'était la serre. Qui va prendre ma place, se demandait Jim, quand « ça » sera arrivé ? Il avait encore beaucoup à leur apprendre à tous, avant qu'ils soient capables d'assumer les tâches dont il se chargeait.

Parfois, au contraire, il avait l'impression que le temps passait au ralenti ; il lui semblait que des mois s'étaient écoulés depuis sa rencontre avec Ethel Rice. Puis il voyait un bouquet de chênes des marais tourner au roux, à l'automne, et il se convainquait que le pire était déjà arrivé, se trouvait déjà derrière lui.

Et toujours, il y avait Laura. Il s'inquiétait pour elle ; il passait beaucoup de temps allongé, son inquiétude chevillée à l'esprit, sans trouver le sommeil. Bien sûr qu'elle devait retourner à la faculté de médecine. Mais ses yeux bleus étaient cernés d'ombre, et ses silences étaient trop longs. Il discutait, essayait de la raisonner, essayait tout sauf de lui donner des ordres, qui n'auraient servi à rien, et échouait. Seul le docteur Scofield avait su percer le voile de sa dépression. Il avait demandé à Laura de venir lui prêter main-forte pour quelques semaines à son cabinet ; il ne s'en sortait plus, prétextait-il.

— Au moins, toi, tu as une bonne orthographe, lui avait-il dit, sur le ton de la plaisanterie.

Nul doute qu'elle avait percé sa gentille ruse à jour ; elle avait néanmoins accepté l'offre, comme un moyen de s'évader un peu de sa triste maison.

Que Dieu bénisse Scofield, et tous ceux qui avaient été si attentionnés avec leurs visites, leurs petits cadeaux amicaux de fleurs ou de gâteaux et, par-dessus tout, leur tact. Malgré leur aide, son humeur était faite de hauts et de bas constants. Ne se pouvait-il qu'à force, s'interrogeait-il, avec le temps, on finisse par l'oublier, que son affaire se perde dans la masse de paperasse que devait engendrer une ville de huit millions d'habitants – neuf millions, même ? Un instant plus tard, il songeait combien il devait être perturbé pour avoir une pensée aussi absurde, aussi stupide.

Pourtant, d'autres s'enchaînaient dans son esprit. Elles survenaient la nuit, quand il avait reposé son livre – le livre dans lequel il tentait de s'enfuir de la réalité –, que la lumière était éteinte dans la pièce où il dormait avec Kate. Comment serait leur dernière nuit ? Car certainement il arriverait, ce moment où ils seraient étendus ensemble en sachant qu'au matin ils se trouveraient séparés. Oui, Kate et lui séparés pour de longues et sombres années.

Pour l'instant, ils essayaient tous de continuer à vivre normalement. Elle l'invitait à venir voir les bulbes hollandais livrés la veille et disait que la serre lui rappelait un jardin d'hiver Belle Époque, avec ses fougères ruisselant de paniers suspendus au plafond, sa chaise d'osier blanc dans le petit bureau. « Regarde un peu, lui disait-elle : il n'y a pas beaucoup de pépinières, dans tout le pays, où tu trouveras des myosotis, ou des lis martagons. Et ces Echinops bleus, est-ce que tu devinerais que ce sont de simples chardons ? »

Il lui disait qu'elle n'avait pas besoin de faire autant d'efforts, parce qu'il savait qu'elle avait aussi peur que lui, et elle retenait ses larmes.

— Ce n'est pas juste, se désolait-elle. Tu ne mérites pas ça, toi qui es si bon avec tout le monde. Ce n'est pas juste, c'est stupide, ça n'a aucun sens.

— Oh, Kate, j'ai enfreint la loi et je dois payer. C'est aussi simple que ça.

Une fois, dans un accès de fureur, elle s'était vivement rebellée contre son attitude.

— Arrête de parler comme ça, comme une espèce de saint !

— Je suis loin d'être un saint. Je sais juste que la loi est le seul moyen de maintenir un pays, une civilisation debout. C'est de cela qu'il s'agit, et de rien d'autre.

Et, en dépit de tout le reste, il le pensait ; au moins jusqu'à ce que le désespoir revienne s'abattre sur lui, il le pensait.

Les notes que Laura prenait dans son journal étaient courtes, désormais, même pas une page entière ; la plupart du temps, elle n'écrivait rien.

À quoi bon répéter toujours la même chose ? Je sais déjà qu'elle était – qu'elle est – une femme frivole, ce qui ne veut pas dire grand-chose. Je n'en ai pas de preuve, sauf ce que m'a rapporté Rick, et il s'agit d'informations de deuxième ou de troisième main. Et même si c'est vrai, pourquoi devrais-je m'en soucier ? Parce qu'elle est rancunière. Quel bénéfice ça lui apportera, quand mon père sera sous les verrous ?

Nous sommes tous trop occupés ici. Il règne une vraie fièvre au moment des repas, quand tout le monde parle en même temps de cultures, de plantations, d'embauche, d'achats, de ventes. Personne ne veut poser franchement la question : comment cet énorme domaine sera-t-il dirigé en l'absence de Fuller ? Pourtant tout le monde y pense.

La semaine dernière, Rick m'a dit que la ferme serait très probablement vendue, la famille se disperserait, Dieu sait où. Puis, je crois qu'il a regretté ses paroles. Ils font tout pour ne pas m'alarmer, parce qu'ils veulent que je retourne à la faculté de médecine.

Oui, j'ai aimé chaque minute que j'ai passée là-bas. Mais maintenant ? Est-ce qu'on peut se concentrer sur des intérêts personnels, quand la mort règne dans sa maison ?

Ethel Rice a téléphoné à papa ce matin, veille de Thanksgiving. Il doit comparaître devant le procureur de New York la semaine prochaine. D'après Richard, elle a dit à papa de ne rien en attendre de bon, d'autant que cet homme est un nouveau, plutôt du genre coriace, et impatient de se faire un nom comme ils le sont tous.

« Déjà que c'est le rôle d'un procureur d'être coriace… », a commenté Rick.

Papa nous a interdit à tous de l'accompagner à New York. Je pense que c'est une façon de nous dire qu'il doit apprendre à vivre sans nous.

30

Il s'appelait Gilligan ; un homme grand avec des joues rouges, une voix bourrue et des yeux comme des rayons laser. Il a à peu près mon âge quand je suis devenu membre associé chez Orton et Pratt, estima Jim. Ambitieux, compétent, il compte s'élever dans la hiérarchie, et il y parviendra. Donc, il n'y avait guère d'espoir à attendre de ce côté-ci – si tant est qu'il y en ait jamais eu d'aucun côté, depuis le début.

C'était un après-midi sombre. On avait allumé dès trois heures, les gens étaient fatigués, impatients de voir arriver le soir. Jim se sentait glacé, même si ses paumes étaient moites de sueur.

— Donc, vous êtes sûr que vous voulez plaider coupable ? demanda Gilligan.

— Oui, monsieur, j'en suis certain.

— Étant donné votre passé dans la profession, je présume qu'il est inutile de vous décrire la procédure : vous comparaîtrez devant la cour et plaiderez coupable, ce qui supprimera tout procès. Une fois que le juge aura accepté, vous ne pourrez plus vous rétracter. Ensuite, vous devrez attendre la décision que le tribunal prendra, quant à votre peine.

— Je comprends parfaitement, monsieur.

Je comprends parfaitement, aussi, combien la décision de la cour dépendra de vous et de la façon dont vous aurez mené l'accusation...

Tout à coup, Gilligan se pencha en avant et lança la question comme il l'aurait fait d'une balle :

— Pourquoi avez-vous fait cela, monsieur Wolfe ?

Ses petits yeux gris paraissaient remplis de curiosité. Mais quoi, c'était normal qu'ils le soient ; après tout, c'était un cas inhabituel, même pour un procureur qui devait déjà en avoir vu et entendu beaucoup.

— Monsieur, elle avait... sa mère avait une manière de vivre... différente. Elle vivait dans un monde différent, et je ne voulais pas que mon enfant y grandisse.

— Un monde différent ? Mme Morris est connue pour sa participation à des œuvres caritatives, à la fois ici et à l'étranger. Son nom revient souvent quand il est question d'aide aux réfugiés et aux victimes de guerre, entre autres excellentes causes. C'est une femme fort respectée. Elle a tout pour elle. Alors j'ai beau essayer, je ne comprends pas très bien ce que vous voulez dire.

— Bien des choses peuvent ne pas se voir publiquement, monsieur Gilligan.

Ethel Rice, qui avait choisi – judicieusement – de laisser Jim mener sa propre défense, intervint :

— Mon client lui aussi est grandement respecté, comme le prouvent les témoignages que vous avez sur ses activités au cours des vingt dernières années, sans parler de celles d'avant, ici même, à New York.

— Mais vous oubliez la raison pour laquelle il est dans cette pièce, madame Rice. Qu'est-ce que vous répondez à ça, monsieur Wolfe ?

La pression mise par le procureur commençait à produire son effet ; Jim hésita, laissa échapper un geste d'impuissance.

— Selon toute apparence, poursuivit Gilligan, nous nous trouvons devant une affaire classique dans laquelle un mari divorcé, furieux, se venge de son ex-femme en enlevant leur enfant. Mme Morris affirme que c'est elle qui a proposé le divorce parce que les choses n'allaient plus entre vous. En bref, je dirais qu'elle vous a rejeté et que votre fierté en a été blessée.

Quel sens a cette analyse ? se demanda Jim. Si j'avais été aussi fier, est-ce que je me serais fait du tort à moi-même en m'enfuyant avec le bébé, en gâchant toute ma vie ?

— Excusez-moi, monsieur. Il est vrai que c'est elle qui a suggéré de mettre fin à notre mariage, mais la fierté excessive ne fait pas partie de mes défauts – je ne crois pas, du moins.

Endormie et trempée dans ses vêtements en désordre, elle était étendue sur le canapé, ses cheveux mouillés répandus autour d'elle, sa bouche à moitié ouverte.

— Elle ne vous a rien demandé, pas de pension alimentaire, juste sa liberté. Elle vous a même renvoyé la bague que vous lui aviez donnée, qui était une bague de valeur. Est-ce exact ou non ?

— C'est exact.

— Je dirais que c'est la marque d'un caractère peu commun. Aujourd'hui encore, elle ne demande rien comme dommages et intérêts, juste une généreuse contribution à l'une de ses œuvres de charité. Mais rien pour compenser son chagrin et sa douleur, qui ont dû être indescriptibles, monsieur Wolfe.

— Je regrette énormément son chagrin et sa douleur. Jamais je n'ai voulu lui faire de mal.

— Néanmoins, vous lui en avez fait.

— Je sais que vous ne voulez pas fouiller trop profond la dimension personnelle, Jim, mais vous vous faites beaucoup de tort en agissant ainsi, intervint Ethel Rice.

Mon avocate est en colère contre moi. Pourtant, elle a la délicatesse de s'adresser à moi en tant que Jim, plutôt que Donald, ce nom que je déteste.

Gilligan leur lança un coup d'œil rapide, qui passa d'Ethel Rice à Jim.

— Que voulez-vous dire par « fouiller trop profond », madame Rice ?

Jim répondit à sa place :

— Elle veut dire que je ne pense qu'au bien de ma fille.

— Celle que vous avez emmenée en Géorgie ?

— La seule que j'ai, oui. Je veux la protéger. Il y a des choses sur sa mère qu'elle… qu'elle ne doit jamais savoir.

Son cœur s'accélérait, son sang battait dans ses tempes, il devait se reprendre. S'il avait pu s'échapper de cette pièce – qui était autrefois pour lui d'un genre si familier, avec ses diplômes accrochés au mur, son drapeau dans une encoignure, et qui aujourd'hui se transformait en chambre de torture –, il l'aurait fait séance tenante.

Gilligan toussa et rapprocha son siège, formant ainsi un cercle à trois. Il prit la carafe d'eau, remplit un verre et le tendit à Jim, puis lui parla avec une douceur et une gentillesse toutes nouvelles.

— Vous savez que rien de ce qui se dit ici ne sortira de cette pièce, monsieur Wolfe.

— Oui, monsieur, mais quand même… Parfois, sans le vouloir… Je ne veux pas lui faire plus de mal que c'est nécessaire. Elle poursuivait des études de médecine, qu'elle a arrêtées pour le moment, elle a déjà reçu un choc suffisant et elle en aura un autre si je dois – ou plutôt *quand* je devrai – effectuer ma peine.

— Je vous en prie, continuez, monsieur Wolfe. Dites-moi pourquoi, au départ, vous aviez permis à sa mère d'avoir la garde exclusive.

— Je n'y avais pas spécialement réfléchi. Ça n'était pas un problème pour moi à ce moment-là. Quand nous avons divorcé, le bébé n'était pas encore né. J'ai dit que je subviendrais à ses besoins, et je l'ai fait. Il y a une somme considérable placée à la banque au nom de Laura – de Bettina. À l'époque, je ne voulais pas vraiment d'un bébé, même si je ne l'ai pas laissée avorter, comme elle voulait le faire.

— Quand vous êtes-vous mis à tenir vraiment au bébé – assez pour décider de l'enlever ?

— Je n'ai décidé de l'enlever que beaucoup, beaucoup plus tard.

C'était si difficile de parler de tout ça ; comme sortir son cœur de sa poitrine pour que les gens puissent le regarder battre.

— Mais déjà, quand elle avait quatre mois, je l'aimais. Elle me connaissait, elle me souriait.

Jim s'arrêta un moment pour réfléchir puis reprit :

— C'est drôle, chaque fois que j'avais, vaguement, imaginé d'avoir un enfant jusque-là, j'avais toujours pensé à un garçon.

— Vous pouvez me dire quelle est la raison, importante, urgente, qui vous a fait mettre votre fille dans votre voiture et partir avec elle ce dimanche-là ? Pourquoi ce jour-là particulièrement ?

— Bien sûr, il y a eu l'accident, et toutes les autres négligences qui l'avaient précédé. Mais d'autres choses encore s'étaient accumulées depuis longtemps, dont j'essayais de ne pas tenir compte. Et, d'un seul coup, je n'ai plus pu.

Avec qui as-tu couché la nuit dernière, Lillian ?
Je ne le reconnaîtrais même pas si je le revoyais.

Brutalement, un véritable torrent de mots passionnés s'échappa de la bouche de Jim, surprenant ses interlocuteurs et détonnant dans l'atmosphère feutrée de la pièce.

— Ah ! elle voulait ce qu'elle appelait du « plaisir », grondat-il, elle me traitait de puritain, de raseur... Oh, oui ! Un soir il y avait une fête, avec des lits sous les arbres ! On prenait un partenaire, au choix... Je sais qu'elle y serait allée avec quelqu'un si je l'avais laissée faire, si je ne l'avais pas rattrapée en route. Ce soir-là, j'ai commencé à me dire que j'avais peut-être commis une erreur en l'épousant, mais je ne voulais pas y penser, parce que je l'aimais tant... Ensuite, quand elle a été enceinte, nous sommes allés en Italie. Je voulais que nous prenions un nouveau départ là-bas, que tout recommence. Elle aimait l'art, elle avait de grandes connaissances dans ce domaine, et je pensais que ce séjour ensemble serait merveilleux. Puis elle a retrouvé des amis, et j'ai appris des choses qu'elle ne m'avait jamais dites. Elle avait eu des amants, des hommes mariés ; elle s'était même retrouvée enceinte et avait avorté. C'est à ce moment-là que j'ai compris que je ne la connaissais pas vraiment. Que nous ne nous connaissions pas. Elle m'avait menti, depuis le début.

La pluie tombait furieusement ce matin-là le long du fleuve, sur le Ponte Vecchio, et aussi sur l'autre rive où je me suis promené...

— Le bébé dont elle ne voulait pas, s'enquit Gilligan, c'était Laura ?

— Oui, c'était Laura.

Derrière Ethel Rice, sur le bureau, reposait l'habituelle photographie des enfants ; celle-ci représentait des jumeaux, un garçon et une fille d'environ deux ans. Gilligan s'était-il inconsciemment retourné dans son siège pour leur faire face ? Il y eut un long silence avant qu'il ne regarde à nouveau Jim.

— C'est comme cela que tout s'est terminé ?

— Oui. Surtout quand je lui ai demandé avec qui elle avait couché la nuit d'avant, à une fête où j'avais refusé d'aller.

— Et elle a répondu ?

— Qu'elle ne reconnaîtrait même pas l'homme en question si elle le rencontrait de nouveau.

— Vous voyez, dit Ethel Rice, pourquoi Jim ne voulait pas que Laura apprenne tout cela ? Et vous voyez aussi combien c'est difficile à prouver ?

Difficile à prouver ? Impossible, pensa Jim. Lillian avait tous les atouts de son côté. C'était lui qui avait commis le crime, son ardoise à elle était vierge.

Ah, laisse donc aller tout cela. Soumets-toi, accepte. Tu as perdu la volonté de te battre.

Il y eut un long silence, avant que Gilligan reprenne la parole.

— Approchez vos chaises du bureau, dit-il. Je vais étaler quelques documents que je voulais vous faire lire, du courrier, plutôt inhabituel, qui m'est parvenu cette semaine. Je voulais les comparer avec ce que votre client avait à me dire, madame Rice, avant de vous les montrer. Tenez, regardez.

Nul ne pipa mot, tandis qu'Ethel Rice, la première, lut ce qui ressemblait à des lettres – deux ou trois au total. Dieu seul savait ce que Lillian avait été capable de faire rédiger par ses proches.

— Étonnant, s'exclama Ethel Rice quand elle eut fini, en les poussant devant Jim.

— Êtes-vous en relation avec Arthur Storm, monsieur Wolfe ?

— L'homme qui a divorcé récemment de Lillian ? Non, pas du tout.

— L'avez-vous jamais vu, rencontré ? Lui avez-vous parlé ?

— Ma réponse est non, aux trois questions.

— Alors, vous serez surpris de lire ceci.

La page d'épais papier à lettres à monogramme était couverte d'une écriture noire et serrée. Storm allait droit au but. Donald Wolfe et lui avaient été tous les deux mariés à

Lillian Morris, c'est pourquoi, expliquait-il, cette affaire inhabituelle avait éveillé son intérêt. Sachant ce qu'il savait sur ce qu'on pouvait appeler les « tendances » de Lillian, il comprenait fort bien que tout homme soucieux de l'intérêt de sa fille veuille la faire vivre dans un autre environnement. Il comprenait aussi, ayant lui-même abandonné sa première femme, qu'il ne pouvait guère être considéré comme un modèle de vertu ; pourtant, jamais il n'aurait cru être témoin de ce qu'il avait vu en tant que mari de Lillian. La menace d'emprisonnement qui pesait sur Donald Wolfe l'avait ému, c'est pourquoi il avait décidé, par sympathie et solidarité, d'intervenir en faveur du malheureux.

Il avait ajouté un post-scriptum : sa première femme allait revenir vivre avec lui.

— Extraordinaire, murmura Ethel Rice, tandis que la boule qui s'était formée dans la gorge de Jim l'empêchait de prononcer un mot.

La deuxième lettre, gribouillée sur du papier à lettres professionnel et couvrant trois pages, émanait de Howard Buzley ; elle était remplie de colère et d'indignation. Pendant sept ans, disait-il, il avait été loyal envers sa première femme clouée au lit – en ce sens qu'il rentrait à la maison tous les soirs et que pour le reste, ce qu'elle ignorait, elle ne pouvait par définition pas en souffrir. Elle était morte dans la quiétude et la paix. Quand il avait épousé Lillian, il lui avait offert la même loyauté, mais elle ne connaissait pas la signification de ce mot. C'était une tricheuse, une ravissante tricheuse, qui prenait tout comme une plaisanterie sans conséquence. Comme il avait aimé le bébé de Lillian ! Il aimait les enfants de toute façon, d'ailleurs il avait plusieurs petits-enfants ; mais elle, elle aimait juste en faire étalage, c'était tout. On pouvait poser la question à n'importe lesquels de ses amis, ils diraient combien il avait été gentil envers Tina, qui pourtant n'était même pas sa fille. Oui, c'était une bonne chose pour elle que son père l'ait emmenée, pauvre homme. Bien sûr que c'était un crime mais, d'après ce qu'il avait vu de Tina à la télévision, il était sûr qu'elle était beaucoup mieux loin de sa mère. Lui, Howard Buzley, savait ce que cela représentait de bien élever ses enfants – c'est pourquoi il avait tenu à écrire cette lettre pour soutenir Donald Wolfe, qu'il ne connaissait même pas. Il lui avait à peine parlé, peut-être une ou deux fois au téléphone, pas plus.

Là encore, personne ne dit mot, jusqu'à ce que Gilligan se tourne vers Jim et lui suggère de retirer sa veste.

— Il fait chaud dans cette pièce. Et, de toute façon, il est inutile d'être aussi formel entre nous. Retirez-la et lisez encore ceci.

Sur du papier quadrillé, comme on en utilise pour la blanchisserie ou la liste des courses, Jim lut d'abord la signature : « Maria ». Il n'en connaissait qu'une, donc ce ne pouvait être qu'elle.

— La nurse du bébé, dit-il. Elle a appris à écrire l'anglais ! Nous parlions espagnol ensemble.

— « Monsieur le Procureur, lut-il à haute voix. Mon patron où je m'occupe du bébé m'a dit votre adresse, alors je vous écris pour M. Wolfe. J'ai travaillé pour Cookie Wolfe il y a longtemps. J'ai lu et j'ai vu à la télé mon bébé, Cookie Wolfe. J'ai vu aussi quand son père l'a emmenée. Mme Buzley veut le mettre en prison, c'est une chose terrible. Il aime cette enfant. À la télé, j'ai vu que Cookie est grande maintenant. Elle aime son papa. Je comprends tout de suite, ce dimanche-là. Je devine et aussi je suis contente parce que la mère elle est pas bien pour elle. Pas bien. Tout le monde sait, la cuisinière sait, le concierge sait, elle a trop de petits amis. Juste M. Buzley il sait pas encore, mais quand il sait il s'en va. Tout de suite. Il embrasse le bébé, il est très triste. Je dis pas des choses sur Mme Buzley parce qu'elle était méchante avec moi et que moi je suis fâchée avec elle. Non. Elle toujours très gentille avec moi, elle me parle gentiment et elle me donne des cadeaux. Alors je suis pas fâchée avec elle. Elle n'est pas une mauvaise personne comme ça. Seulement qu'elle a trop de petits amis et c'est mal pour l'enfant. Mauvais. Pas bien. Et M. Wolfe il doit pas aller en prison. Merci. Votre amie, Maria Gonzalez. »

C'était trop pour Jim ; il n'avait pas honte de ses larmes mais ne voulait pas les exhiber. Il se leva et gagna la fenêtre, où il demeura un long moment à regarder dehors le crépuscule qui tombait.

Gilligan toussa encore une fois. Quand il est ému, pensa Jim, il le dissimule en toussant. Ethel Rice rassembla les feuilles dispersées et reprit la parole.

— Vous vous rendez compte ? Elle nous a envoyé cette lettre de Californie, et au bout de vingt ans. Ou même plus, n'est-ce pas ? C'est extraordinaire...

La petite pièce, qui pendant quelques minutes avait abrité ce qui ressemblait à une réunion d'amis, redevint bientôt le bureau du procureur, avec drapeau, documents encadrés et voix de gens qui passaient dans le couloir. Puis le pied d'une chaise racla le sol. Jim se tourna et sut que l'interrogatoire était terminé.

— Je ne sais pas ce que tout cela signifie, si cela signifie quelque chose, dit Jim, en tout cas je vous remercie de votre accueil, monsieur Gilligan.

Sur le trottoir, il resta à bavarder une minute avec Ethel Rice, avant que chacun parte dans une direction opposée.

— Les procureurs reçoivent toujours des lettres, lui dit-elle, j'en reçois moi aussi, pour soutenir les clients que je défends, mais des lettres comme celles-là, je n'en avais encore jamais vues.

— J'imagine, en effet. Vous devez généralement en recevoir en faveur de femmes plutôt que d'hommes...

— Ce sera peut-être une leçon, ça m'aidera à garder l'esprit ouvert.

— Puisque vous regardez vers l'avenir, Ethel... qu'est-ce que vous y voyez pour moi ?

— Ce qui s'est passé aujourd'hui est plutôt bon pour vous, surtout la lettre de Maria Gonzalez. À quel point exactement, je ne peux pas l'évaluer. Et, comme vous devez vous en douter, ce n'est pas le genre de pronostic auquel je me risque.

— Je sais, oui. Mais on peut toujours essayer.

— Allez-y, ne ratez pas votre avion. La prochaine fois que nous nous verrons, ce sera au tribunal, mais bien sûr nous nous parlerons au moins une demi-douzaine de fois jusque-là. Essayez de vous détendre, Jim.

31

Il y avait de la neige fondue dans les gouttières ; on vendait des bougies de la Saint-Valentin, et des vêtements de printemps ornaient les vitrines des boutiques sur le chemin de Laura, quand elle revint à l'hôtel et reprit son journal.

Près d'une année s'est écoulée. Peut-être que ce serait mieux pour moi de l'effacer, d'oublier tout ce qui est arrivé. Mais peut-être qu'au contraire il vaut mieux noter ce que je sais, plutôt que l'abandonner au temps et à la mémoire, toujours sélective, et laisser aux arrière-petits-enfants de papa à peine plus qu'une légende.

J'ai parfois eu l'impression d'assister à une pièce de théâtre. Là, sur le banc, le juge était assis dans sa robe noire, et au-dessous de lui se trouvait mon père.

— Vous avez signé un accord selon lequel vous plaidiez coupable, monsieur Wolfe. Reconnaissez-vous aujourd'hui encore que vous êtes coupable de ce chef d'inculpation ?

— Oui, a répondu mon père.

— Vous le dites bien de votre plein gré, et vous comprenez tout ce que cela implique ?

— Oui.

— Quelqu'un a-t-il fait pression sur vous, d'une façon ou d'une autre, pour que vous plaidiez coupable ?

— Personne.

— Expliquez-moi pourquoi vous avez commis ce crime, s'il vous plaît.

Quand tout le monde a tendu le cou pour entendre, on pouvait sentir physiquement le mouvement que cela a occasionné dans la pièce, comme une vague ou comme le vent. Puis mon père, qui était le centre de toute cette animation, a répondu. Sa voix était ferme.

— J'ai emmené l'enfant parce qu'on ne s'occupait pas suffisamment d'elle. Je voulais lui donner un foyer solide, normal.

Rebecca/Lillian était assise de l'autre côté de la salle d'audience ; c'était la première fois que nous nous voyions autrement que par l'intermédiaire de ces absurdes interviews à la télévision et dans les journaux. Je me disais qu'elle ressemblait exactement à ses photos, et que moi je lui ressemblais un peu, sans rien de son glamour. Elle était habillée avec sobriété et distinction, genre « portrait de dame ». Je me demandais ce qu'elle pouvait bien penser de moi.

Quant à ce qu'elle m'évoquait à moi, cette femme qui mettrait mon père en prison pour vingt ou trente ans si elle le pouvait, ce n'était que peur et colère.

Il faut que je note sur le papier ces passages et ces fragments de débat, avant qu'ils ne me sortent de l'esprit.

« Ce père avait librement et généreusement accès au foyer de son ex-femme. Il pouvait rendre visite à sa fille quand et où il le voulait, mais il se contentait de passer la voir à Central Park le dimanche », a dit l'avocat adverse.

« Ce père a emmené la fillette malade chez le médecin quand la mère, absente parce qu'elle faisait du ski, ne pouvait même pas être jointe au téléphone », lui a-t-il été répondu.

« Cette fillette a été enlevée de son foyer, où elle aurait bénéficié des meilleurs atouts éducatifs possibles, et a été cachée dans une ferme en Géorgie. »

« Cette fille a progressé jusqu'à étudier dans une des toutes premières facultés de médecine du pays. »

Chicaneries, chicaneries interminables. Qu'est-ce qu'on peut en dire aujourd'hui, sinon que c'est fini, enfin ?

TERMINÉ, écrivit Laura en grandes lettres noires. *Cinq ans de prison, mais avec sursis. Ils ne seront effectifs que si l'accusé commet un crime – ce qui n'est guère probable ! Ça, et un énorme versement aux bonnes œuvres de Rebecca/Lillian.*

« Un cas difficile », avait dit le juge.

Difficile ? Il n'y a pas de mot pour le qualifier.

Gil dit qu'il doit y avoir bien plus de choses dans le dossier, des choses que nous ne saurons jamais, sans quoi le procureur aurait été beaucoup plus sévère. Et, d'après Richard, le procureur voulait vraiment que papa ressorte libre.

Voici les commentaires qu'a faits Rebecca/Lillian au journal du soir. Je les note mot pour mot.

« Je n'ai pas poursuivi mes objectifs de départ comme j'aurais pu le faire. Je suis bien plus sereine maintenant que j'ai revu ma fille. Rien ni personne ne pourra jamais réparer la longue et terrible souffrance que j'ai subie, mais au moins j'ai vu qu'on s'était bien occupé d'elle. Mettre son père en prison serait sûrement une punition terrible également pour elle, aussi est-ce une autre raison pour ne pas faire appel du jugement ni continuer à me battre. »

Pendant des mois, quand j'ai appris ce qu'elle voulait faire à papa, je l'ai détestée. Mais maintenant, je ne la déteste plus. Manifestement, papa ne veut pas que je la déteste. Je suis sûre aussi qu'il y a des choses qu'il ne me dit pas sur elle. Sans doute parce que quand on a fait un mariage malheureux, on n'éprouve aucun plaisir ni aucun intérêt à en parler. Je suis sincèrement désolée que les choses aient tourné comme cela pour eux deux, mais au moins c'est terminé maintenant, et nous sommes en paix.

« Peut-être qu'un jour, dans l'avenir, Bettina voudra faire ma connaissance. Je l'espère », a-t-elle déclaré aussi.

Je ne crois pas que j'en aurai jamais envie.

380

Nous sommes restés une journée et demie de plus à New York, après le départ de maman et de Rick pour la maison, parce que papa voulait me donner une petite leçon d'histoire. « C'est ici que nous nous rencontrions dans le parc les dimanches après-midi », m'a-t-il dit, « Ça, c'est l'immeuble où j'ai habité quand je suis arrivé la première fois en ville ». Il m'a dit aussi que nous avions légalement changé de nom, donc que je serais toujours Laura Fuller. Je voulais aller au cimetière où papa avait trouvé ce nom, mais tout le monde m'a dit que c'était absurde, et je crois qu'ils ont raison.

Ils me disent tous que maintenant je dois « poursuivre mon chemin ». Eh bien, je le poursuis. J'ai le choix entre trois facultés de médecine, dans le Nord, le Sud et l'Ouest, pour reprendre mes études interrompues.

— Pas dans l'Est ? a demandé Gil – même s'il devait déjà connaître la réponse.

Je me surprends moi-même d'être capable d'écrire ces mots sans larmes. C'est en partie parce que j'en ai tellement versé, durant toute cette horrible année ; mais surtout c'est parce que, sans que je m'en rende vraiment compte, l'amour passionné qui existait entre Gil et moi s'est peu à peu refroidi. Je sais combien il s'est senti mal d'avoir dénoncé mon père, surtout depuis que Jim lui a tout à fait pardonné. Je sais aussi qu'il a été très gêné à cause de ses parents, et de la façon brutale dont ils se sont détournés de moi. Je suppose qu'ils voulaient éviter à tout prix que leur nom soit mêlé à l'affaire.

Nous n'avons pas eu besoin de beaucoup nous expliquer ; après tout, nous avions été séparés tout cet hiver, que j'ai passé à la maison. Quand nous nous sommes retrouvés pour un dîner, ici, à New York, nous n'avions plus passé une nuit ensemble en presque six mois. Et aucun de nous n'a évoqué l'éventualité qu'il y en ait une autre.

Donc nous nous sommes séparés avec tact, sans ressentiment, avec juste un peu de tristesse et, de ma part, beaucoup de gratitude pour la façon dont, finalement, il a aidé à la libération de papa.

Les problèmes qui m'ont éloignée de Gil m'ont encore rapprochée de Richard. (Quand je pense à lui sérieusement, je l'appelle Richard ; autrement, c'est Rick.) C'est difficile de croire qu'il savait, pour papa et moi, depuis dix ans. Il devait sans cesse redouter le jour où, inévitablement, la vérité finirait par éclater. Et maintenant que c'est fait, on dirait presque qu'il est différent avec moi. Plus enjoué, plus à l'aise.

Quand j'ai dit cela à papa, il a été d'accord ; mais il m'a aussi donné un conseil.

— Ne te précipite pas tout de suite dans une autre histoire d'amour. Mène ta vie d'abord, librement, retourne à la faculté avec l'esprit libre. C'est ce dont tu as besoin maintenant, après tout ce que tu as traversé. En tout cas, c'est ce que tu veux vraiment, je le sens.

Il avait raison.

32

— Je reviendrai à midi, dit Jim à Laura le dernier matin, à l'hôtel. Nous déjeunerons rapidement puis nous prendrons l'avion pour la maison. Ça sera bon de se retrouver là-bas.

Ce qui lui avait le plus manqué pendant toutes ces années, ç'avait été les boutiques de livres d'occasion où l'on pouvait traîner pendant des heures et repartir avec autant de trésors qu'on était capable d'en emporter. Ce serait son premier arrêt. L'autre – le seul autre – serait pour la vitrine dans laquelle Kate avait regardé l'avant-veille, les yeux brillants, un sac à main de cuir vert émeraude. Mais il était « ridiculement cher », avait-elle dit, sans parler de sa couleur qui le rendait si peu pratique. Il ne pouvait s'empêcher de sourire quand il l'imaginait ouvrant le paquet, poussant une exclamation ; ses joues en deviendraient presque aussi colorées que ses cheveux. Puis elle porterait ce sac partout où ils iraient – parce que maintenant, Kate Fuller, lui promit-il intérieurement, nous voyagerons partout où tu voudras.

« Une femme existe qui vous donnera la plus grande joie de votre vie », lui avait dit Augustus Pratt, il y avait longtemps – et voilà, c'était arrivé.

Ça n'avait pas surpris Jim de voir quelques larmes se glisser sous les paupières de Pratt, quand il était venu lui rendre visite en compagnie de Kate et Laura. Sans certains événements récents et terribles, c'était une visite qu'il n'aurait jamais faite ;

383

il aurait continué à mener sa vie retirée, en Géorgie. Tout le cabinet juridique avait suivi l'affaire et les épreuves de Jim avec beaucoup d'attention, et cette rencontre avait été bien plus chargée d'émotion que Jim ne s'y serait attendu. En fait, toute la semaine avait été si remplie d'émotion qu'il espérait bien ne plus jamais en connaître de semblable à l'avenir.

Sans doute, pensa-t-il, pouvait-on lui pardonner la fierté qu'il avait dû laisser apparaître, quand il s'était présenté face à eux tous avec ces deux ravissantes femmes à ses côtés. On aurait dit que Kate et Laura étaient nées une seconde fois depuis la décision de la cour : chacune d'elles était rendue au meilleur d'elle-même.

— J'ai l'impression de me retrouver le jour où j'ai fait la connaissance de cet homme, avait dit Pratt. J'aurais voulu avoir quelques jours devant moi – il faudrait bien ça – pour vous parler de lui. Il était extraordinaire.

Kate avait acquiescé de la tête.

— Il l'est encore, monsieur Pratt.

— Mais nous pouvons revenir, maman ! Maintenant que papa peut à nouveau voyager, nous devons le faire, même...

— Oui, confirma Pratt, vous devez le faire.

Eh bien, oui, nous le ferons, songeait maintenant Jim, tandis qu'il passait au pied de ce même immeuble, au retour de la librairie. Mais il n'avait aucune envie de revenir à sa vie d'avant, avec toutes ses satisfactions et tous ses défis. Trop de choses avaient changé, et lui aussi.

On pourrait croire, pensait-il, pendant qu'il marchait, ses paquets sous le bras, que j'ai fait exprès de revivre mon passé aujourd'hui. Car oui, voici le petit jardin où nous nous sommes rencontrés ; deux blocs plus loin se trouve le restaurant où nous avons mangé des pizzas que deux caniches essayaient de renifler. Plus à l'est, il y a l'appartement où j'habitais, et quelques pas au nord, celui où nous avons vécu ensemble... Oh, Jim, oublie ! Tourne la tête, regarde dans l'autre direction !

— Ne manquez pas votre avion, les avait avertis Rick au téléphone. Ils préparent une fête pour vous. On dirait que le docteur Scofield a invité près d'une centaine de personnes, et ils viennent tous avec des plats. Maman supervise les opérations, pour être sûre que tu aies bien ce que tu aimes. C'est pour cela qu'elle a quitté New York un jour avant toi. Tu sais comment elle est.

Oui, il savait très bien comment elle était. Il continua sa marche, en pressant le pas.

Soudain, alors qu'il traversait une rue, il eut le sentiment qu'un homme sur le trottoir d'en face l'avait reconnu et venait à sa rencontre.

— Longtemps qu'on s'est pas vus, dit l'homme.

C'était l'ancien petit ami de Cindy. On ne pouvait pas s'y tromper. Vingt ans plus tard, il était resté le même, avec sa barbe, sa chevelure en bataille tombant sur ses maigres épaules, son regard intelligent et ironique, mais aussi vindicatif.

— Longtemps, oui, confirma Jim, se demandant si l'homme savait pour lui, et ce qu'il allait dire ensuite.

— Vous avez eu vos petits ennuis, hein ? Pas de chance.

Petits ? Et pourquoi ce sourire narquois ?

— Oui, ç'a été dur. Et pour vous, comment ça va ?

— Ça va.

— Du travail ?

Il n'avait aucune idée de la raison pour laquelle il avait posé cette question et il aurait aimé poursuivre son chemin : mais l'autre ne bougeait pas et lui bloquait le passage, sur le trottoir encombré.

— De temps en temps. Quand l'inspiration me saisit.

Le vocabulaire et la façon de s'exprimer étaient si mal accordés avec l'apparence de l'homme que Jim ne put s'empêcher d'éprouver de la compassion pour lui.

— Vous avez besoin d'argent ? lui demanda-t-il.

— Pas spécialement. Même si on a toujours besoin de plus, bien sûr.

Quand Jim sortit son portefeuille, épais de ce qu'il avait retiré pour payer sa note d'hôtel, l'homme lui montra le sien, encore plus épais, et rit.

— Merci, mais je n'en ai pas vraiment besoin. Elle s'occupe bien de moi.

— Qui ?

— Mais Lillian, voyons. Elle s'occupe de tout le monde. Demandez, et elle vous donnera. Elle l'a toujours fait.

-- Je ne comprends pas...

— Qu'est-ce qu'il y a à comprendre ?

— Pourquoi elle s'occupe de vous, ou de « tout le monde ».

L'homme rit de nouveau ; ça agaçait Jim d'être incapable de se souvenir de son nom. Puis il se rendit compte qu'il ne l'avait sans doute jamais su.

— Ouais, tout le monde. Les riches vident leurs poches pour elle, elle s'occupe de types comme moi, ça circule et tout le monde est content. Je suis content. Vous devriez le savoir, vous avez vécu longtemps avec elle.

Manifestement, pas assez longtemps pour savoir tout cela ; immobile et perplexe, il se sentait troublé par certains fragments de souvenirs qui lui revenaient dans le désordre.

— N'est-ce pas vous qui m'avez raconté, quand je vous ai rencontré longtemps après, que Cindy était la sœur de Lillian ?

— C'est juste.

— Qu'est-ce qu'il y a d'autre encore que vous ne m'avez pas dit ?

— Que voulez-vous que je vous réponde ? Je vous ai dit tout ce que je voulais vous dire.

— Et vous... vous ne m'avez pas dit que vous aviez grandi de l'autre côté de la rue ? Que vous étiez une sorte de cousin éloigné, je crois ?

— Alors, si je l'ai dit... Mais si on remonte assez loin en arrière, est-ce qu'on n'est pas tous cousins ? Tous descendants d'Adam et Ève ?

Le sourire moqueur traversa de nouveau le visage de l'homme, qui soudain parut étonnamment familier à Jim, bien qu'il n'ait guère eu l'occasion de le voir dans le passé. Mais là, au-dessus de la barbe hirsute, il y avait cette paire d'yeux brillants, intelligents, amusés, bleu clair... Alors une certitude transperça Jim, vive et brutale comme un coup de couteau.

— Mon Dieu ! s'écria-t-il. Vous êtes le frère de Lillian ! Elle le cachait, comme vous cachiez tous les deux que Cindy était votre sœur !

— Eh bien, si vous le dites, ça doit être vrai.

— Mais pourquoi ? Pourquoi ? J'ai l'impression d'essayer de déchiffrer un mystère caché à l'intérieur d'une devinette cachée à l'intérieur d'une...

— D'une énigme. Restez calme, mon vieux. C'est la nature humaine qui veut ça.

— Un tel secret ! Ça n'a pas de sens !

— Peut-être pas pour vous.

Ce visage... Non, il n'y avait pas d'erreur possible : c'était bien son regard à elle au-dessus de la barbe de l'homme, son expression qu'il reconnaissait, même son amusement qu'il croyait retrouver, face à la perplexité que lui-même manifestait.

Ils demeurèrent quelques instants ainsi, l'un stupéfait et l'autre juste amusé, aurait-on dit, sans nuance de défi ni de provocation particulière.

— Vous avez l'air dans tous vos états, mon vieux, mais il n'y a pas de quoi. Oui, je suis son frère, et alors ? Il faut de tout pour faire un monde, non ? En tout cas, bonne chance à vous, et ça marchera mieux que la dernière fois, j'espère. Bon, je file. Gardez la foi.

Jim le suivit des yeux jusqu'à ce qu'il disparaisse au coin de la rue. *Son frère...* Mais pourquoi ? Et pourquoi n'avait-il pas pris plus de renseignements à l'époque ? Il aurait pu insister. Mais aussi, il faut le dire, chaque fois qu'il avait tenté d'en savoir plus sur elle, elle s'y était obstinément opposée. Et ensuite, quand les choses avaient commencé à se dégrader, il n'avait plus eu de raison de poursuivre. De toute façon, il n'en serait sorti aucun bien. Quand quelqu'un construit toute sa vie autour d'un mensonge et que vous essayez de pénétrer ce mensonge contre sa volonté, il ne peut en résulter qu'une grave, une profonde blessure.

Tandis qu'il regagnait à pied l'hôtel, Jim était rempli de trouble et de tristesse. Quelles horreurs avaient bien pu la menacer, pour qu'elle quitte son foyer ? Quelles mesquineries, ou quelle tragédie ?

Dieu seul savait quelle force et quel courage il lui avait fallu, peut-être, pour s'en affranchir, pour apprendre ces charmantes manières qu'elle avait – comment manger une orange avec des gestes si délicats, comment parler avec tant de grâce, s'habiller avec tant d'élégance, faire des études et tant aimer l'art !

Qu'est-ce qui avait pu mettre ainsi le mal en elle ? S'agissait-il seulement d'un mauvais agencement de gènes ? Tu ne le sauras jamais, se dit-il.

Pourtant elle avait décroché tout ce dont elle avait pu rêver, elle s'en était toujours sortie au mieux ; même le scandale sur la propriété de ce tableau avait été réglé à l'amiable, elle et Storm ayant fini par en faire don à un musée. Tout en elle était un mystère.

Jim songea que l'attitude la plus sage face à la vie était peut-être de toujours s'attendre au plus improbable ; car personne, en voyant Lillian, n'aurait pu imaginer ce qui se cachait en elle. Personne ne se serait attendu non plus que Maria écrive cette lettre étonnante ; d'ailleurs, il devait lui envoyer un mot de remerciements chaleureux, avec une belle photographie de Laura. Et personne ne s'attendrait non plus que la femme anonyme à côté de laquelle il s'assied dans un train devienne un jour l'amour de sa vie.

Ne juge pas, se dit-il, et il pénétra dans le hall de l'hôtel, où sa fille — et aussi la fille de Lillian — l'attendait.

Plus tard, à l'aéroport, ils retrouvèrent Rick, lequel les ramena en voiture à la maison. Tant d'autres voitures encombraient l'allée qu'ils durent se garer loin sur la route et finir à pied. Derrière leur barrière de rondins, deux jersiaises et trois chevaux broutaient l'herbe nouvelle ; l'air résonnait de gazouillements venant des branches des arbres. Juste après la courbe de la route, la maison leur apparut, basse et blanche dans un océan de verdure.

— À quoi penses-tu, papa ? demanda Laura.

— Que je sens déjà l'odeur du barbecue et que je meurs de faim...

Il apercevait Kate, debout là-bas, le visage rayonnant d'une joie infinie...

— Et toi ? demanda-t-il.

— C'est drôle... En regardant la maison d'ici, j'ai l'impression de me trouver face à un être vivant. Les fenêtres sont les yeux, la porte d'entrée sourit, et les ailes sur les côtés figurent des bras ouverts qui me demandent d'entrer...

Pour en savoir plus
sur les éditions Belfond
(catalogue complet, auteurs, titres,
extraits de livres),
vous pouvez consulter notre site Internet :
www.belfond.fr